The Heiress Effect
by Courtney Milan

rhymebooks

The Heiress Effect
by Courtney Milan

遥かなる夢をともに

コートニー・ミラン
桐谷美由記[訳]

ライムブックス

遥かなる夢をともに

主要登場人物

ジェーン・フェアフィールド……………………女相続人
オリヴァー・マーシャル…………………………公爵の庶子。政治家志望
エミリー・フェアフィールド……………………ジェーンの妹
タイタス・フェアフィールド……………………ジェーンのおじ。エミリーの後見人
ロバート・ブレイズデル…………………………オリヴァーの異母兄。クレアモント公爵
ヒューゴ・マーシャル……………………………オリヴァーの育ての父
フレデリカ（フリー）・マーシャル……………オリヴァーの妹
フレディ……………………………………………オリヴァーのおば
セバスチャン・マルヒュア………………………オリヴァーの従兄弟。科学者
ヴァイオレット・ウォーターフィールド………カンベリー伯爵夫人
アンジャン・バタチャリア………………………インド人留学生
ブラデントン侯爵…………………………………オリヴァーの学友。貴族院議員
ジョンソン姉妹……………………………………ジェーンの友人。ジェラルディンとジュヌヴィエーヴの双子

1

一八六七年一月　イングランド、ケンブリッジシャー州ケンブリッジ

仕立屋が四三本目のまち針をドレスに留めた。その瞬間、ジェーン・ヴィクトリア・フェアフィールドの体にまち針が突き刺さった。これで七度目。だけど、四三分の七ならたいした回数ではない。体に針が刺さるたびに少しちくりとするが、痛みはあっという間に消える。

ああ、それにしても紐通しの穴が一二個もあるこのコルセットは、まるで拷問器具だ。きつすぎて、まともに息もできない。でも、これは必需品。このコルセットのおかげで、九三センチのウエストを七八センチにまで絞ることができるのだから。それでも、まだまだ太めの体形には変わりないけれど。

とはいえ、別に太い体を気にしているわけではない。痩せっぽちのミス・ジェラルディンとミス・ジュヌヴィエーヴのジョンソン姉妹と並んでも平気だ。

その姉妹は今、仕立屋がジェーンの体に合わせてドレスを直しているのを眺めている。彼女たちが、また忍び笑いをもらした。これで六度目だ。それもわずか三〇分のあいだに。さ

すがにこれにはむっとする。けれど、まあ、彼女たちはたとえるならハエみたいなものだ。わずらわしければ扇で振り払えばいい。

ジェーンはコルセットの許すかぎり深く息を吸いこみ、ジョンソン姉妹のほうへ顔を向けた。あまりにもそっくりすぎて、ひと目見ただけではどちらがどちらかさっぱりわからない。ふたりは色違いでおそろいのモスリンのドレスを着ている。ひとりは薄青色で、もうひとりは薄緑色。牧歌的な風景が描かれた扇もおそろいだった。そして、ふたりはともに美しい。使い古された言い方だが、淡い金色の巻き毛に、青灰色の瞳をした陶磁器の人形みたいだ。おまけに目を見張るほど細い。なんと、ふたりのウエストは五〇センチもないのだ。このどこまでも似ている双子の姉妹を見分ける方法はただひとつ。頬にあるほくろの位置だけで、ジェラルディンは右側にあり、ジュヌヴィエーヴは左側にある。

ジョンソン姉妹とは数週間前に知り合ったばかりだが、今のところ、わたしたちの関係は良好だ。

案外、本当にいい人たちなのかもしれない。でも、これまで友情というものが長続きしたためしは一度もない。どうやらわたしには、優しくて感じのいい女性をいけ好かない女に変えてしまう才能があるらしい。

仕立屋のミセス・サンデストンがまち針を刺し終えた。「さあ、これで終わりましたよ。鏡で確認なさってみてください。レースの量はいかがでしょう？　もっと増やしましょうか？　それとも減らしたほうがよろしいですか？」

気の毒なミセス・サンデストン。レースの量が多すぎるのは一目瞭然なのに、まるで天気の話でもするような、さりげない口調を装っている。

ジェーンは鏡に映る自分の姿をとくと眺めた。その顔に満面の笑みが広がる。まあ、すてき。悪趣味をきわめたドレスだわ。どこからどう見ても、恐ろしいほど醜悪なドレスだ。こんなおぞましい代物に大金を使うのは、世界広しといえどもわたししかいないでしょうね。ジェーンは鏡に向かって、あだっぽい流し目を送った。こげ茶色の髪に黒い瞳の自分が、嬉々《きき》とした表情を浮かべてこちらを見つめ返している。

「ねえ、あなたたちはどう思う？」ジェーンはジョンソン姉妹に向き直った。「もっとレースを足したほうがいいかしら？」

ジェーンの足元にひざまずいている仕立屋の口から悲しげな声がもれた。

ああ、本当にかわいそうなミセス・サンデストン。泣きたくなるのも当然だ。ドレスはすでにレースの洪水みたいになっている。スカート部分は、これでもかというほど大量の青いポアン・ド・ガーズレースで覆われ、ネックラインには繊細なデュシェスレースが、そして袖には花柄の黒いシャンティイレースがふんだんにあしらわれている。本来は美しい柄のシルクのドレスだった。それなのに、無残にもまったく調和しない三種類のレースで埋め尽くされて、もはやその原形をとどめていない。

だが、ジェーンは世にも下品なこのドレスを大いに気に入っていた。

それでも真の友なら、こんなみっともないレースはすべて取ったほうがいいと正直に言うはずだ。

ジュヌヴィエーヴがうなずいた。「そうね、レースを足したほうがいいわ。もう一種類、加えたらどうかしら？」

あらまあ。これ以上、どこにレースをつけ足すの？

「ベルト部分もレースにしたらどう？」ジェラルディンがすかさず口をはさむ。

ジョンソン姉妹は心にもないことを平然と言ってのけた。ジェーンはこのふたりに拍手を送ってやりたい気分だった。

しょせん、わたしたちの友情なんてこの程度のものだ。でも、嘘をついているのはお互いさま。わたしはみずから進んで人々の嘲笑の的になっている。だから彼女たちも笑いたければ笑えばいい。

そうはいっても、ときどき思うときもある。なんでも率直に言い合える仲とはどういうものなのだろうかと。ジョンソン姉妹が親友だったら、どんな感じなのだろうかと。

ジェラルディンがジェーンのドレスに視線を走らせて、力強くうなずいた。

「そうよ、絶対にベルトもレースにするべきだわ。そうするとドレスが一気に上品になるもの」

ミセス・サンデストンがかすかにうめき声をあげた。

この姉妹と親友になることを想像するだけ無駄なのかもしれない。今までだって、親友と呼べる友人はひとりもいなかった。この世は偽善者ばかりだ。

ジェーンはジョンソン姉妹の身の毛もよだつ提案に黙ってうなずき、ふたりに話を合わせた。「じゃあ、ベルトはさっき見たマルタレースにしようかしら。バラの花飾りがついた金色のレースがあったでしょう？」

「それよ！」ジェラルディンが大きく首を縦に振る。「マルタレースがいいわ」

姉妹は口元を扇で隠して、目を見合わせている。心の中で、ばかにして笑っているのは明らかだ。

「ミス・フェアフィールド」祈るように両手を握りしめて、ミセス・サンデストンが口を開いた。「どうかこれだけは言わせてください。装飾は少ないほうが、いっそう引き立つものなのですよ。このドレスはそれ自体でじゅうぶん美しく、華があります。あまりごてごてとつけすぎると……」人差し指をぐるぐるまわしてジェーンのドレスを指しながら、ミセス・サンデストンの声が徐々に小さくなっていく。

「まだレースが少なすぎるわ」ジュヌヴィエーヴが澄まし顔で言いきった。「このままだと誰からも注目を浴びないわよ。わたしとジェラルディンは――わたしたちが相続する財産は一万ポンドほどだから、それなりのドレスしか作れないわ。でも、あなたは違う」

「そのとおりよ」ジェラルディンが扇を握りしめて声を張りあげる。

「あなたは――ミス・フェアフィールド、一〇万ポンドも持っているのよ。みんなにあなたがお金持ちだというところを見せつけなくちゃ。レースは富の象徴でしょう？」

「だからこそ、もっとレースを足したほうがいいの」ジェラルディンが話を締めくくった。

姉妹はまた目配せをし合った。

ジェーンはにっこりした。「いろいろ教えてくれてどうもありがとう。本当に優しいのね。あなたたちがいてくれてよかったわ。わたしひとりだったら、きっとどんでもなく地味なドレスを作っていたでしょうね」

ミセス・サンデストンが今にも窒息しそうな声をもらした。けれども反論するのはあきらめたのか、もう何も言わなかった。

ジョンソン姉妹は意地の悪い笑みを交わしている。ふたりはこちらが気づいているとは思ってもいない。彼女たちは身を寄せ合い、扇で口元を隠して何やらささやき、忍び笑いをした。どうせ美意識も常識もない愚かな女だとでも言い合って、わたしのことを笑っているのだろう。

好きなだけ、ばかにすればいい。ちっとも気にならない。

わたしの前では友だちのふりをして、陰では悪口を言っていたとしても平気だ。もっとレースやビーズを足せとか、もっと宝石をつけろとか、おもしろおかしくけしかけられても、わたしは笑ってやり過ごせる。たとえケンブリッジの住民全員にあざ笑われても、いっこうにかまわない。

わたしは傷ついたりなんてしない。絶対に。だって、自分から世間の物笑いになるよう仕向けているのだから。

ジェーンは友情に感謝するふりをして、姉妹に笑みを返した。「ベルトはマルタレースに決めたわ」

「来週の水曜日は、このドレスを着ていくといいわよ」ジェラルディンが言った。「ブラデントン侯爵家の晩餐会に招待されているでしょう？　もちろん出席するわよね？」

ジェーンはジェラルディンに微笑みかけた。「ええ。そのつもりよ」

「新顔の男性が来るはずなの。公爵の息子よ。残念ながら庶子だけど――でも、認知されているの。だから実の息子も同然よね」

最悪ね。新しい出会いなんて楽しみでもなんでもないわ。ジェーンは心の中でつぶやいた。ましてや公爵の庶子なら、なおさら会いたくない。その男性は要注意だ。性格は傲慢で、そのくせポケットにはお金が詰まっていない男。一〇万ポンドのためなら、レースの洪水と化したドレスも見て見ぬふりができるに違いない。絶対にそういうたぐいの男よ。一〇万ポンドを自分の銀行口座に入れるためなら、わたしのあまたある欠点にも目をつぶって耐えるはず。

「その新顔の男性というのは誰なの？」ジェーンはまたしても話を合わせた。

「ミスター・オリヴァー・マーシャルよ」今度はジュヌヴィエーヴが答える。「一度、街で見かけたことがあるんだけど、彼は――」

ジェラルディンがジュヌヴィエーヴの脇を肘で軽くつついた。ジュヌヴィエーヴはひとつ咳払いをして、ふたたび話しはじめた。

「彼はとても品のある男性よ。眼鏡をかけているわ。それにすごくハンサムなの。髪は、そうね……明るい赤褐色だったかしら」

ジェーンには、そのオリヴァー・マーシャルという公爵の息子の姿が簡単に想像できた。派手なベストが今にもはちきれそうなほどの太鼓腹で、始終時間を気にしている男。階級意識が強く、庶子として生まれた自分の運命を恨んでいるに違いない。

「それでね、ジェーン、彼はあなたにぴったりだと思うの」ジェラルディンが言った。

ジェーンは笑みを浮かべた。「あなたたちと友だちになれてよかったわ。わたしのことを気にかけてくれてありがとう。なんだかふたりが本当の妹のように思えてきたわ」といっても、おとぎばなしに出てくる意地悪な腹違いの妹だけれど。

「それはわたしたちだって同じよ」ジェラルディンが微笑み返してきた。「あなたはわたしたちの姉みたいな感じがするもの」

こんなふうにジョンソン姉妹と笑みを交わすのは、ミセス・サンデストンの店に来てからこれでいったい何度目だろう。おそらく、このドレスのレースの量に匹敵するくらいたくさん微笑み合っているに違いない。

まったく、われながらよくも平然と言えたものだわ。彼女たちが妹のように思えてきたなんて、嘘八百もいいところだ。そんなことはありえない。自分にとって、妹とはかけがえのない存在だ。それに、わたしには妹と呼べる人物はたったひとりしかいない。エミリーのためなら、わたしはなんだってできる。平気で嘘もつけるし、愚か者も演じられるし、四種類のレースに埋もれたドレスだって買える。

そう、わたしはあの子が成人するまで、どんな犠牲も払う覚悟でいる。

その日まであと四八〇日。この期間は妹のそばについていなければならない。わたしは結婚するわけにはいかないのだ。たとえどんなにすてきな男性が現れたとしても。

あと四八〇日の辛抱。この日々を乗り越えたら、わたしたち姉妹はようやく自由になれる。エミリーは後見人のおじのもとから離れられるし、わたしはこの偽りの姿を脱ぎ捨てることができる。

ジェーンはジェラルディンに笑みを向けた。笑顔を作るのはお手のものだった。

数日後

ブラデントン侯爵の屋敷に足を踏み入れたとたん、オリヴァー・マーシャルの全身に冷気が襲いかかってきた。冷たい冬の風が窓ガラスを激しく揺らしている。なぜここはこんなに寒いんだ？　ワイヤーフレームの眼鏡のつるの部分が氷のように冷えきっている。これではコートどころか手袋を脱ぐ勇気もない。だが、そういうわけにはいかなかった。

ブラデントンが一歩前に進みでて、にこやかに声をかけてきた。「やあ、マーシャル。また会えて嬉しいよ」

オリヴァーは手袋を外し、しぶしぶコートも脱いで、ブラデントンに手を差しだした。

「ああ、ぼくもだ。久しぶりだな」

ブラデントンの手も冷たかった。この男と会うのは何年ぶりだろう。ずいぶん恰幅《かっぷく》がよくなった。それに黒髪もすっかり薄くなり、生え際がかなり後退している。それでも、こちらに向けている笑顔は昔のままだ。愛想はいいが、目は笑っていない。

オリヴァーは体が震えそうになるのをこらえた。この古い屋敷では、いくらせっせと石炭を燃やしたところで邸内全体が暖かくなることはないだろう。玄関広間の天井はやたらと高く、大理石の床の冷たさが靴の中にまで染みこんでくる。殺風景な広い空間をさりげなく見まわしてみた。鏡ガラスや、金属板、そして石材といった無機質なもので囲まれている。そのせいで、ただでさえ寒い空気がいっそう冷たく感じる。

もう少しの我慢だ。部屋に入れば体も温まるだろう。オリヴァーはそう自分に言い聞かせた。まもなく招待客も続々と到着するはずだ。今はまだ、自分のほかに若い男がふたりしか来ていない。ブラデントンがそのふたりにこちらへ来るよう手招きした。

「ハプフォード、ウィッティング、こちらは学生時代の友人のオリヴァー・マーシャルだ。マーシャル、彼はわたしの甥のジョン・ブルーム。つい最近、ハプフォード伯爵の称号を受け継いだばかりなんだよ」ブラデントンが、隣にいる真面目くさった顔をした色白の若者を手ぶりで示した。「そしてこちらも甥で、ジョージ・ウィッティングだ」続いて、砂色の髪はぼさぼさで、もみあげも伸び放題のむさくるしい若者を指さす。

オリヴァーは頭を軽くさげて挨拶した。

「ハプフォードは来月、貴族院の一員になるんだ」ブラデントンがオリヴァーに目を向けた。「まさかこうなるとはまったく思っていなかったがね」

よく見るとハプフォードは腕に喪章をつけている。服装も全身黒ずくめだ。ひょっとしたら、屋敷が寒々として薄暗いのは喪に服しているからなのかもしれない。

「どうぞお気を落とされないように」オリヴァーはハプフォードに言った。

若き伯爵は背筋を伸ばし、ブラデントンをちらりと見てから口を開いた。

「ありがとうございます。立派な議員になれるよう努力するつもりです」

一瞬だったが、ハプフォードがおじに向けた視線は敬意に満ちていた。ブラデントンは新人議員を育成する役目を担っている。そして彼らを一人前に育てあげ、自分の仲間に引き入れるのだ。今ではかなりの人数を取りこんでいる。オリヴァーが今日ここに来たのもそのためだった。学生時代を懐かしみ、昔話に花を咲かせるためではない。

「正直に言えば、もう少し準備期間がほしかったんだ。だが、これぱかりはしかたない」ブラデントンは満足げな笑みを浮かべて、ハプフォードの肩に軽く拳をぶつけた。「それを思うと、甥がケンブリッジに行っていてよかったよ。あの大学は政治家を目指す者にとっては悪い場所ではない。あそこは社会の縮図みたいなところだからな。いい勉強になる。議会とそう変わらないさ」

「社会の縮図？」オリヴァーはいぶかしげにきき返した。

ブラデントンはかまわず先を続けた。「ああ、ケンブリッジはわりと下層階級の連中が多いだろう？」そう言って、オリヴァーに目をやる。

オリヴァーは黙って聞いていた。ブラデントンのような男にとっては、自分は下層階級に属している人間だ。

「とはいえ、それがケンブリッジ大学の特色なんだよ」ブラデントンは熱弁を振るいつづけている。「下層階級の連中の中にも野心家はいる。そいつらはこぞってケンブリッジで教育を受けたがるんだ。そこを足がかりにして、自分たちの野望を達成しようと考えるのさ。そして勉学に励み、大学を卒業する頃には、われわれと同類になっているというわけだ。まあ、少なくとも肩を並べられるくらいにはなっていると言ったほうがいいかな」

ブラデントンはオリヴァーに向かって意味ありげにうなずいた。

この侯爵様お得意の演説だ。いったい何度同じ話を聞かされただろう。結局のところ、自分とは住む世界が違うとほのめかしているのだ。昔は、ブラデントンの口調が鼻についてしかたがなかった。

あれは一三歳のときだっただろうか。ついに堪忍袋の緒が切れ、この男を殴り倒したことがある。今なら聞き流せるが、あの頃はそれができなかった。ブラデントンを見ていると、ある農夫を思いだす。その老人は自分の土地を塀で取り囲み、隣人が境界線を越えないように毎日見張っていた。ブラデントンもまさにそういう部類に入る男だ。

腹を立てるだけ無駄というもの。黙っているのがいちばんだ。だが、こう思えるようになるまでに何年もかかった。数えきれないくらい屈辱を味わい、そして生き方を学んだ。

そういうわけで、オリヴァーは余計な口出しはせずに、ブラデントンに自由に話をさせていた。

「もうそろそろ女性たちも来る頃だろう」ブラデントンが話題を変えた。「ブランデーでも飲みながら――」

「そうしましょう」ウィッティングがおじの言葉をさえぎった。ようやく四人は玄関横の部屋へ移動した。

これがまた殺風景な部屋だった。琥珀《こはく》色の液体が入ったデカンターとグラスがおさまったサイドボードしかない。それでも、とりあえず暖かいだけましだ。ブラデントンはブランデーをグラスに気前よく注ぎ、まず甥たちに、それからオリヴァーにグラスを渡した。

オリヴァーはブランデーをひと口飲み、口を開いた。「実は話があるんだ。選挙法改正のことだが、次回の国会で――」

突然、ブラデントンが声をあげて笑いだした。「おいおい、マーシャル」ゆっくりとグラスを口に運び、ブランデーを喉に流しこむ。「今夜は政治の話はやめよう」

「そうか。じゃあ、あとにしよう。明日でも――」

「あるいは明後日か、または明々後日《しあさって》かだな」はぐらかして楽しんでいるのだろう。ブラデントンは目を輝かせている。「まずはハプフォードに政治とは何かを教えるのが先決だ。とにかく今は、政治の話はなしだ」

ハプフォードが興味津々の様子でこちらを見ている。だがオリヴァーが口を開きかけると、眉をひそめて顔をそむけた。

オリヴァーは喉元まで出かかった反論の言葉をのみこんだ。

「わかった」穏やかな声で返す。「この話はまた別の機会にしよう」

ブラデントンみたいな男とは、ある程度距離を置いているほうがいい。わざと挑発して土地の境界線を越えるより、境界線から二メートルほど離れたところに塀を立てる隣人でいるほうが身のためだ。以前はこの男の主張をことごとく論破したものだが、その結果どうなったかは自分がいちばんよくわかっている。今日はこのへんでやめておこう。

そこでオリヴァーは、ブラデントンの友人でもある自分の兄夫婦の近況について話しはじめた。しかし、窓際に立っていたブラデントンはすぐに片手をあげて、オリヴァーの話をさえぎった。

「一気にグラスの中身を飲み干してくれ。女性客の第一陣が到着した」

ウィッティングが窓の外をのぞいて、うめいた。「嘘だろう、勘弁してくれ。なぜあんな女を招待したんですか？」

「文句があるなら、従兄弟に言うんだな」ブラデントンが片方の眉をあげた。「ハプフォードが婚約者を招待したんだ。そうしたら、どういうわけかミス・ジョンソンが彼女も呼びたいと言い張ったんだよ」

「悪いが」ハプフォードが童顔に似つかわしくない威厳のある声で言った。「ぼくの婚約者の友人を中傷する発言は慎んでくれ」

ウィッティングは憮然《ぶぜん》とした表情を浮かべた。「なんだよ、偉そうに」そうつぶやきながら、彼はオリヴァーのそばに寄ってきた。「あなたにも警告しておきます」

「いったいなんだい？」

ウィッティングは身を乗りだして、わざとらしく低い声でささやいた。「羽根の女相続人のことですよ」

「羽根の女相続人……その女性はガチョウの羽毛か何かで得た大金を相続したのか？」

「違います」ウィッティングが鼻を鳴らす。「知りたいのならお教えしますが、大陸を横断する蒸気船で巨万の富を築いたんですよ。それでですね、なぜあの女が羽根の女相続人と呼ばれているかというと、彼女に近づいたら、羽根で撲殺されるからなんです」

ウィッティングはいたって真面目な顔をしている。オリヴァーはあまりのばかばかしさにあきれ返り、首を横に振った。「羽根で人を殴り殺せるわけがないだろう」

「本当にそう言いきれますか？」ウィッティングが挑むように顎をあげる。「いいですか、ちょっと想像してみてください。あなたは突然、羽根で叩かれはじめます。相手は攻撃の手を緩めようとしない。あなたは何日も何日も羽根の鞭《むち》を受けつづけるんです。そのうちあなたは次第にいらいらしてきます。そして、ある日ついに我慢の限界を超える。怒りが爆発して、その相手を絞め殺してしまうんです」彼は両手で首を絞めるところを実演してみせた。

「その結果、あなたは殺人罪で絞首刑ですよ。だから、羽根で撲殺されたも同然というわけです」

オリヴァーは鼻で笑った。「それは少し大げさじゃないか？」

ウィッティングは思いきり顔をしかめた。「いいえ。彼女はこんなもんじゃない。もっとたちが悪いんです。あなたも今にわかりますよ」

「きみたち」ブラデントンが人差し指を立てた。「彼女が玄関先に来た。羽根で殴り殺されたくなければ、紳士らしく接してくれ」彼はグラスをサイドボードに置くと、甥たちを引き連れて玄関広間へ向かった。オリヴァーは三人のうしろをついていった。

使用人が開けた扉から、女性がふたり入ってきた。ひとりは、雪がついたフード付きの黒いマントにすっぽり身を包んでいる。きっと付き添い役《シャペロン》だろう。その女性がフードを脱いだ。巻き毛は白髪交じりで、口元にはしわが寄っている。

そして、もうひとりは……。

まさに金持ちだと声高らかに紹介されたがっているような女性だ。これでもかというくらい、富をひけらかしている。毛皮で裏打ちされた高級な白いマント。キッド革の手袋の袖口からもシロテンの毛皮がのぞいている。彼女が金色の光を放つマントの留め具を外した。そのとき耳元がきらりと光った。燦然《さんぜん》と輝く大きなダイヤモンドが耳を飾っている。

ブラデントンが前に進みでて、彼女を迎えた。

「ミス・フェアフィールド」笑顔で話しかけ、お辞儀をする。

「閣下」相手が応えた。

オリヴァーはブラデントンの甥たちとともにミス・フェアフィールドに近づいていった。

だが彼女がマントを脱いだ瞬間、思わず足が止まった。これは……。

目を丸くしたまま、オリヴァーはゆっくりと首を横に振った。美しい。ああ、たしかに彼女は美しい。黒い瞳は明るく輝き、つややかなこげ茶色の髪は後頭部にまとめ、巻き毛を幾筋か肩に垂らす流行のスタイルに結ってある。唇はふっくらとしていて、自然なピンク色だ。その唇にはうっすらと笑みが浮かんでいる。そして体つきは——まさしく自分好みだ。ふくよかで柔らかな女らしい曲線は、コルセットで締めつけられていてもまったく隠しきれていない。状況が違えば、片時も彼女から目が離せないだろう。ミス・フェアフィールドは、それくらいオリヴァーの好みにぴったり合った女性だった。

しかし今の彼の気分は、いかにもおいしそうなモモを食べようとしたら、かびが生えていることに気づいたときと似ていた。

問題なのは、ミス・フェアフィールドが着ているドレスだ。一瞬、わが目を疑いたくなった。このドレスは醜悪のひと言に尽きる。実際、それ以外の言葉は思いつかなかった。呆然《ぼうぜん》とドレスに釘づけになっていたオリヴァーの背筋に悪寒が走った。

いくらなんでもレースの量が多すぎるだろう。ふつう、レースは袖口や裾にあしらわれるものなんじゃないのか？　それなのに、ミス・フェアフィールドのドレスはレースのかたまりだ。黒。青。金色。いったい何百メートル使っているのやら。きっと店からレースがすべてなくなったに違いない。

〝ユリに金メッキをする（すでに美しいものに余計な装飾や細工を加えること）〟とはこのことだ。仮にあのレースの下にユリが隠れていたとしても、すでにつぶれているだろう。

男たち全員が、言葉もなくその場で固まっている。今、彼らが何を思っているかは聞くまでもない。

最初に衝撃から立ち直ったのはブラデントンだった。「ミス・フェアフィールド」彼は名前を繰り返した。どうやらまだ立ち直っていないようだ。

「はい、閣下。あの、閣下はすでにわたしと挨拶をすませましたわ」とてもかわいらしい声だ。目をつぶっていたら――いや、目をつぶらなくても、首から上だけを見ていたら……。

いきなりミス・フェアフィールドが前へ出て、ブラデントンに近づいた。彼があわてて二歩さがる。オリヴァーの目から一メートルほど先のところで、ダイヤモンドのイヤリングが揺れていた。

シルバーで爪留めした大粒のダイヤモンド。片方だけでも、両親の農場を三つは買えそうだ。

「ご招待いただき、ありがとうございます」ミス・フェアフィールドはマントをたたみながら言った。

本来なら、それは灰色のお仕着せを着た使用人の仕事だ。だが使用人たちも同様に、身震いするほどおぞましいミス・フェアフィールドのドレスにあっけにとられて動けずにいる。

当の本人は何も気づいていないようで、澄ました顔をしていた。ミス・フェアフィールドが横を見もせずに――オリヴァーに目を向けもせずに――たたんだマントを彼のほうへ突きだした。その瞬間、なぜかオリヴァーはとっさに手を伸ばした。何が起きたのか気づいたときには、すでに彼女はこちらに背を向けていた。ハプフォードと、次にウィッティングと挨拶を交わしているミス・フェアフィールドの声は本当にかわいらしい。オリヴァーはぼんやりと彼女のうしろ姿を見つめていた。その首筋にかかる巻き毛に、あざ笑われている気がした。

ぼくは使用人に間違われたのか？　従僕がオリヴァーに近寄ってきて、申し訳なさそうに彼の手からマントを取った。しかしながら、もう遅すぎる。ウィッティングの顔が見えた。彼は引きつった笑みを浮かべている。どう頑張っても、満面の笑みを作るのは無理そうだ。その一方で、おじのブラデントンはたいそう楽しげな笑顔をオリヴァーに向けてきた。

オリヴァーは怒りを通り越してあきらめの心境だった。別に、ミス・フェアフィールドはわざとしたわけではない。それでも無神経すぎる。なんだか、そんな彼女が不憫《ふびん》に思えてきた。

ブラデントンがオリヴァーを指さした。「ミス・フェアフィールド、まだあなたにご紹介していない男がいます」

「あら、そうですか？」彼女は振り向いて、ようやくオリヴァーと視線を合わせた。「まあ、どうしましょう。ごめんなさい。あなたにはまったく気づきませんでした」

まったく気づかなかった……。やはり使用人だと思われていたのだ。怒るほどのことではない。ささいな間違いじゃないか。

「ミス・フェアフィールド」オリヴァーは朗らかに言った。「お会いできて光栄です」

「ミス・フェアフィールド、こちらはミスター・オリヴァー・マーシャルです」ブラデントンが紹介した。

彼女は小首をかしげてオリヴァーに目を向けた。ああ、なんてきれいなんだ。見つめられたとたん、オリヴァーの思考は止まり、ミス・フェアフィールドの首から下の姿は目に入らなくなった。彼女は美しい。健康的な美人が好きな男なら、誰もがそう思うはずだ。

ミス・フェアフィールドは目を細めてじっとこちらを見つめている。次第にその表情が曇っていった。

「以前にもお会いしましたわよね」

いや、今日が初対面だろう。たぶん……。オリヴァーは目をぱちくりさせた。

「ええ、絶対に会っています」ミス・フェアフィールドが話しつづけている。「だって、あなたには見覚えがありますもの。あなたは……なんというか……」彼女は人差し指で唇をとんとんと叩きながら、首を横に振った。「いいえ、違うわね」沈んだ声でつぶやく。「考えてみたら、あなたと同じ髪の色で眼鏡をかけた男性はよくいますよね。どうやら人違いだったみたいです」

ぼくはどこにでもいる顔をしているのか？

さりげない口調だったが、ミス・フェアフィールドがわざといやみを言ったのは明らかだった。

「それは失礼しました。このよくある顔のせいで、あなたを混乱させてしまって申し訳ない」オリヴァーは背筋を伸ばして立ち、彼女に冷たい視線を投げかけた。

「あら、何も謝ることはありませんわ」ミス・フェアフィールドは笑みを浮かべて、癪《しゃく》に障るほど平然と言葉を返してきた。「あなたの責任ではないですもの。だって、ご自分ではどうしようもないでしょう？　別にわたしはあなたの容姿に文句をつけたわけではありません」彼女は屈託のない笑顔をこちらに向けている。だがすぐに、眉をひそめて口を開いた。「すみません、お名前をもう一度おっしゃっていただけます？」

彼は堅苦しくお辞儀をした。「オリヴァー・マーシャルです。以後、お見知りおきを」忘れられてもまったくかまわないがね。思わず、そうつけ加えそうになった。

彼女が目を大きく見開いた。ずいぶんと芝居がかった表情だ。「オリヴァー！　ひょっとして、オリヴァー・クロムウェルの名を取って名づけられたのですか？」

オリヴァーは顔に作り物の笑みを張りつけた。今にも唇が引きつりそうだった。

「いいえ、ミス・フェアフィールド、違いますよ」

「違うんですか。てっきりあなたのご両親は、イングランド共和国の初代護国卿を手本にしてほしいという願いをこめて名づけたのだと思いましたわ。オリヴァー・クロムウェルも政治家になりたての頃は、あなたのようにごくふつうの人物だったんですよね？」

「ぼくの名前には、そんなたいそうな意味はありません」彼は話を切りあげようとした。

「たまたま母の父親の名前がオリヴァーだったんです」

「それじゃあ、もしかしたら、あなたのおじい様は――」

「それはないです」オリヴァーはさえぎった。「とにかく、家族は誰もぼくが死んだあとに処刑される（オリヴァー・クロムウェルは死後、墓から掘りだされ、絞首刑ののち斬首されている）ことは望んでいません」

一瞬、ミス・フェアフィールドは唇の端に笑みを浮かべた。いや、そんな気がしただけだったのかもしれない。今の彼女は無表情だ。急に会話が途切れ、沈黙が落ちる。

一秒、二秒、三秒……。

こういう寒々とした沈黙は、上流社会ではよくあることだ。彼らはみな、表面上は礼儀正しいが、侮蔑の気持ちを沈黙の長さで表す人間だ。ふと、オリヴァーは子供の頃を思いだした。ぼくは他人行儀な上流階級と、自分の両親が属する大らかな労働者階級のふたつの世界のあいだでうろうろしていた。あのときは、上流社会の流儀など何も知らなかった。そんなぼくは、夏休みじゅう肉体労働に明け暮れていたことや、父親が元ボクサーだったことなどをしょっちゅう無邪気に話していた。そしてそのたびに、いつも冷ややかな沈黙が返ってきた。

上流社会とはこういうものだと思い知るまで何年もかかったが、今では沈黙ともうまくつき合えるようになった。オリヴァーはミス・フェアフィールドの様子をうかがった。

四秒、五秒、六秒……。

彼女の唇がわずかに開いた。顔に明るい笑みが広がっていく。重苦しい沈黙が流れていたことなどおくびにも出さない。

「今夜はほかに誰がお見えになるのですか？」ミス・フェアフィールドはふたたび話しだした。「キャドフォードやウィルトンも来るのかしら？」

「いいえ――」ハプフォードは周囲を見まわした。「ええと、ウィルトンは来ません……体調が悪いので」

「それは――あれですね？　なんて言ったかしら？　真実を言いたくないときに使うあれでしょう？」ミス・フェアフィールドは首を横に振った。大粒のダイヤモンドが大きく揺れている。「ああ、もどかしいわ。舌の先まで出かかっているんですよ。ちょっと待ってください。もうすぐ思いだせそうだわ……」彼女が顎をあげた。その瞬間、瞳がきらめいた。「婉《えん》曲《きょく》表現よ！」指をぱちんと鳴らす。「それは婉曲表現ですよね？　本当は、ウィルトンは昨夜のお酒がまだ抜けていないのではないですか？」

男たちはいっせいに目を見交わした。「それでは」ハプフォードが恐る恐る口を開く。「ミス・フェアフィールド、どうぞぼくの腕にお手を……」彼はそそくさと玄関広間から彼女を連れ去った。

「まったく、ハプフォードは退屈な男に成り果ててしまったな」ウィッティングが言った。「以前はおもしろいやつだったんですよ。ミス・ジョンソンと知りあってから、すっかりつまらなくなってしまった。女にのぼせあがると、こうも変わるんですかね」

オリヴァーは黙っていた。もともと陰口を叩くのは好きではない。それは卑怯《ひきょう》であり、小心者のすることだ。

招待客がひとり、またひとりと集まりだした。まもなく晩餐がはじまる。気の毒なミス・フェアフィールド。これから容赦なく笑い物にされるのだろう。その場面に、自分は同席しなければならないのだ。

2

今夜の食事は苦痛以外の何物でもない。オリヴァーは心の中で盛大にため息をついた。ミス・フェアフィールドの大きな声が耳に響く。まさに彼女の独壇場だ。

今、彼女はウィッティングに大学での勉強について尋ねている。ウィッティングは、いちばん真剣に取り組んでいるのは茶色い液体の研究だとふざけて答えた。そんな彼を、ミス・フェアフィールドはじっと見つめている。

「驚きましたわ！」彼女は、これ以上は開かないというくらい目を丸くした。「物理の勉強をなさっているんですか？　あなたが優秀な頭脳の持ち主だったとは思ってもいませんでした」

ウィッティングはミス・フェアフィールドを見つめ返した。「あなたは――」彼が激しく葛藤しているのがわかる。公然とばか呼ばわりされたのだ、腹の中は煮えくり返っているだろう。だが、紳士というのは人前で女性に向かって怒鳴り散らしたりしないものだ。ウィッティングは何度か深呼吸を繰り返してから、ミス・フェアフィールドに言った。「はっきり言って、物理にはまったく興味がありません。ぼくが好きなのは……」肩をすくめ、無理やり作った笑顔を彼女に向ける。「ミス・フェアフィールド、ぼくはあなたの言ったことを勘違いしたようです」

英国紳士の辞書――婉曲法と社交辞令の宝庫――では、これは最も辛辣な侮辱表現の部類に入る。〝ぼくはあなたの言ったことを勘違いしたようです〟とは、〝口を慎め〟という意味だ。オリヴァーは両手の指先を合わせて尖塔《せんとう》を作り、ふたりの攻防戦を見ていた。気まずくてしかたがないのに、どうしてもほかに視線を向けることができなかったのだ。

ミス・フェアフィールドは平然としている。その堂々とした態度はあっぱれとしか言いようがない。「あなたはわたしの言ったことを勘違いしたのですか？」気遣いにあふれた声だ。「それは大変失礼しました。わたしがもっと早く気づくべきでしたわ。文章が複雑すぎて、あなたの頭では理解できなかったのですね」彼女はウィッティングのほうへ身を乗りだして、ふたたび口を開いた。今度はさらに大きな声で、一言一句ゆっくりと発音している。まるで耳の遠い祖父に向かって話しているかのようだ。「わたしは、あなたの、知能が、そんなに、高いとは、思ってもいなかった、と言ったのです。それでは、きっと、勉強に、ついていくのは、大変でしょう。物理は、非常に、難しい、科目、ですから」

ウィッティングの顔が真っ赤に染まっている。「だから、ぼくは――」

「でも、わたしの、考えが、間違っているのかもしれません」ミス・フェアフィールドが朗らかな笑みを浮かべて言った。「それで、物理の世界は、楽しいですか？」

「いいえ、さっきも言った――」

彼女は励ますようにウィッティングの手を叩き、にっこりした。「心配、しなくても、大丈夫ですわ」優しく話しかける。「あなたも、努力をすれば、じゅうぶん、ついていけますよ」

ウィッティングは椅子の背にぐったりと体を預けた。口がぱくぱくと動いているが、肝心の言葉が出てこない。

なんと大胆不敵な女性だろう。ミス・フェアフィールドの完勝だ。彼女はにこやかに微笑みながら、ウィッティングを奈落の底に突き落とした。しかも演技もうまい。ウィッティングの手をそっと叩いているときは、心から彼を力づけているように見えた。

ミス・フェアフィールドはハプフォードと話しはじめた。演説法の授業について尋ねた彼女に、彼はその講義を受ける予定はないと答えている。

「そばかすには」いきなり彼女がオリヴァーに声をかけてきた。ふたりはテーブルをはさんで向かい合わせに座っていた。「レモンジュースが効くんですよ。もう試されました?」

「おばにもよくそう言われますよ」オリヴァーは小声で言った。「いいえ、まだ試していません」

「あら、わたしとしたことが」ミス・フェアフィールドが決まり悪そうな表情を浮かべた。「うっかりしていましたわ! レモンを大量に買うのは無理ですよね。特に、あなたのような身分の方は」

オリヴァーは無言を決めこんだ。

ミス・フェアフィールドがブラデントンへ目を向けた。いったい今度は何を言いだす気だろう？　彼女は満面に笑みをたたえて、侯爵の上着の仕立てのよさを褒めはじめた。だが、それで終わらなかった。ひどい撫で肩をうまく隠していると、余計なひと言をつけ加えた。

ブラデントンは何も言い返せず、顔をそむけてしまった。ミス・フェアフィールドはナプキンを膝の上に置いた。

「会話の流れが止まってしまいましたわね」彼女がさらに続ける。「でも、こういうこともありますわ。わたしは気にしていません。誰もが当意即妙な切り返しができる、賢い頭を持っているわけではないですもの」

ブラデントンが唇を引き結んだ。

「閣下」ミス・フェアフィールドはまだ話している。「ひょっとしたら、あなたは理解力が劣っているのかもしれませんね。ですが、あなたは侯爵閣下です。最初にそう名乗られると、誰もあなたにその欠点を指摘できなくなります。ですから、あなたが気づいていなくてもしかたありませんわ」

ブラデントンの鼻孔が広がった。電光石火のごとく、すでにミス・フェアフィールドはオリヴァーに向き直っていた。

「ミスター・クロムウェル」彼女が口を開いた。「あなたのことをもっと教えてください。毎日どのように過ごしていらっしゃるの？　たしか、あなたは……会計士ですよね」

実際はもっと込み入っている。でも、話すだけ無駄だろう。現に今だって、二〇〇年も前にこの世を去ったオリヴァー・クロムウェルと名前を間違えたくらいだ。本当はこちらの職業に興味などまったくないはず。「ぼくはケンブリッジ大学で法律を学びました」オリヴァーはあれこれ考えをめぐらせた末に話しはじめた。「しかし――」

「あら、それではあなたは事務弁護士なのですね？　わたし、よくわからないのですが、会計士と事務弁護士はどう違うのでしょう？　このふたつの職業は非常に似ていると思いませんか？」

まともに取り合うつもりはなかったのだが、気づいたら言葉が口から出ていた。

「事務弁護士は――」

「なぜなら、わたしの事務弁護士はお金の管理もしていますもの」ミス・フェアフィールドは完全にオリヴァーを無視した。「ミスター・クロムウエル、あなたは金銭管理以外にどんなお仕事をしているのですか？」

彼女は真剣な表情でこちらを見つめている。オリヴァーは顔を伏せた。それでも、ランプの光を受けてきらめくダイヤモンドのイヤリングの輝きは視界の隅に見えた。もうここで負けを認めたほうがいい。詳しく説明したところで、社会の厳しさとは無縁の世界に住んでいる者にわかるわけがない。しょせん、こちらに勝ち目はないのだ。「ミス・フェアフィールド、あなたのおっしゃるとおりです。このふたつの職業にたいした違いはありません」彼は淡々と返して顔をそむけた。

こちらのしかめっ面を見逃さなかったに違いない。彼女が身を乗りだしてきた。

「まあ、ミスター・クロムウェル、どこか痛いのですか？」思いやりのこもった声だ。「なんだかとてもつらそうですよ」

できるものなら、ミス・フェアフィールドの存在そのものを無視したかった。だが、このまま聞こえないふりをするのは失礼だ。オリヴァーはゆっくりと彼女に向き直った。次はどんな言葉を浴びせられるのだろう？

ミス・フェアフィールドは心配そうな表情を浮かべている。

「あなたの今のうめき声。わが家の庭師とそっくりでした。彼は腰痛持ちなんです。痛みがひどいときは、わたしが作った湿布を貼っています。その湿布薬を使ってみませんか？」

「いや、結構。ぼくは腰痛持ちではないので」オリヴァーの声は思いのほか冷たく響いた。

「庭師が言うには、不思議なほどよく効くそうです。湿布を貼るのと貼らないのでは、まったく違うんですって。ミスター・クロムウェル、あなたのお宅に送りますので、ぜひ試してみてくださいな。まだ若いからといって、腰痛を軽く見ないほうがいいですよ」

オリヴァーはしばらく黙りこんでいた。自分は今まで腰痛で悩んだことはないと、もう一度彼女に言ってやろうか？　それとも笑い飛ばしてこの話を終わりにするか？　だが、この場で一笑に付したら彼女に恥をかかせてしまうだろう。

オリヴァーは彼女の目を見据えた。「それでは、ミス・フェアフィールド、お言葉に甘えさせていただきます。湿布薬はぼくのロンドンの家に送ってください。住所は――イングランド、ロンドン、ロンドン塔気付、オリヴァー・クロムウェル行でお願いします」

ほんの一瞬、ミス・フェアフィールドが固まった。スプーンを取ろうとした手がテーブルの上で浮いている。彼女が目を大きく見開いて見つめ返してきた――それからすぐに視線をそらした。「考えてみると余計なお世話ですよね。失礼しました。今、わたしが話したことは忘れてください」

こんな言い方はしたくないが、ミス・フェアフィールドと食事をするのは拷問に等しい。本当に羽根で撲殺されそうだ。いずれ彼女も誰かと結婚するだろう。イングランドのどこかに、莫大《ばくだい》な持参金を必要としている男は必ずいるはずだ。彼女の結婚相手は、ぜひとも耳が不自由な男であってほしい。心からそう願わずにはいられない。

やれやれ、とんだ夜になってしまった。ミス・フェアフィールドの言動は常軌を逸している。それなのになぜか……。

ようやく晩餐が終わった。男たちはそそくさと退散した。ほんのひとときでも、ブランデーや葉巻を楽しみながら息抜きができるのはありがたい。

図書室に逃げこんだとたんに、男たちの口から次々とため息がもれた。

「ミス・フェアフィールドは」ウィッティングがすかさずオリヴァーに近寄ってきた。「ぼくが話したとおりの女だったでしょう？」

「それでも」ブラデントンが口を開いた。「レディの悪口は言うな。不作法だぞ」

「少しは紳士らしくふるまえよ」ハプフォードが大人びた口調で言う。

ウィッティングは口をとがらせて、そっぽを向いた。そのとき彼は、おじが微笑んでいることに気づいた。ブラデントンは実に底意地の悪い笑みを浮かべている。「ぼくをだましましたね」ウィッティングはにやりとした。「あの女に仕返しをしてやりましょうよ。思いきり侮辱してやるんです。おもしろそうだと思いませんか？」

ハプフォードは大きくため息をついて、視線をそらした。

オリヴァーは無視を決めこんだ。たしかにミス・フェアフィールドの態度はひどかった。それは否定のしようがない。だが女性に仕返しをするのは、あまりにも紳士らしからぬ行為だ。男たちから集中攻撃を受けたら、いくら度胸のある彼女でも、ひとたまりもないだろう。

学生時代は自分も言いたいことを言っては、しょっちゅうさんざんな目に遭ったものだ。あの頃の自分と今の彼女が重なった。ブラデントンのような気位の高い男と話をするときは、特に細心の注意を払う必要がある。褒め言葉しか受け取らないからだ。まいったな。ミス・フェアフィールドはブラデントンが立てた塀を飛び越え、彼の土地に入りこんでしまった。この男は決して容赦しないだろう。必ず彼女に復讐《ふくしゅう》するはずだ。

「あいつめ、まったく癪に障る女だ。絶対に目にもの見せてやる」ウィッティングが憎々しげに吐き捨てた。「あの口を殴りつけてやればよかった」

自分も数えきれないほど、こんなふうに罵詈《ばり》雑言《ぞうごん》を投げつけられた。今のはこちらに向けられた言葉ではないが、それでももううんざりだ。

オリヴァーはブランデーをグラスに注ぎ、ひとり離れて窓際に立った。

何も聞きたくない。一緒になって笑いたくもない。ブラデントンが声をかけてきたが、仲間に加わる気はさらさらなかった。

図書室をあとにして女性たちがいる部屋へ戻ったときには、かえってほっとしたくらいだった。

しかし結局、気分は悪いままだった。男たちが束になり、ミス・フェアフィールドを攻撃しはじめたのだ。彼らは順番に彼女の隣に立ち、侮蔑の言葉を吐きつづけている。そして彼女が言い返すたびに、ウィッティングが自分たちの仲間に入るようオリヴァーに目で合図してきた。

オリヴァーは素知らぬ顔で、部屋の隅にあるデザートがのったテーブルに向かった。プチフールを皿にのせ、窓辺に行って外を眺める。逃げ場はどこにもなかった。しばらくすると、ミス・フェアフィールドが男たちから離れてオリヴァーの隣に来た。

「ミスター・クロムウェル」穏やかな温かい声だった。

オリヴァーがうなずくと、彼女は静かに話しだした。

その声が不思議と心地いい。柔らかな話し声や愛らしい笑い声が、優しく耳に響く。

ただし、まだ彼女にはミスター・クロムウェルと呼ばれているが。ミス・フェアフィールドは、「会計士の仕事は大変でしょう」とねぎらいの言葉をかけてきた。しかも、これで三度目だ。果たして本心なのだろうか？　自分のような階級に属している人間に――生活のために働かなければならない人間に対して、彼女が敬意を抱くことなどありうるのか？　まあ、社交辞令でもかまわない。こてんぱんにけなされるよりはましだ。

オリヴァーはていねいな態度を崩さずに、笑みを浮かべてミス・フェアフィールドの話に耳を傾けていた。すると彼女は突然、オリヴァーが持っている皿からプチフールをひとつ、つまみ取った。どうやら無意識に手を伸ばしたようだ。プチフールを持ったまま身ぶり手ぶりを交えて、笑顔で話しつづけている。

当然ながら、部屋にいる全員がその様子を見ていた。

背後から小ばかにした笑い声が聞こえてくる。「豚が飼い葉桶《おけ》の餌をむさぼっているぞ」

ウィッティングの声だ。オリヴァーは歯を食いしばり、嘲笑を無視した。

今のウィッティングの大声が聞こえなかったわけがない。それなのに、ミス・フェアフィールドはまったく動じていない。

「それで、わたしはこう思うんです」にっこりして、彼女が言葉を継いだ。「あなたは数字の達人に違いないと。すばらしい才能だわ。きっと雇用主からも大いに将来を期待されているんでしょうね」

ミス・フェアフィールドはプチフールをもうひとつつまんだ。

「見ろよ、あの派手な格好。あれだけの量のレースをいったいどこで見つけてきたんだろうな」またしてもウィッティングだ。

なぜか、急に二〇年も前の出来事がよみがえってきた。当時、妹のローラはぽっちゃりした女の子だった。ある日の午後、家に向かって歩いていたローラのうしろを男の子がふたり、牛の鳴き声をまねながらずっとついてきた。偶然その場に出くわしたオリヴァーはかっとなり、気づいたときにはその男の子たちを殴りつけていた。

だが、ミス・フェアフィールドはぼくの妹ではない。それに彼女は何を言われても気にしていないようだ。とはいえ、彼女も誰かの妹かもしれないし、大の男がこぞってひとりの女性をつるしあげるのは、やはり見ていて気持ちのいいものではない。

待て、早まるな。思いだしてみろ。今夜ここに来た目的はなんだった？　ブラデントンと選挙法改正について話をするためだろう？　来月の国会で法案に賛成票を投じてほしいと侯爵に頼むためだったはずだ。正義の英雄を気取るためにここへ来たわけではない。

オリヴァーは沈黙を保つことにした。

ミス・フェアフィールドがまたプチフールに手を伸ばしてきた。オリヴァーは皿ごと彼女に渡した。

一瞬、ミス・フェアフィールドが驚いた表情を見せた。じっと立ち尽くしたまま、愛くるしい瞳をきらめかせてこちらを見あげている。とてもきれいだ。おかしなドレスを着ていなければ、もっときれいなのに。肘にえくぼができている。手を伸ばして、そのかわいらしい形をなぞりたくなった。

「申し訳ない、ちょっと失礼します」オリヴァーは言った。「でも……皿を持っていくわけにはいかなくて……トイレなので」

ミス・フェアフィールドが目をしばたたいた。オリヴァーはお辞儀をして扉に向かった。

「いったい彼はどうしたんだ？」ウィッティングのいぶかしむ声が聞こえた。

どうしたもこうしたもない。答えは簡単だ。人を笑い物にして楽しむような者たちとは、同じ空間にいたくなかった。

ジェーンはエミリーの部屋へ通じる扉を閉めると同時に、大きく息を吐きだした。頬をそっとマッサージする。ずっと笑みを張りつかせていたせいで、顔の筋肉がこわばっていた。マントを衣装戸棚の上に置いて、ゆっくりと肩を前後にまわした。緊張がほぐれていくにつれ、徐々に素の自分に戻っていく。

今夜はもう演技をしなくてもいいと思うと、ふたたび安堵《あんど》の吐息がもれた。ジェーンはベッドに座り、ナイトドレス姿のエミリーと向き合った。

「それで?」エミリーがにっこりして口を開いた。「晩餐会はどうだったの?」

ジェーンは妹に微笑み返した。今夜はじめて顔に浮かぶ自然な笑みだ。

一見、ふたりは姉妹には見えない。エミリーは柔らかな金髪の巻き毛で、ジェーンはこげ茶色の巻き毛。エミリーの顔立ちは繊細で、細い眉は美しい弧を描き、まつげは豊かで長い。一方、ジェーンの顔立ちは——どこを探しても繊細な部分は見当たらない。とはいえ、決して月並みではなく、じゅうぶんきれいだ。〝太っているわりには〟という注釈がつくけれど。それでもエミリーの美しさにはまったくかなわない。一緒に並ぶと自分が荷馬になった気分になる。体重が一トンもある、たくましい馬に。

ふたりが似ていないのは、きっとそれぞれの父親の血を濃く受け継いだからだろう。そしてその自分の父親のことも、ジェーンの人生に影を落としている。

「ねえ、どうだったの？」エミリーは繰り返した。「新顔の男性も来ていたんでしょう？どんな人だった？」

はかなげで美しい外見からは想像できないが、エミリーにはせっかちなところがある。常に動きまわっていないと気がすまない性格で、座ったとたん、たちまちいらだちはじめるのだ。

なぜか最近は、その傾向がいっそう激しくなってきた。

ジェーンは一瞬間を置いてから話しはじめた。「背が高かったわ」そう、彼はたしかに長身だった。ハイヒールを履いていたわたしより、少なくとも五センチは高かったもの。そういう男性はめったにいない。「それに頭もよかったわね」あのロンドン塔の住所は笑えた。まさかあんなにうまい切り返しができる人だとは思ってもいなかった。しかも、彼は皮肉をさらりと言ってのけた。「でも、最後には逃げだしたわ」

ジェーンは口元にかすかな笑みを浮かべ、衣装戸棚のほうへ向かった。ほろ苦い勝利。彼は紳士だった。ていねいな態度を貫こうとしていた。

「何をしたの？」

「彼のデザートを平らげたのよ」

「すてき。わたしが教えた技を使ったのね」エミリーが顔をほころばせる。「だけど、デザート作戦は温存しておくんだと思っていたわ」

「そのつもりだったのよ」ジェーンはぼやいた。「ところが、ことのほか優しい人で、おまけにおもしろいの。すっかり予定が狂ってしまったわ。彼と話しつづけていたら、わたしのほうが笑いが止まらなくなりそうだったの。男の人を遠ざけないといけないのに、それではまずいでしょう？　だから最後の切り札を使うしかなかったのよ」

「じゃあ、また新しい必殺技を考えないとね」エミリーは顎を撫でた。

本当に考えなくてはいけないわ。ジェーンは心の中でつぶやいた。わたしを笑い物にするよう、どうにか彼を仕向けなければ。ミスター・マーシャル、早くほかの男性たちと一緒にわたしをばかにしてちょうだい。あなたが彼らと同類になってくれないと、わたしは安心できないのよ。だけど彼はいい人だから、遠ざけてしまうのは少し残念な気もする……。

ばかね。彼がわたしに優しくしてくれたのは下心があるからよ。一〇万ポンドを手に入れるためなら、いくらでも親切な男を演じられるはず。ジェーンは頭を振って、明るい赤褐色の髪に温かい目をした男性の姿を追い払い、エミリーに顔を向けた。

「あなたにあげるものがあるの」ジェーンはマントのポケットに手を入れて、妹へのプレゼントを取りだした。

「まあ！」エミリーが背筋を伸ばして座り直した。「嬉しい！　もうあきらめていたのよ」

「今日の午後に見つけたの。でも、タイタスおじ様にあなたは昼寝をしていると言われたから、すぐに渡せなかったのよ」

ジェーンは本を差しだした。

エミリーが顔を輝かせて手を伸ばした。「ありがとう。本当に、本当にありがとう！」ため息をつきながら、慈しむようにそっと表紙を撫でる。「ミセス・ブリックストールに気づかれなかった？」

ジェーンは手を振って、妹の懸念を一蹴した。ミセス・ブリックストールなら、なんの心配もない。今夜の晩餐会に同行するシャペロンにミセス・ブリックストールを選んだのはおじだが、彼女に給金を支払っているのは自分だ。彼女は決しておじに告げ口はしないし、こういった小説を妹にプレゼントするときも見て見ぬふりをしてくれる。だけど、もしおじに見つかったら、間違いなく取りあげられてしまうだろう。

「『ミセス・ラリガーとヴィクトリアアランドの住人たち』」ジェーンは本の題名を口にした。

「ねえ、エミリー、ヴィクトリアアランドはどこにあるの？」

妹はうっとりとした表情を浮かべて、本を胸に抱いている。「雪と氷に覆われた南極大陸にあるのよ。前巻は、ミセス・ラリガーがポルトガルの捕鯨船員に誘拐されて、ヴィクトリアアランドに連れていかれたところで終わったの――どうしてミセス・ラリガーがそんなところにいるのかというとね、解放してほしいと頼んだら、かえって船長の怒りを買ってしまったからなのよ」

「ふうん、そうなの」ジェーンは疑わしそうな目でエミリーを見た。

「前巻を読んでから、もう二カ月も経ったのよ。ミセス・ラリガーがその先どうなったのか、ずっと気が気じゃなかったわ。ようやく読めるのね！」

ジェーンは信じられないというふうに頭を振った。「ヴィクトリアランドに住んでいる人なんているのかしら？　だって不毛の地よ」

「ペンギンやアザラシがいるじゃない。それに、絶対に人が住めないとはかぎらないでしょう？　ミセス・ラリガーは勇敢な女性よ。今までの話を覚えている？　ロシアでは、皇后のペットのウルフハウンドを殺した犯人にされたのに、みずから無実を証明して処刑を免れたのよ。インドでは暴動をたったひとりで鎮圧したわ。日本と中国の合同軍を撃退した直後に、捕鯨船員にとらわれてしまったけれど、彼女ならこの逆境も乗り越えるはずよ」

「ミセス・ラリガーは世界の敵ね」ジェーンはつぶやくように言った。「みんな彼女を死刑にしたがっているんじゃないかしら。案外、そう思われてもしかたない女性なのかもしれないわよ」

エミリーが声をあげて笑う。「お姉様がどうしてミセス・ラリガーを嫌っているのか知っているわ。自分とそっくりだからよね？」

「ちょっと、エミリー、それはひどいわ。わたしが五八歳に見える？」ジェーンは両手を腰に当て、怒ったふりをしてみせた。

「見えないから安心して」エミリーがにこりとして言う。「でも理屈っぽくて口うるさいところなんて、ミセス・ラリガーとよく似ているわ」

「そんなことないわよ」

エミリーは本を開いて、においをかいだ。ナイトドレスの袖が肘まで滑り落ち、丸い傷跡がふたつ見えている。

「まあ、どちらでもいいけれど、この本はくだらないわ」喉が締めつけられ、ジェーンはやっとの思いで言葉を継いだ。思わず拳を握りしめる。あの傷をつけたおじを絶対に許さない。ジェーンの声の調子が変わったことに気づいていたとしても、エミリーは何も言わなかった。「新品なのに、あまりにおいがしないわ。この本はね……結構ためになるのよ。いろいろな国を知ることができるでしょう？」

ジェーンは妹の肩を軽くつかみ、厳しい口調で話しはじめた。「エミリー、この本が作り話なのはわかっているわよね？　一巻ごとに作家が違うかもしれないし、ロンドンから一歩も出たこともない人が書いている可能性もあるのよ。少しもためになんてならないわ。実話ではないんだもの。ロシア人や中国人や日本人がこの本の内容を知ったら、きっと気を悪くするでしょうね」

「それはそうだけど――」

いきなり部屋の扉が開いた。エミリーがあわててふわりと広がったナイトドレスの下に本を隠したのと同時に、ジェーンは立ちあがって妹の前に立った。

おじはジェーンからエミリーへと視線を移し、ふたたびゆっくりとジェーンに戻した。嘆かわしげに首を横に振る。

「まったく、おまえたちときたら」

彼女たちのおじであるタイタスの頭は禿《は》げあがり、顎の肉は垂れさがっている。声は陰気で低く、顔はいつも不機嫌そうだ。はっきり言って、笑顔は見たことがない。おそらく、おじは毎日何時間も鏡の前に立ち、気難しい表情を作る練習をしているに違いない。

「ごまかしても無駄だぞ」タイタスが言った。

ジェーンとエミリーは顔を見合わせた。

「タイタスおじ様！」エミリーがすっとんきょうな声をあげた。「会えて嬉しいわ！」

おじは無言で手を差しだした。エミリーの口から大きなため息がもれる。彼女はのろのろと立ちあがり、タイタスに本を渡した。

「高尚な本なのよ」エミリーはあきらめきれずに食いさがった。「信念を持って行動する女性の話なの……」

「ミセス・ラリガーと……」おじは重く沈んだ声で題名を読んだ。「ヴィクトリアランドの住人たち」苦々しげに吐き捨てる。「ジェーン、こういう低俗な本は妹に読ませるなと言っただろう？」

自分だって、できればこんな突拍子もない物語はエミリーに読ませたくない。でも、この子には気晴らしが必要だ。せめて一五分だけでもいいから外の空気を吸えたら、エミリーもこれほどミセス・ラリガーに夢中にならないだろう。

おじとは、しょっちゅうこの件で言い争いになる。

「おじ様、聞いてちょうだい」エミリーがふたたび口を開いた。「この本はとても勉強になるの。ためになることがたくさん書いてあるのよ。地理も覚えられるし……」

「すべて作り話だ」

エミリーの顔には強い決意がみなぎっている。「これは実話なの。ただ少し脚色しているだけよ」

おじは本を開くと適当にページをめくり、声に出して読みはじめた。「〝食料調達係のアザラシがボートに乗って魚を捕まえに行った。そのあいだ、わたしはペンギンの鳴き声の練習をすることにした〟」おじは本から顔をあげて、エミリーを見た。「この部分も実話を少し脚色しただけなのか？」

そんなわけがない。タイタスはあきれて頭を振った。

エミリーは両手で耳をふさいでいる。「おじ様、やめて！　お願い、読まないで」

「そうやってわたしに逆らったら、どうなるかわかっているのか？」おじはゆっくりとページをめくっていく。「エミリー、わがままは許さないぞ。結末を聞きたくないのなら……」一瞬口をつぐんでから、ふたたび読みはじめる。「〝第二七章。サメがヴィクトリアランドの海岸に――〟」

「ラ、ラ、ラ」エミリーが歌いだした。大きな歌声が部屋じゅうに響き渡る。「ラ、ラ、ラ、ラ」

タイタスは途中で読むのをやめて、本を閉じた。苦虫を嚙みつぶしたような顔をしている。

「エミリー、嘘をついてもいいと誰に教わったんだ？　後見人の話は聞かなくてもいいと誰に言われた？」

おじ様が悪いのよ。ジェーンは心の中で言い返した。こんなふうにエミリーが反抗するのは、すべておじ様のせい。

おじがジェーンに目を向けた。自分のことは棚にあげて、わたしを責めるつもり？　だが、こちらに向けたまなざしには非難の色はなく、その表情はひどく悲しげだった。タイタスは力なくエミリーの隣に腰をおろして、姪の肩をそっと叩いた。

「エミリー」静かな声で話しかける。「おまえは素直ないい子だ。わたしはちゃんとわかっている。それにおまえが姉を愛しているのも知っている」

嘘ばっかり。何も知らないくせに。わかろうとする気もないじゃない。エミリーのことも、わたしのことも。

「それは当然だ。姉妹なのだから」おじは先を続けた。「しかし、おまえの姉は常識に欠けている。これはよく覚えておきなさい」

ジェーンは平静を装った。怒ったり、叫んだり、泣いたりしても意味はない。かえって自分に対するおじの評価がさらにさがるだけだ。

エミリーは大きくかぶりを振った。「そういう言い方はしないで。お姉様はそんな人ではないわ」

「いいかい、エミリー」おじは陰気な声でゆっくりと言葉を継いだ。「わたしは何も姉を嫌いになれと言うつもりない。助け合ってこそ姉妹というものだ。特におまえは体が弱いからな。なおさら姉の助けが必要だろう」

エミリーはナイトドレスをきつく握りしめている。わたしたちは姉妹に見えないかもしれないけれど、ことわざにもあるように、人は見かけによらないものだ。エミリーが姉の悪口を黙って聞き流すわけがない。

だめよ、エミリー、こらえて。言い返してはだめ。ただうなずいて聞いていればいいの。

「おじ様は間違っているわ」エミリーが口を開いた。

「どうしたんだ？　今夜のおまえはずいぶん感情的だな」タイタスは本を上着のポケットに入れた。「エミリー、本が読みたければわたしの書斎に来なさい。いいね？」

エミリーはまっすぐおじを見据えた。「おじ様の書斎にある本を読めというの？　古くさい法律書ばかりじゃない」

「そんなことはない。新しい本もあるさ」

「だったら、今夜は何を読もうかしら？　不動産譲渡に関する専門書なんかおもしろそうね。それよりも、おじ様、書斎には親子間の法律関係について書かれた本もあるの？」

ジェーンは妹に向かって手で合図を送った。もうやめなさい。お願いだから口を閉じて。だが悲しいかな、まったく効果はなかった。エミリーは話しつづけている。

「あら、わたしったらばかね、忘れていたわ。そういえば、書斎にある本はすべて読んでしまったのよ。だって部屋の中に閉じこめられて、一歩も外に出られないんですもの。それに今人気の小説も読ませてもらえない――」

いきなり、おじが立ちあがった。「ミス・エミリー、落ち着きなさい。体に障るだろう。

わたしはおまえを家に閉じこめているわけではない。おまえは教会に行ってもいいし、毎朝ミセス・ブリックストールと一緒に散歩をしてもいいんだ」彼は顔をしかめた。「そんなにいらいらして、いったい何があったんだ？　おまえらしくもない。もしかして、エミリー、今日は……起きたのか？」

「今日は起きたのかですって？」エミリーはきき返した。「ええ、起きたわよ。目覚めもよかったわ」

タイタスはさらに顔を曇らせた。「エミリー、わたしがききたいのはそんなことではない。それはおまえもわかっているだろう」

エミリーがおじをにらみつけた。「じゃあ、何がききたいの？　はっきり言えばいいじゃない」

「今日は……つまり、あれだ……」

エミリーは歯を食いしばった。「発作が起きたわ」

おじは心底心配そうな表情でエミリーを見おろしている。姪の肩に手を置いて、ささやくように言った。「かわいそうに、機嫌が悪いのも無理はない。今夜はもう寝たほうがいい」

「いやよ、まだお姉様から晩餐会の話を聞いていないもの」

タイタスは顔をあげてジェーンをじっと見つめ、やがて大きなため息をもらした。

「エミリー、おまえの姉は……」

エミリーは肩に置かれたおじの手を優しく叩いた。「まさかお姉様と話してはだめだと言うつもり？　じゃあ、誰がジェーンに常識を教えるの？」

おじがふたたびため息をつく。「まったく困った子だ。少しだけだぞ。エミリー……ジェーンに結婚しろと言ってくれないか？　それがわたしたち全員にとって、いちばんいいんだ」

早くわたしを追いだしたいのね、とジェーンは思った。だけど、そう思うのも当然といえば当然だろう。わたしが父の実の子供でないことを、おじは知っている。だからおじはわたしのやることなすこと、すべてが気に入らないのだ。

「わかったわ、おじ様」エミリーは請け合った。

「おまえがいてくれて助かるよ」タイタスは悲しげな笑みを浮かべてそう言い残し、部屋から出ていった。

おじの足音が聞こえなくなるのを待って、エミリーは静かに立ちあがった。

「おじ様なんて大嫌い」ぐっと拳を握りしめ、ベッドに向き直る。「大嫌い、大嫌い、大嫌い」そう言いながら、枕に拳を叩きつけた。「あの悲愴《ひそう》感たっぷりの顔も、あの心配そうな目も、全部大嫌いよ！」

ジェーンは妹のそばに行って、体に腕をまわした。「わかっているわ」

「でも、お姉様はいいじゃない。外に出られるんだから。わたしはもう一九歳よ。それなのに、おじ様はどこにも行かせてくれない。エミリー、発作が起きたらどうするんだ？　いつもこれしか言わないわ。あの不安そうな声も大嫌い。もう聞き飽きたわ。ねえ、お姉様、教えて。このまま衰弱していっても家の中にいるほうがわたしのためだと、おじ様は本気で思っているのかしら？　わたしはそんなのいやよ。道徳哲学と法律書しか読むものがない家の中で一生を過ごすなんて、絶対にいや」

おじの心を読むのは、とうの昔にあきらめた。でも、ひとつだけはっきりわかっていることがある。おじはわたしたちの後見人になどなりたくなかったということだ。原因不明の病を抱えているエミリーだけでも荷が重いのに、わたしは血のつながりさえないのだからなおさらだ。

ジェーンはエミリーを強く抱きしめた。「あと一五カ月と少しよ」妹の耳元でささやきかける。「エミリー、あと一五カ月と少しで、あなたは二一歳になる。そうしたら、一緒にこの家を出ましょう。そして好きなだけ読書を楽しむの。ほしい本はすべて買っていいわ。パーティーにも毎晩出かけていいわよ。誰もあなたの邪魔はしないわ。約束する」

エミリーは小さく吐息をもらした。「わたしはミセス・ラリガーがヴィクトリアランドから脱出できたかどうかを知りたいわ」

少しエミリーをからかってやろうかしら。一瞬、そんな考えが頭をよぎった。でも、今夜この子はもうじゅうぶんすぎるほど苦しんだ。ジェーンは何も言わずに衣装戸棚に向かい、マントのポケットからもう一冊本を取りだした。「いつもおじ様に見つかるでしょう……だから二冊買っておいたの」

見る見るうちに、エミリーの顔に笑みが広がっていく。「ああ、さすがお姉様だわ。大好きよ」ジェーンから本を受け取ると、さっそく表紙を開いて、精緻な口絵にそっと指を這《は》わせた。「いつもありがとう。お姉様がいないと、わたしは死んだも同然よ」

エミリーにはおじのような後見人ではなく、心から彼女のことを思ってくれる人が必要だ。絶えず干渉してくるおじを、妹から引き離してくれる人が。わけのわからない治療をして、この子に苦痛を与える医師を追い払ってくれる人が。いつも抱えているやり場のないいらだちを取り除いて、笑顔にさせてくれる人がエミリーには必要なのだ。たとえ低俗な本をプレゼントするような人でも。

「きっとおじ様は腹を立てるわね」ジェーンはささやいた。「だって、あなたはわたしを説得して結婚する気にさせなければいけないのよ。それなのに、こんなことをしているんですもの」

エミリーはぎゅっと目をつぶり、首を横に振った。「いやよ、結婚なんてしないで。お願い、ジェーン、わたしを置いていかないで」

おじが聞いたら頭を抱えそうな台詞だ。父の弟であるおじは、わたしをフェアフィールド家の恥だと思っている。だから当然、わたしを愛してもいない。でも、それは無理もないこと。わたしは母の不義の子供なのだから。おまけに理屈っぽくて、議論好きで、礼儀作法も身についていない。おじからしたら、わたしは目障りな存在以外の何物でもないだろう。一刻も早く結婚させて、厄介払いしたいのもうなずける。それでもおじが今までわたしに我慢していたのは、亡くなった兄に恩義があるからだ。

ジェーンは妹を腕の中に抱き寄せた。ふいに、ブラデントン侯爵のこわばった顔が浮かんできた。こちらに向けたジョンソン姉妹のうわべだけの優しい笑顔も。そして皿からプチフールをつまみ取ったとき、ミスター・マーシャルの顔に浮かんだ表情も。ずうずうしい態度を取りつづけるのは、いつも以上に神経がすり減った。今夜はもうくたくただ。

ジェーンは気持ちを奮い立たせて笑みを浮かべた。「大丈夫よ。置いていかないわ」ミスター・マーシャルは誠実そうな男性だった。けれど、自分はそういう人にまで不快な思いをさせたのだ。「安心して、結婚なんてしないから」

3

晩餐会はお開きとなり、女性たちが帰ったあとも、男たちはまだブラデントン邸に残っていた。オリヴァーはブラデントンとふたりで話ができる瞬間を、今か今かと待ち構えていた。一分でも早く自分の意見を伝えたかった。

だが、そんなはやる気持ちとは裏腹に、時間だけが過ぎていく。ブラデントンは今、ブランデーを飲みながら甥のハプフォードと話をしていた。

大人の仲間入りを果たしたばかりの二一歳の若者から見て、政治の世界は刺激的に映るのだろう。ハプフォードは目を輝かせておじの話を聞いている。ブラデントンは甥に次々と質問を浴びせはじめた。誰が何を言ったか。話をしているとき、どんな表情だったか。その人物をどう思ったか。彼は優しく問いかけ、甥の答えに熱心に耳を傾けている。実に見事な教師ぶりだ。

「よろしい、合格だ」ブラデントンは甥を褒めた。「すばらしい洞察力だな。きみは立派な政治家になるだろう。一族の誇りだよ」

ハプフォードはうっすらと顔を赤らめて、うなずいた。「おじ上の期待に応えられるよう頑張ります」

ブラデントンがふとオリヴァーに目を向けた。どこか含みのある笑みを浮かべている。

「ハプフォード、マーシャルをどう思う？」侯爵はゆったりとした口調できいた。

ハプフォードはオリヴァーを見て、ごくりとつばをのみこんだ。「ぼくは――ええと――彼は……そうですね、ミスター・マーシャルは……」

「おいおい、本人の前では話しづらいのか？　だが、何も気にするな。わたしとマーシャルは長年の知り合いだし、彼は今夜わたしに頼み事があるんだ。思ったままを率直に言ったくらいで怒ったりしないさ。そうだろう、マーシャル？」

オリヴァーはうなずいた。「ああ」

「そうですか。では――」ハプフォードはひとつ大きく息を吸いこんで、話しはじめた。「見たところ、ミスター・マーシャルは――」

「待て」ブラデントンが人差し指を立てて制した。「きみはわたしの言葉を真に受けたのか？」

ハプフォードは困惑した表情でおじを見た。「それではいけないのですか？」

「いいか、ハプフォード。誰の言葉もそのまま信じてはいけない。わたしの言葉も、マーシャルの言葉もだ」ブラデントンは笑顔で甥の肩を叩いた。「実は、今のは上級者向けの質問なんだよ。通常この訓練はもう少しあとでするんだが、きみはのみこみが早いから試してみたんだ。なあ、マーシャル、なぜきみがわたしの意見に同意したのか、甥に教えてやってくれ」

「きみが何を目論《もくろ》んでいるのか知りたかったからかな」オリヴァーは戸惑いながら言った。「では、きみが目の前にいるのに、わたしはなぜ甥にきみのことをきいたんだと思う？」

ブラデントンは何を期待しているのだろう？　この場合は、質問に対してまともに答えたほうがいいのだろうか？

少し間を置いてから、オリヴァーは口を開いた。「きみは自分の思いどおりにぼくを動かせることを見せたかったのだろう。自分のほうが優位に立っていることを示したかった」

「正解だ」ブラデントンは満足げだ。「ハプフォード、よくわかっただろう。わたしやきみのような人間は権力を握っているんだよ。そして、われわれはどんなものでも手中にできる。だが、権力を持っていない者が手に入れられるものは、ごくわずかしかない。巨大な力を持つ……いや、いい」彼は肩をすくめた。「それで、ハプフォード、マーシャルが手に入れたがっているものはなんだと思う？」

「おじ上の賛成票です。ミスター・マーシャルは選挙権の拡大を求めていて、その実現にはおじ上の支持が必要ですから」ハプフォードは即座に答えた。「そのことで、ミスター・マーシャルにおききしたいのですが――」

「あとにしろ。ほかにマーシャルがほしいのはなんだ？」

「それは……」ハプフォードは唇を嚙んだ。「おじ上の力です。おじ上は強い影響力を持っています。ですから、あなたが支持にまわれば、賛成票は増えるでしょう」

「よくできた、見事だ。では、きみの習熟度を確認するためにテストをしよう。マーシャルがほしいものは、まだほかにもある。それは何かな？」ブラデントンは椅子の背に深くもたれかかった。

沈黙が部屋を満たす。ハプフォードは目を凝らしてオリヴァーの顔を見ている。じっと眺めていれば答えが見つかるとでも思っているのだろうか。だが、しばらくすると彼は首を横に振った。

「マーシャルの立場になって考えてみるんだ」ブラデントンが淡々と助言を与えていく。「きみは貧しい農場経営者の息子だ。両親はきみにいい教育を受けさせるため、身を粉にして働いている。やがてきみはイートン校に入り、それからケンブリッジ大学に進んだ。これがきみの生まれ育った世界だよ。しかし、きみは別の世界ともつながりがある。上流社会とも結びついているんだ。さあ、ハプフォード、きみなら何がほしい？」

ハプフォードは指にはめた指輪を触りながら、真剣な表情で食い入るようにオリヴァーを見つめている。

「お金、でしょうか？」あまり自信のなさそうな声だ。

ブラデントンはうなずいた。

「名誉も？」

ふたたびうなずく。

「それから……」ハプフォードはあきらめの表情で首を横に振った。

「マーシャル、甥に答えを教えてやってくれないか」

オリヴァーは口を開いた。「答えは、すべてだ。ぼくはほしいものをすべて手に入れたい」単純明快な真実。嘘偽りのない正直な気持ちだ。

「えっ？」ハプフォードは、わけがわからないといった表情を浮かべている。

「ところで」そんなハプフォードを尻目に、オリヴァーはブラデントンに向き直った。「例の法案だが――」

「あとにしてくれ」ブラデントンがさえぎった。「ハプフォード、テストを続けるぞ。ミス・フェアフィールドのことをどう思う？」

予想外の質問だったのだろう、彼の甥は目をしばたたいた。「たしかにおじ上の言うとおり、ぼくもミス・フェアフィールドは少し変わっていると思います。でも、ジェラルディンはそんなふうに彼女を見ていません……」ハプフォードは口をつぐんだ。「ミス・フェアフィールドの話はやめましょう。ぼくは人の悪口を言うのは嫌いです」

「きみは」ブラデントンがにべもなく切り返す。「真面目すぎるぞ。さあ、答えてくれ。なぜミス・フェアフィールドのことを変わっていると思ったんだ？」

ハプフォードは椅子から立ちあがり、窓に向かって歩いていった。しばらく窓辺にたたずんで外を眺めていたが、やがてゆっくりと振り返り、おじに目を向けた。

「ミス・フェアフィールドは……自分の立場をわかっていない気がします」

ブラデントンは口をきつく引き結んでいる。晩餐の席で、ミス・フェアフィールドにやりこめられていたときと同じ表情だ。まさに彼女は侯爵に向かって言いたい放題だった。今夜の招待客の中で、ブラデントンにあんな口をきけるのは彼女以外に誰もいないだろう。

「ああ、まったくだ」ブラデントンはこわばった声で吐き捨てた。「ミス・フェアフィールドは身のほどをわきまえていない。ハプフォード、あの不作法な女をどうしたらいい？」

ハプフォードは顔をしかめた。「どういう意味ですか？　ぼくは何もする必要はないと思います。ミス・フェアフィールドは誰かを傷つけたわけではありませんから」

「いいや、きみは間違っている」ブラデントンの口調は静かだった。「ミス・フェアフィールドはみなを傷つけた。それもこれも、彼女が身のほどを知らないからだ。あの女には分相応というものをわからせてやらないといけない」

ハプフォードはひと呼吸置いて話しはじめた。「それでも……」小さくかぶりを振る。「もうミス・フェアフィールドを悪く言うのはやめませんか？　ジェラルディンもいやがります。ぼくは婚約者を怒らせたくありません」

「なるほど」ブラデントンは険しい顔を甥に向けた。「数年後のきみの姿が楽しみだ。そのときも、あいかわらずミス・ジョンソンの尻に敷かれているのかな。まあ、それはそれとして、根本的にはきみの考えは正しいよ。紳士たるもの、女性に不快な思いをさせてはいけないからな。それに、紳士はみずから評判を落とすようなまねはするべきではない」

ハプフォードはほっとした表情を浮かべると椅子に戻り、腰をおろした。

ブラデントンが身を乗りだして、甥の髪をくしゃくしゃにする。「ハプフォード、このままここに座って、話を聞いていなさい」

侯爵がゆっくりとオリヴァーのほうへ向き直った。その目つきを見たとたん、いやな予感がした。顔に張りついた笑みも気に入らない。ブラデントンのことだ、何かをたくらんでいるのは間違いないだろう。

「マーシャル、待たせたな、きみの番だ。例の選挙法改正案の話をしよう」ブラデントンの声は不気味なほど穏やかだ。「前回、わたしがこの法案に反対票を投じたのはなぜだと思う？」

「ぜひともきみの口から、その理由を聞かせてもらいたい」とはいえ、なんとなく予想はついている。

「答えは簡単だ。今のままで何も問題がないからだよ。だいたい何様だと思っているんだ？自分の立場というものをわきまえるべきだろう。選挙権を拡大するなんて、わたしは反対だ。労働者階級にまで選挙権を与えたら、収拾がつかなくなるのは目に見えているからな」

オリヴァーはひと呼吸置いてから、静かに口を開いた。「それでも僅差での否決だった。だから――」

「そんなに選挙権がほしいのなら、まずは税金をおさめてくれ」

オリヴァーはいらだちをのみこんだ。ここで反論したら、この先何年もまた同じ議論を繰り返さなければならなくなるだろう。小さな一歩でもいい。今はとにかく前に進みたい。

「税金については、低く抑えてくれたら支払えると思う」

「たぶんそうかもな」ブラデントンは指で椅子の肘掛けをせわしなく叩いている。「ハプフォード、なぜマーシャルはこの法案にこれほど熱心に取り組んでいるのだろう？」

「それはミスター・マーシャルの生い立ちと関係があると思います」ハプフォードは顔を赤らめた。「ミスター・マーシャル、失礼なことを言ってすみません」

「ハプフォード、ほかには？」

「ええと……」ハプフォードは首を横に振り、オリヴァーの顔をちらりとうかがった。何か答えが見えたのだろうか、若者の表情が明るくなった。「世間は今、選挙法改正の話題で持ちきりです。ですから、この法案が可決されたら、ミスター・マーシャルは一躍時の人となり、名声を得られるでしょう」

「そのとおりだ」ブラデントンが言った。「前回反対にまわったのは、わたしと友人の議員たちだった。マーシャルがまとめ役となって活躍したらどうなるかを考えたのさ。この男は尊敬され、大いにもてはやされるに違いないとね。まったく見事な戦略だよ」

オリヴァーはわきあがる怒りをこらえた。

「だが、わたしはマーシャルを高く買っている。われわれの仲間に入れてやってもいいと思っているんだ」ブラデントンは上機嫌で話しつづけている。「いいか、ハプフォード、われわれのような立場にいる者は、ただ投票すればいいわけではない。権力もおすそ分けしてやるんだよ。ただしその代わりに、彼にも自分の立場をわきまえてもらわなければならない」

自分の立場……。オリヴァーは心の中で思った。何かにつけて、いつも立場というものがつきまとう。それが世の常だと頭ではわかっていても、やはり腹が立ってしかたがない。これまでブラデントンのような男たちから、いやというほど同じ言葉を投げつけられた。そしてそのたびに、権力を手中におさめたいという強い思いに駆られた。わがもの顔で権力を振りかざす男たちを抑えこむためだ。何年も屈辱を受けつづけ、やがて学んだ。彼らの手から権力を根こそぎ奪い取るには、自分がじゅうぶんな力をつけるまで、彼らには逆らわず黙って従っていたほうが得策だということを。

それなのに、気づいたときには口を開いていた。「ぼくは今までも自分の立場をわきまえてきたつもりだ」

ブラデントンが笑みを見せた。「マーシャル、言葉ではなく行動で示してくれないか。ちょうどきみにやってほしいことがあるんだ。あいにく、わたしは自分でできないのでね」

どうやら、いやな予感が的中してしまったようだ。オリヴァーはこみあげてくる不快感を押し隠した。

「ハプフォード」ブラデントンは甥に目をやった。「きみが言ったとおり、わたしはマーシャルがほしいものを持っている。それも喉から手が出るほどほしいものだ。だが、ハプフォード、自分のほしいものだけを手に入れようなんて虫がよすぎると思わないか？　世の中はそんなに甘いものではない。何かを得るためには、それ相応の対価が必要なんだよ。きみも覚えておくといい」そう言って、今度はオリヴァーのほうへ身を乗りだした。「そこでだ、マーシャル、話の続きだが、ミス・フェアフィールドをどうにかしてくれ。これがきみにやってほしいことだ」ブラデントンの口調にはとげがあり、敵意を隠そうともしていない。「あの女は悪魔だ。わたしは彼女の顔も醜いドレスも二度と見たくないし、声も聞きたくない。くだらない話をべらべらとひとりでまくしたて、食事の席が台なしになったじゃないか。あの女はいったいわたしを誰だと思っているんだ？　そもそも、たいした家柄でもないんだぞ。それなのに一〇万ポンドの遺産を相続したぐらいでわたしと肩を並べた気になっているとは、ずうずうしいにもほどがある。とにかく、あんな女は百害あって一利なしだ。マーシャル、ミス・フェアフィールドに目にもの見せてやってくれ」

「断る」オリヴァーはきっぱりと言った。「ぼくは女性を破滅に追いやるようなことはしたくない。どんなに癪に障る女性であってもだ」

不安げにふたりの男を交互に見ていたハプフォードも加勢する。「ぼくも同感です、ミスター・マーシャル」

ブラデントンはゆっくりと息を吐きだし、あざけりの表情を浮かべた。

「おいおい、きみたち。破滅に追いやるだって？〟よしてくれ。わたしはそんな下劣なまねをしろとは言っていない」

「では、きみの望みはなんだ？」

ブラデントンは椅子の背にもたれた。「ミス・フェアフィールドに身のほどを思い知らせてやりたいのさ。あの女に恥をかかせて、二度と偉そうな口をきけなくしてやりたい。屈辱を味わわせたいんだ。マーシャル、あの女を懲らしめてくれ。やり方はよくわかっているだろう？　自分が長年されていたことをすればいいんだ」

一瞬、オリヴァーの視界が白くぼやけた。ああ、きみたちにはしょっちゅう懲らしめられたよ。そして生き延び方を学んだんだ。決して出しゃばらず、怒りは抑える。野心も胸のうちに隠しておく。ブラデントンのような男たちの前では、能なしを演じつづけてきた。彼らを優越感に浸らせておいたほうが賢明だからだ。

「まあ、よく考えるんだな、マーシャル」ブラデントンは笑みを浮かべている。「とはいえ、きみの立場を考えたら、結論は簡単に出ると思うがね。不愉快きわまりない女をこのまま野放しにして、人生を棒に振るか。選挙法改正案を成立させて、輝かしい人生をつかみ取るか。選択肢はこのふたつだ」

「あの、すみません……」ハプフォードがおじに小声で話しかけた。

「きみが何を言いたいのかはわかっている」ブラデントンが返す。「だがな、ハプフォード、人生というのはきれい事ばかりでは生きていけないんだ。耳も目も覆いたくなるときが多々あるんだよ。きみが自分でできないのなら、代わりに誰かにやらせる場合もある……」

「でも――」

「ハプフォード、きみは愛しのミス・ジョンソンのためなら、なんでもしてやりたいと思うだろう？　しかし、その中には自分ではできないこともあるかもしれない。そのときはどうする？　きみの代わりに誰かにやらせるしかないじゃないか。いいか、ハプフォード、将来、きみたちは結婚する。妻の願いを迅速にかなえてやるのが夫の務めなんだぞ」

ハプフォードは黙りこんでしまった。

「それで、マーシャル、きみは……」ブラデントンはふたたびオリヴァーに目を向けた。「良心は捨てるんだな。すべてはミス・フェアフィールドのためだと自分に言い聞かせるんだよ。そうしたら、あの女を懲らしめるくらい、わけなくできるさ」

まっぴらごめんだ。オリヴァーは内心で言い返した。冗談じゃない。人をばかにするのもいいかげんにしろ。ぼくは絶対にやらない。

しかしどこからか、もうひとりの自分のささやき声が聞こえてきた。

いいや、おまえはやる、と。


男を追い払うのは簡単だ。莫大な持参金がほしくてたまらなくても、わたしを見たとたんにみんな尻尾を巻いて逃げていく。傍若無人な態度に悪趣味なドレス。このふたつを武器にすれば自分は無敵。ジェーンはずっとそう思っていた。

けれども例外が現れた。ミスター・オリヴァー・マーシャルだ。

ブラデントン侯爵家の晩餐会の数日後、ふたりは街角で偶然再会した。その日はドレスの二度目の仮縫いの日だった。話し相手《コンパニオン》の女性とミセス・サンデストンの店に入ろうとしたとき、友人らしき男性と話をしながら、ミスター・マーシャルがそばを通りかかった。

彼は立ち止まり、帽子の縁を軽く持ちあげてジェーンに挨拶した。この瞬間から、事態はまったく想定外の方向へ流れていった。

ジェーンはミスター・マーシャルの目をじっとのぞきこんだ。明るい日差しのもとで見る淡青色の目は、きらきらと輝いていた。眼鏡をかけた顔は、精悍《せいかん》で知的な雰囲気が漂っている。彼は今まで会ったどの男性とも違っていた。なんと目をそらさずに見つめ返してきたのだ。不愉快そうに口をゆがめたり、連れの男性を肘でつついて〝これが例の彼女だよ〟と耳打ちしたりもしなかった。彼はまぶしいほど色鮮やかなオレンジと緑の格子柄のドレスにちらりと視線を走らせてから、ジェーンに微笑みかけた。

今日はハイヒールを履いていないので、ミスター・マーシャルは彼女を見おろすようにして立っている。にこやかな笑みを浮かべている彼は、エミリーが大好きなゴシック小説に出てくる、陰のあるヒーローのモデルにはどう頑張ってもなれそうにない。

彼の顔をしげしげと見ていたジェーンの背筋に、突然震えが走った。いやだわ、いったいどういうこと？

ジェーンはあわてて視線をそらした。「ミスター・クロムウェル」肌を伝うぞくぞくした感覚には気づかないふりをして、声をかける。「またお会いできて嬉しいですわ」

名前を呼び間違えたのに、ミスター・マーシャルは訂正しようともしない。

「ミス・フェアフィールド」人懐っこい笑顔を向けられ、思わず彼女はよろけそうになった。

隣にいる連れの男性が、興味津々といった表情でふたりを交互に見ている。黒髪の彼のほうがゴシック小説のヒーローになれそうだ。「クロムウェルだって？」男性が低い声できき返した。

「ああ」ミスター・マーシャルが男性に目を向ける。「おや、話さなかったかな？　政治活動をしているときは、この偽名を使っているんだよ。セバスチャン、これからはぼくをミスター・クロムウェルと呼んでくれ」彼はジェーンに向き直った。「ミス・フェアフィールド、ぼくの友人のミスター・セバスチャン――」

男性が一歩前に進みでた。ジェーンの手を取り、自己紹介する。「セバスチャン・ブライトバトンズです」すぐに彼はミスター・マーシャルに視線を投げた。「オリヴァー、隠していてすまない。正直に言うよ。ぼくも、もうひとつ名前を持っていたんだ」

これまで茶番を演じながら、いろいろな男性を見てきた。そして同時に、こちらのぶしつけなふるまいに対する反応も、いらだちから驚愕《きょうがく》まで実にさまざまだった。

でも、こんなふうにユーモアで切り返されたのははじめてだ。このふたりは遊び心を持っている。ジェーンは頬が緩みそうになるのをこらえた。笑ってはだめ。いつもの図太い女に戻るのよ。

「セバスチャン……」ジェーンはつぶやくように言った。「有名な科学者のセバスチャン・マルヒュアと同じ名前ですね？」これできっとこの男性は気を悪くするはずだ。セバスチャン・マルヒュアといえば、ここケンブリッジで知らない人はいないくらいの有名人なのだから。彼は講演会で遺伝形質と称して性行為について堂々と持論を展開する人物で、チャールズ・ダーウィンと同様にしょっちゅう非難の的になっている。

ところがジェーンの目論見は大きく外れた。どういうわけか、ミスター・ブライトバトンズはにやにやしている。やけに楽しげにミスター・マーシャルと視線を交わしているのだ。

「言われてみればそうですね」ミスター・ブライトバトンズはもう一歩、彼女に近づいた。「あなたはセバスチャン・マルヒュアの信奉者ですか？　ぼくは熱烈なマルヒュア支持者なんですよ」

ミスター・マーシャルはジェーンをじっと見ている。彼のまなざしにさらされて、またしても体が震えた。

このとき、ジェーンははじめてミスター・マーシャルの本当の姿を見た気がした。彼を甘く見ていた自分がばかだった。頰に散るそばかすや、その生い立ちだけで、彼はおとなしいウサギちゃんだと決めつけていた。

けれども違う。彼は狼《おおかみ》だ。それも群れの外れにいる狼。みずからその場所を選び、そこから縄張り内の出来事をつぶさに観察しつつ、虎視《こし》眈々《たんたん》とリーダーの座を狙っている。

おそらく長期戦も覚悟しているだろう。

今日も、ミスター・マーシャルの名前を呼び間違えたのは大失敗だった。彼には同じ戦術は通用しない。ひょっとしたら、わざと間違えていることをすでに気づかれているかもしれない。

最悪ね。それもこれも、体じゅうの神経がざわめいているせいだわ。だから頭が働かないのよ。

ふと気づくと、ミスター・ブライトバトンズにも、にやにやした笑みを向けられていた。

「ミス・フェアフィールド」彼が口を開いた。「ぼくはセバスチャン・マルヒュアと顔も似ていると思いますか？　噂によると、マルヒュアは気絶しそうなほどハンサムだそうですね」

彼は白い歯を見せてにっこりした。もういや。わたしはこの人も見誤っていた。彼はセバスチャン・なんとかかんとかではない。目の前にいるのは、正真正銘のセバスチャン・マルヒュア本人だ。

そして、ミスター・マーシャルとこの罰当たりなマルヒュアは友人同士。ジェーンはごくりとつばをのみこんだ。

「いいえ、まったく似ていませんわ」やっとの思いで声を出す。「今、わたしはあなたを三〇秒間じっと見つめていましたけれど、気絶しませんでしたから」

ミスター・マーシャルがおなかを抱えて笑いだした。

「すばらしい切り返しだ。さすがですね」ひとしきり笑い声をあげてから、彼はジェーンに向き直った。「ミス・フェアフィールド、紹介します。彼はぼくの友人であり、従兄弟でもある、セバスチャン・マルヒュアです。それで提案なんですが、この勝負は引き分けにしませんか？　そうしたら、セバスチャンはあなたを見直すんじゃないかな。噂に聞くより、ずっとあなたはまともだとね。どうでしょう？　それなら、あなたもこれ以上敵を増やさずにすむと思うのですが」

彼の言葉に、一瞬ジェーンは耳を疑った。握手をしようと差しだしかけた手をうしろで組んで、きつく握りしめる。

「どういう意味ですか？」自分の声がやけに甲高く聞こえた。「その噂は誰から聞いたんです？　わたしはご覧のとおりまともですよ。それに、わたしには敵はひとりもいません。進化論者のミスター・マルヒュアとは違いますから。彼には敵が多すぎて、講演会はいつも乱闘寸前になるそうですね」

「ぼくは今、〝オオシモフリエダシャクの乱交パーティー〟をテーマにした講演会の準備の真っ最中なんですよ」ミスター・マルヒュアは満面に笑みを浮かべている。「蛾《が》たちが一糸まとわぬ姿で激しく絡む――」

ミスター・マーシャルが友人兼従兄弟を肘でつついた。

「なんだよ、オリヴァー？　蛾同士の熱い決闘の話をして何が悪い――」

「セバスチャン、いいから口を閉じろ」

ミスター・マルヒュアは肩をすくめ、ジェーンに視線を戻した。「ぜひ、次回のぼくの講演を聞きに来てください。キンギョソウとエンドウの花の話をします。テーマが植物の生殖なら、誰も反対はしないでしょう？　もしそれでも文句を言う人がいたら、花にペチコートを着せて生殖器を隠しますよ」

ジェーンは思わず吹きだしそうになった。いぶかしげにこちらを見ているミスター・マーシャルと目が合い、あわてて笑いをのみこむ。

彼女は顔をそむけた。

「ミス・フェアフィールド」ミスター・マーシャルが話しかけてきた。「あなたはカメレオンを知っているかな？」

「ちょうど今、その本を読んでいるところです」内心の動揺を悟られないように、ジェーンはわざとそっけなく返した。「花の一種ですよね？」

彼は眉ひとつ動かさない。そのせいで、なおさら落ち着かない気分になる。ミスター・マーシャル、ここは笑うところよ。さあ、小ばかにした笑みを浮かべてちょうだい。

「それとも帽子の名前だったかしら」

ミスター・マーシャルはにこりともしない。

「カメレオンは」彼がようやく口を開いた。「トカゲの一種です。周囲の状況に合わせて、カメレオンは体の色を変えるんですよ。たとえば砂漠では、体が砂色になります。森では木の色に溶けこむんです」

ミスター・マーシャルの目はなんてきれいなの。これは真冬の空の色だわ。澄みきった青空の色。彼に見とれていた自分に気づき、ますますいたたまれなくなる。ジェーンは必死に平静を装った。「不思議な生物ですね」

「きっと」ミスター・マーシャルはいったん言葉を切ってから、先を続けた。「あなたはカメレオンが嫌いでしょうね」

「なぜです？」

「カメレオンとは正反対だからですよ」さらに言葉を継ぐ。「あなたなら、砂漠で砂色のドレスは絶対に着ないでしょう。広大な砂漠の中にいても目立つ、鮮やかな色を選ぶはずです。その場その場で、あなたもカメレオンのように色を変える。ですが、決してまわりと同色に染まることはありません。だから、ひとりだけ浮いた存在になるんです」

ジェーンは唖然《あぜん》として、目の前の男性を見あげた。

「セバスチャン、きみに質問だ」ミスター・マーシャルは友人に目を向けた。「目立ちたがり屋の生物を知っているかい?」

ミスター・マルヒュアは額に手を当てて考えていたが、しばらくして答えた。

「やはりなんといっても、派手な色をしている有毒生物だろうな。それに蝶《ちょう》もそうだ。蝶の羽があんなに色鮮やかなのは、わざと目立って外敵から身を守る生存戦略なんだよ。〝あっちに行って！　わたしを食べたら承知しないから〟と、自慢のきれいな色を見せつけて叫んでいるのさ」顔をしかめて言い添える。「だが、オリヴァー、生物の生存戦略を人間行動に当てはめるのは無理があるよ。人間は自分の意思で行動を選択できるからね」

それでもジェーンには蝶の気持ちがよくわかった。まさに自分がしていることだからだ。わたしは思いきり目立ちたい。そしてまわりからは、はかなげな蝶よりも猛毒を持つ蜘蛛《くも》に思われたい。

「ミス・フェアフィールド、マルヒュアの意見によれば、何をするのもあなたの自由だそうです」ミスター・マーシャルは隣にいる友人を指さした。「不毛な会話はここまでにしておきましょう」

「ミスター・クロムウェル――」

彼は片手をあげてジェーンの言葉を封じた。その仕草にまたしても背筋がぞくりと震える。

「マーシャルです」静かな声だった。「だが、あなたは頭のいい女性だ。今さらあえて指摘するまでもないですよね」

やっぱり気づいていたのね。それにしても、頭のいい女性だなんて好意的なことを言われたのはいつ以来だろう？　いいかげん名前くらい覚えられるだろうと、暗にたしなめられているだけとも言える。それでも、久しぶりに聞く褒め言葉に胸が熱くなってしまう。

「あの――わたし――」ジェーンはひとつ大きく息を吸いこんで、茶番劇を演じつづけた。「では、あなたの名前をわたしはずっと呼び間違えていたのですか？　大変失礼いたしました、ミスター・クロム――いえ、ミスター・マーシャル」

「ぼくはあなたに嘘をつくつもりはありません」彼はジェーンをじっと見ている。「ですから……」

彼女も見つめ返した。真冬の空と同じ色の瞳を。平凡なところなどひとつもない顔を。時間が止まった。まわりの景色は視界から消え、今この瞬間、世界には自分と彼のふたりしかいなかった。

「だから」ミスター・マーシャルがふたたび口を開いた。「あなたもぼくには嘘をつかなくていい」

「わたしは――」

彼が人差し指を立てて制した。「今は何も言わなくていいです。ミス・フェアフィールド、じっくり時間をかけて考えてください。考えて、考えて、考え抜くんです。そして気持ちの整理がついたら……そのときはじめて、ぼくたちは生産的な会話ができるようになるかもしれません」

この期に及んでも、まだジェーンは演技を続けた。「服装について、とかですか？　でも、あなたはおしゃれにあまり興味がなさそうですね」

ミスター・マーシャルは口の端に笑みを浮かべた。「いろいろなことについてです。もちろん服装についての話もしましょう。あなたのドレスの色や、デザインについても」

彼は帽子の縁に手をやり、それからミスター・マルヒュアに目で合図した。

「では、また会いましょう、ミス・フェアフィールド」にこやかにそう言い残して、ミスター・マーシャルは歩み去った。信じられない。どうしてこんなさわやかな顔ができるの？　たった今、わたしに脅しをかけてきた人と同一人物とは思えない。

「おい、オリヴァー」ミスター・マルヒュアが話しかけている。「いったいどういうことだ？　さっぱり話が見えなかったよ」

乗合馬車が通り過ぎた。ミスター・マーシャルの声は蹄《ひづめ》の音にかき消されて聞こえなかった。彼はなんと答えたのだろう？

4

次にミスター・マーシャルに会ったのは、ジョンソン家の夕食会だった。彼に会うのはこれで三回目だ。回数を重ねるごとに、ますます状況がややこしくなっていく。食事のあいだじゅう、ずっとジェーンは自分に向けられるミスター・マーシャルの視線を感じていた。いやがらせとしか思えず、負けじとジェーンも反撃に出たが、何を言っても、いくら挑発しても、彼の顔が怒りで引きつることは一度もなかった。

それどころか、なぜかミスター・マーシャルは楽しそうだった。

いったいどうなっているのだろう？　違和感だらけの夜だ——ちょうど体に合わないシュミーズやドレスを着ているような感覚に似ている。

食後は図書室に移動した。ジェーンは彼を意識しながら、目立ちたがり屋の有毒生物のごとくふるまった。そう、わたしはカメレオンではない。決してまわりと同じ色に染まったりはしない。

〝一〇万ポンドはあきらめたほうが身のためよ。わたしは猛毒を持っているの。近づいたら嚙むわよ〟ジェーンは毒蜘蛛になりきった。赤と黒のシルクのドレスを着た毒蜘蛛に。大量のビーズで縁取りされたドレスは、当然ながら上品さのかけらもない。けれど、もちろんジェーンはこの退廃的な雰囲気が漂うドレスを大いに気に入っている。今夜はいつものふたつのほかに、もうひとつ武器を増やした。手首を飾る、ぴかぴかに磨かれた純銀のバングルだ。彼女は絶妙な角度に腕を動かして、バングルに反射するランプの光を男性たちの目に当てた。ミスター・マーシャルの目にも三度命中させたが、彼はまったく動じない。

なぜなの？

ミスター・マーシャルが、音楽を楽しんで残りの夜を過ごしましょうと切りだした。ジェーンはひそかに安堵のため息をもらした。注目されるのは演奏者だ。それに、演奏の輪の中にわたしを誘う人はいないだろう。正直なところ、くたくただった。蜘蛛女を演じつづけるのは結構体力がいるのだ。

一同がぞろぞろと音楽室へ向かいはじめた。ジェーンは息を殺し、椅子にじっと座っていた。わたしは透明人間よ。誰にも見えていない。そう心の中で念じる。

でも、どうやら心配は無用だったらしい。こちらに目を向ける人はひとりもいない。考えてみれば当然だ。わたしなど、視界の端にも入れたくないだろう。

全員が図書室から出ていき、扉が静かに閉まった。ジェーンは大きく息を吐きだして、椅子に深く身を沈めた。ようやくひとりきりになれた。もう演技をする必要はない。これで息ができる。人の笑顔の裏側を読まなくてもいいし、ずっとこちらを見ているミスター・マーシャルの視線も気にしなくていい。

こめかみを軽く押して緊張をほぐし、ジェーンは目を閉じた。

静寂。待ちに待った静かなひととき。天からの贈り物。

「神様、ありがとうございます」声に出してつぶやく。

「お礼なら、ぼくに言ってもらいたいな」

彼女は目をぱっと開いた。あわてて立ちあがった拍子に、ドレスの裾を埋め尽くすビーズのぶつかり合う音が響く。一瞬バランスを崩して倒れそうになるのをこらえ、声が聞こえたほうを向いた。そこにはミスター・マーシャルがいた。図書室の隅にある椅子に座り、肘掛けを指で叩いて、おもしろがっているような表情を浮かべながらジェーンを見ている。

どうしてここにいるの？　彼がまだ残っていたなんて、まったく気づかなかった。今、わたしは何を口走ったのかしら？

「ミスター・クロムウェル！　てっきりあなたは音楽室に行ったとばかり思っていましたわ」

肘掛けを叩いていた指が、ふいに宙で止まった。淡青色の目はまっすぐこちらに向けられている。ジェーンは彼の眼鏡のレンズに映る自分の姿を見つめ返した。

「もう演技はしなくてもいい」催眠術でもかけているみたいに穏やかな声だ。「きみとぼく以外、ここには誰もいないからね」

まったく。これほど第一印象と違う人はいないだろう。やはりミスター・マーシャルはあなどれない相手だ。

眼鏡の奥の瞳は鋭い光を放ち、表情は完全に落ち着き払っている。彼は椅子の背にもたれ、ふたたびジェーンを眺めはじめた。まるで王さながらの態度だ。そして、わたしは王宮の食糧貯蔵室に忍びこんだ泥棒。

心の動揺を隠して、ジェーンは口を開いた。「演技ですって？　何をおっしゃっているのかしら？　わたしは演技なんてしていません。では、音楽室に行くので失礼します」彼女は扉に向かって歩きだした。

今の言葉を退けるように、ミスター・マーシャルが手を振った。「とぼけても無駄だよ、ミス・フェアフィールド。ぼくには妹がいるからね。演技かどうかは一キロ先からでもわかるんだ。悪いが、ぼくはだまされない」

ジェーンは目をしばたたいた。「では、おききします。なぜわたしが演技をしていると思うのですか？　その理由を教えてください」

彼が椅子から立ちあがった。〝眼鏡をかけた男性は身長一八五センチを超えるべからず〟という決まりを作るべきだわ。目の前にいるのが大男ではなく、丸顔の陽気な小男だったらよかったのに。

ミスター・マーシャルはやれやれというふうに頭を振りながら、彼女のほうへ一歩足を踏みだした。「ぼくはきみの秘密を知っているんだ。もういいかげん嘘はやめよう」

「わたしには秘密などありません。わたしは――」

「ミス・フェアフィールド、きみは恐ろしく愚かなのか、それともずば抜けて頭がいいのか、どちらなのかな？　ぼくは、前にも言ったが、きみは頭がいいと思っているんだが」

ジェーンは彼をにらみつけた。「ミスター・クロムウェル、これ以上失礼なことは言わないでください」

ミスター・マーシャルは肩をすくめると、さらに彼女へ近づいた。「ずいぶん都合がいいな。きみの口から、まさかそんな台詞が出るとは思わなかったよ。まあ、今はわざと不作法にふるまっているとわかっているが」

いきなり彼の手が伸びてきて、ジェーンは息をのんだ。

「だが……ミス・フェアフィールド」あと少しで彼の指先が頬に触れそうだ。

突然、目の前で指を鳴らされ、彼女は飛びあがった。

「ぼくはきみの敵ではない」ミスター・マーシャルは静かな声で続けた。「ほかの男たちと一緒にしないでくれないか」

ジェーンの心臓が激しく打ちはじめた。「わたしに敵はいません」

「それは戯言《たわごと》だよ。きみには敵しかいない」

「わたしに……わたしには……」

「それにぼくは」彼がさらに言葉を継ぐ。「敵に囲まれている気分なら、いやというほどわかっている。ミス・フェアフィールド、きみもぼくの生い立ちは知っているだろう。ぼくは公爵の庶子で、農場を経営する両親に育てられた。イートン校に入学して最初の数カ月は、喧嘩《けんか》ばかりしていたよ。まわりには敵しかいなかったからね。特にブラデントンとは犬猿の仲だった」

ジェーンは彼を見つめ、黙って聞いていた。その瞳は強い光をたたえ、顔には揺るぎない自信があふれている。えてして表情はいくらでもごまかせるものだが、声に含まれた怒りは間違いなく本物だろう。

「ブラデントンは、自分の思いどおりにぼくを動かせると思っている」ミスター・マーシャルは話しつづけている。「だから、晩餐会できみにやりこめられていたあの男や取り巻き連中の姿は、見ていて実に痛快だった。これからも、とことん彼らをこきおろせばいい。ぼくはきみに盛大な拍手を送るよ。だが、ぼくをブラデントンたちと同類に扱うのはやめてくれ。それから、きみが正直に話してくれたら、ぼくもきみに本音を打ち明けよう。約束するよ」

演技を見抜いたのは彼がはじめてだ。言い返す言葉がひとつも思い浮かばず、ジェーンはただ立ち尽くしていた。しばらくして、ようやく口を開く。「ミスター・クロムウェル、あなたが何を言っているのか、さっぱりわからないわ」

「そうか、それなら話さなくてもいい。座ってくれないか。ぼくが話すから」

話なんて聞きたくない。この部屋から出ていきたい。今すぐに……。

「さあ、座って」ミスター・マーシャルが繰り返す。

彼はさっきまでジェーンが座っていた椅子を指さした。命令口調にならないよう気をつけたのだろう、声は穏やかだった。

ジェーンは椅子に腰をおろした。緊張のあまり、胃がひっくり返りそうだ。またしても返す言葉が見つからず、時間だけが過ぎていく。「あなたとは結婚しないわよ」気づいたら、そう口走っていた。

ミスター・マーシャルは二度まばたきをして、首を横に振った。「なるほど、そういうことだったのか。きみは結婚したくないんだね？　それで男たちを遠ざけるために演技をしていた。いやあ、きみは見事な女優だ」

ジェーンは絶句したまま、彼を見つめていた。

「ミス・フェアフィールド……」ミスター・マーシャルが軽く首をかしげ、見つめ返してくる。「自信を持ってはっきり約束する。ぼくも同じだ。きみと結婚するつもりはないよ」

彼女は息を吸いこんだ。

「安心してくれ、ぼくはきみの持参金を狙っていないから。ぼくたち兄弟は仲がいいんだ。兄が成人になったとき、かなりの大金をぼくに分けてくれたんだよ。それに、もし金が必要になったときは兄に頼むさ。きみではなく」彼は肩をすくめた。「実を言うと、ぼくは政治の世界に入りたいと思っている。庶民院の議員になりたいんだ。それも近い将来に実現したい。影響力をつけるには長い時間がかかるが、国民に尊敬される政治家になり、いつの日か首相の座にのぼりつめたいという野望をひそかに持っているんだ」

ジェーンは沈黙を保ち、ミスター・マーシャルの言葉に耳を傾けていた。

彼が身を乗りだした。淡青色の瞳が鋭く輝いている。

「ぼくはね、ミス・フェアフィールド、これまでぼくを侮蔑した男たちを、ぼくを庶子呼ばわりした全員を、足元にひれ伏せさせたい。ことあるごとに自分の立場をわきまえろとぼくに言った連中に、その言葉をそっくりそのまま返してやりたいんだ」

ミスター・マーシャルがふいに口をつぐんだ。体の両脇できつく握りしめた拳は関節が白くなっている。しばらくふたりのあいだに重苦しい沈黙が流れ、やがて彼はふたたび話しはじめた。

「まあ、そういうわけで、今は結婚どころではないんだよ。だから、ぼくの前では演技をしなくていいんだ。ところで、きみも婚外子だと噂で聞いた。それできみだけが莫大な遺産を相続したのだと誰かが言っていたな」

ジェーンは大きく息を吐きだした。

「ぼくと同じように」彼は言葉を継いだ。「きみにも両親がいる。だが、実の父親は……」

一〇万ポンドの話が聞きたいのね。彼女は額に手を当てた。一三歳のときだった。見ず知らずの男性が亡くなり、自分にその人の遺産が遺《のこ》された。そして一五歳のとき、父親だと思っていた人が、なぜ妻とふたりの娘を捨てたのか、その理由をはじめて知った。母と、姉妹でありながらまったく似ていないわたしとエミリーは、田舎の屋敷に追いやられたのだ。

そう、わたしは父の実の子供ではなかった。フェアフィールド家の鼻つまみ者。おじのタイタスが毛嫌いしている、血のつながりのない姪。わたしは仲間外れだ。ここでも、おじの屋敷でも。自分の居場所はどこにもない。

「……よくわかるよ」ふと物思いから覚めると、ミスター・マーシャルがまだ話しつづけていた。「きみも孤独に押しつぶされそうになりながら、必死に耐えてきたんじゃないかな。眠れないまま朝を迎えたときや、大声で叫びだしたくなったときもあったはずだ。それに、居場所がどこにもない疎外感もずっと味わってきたと思う」

もうやめて。何も聞きたくない。大声で言い返したいのに、ジェーンはささやき声しか出せなかった。「なぜこんな話をするんですか？」

彼は肩をすくめた。「なぜって、その答えは単純明快だよ、ミス・フェアフィールド。誰もが分け隔てなく、のびのびと呼吸をするべきだからさ。ぼくはそう思うんだ」

のびのびと呼吸をする？　冗談はよして。あなたのそばにいたら、のびのびと呼吸なんてできないわ。息苦しくてしかたがないわよ。オイルランプの明かりが眼鏡のレンズに反射しているせいで、ミスター・マーシャルの目は見えない。でも、その視線がこちらに向けられているのは痛いほど感じる。鋭いまなざしが、けばけばしいドレスを通り抜けて肌に突き刺さる。だめだわ。やっぱりまともに息もできない。

「あら、わたしは呼吸困難に陥ったことなど一度もないわ」ジェーンは平然と嘘を言ってのけた。

「ほう、そうかい」彼は片方の眉をあげて首をかしげた。「だが、今のきみはそんなふうには見えないけどね。呼吸をするのが苦しそうだよ。肩はこわばっているし、唇も引きつっている。緊張で全身の筋肉が固まっているみたいだ。ミス・フェアフィールド、はっきり言って、その姿では夫の座を狙う男たちを遠ざけるのは難しいだろうな」

その的を射た指摘に、ジェーンは息をのんだ。

「ぼくに嘘は通用しない」ミスター・マーシャルは言った。「家族が寝静まった真夜中に、きみはどんなひとり言をつぶやくんだ？　きみは毎晩、朝を迎えるのを楽しみにして眠りにつくのか？　それとも新しい一日にはなんの希望も持てない？」

彼は扉に向かって何歩か進み、立ち止まった。

「きみはきっと後者だな」彼の声だけが静かな部屋に響いている。「生きる喜びなど感じていないはずだ。だが、ミス・フェアフィールド、本当の自分を隠して演技を続けていたら、いつまで経っても現状から抜けだせないと思わないか？」

「あと四七五日の辛抱よ」思わず言葉が滑りでた。ジェーンはあわてて口を手で押さえた。

ミスター・マーシャルは無表情のまま、首を横に振った。「四七五日か。気が遠くなりそうな長い月日だな。考えただけで息が詰まるよ」

「だから、わたしは一度も――」

「もういい。その先は聞かなくてもわかっている」ミスター・マーシャルがさえぎった。「きみは残りの日々を毎日数えているんだろうな。あと何日の辛抱だと自分に言い聞かせながら。しかし人からなんと言われようと、その四七五日を乗りきる覚悟を決めている。ぼくにもそんなときがあった。イートン校でも、ケンブリッジ大学でも、卒業までの日々を数えていたよ」彼は眼鏡を外し、シャツの袖でレンズを拭きはじめた。「来る日も来る日もね」

そう言って、ジェーンに目を向ける。

眼鏡をかけていないと視界がぼやけているはずなのに、淡青色の瞳はまっすぐこちらを見据えていた。

「きみは賢い女性だ」ミスター・マーシャルがふたたび話しはじめた。「それなのに、やっていることは……あまりにもお粗末すぎる」

すかさずジェーンは口を開いたが、言葉が喉につかえて出てこなかった。何も言い返せないまま、ただ目の前の男性を見つめているうちに、やがて街角で偶然彼に会ったときに感じた、あの背筋がぞくりとする感覚が襲ってきた。

けれども今は、ミスター・マーシャルの目を見ているからではない。彼の身長が高いからでも、思いのほか肩幅が広いからでもない。彼が、孤独や疎外感を味わっている者の気持ちをよくわかっているからだ。誰にも気づかれなかったことを、彼がいとも簡単に見抜いたから。

「それで話は終わりですか？」ジェーンはやっとの思いで声を絞りだした。「本音を打ち明けてくれると言いましたよね？」じゅうぶんすぎるほど、ミスター・マーシャルは話してくれた。心に秘めた思いをわたしに打ち明けてくれた人は、彼がはじめてだ。

ミスター・マーシャルはふたたび眼鏡をかけた。

「九五パーセントは話し終えたかな」

彼はジェーンに向かって小首をかしげた。挨拶代わりなのか、額に軽く指を当てる。ジェーンは必死に返す言葉を探したが、何か思いつく間もなく、ミスター・マーシャルは図書室から出ていった。

残りの五パーセントはミス・フェアフィールドには話せなかった。図書室での彼女との会話を思い起こしながら、オリヴァーは冷たい風が吹くテラスでひとりたたずんでいた。背後から、ジョンソン姉妹が弾くピアノ二重奏のすばらしい音色が聞こえてくる。

音楽室から抜けだしてここへ来たが、誰からも何も言われなかった。

しょせん、彼らにとって自分は透明人間も同然の存在だ。音楽室にいようが、テラスにいようが、誰も気にしない。

いまだに、ブラデントンの指示を実行に移す決心がなかなかつかない。とはいえ、あの男を納得させられる別の方法も思いつかなかった。

それでも一度、実行に移しかけた瞬間があった。オリヴァーの脳裏に、街でミス・フェアフィールドに会った日のことがよみがえってきた。セバスチャンを彼女に紹介したとき、耳元で悪魔がささやいた。今がチャンスだ、と。そしてミス・フェアフィールドにいやみな言葉を放ってみた。一瞬、彼女は信じられないといった表情を浮かべると、両手をうしろにまわしてきつく握りしめていた。

あのときのミス・フェアフィールドの姿が目に焼きついて離れない。思いだすたびに、なんともやりきれない気分になる。それにしても、人を傷つけるのはなんて簡単なのだろう。ましてや標的が孤独な人間ならなおさらだ。味方のふりをして近づき、完全に信用させたところで一気に突き放せばいい。

だが、そんなむごいことを果たして自分は彼女にできるだろうか？　その答えはまだ出ていない。だから結局、彼女をひとり残して図書室から出てきた。そして今、自分は一月の凍《い》てつく夜にテラスに立ち、物思いに沈んでいる。高い石塀に囲まれた屋敷のテラスは、農場育ちの身にはやたらと狭く感じる。まさに檻《おり》に閉じこめられた気分だ。

背後で扉が開いた。オリヴァーは振り返らなかった。

ミス・フェアフィールドが隣に来た。ほの暗いランプの光を受けて、ドレスを縁取るビーズが輝いている。いったい何千粒が縫いつけられているのだろう？　あいかわらず悪趣味なドレスだ。それを彼女は鎧《よろい》のごとく身にまとっている。

ミス・フェアフィールドが手すりをつかんでいる両手に力を入れた。まだひと言も発していない。静寂の中、彼女の荒い息遣いだけが響いている。まるで階段を駆けのぼってきたみたいに呼吸が苦しそうだ。

そんなミス・フェアフィールドを、オリヴァーはただ眺めていた。彼女も見つめ返してきて、ふたりの視線が絡み合った。

「手に負えないお嬢さん」彼が最初に口を開いた。「どうしたんだい？」

ミス・フェアフィールドはひとつ大きく息を吸いこんだ。しばらくためらっていたが、やがて話しはじめた。「わたし、数えているの」

一瞬、オリヴァーは彼女が何を言っているのかわからなかった。

ミス・フェアフィールドは手すりから手を離し、両手を握りしめた。「毎日数えているわ」

オリヴァーは黙って聞いていた。本当は彼女を力づけてやりたい。だが、これから自分は彼女にひどい仕打ちをするかもしれない。それを考えたら、今、優しく接するのはあまりにも残酷に思えた。

「さっきはどうしても話せなかったの」ミス・フェアフィールドは言った。「いったん口を開いたら最後、言葉がとめどなくあふれでて、止まらなくなりそうだった。それが怖くてしかたがなかったの。誰も、いつ終わるかわからない愚痴なんて聞きたくないでしょう？」

オリヴァーは首をかしげて彼女を見た。「ぼくのことを気が短い男だと思ったのかい？」

「違うわ。そういうわけじゃないの」ミス・フェアフィールドは首を横に振ると、困りきった表情で両手を広げた。「ただ……あなたの狙いがなんなのかわからなくて……だって、まだあなたをよく知らないから」

ふいにブラデントンの顔が目の前に浮かんできた。選挙法改正案の賛成票を餌にして、オリヴァーに汚れ仕事を押しつけた男の顔が。ブラデントンは自分の意のままにぼくを操れると信じこんでいる。ここであの男の裏をかいたら、政治家になる道は閉ざされてしまうだろうか？　いや、まだ望みはあるはずだ。たぶん。

もう二度とブラデントンに指図されたくない。誰の言いなりにもなりたくない。

オリヴァーは口を開いた。「ぼくはブラデントンと学校が一緒だったんだ。あの頃は、まったくいやなやつでね……」いったん言葉を切った。「今も変わらず、あいつはいけ好かない男だが、本性を隠すのがうまくなったよ」

ミス・フェアフィールドは黙りこんでいる。

「ぼくはブラデントンに報いを受けさせたい」彼は話しつづけた。「あの男がこれまでにしてきた、数々の卑劣きわまりない行為に対して」

オリヴァーはミス・フェアフィールドに向き直った。彼女は目を大きく見開き、こちらを見ている。

「気づいているかい？　きみはブラデントンをひどく怒らせたんだ。そのせいで窮地に立っている。だが、きみはひとりではないよ」

ミス・フェアフィールドが息をのんだ。

まいったな、彼女を困らせてしまったのかもしれない。みずから人を遠ざけている女性だ、親しげな言葉をかけられても戸惑うだけだろう。ミス・フェアフィールドが心に何を抱えているのかわからない。なぜ演技をしているのか、本当の理由はまだ本人の口から聞いていない。しかし、ここは彼女が孤独な戦いをしていることを前提として話を進めるしかないだろう。

はっきり言って、今はぼく自身も心が決まっていない。それでもミス・フェアフィールドに告げた言葉に嘘偽りはない。だが本気でブラデントンに借りを返したいのなら、是が非でもミス・フェアフィールドの助けが必要になるだろう——つまり彼女を利用することになり、自分はブラデントンと同じ下劣な男になりさがるというわけだ。

とはいえ、あの男に手痛い打撃を食らわせられたら、さぞ気分がいいだろう。力関係が逆転したときの、ブラデントンの顔に浮かぶ表情は見ものに違いない。

ミス・フェアフィールドが震える息をもらした。「もう一度言って」そうささやく。

ブラデントンの命令には従わないと気持ちが固まるまでは、彼女にあの男の策略は話さないほうがいいかもしれない。とりあえず今はまだ、選択の余地を残しておこう。

オリヴァーはミス・フェアフィールドと視線を合わせた。「きみはひとりではない」

九五パーセントは真実だ。

真夜中を少しまわった頃、オリヴァーは一同に別れの挨拶をして、ジョンソン家をあとにした。驚いたことに、ブラデントンがすぐ屋敷から出てきた。通りに出ると、向きを変えて歩きだしたオリヴァーに、ブラデントンが手招きをした。オリヴァーはしかたなく彼の隣に行った。

「彼らに会ってほしい」オリヴァーは静かな声で話しはじめた。「労働者たちの話も聞くべきだと思うよ。彼らに会えばきみも――」

突然、ブラデントンが笑いだす。「おい、マーシャル、きみもおかしなやつだな。言われなくても、労働者なら毎日のように会っているさ。わたしの靴やズボンを仕立てているのは誰だ？　彼らだぞ。それに労働者は街にごろごろいるだろう？　毎日屋敷を出るたびに、わたしはやつらにつまずいて転んでいるよ」

オリヴァーはブラデントンの話し声を聞きながら、通りの向こうの暗闇にうっすらと浮かぶ建物を眺めていた。蹄の音が聞こえ、そちらに目をやると、馬車置き場から出てきたブラデントンの馬車が近づいてくるところだった。

「ぼくは面と向かって彼らに会うという意味で言ったんだ」オリヴァーは言った。「ただ彼らに靴やズボンを作らせるのではなくてね。労働者たちに会い、彼らと話をして、どういう人物か直接その目で見てほしい。ロンドンに戻ったら、義理の姉とぼくは夕食を兼ねての意見交換会を開く予定だ。そのときに――」

「マーシャル、きみはわたしに労働者と友人を同等に扱えというのか？　悪いが、慈善活動ならじゅうぶんにやっているよ」ブラデントンはオリヴァーに微笑みかけた。「ほら、こうして今もきみと話をしているだろう？」

まったくブラデントンらしい傲慢な言い草だ。それでもオリヴァーは反論の言葉は口にせず、笑みを返した。「あいかわらず、きみは冗談がうまいな。だが、少しだけ真面目にぼくの話を聞いてくれないか。それで今の――」

ブラデントンの笑い声が静まり返った通りに響いた。「この話は終わりだ、マーシャル。きみにとっては一大事なのかもしれないが、わたしは選挙法改正の話など聞きたくもない」彼はオリヴァーに向き直った。「それよりも例の件だが、やはりきみに頼んでよかったよ。わたしの目に狂いはなかったな」

オリヴァーはきつく拳を握りしめた。

「きみは今夜、ミス・フェアフィールドと一緒にいただろう？　それでわたしは思ったんだ。きみは恋愛作戦を取るつもりなんだとね。惚《ほ》れさせて、深い仲になったところで別れを告げる気なんだろう？　かわいそうに、あの女は傷つくぞ。きみもなかなか下劣な手を使うな」

「よく知りもしない相手を傷つけろと言われても、何も思いつかなくてね」きみのことなら、いやというほど知っているが。オリヴァーは心の中でつぶやいた。「それでいちばん簡単な方法を選んだんだ。味方だと思わせておいて裏切ればいい、と」

しまった！　本心を見透かされてしまったかもしれない。だが、心配する必要はなかったらしい。ブラデントンが、さもおかしそうに声をあげて笑いはじめた。

「きみならミス・フェアフィールドを追い払ってくれるだろう。当てにしているぞ、マーシャル。一日も早く、あの女にはわたしの視界から消えてほしいものだ」ブラデントンは不快そうに口をゆがめた。「だがマーシャル、これだけでは、わたしは選挙法改正案に賛成するつもりはない」

「この一件がうまく終われば、きみは法案を支持してくれるものと思っていたんだが」

ブラデントンは肩をすくめた。「いや、わたしはそんな約束をした覚えはない。はじめから、きみにはわたしの指示に三回従ってもらうつもりだったんだよ。法案に賛成するかどうかは、それから決めようと思っている」

「では、まだあと二回、こういうことをしなければならないんだな」冗談じゃない。こんなふうに吐き気を催すほどいやな気分になるのは一度でじゅうぶんだ。オリヴァーは絶望感に襲われた。この男はどこまで人をばかにすれば気がすむのだろう?

　馬車がふたりの前で止まった。若い従僕が馬車から飛びおりて扉を開ける。ブラデントンは一歩前に踏みだしてから口を開いた。「どうやらわたしは勘違いしていたようだ。きみはもう何もしなくていい」内心でほくそ笑んでいるのだろう、やけに陽気な声だ。「考えてみたら、きみはすでにわたしが指示したことを二回やり終えていたよ」

5

ついに決行の日が来た。エミリー・フェアフィールドは、これから家を抜けだそうとしていた。いちばんの難関は塀だ。誰にも見つからずにのぼれたらいいのだけれど。

昼過ぎに庭を一〇分ほど散歩して、今、昼寝をするために部屋へ戻ってきた。こんな四歳児みたいな生活は、もううんざりだ。

エミリーは部屋の中でじっと待ちつづけた。やがて廊下を忙しく動きまわる使用人たちの足音が聞こえなくなり、あたりはしんと静まり返った。今だわ！　エミリーは大急ぎで着替えをすませ、窓から庭に出ると、石塀をよじのぼった。ずっと夢見ていた瞬間だ。どこでもいい。この家から離れられるのなら、行き先はどこだってかまわない。いつもそう思っていた。

マントの片方のポケットには大好きなミセス・ラリガーの本を、もう一方にはハンカチを入れてきた。昼寝をしていることになっている、この二時間を思う存分楽しむつもりだ。

石塀のまわりにはスグリの低木が植えられている。エミリーはスグリのとげに引っかけないようにドレスの裾をたくしあげ、砂利道に飛びおりた。やったわ。ついに自由への第一歩を踏みだしたのよ。

もしおじに見つかったら、〝なんと愚かなことを〟と叱られるだろう。シャペロンの同伴もなしに、たったひとりで外出するのだから。しかも二時間も。おまけに、ミセス・ブリックストールに付き添われて、いかにも病人といった格好でゆっくりと庭を歩くぐらいしか運動はしていない。

もしかしたら、これは浅はかで無謀な行為なのかもしれない。だけど、砂利を踏みしめながら、さっそうと闊歩《かつぽ》してみたい。それに家にいても、昼間からベッドに横になり、天井を見つめて過ごしているだけだ。最近は、気づいたら法律書でおじの頭を殴りつけるところを想像している。そのたびに自己嫌悪に陥るのに、次の瞬間には、彼をめがけて本棚を倒してみようかと考えている始末だ。このままでは、頭の中でおじを殺してしまいそうだ。想像力が豊かなのにもほどがある。

おじの屋敷はケンブリッジの郊外に立っている。エミリーは顔をぐっとあげて、街の中心部へと続く道を見据えた。ちょうど通りかかった農夫に軽くうなずきかけて歩きだす。指先で柵の支柱や石塀に触れ、そのひんやりとした感触を楽しんだ。頬に風を受けて歩いていると、本当に自由になったのだと実感する。手袋をつけ、マントを着ていても、冬の空気は冷たいけれど、エミリーはちっとも気にならなかった。

〝エミリー、何か起きたらどうするんだ？〟タイタスのいつもの不安そうな声が聞こえた気がした。ことあるごとに、それしか言わない。〝何か起きたらどうするんだ？〟おじはもう何年も、何か起きるのを心配しつづけている。取り越し苦労も大概にしてほしい。

エミリーは快調に歩を進めていた。今日はグランチェスター・ロードは、おじが大嫌いな本に何度も出てきた。でもグランチェスターに行ってみるつもりだ。地図はしっかり頭に入っている。グランチェスターは小さな村だから、ミセス・ラリガーみたいな冒険はできないわね。ひょっとしたら、ヤギしかいないかもしれないわ。胸をときめかせてあれこれ空想しているうちに、自然と口元がほころんでくる。はじめて訪れる場所。わたしが何から逃げだしてきたのか知っている人は、グランチェスターにはいない。

海賊から逃げてきたのではない。捕鯨船員から逃げてきたのでも、ロシア皇帝から逃げてきたのでもない。

「いやでたまらない昼寝から逃げだしてきたのよ」エミリーは前方にまっすぐ伸びる道に向かって声を張りあげた。

農家の集落を通り過ぎた。いよいよグランチェスター村が近づいてきた。製粉工場を過ぎ、学校も過ぎて、鍛冶屋の前に差しかかった。エミリーは馬の蹄を調べている職人にうなずいて挨拶した。

ついに村の広場に到着した。すぐそばに果物屋がある。わたしだって買い物くらいできるわ。リンゴでも買おうかしら。だけど、あまりおなかは空いていない。エミリーは無駄遣いはやめようと思い直した。

とはいえ、お金がないわけではない。お金なら持っているし、これ以上ほしいとも思わない。それよりも、わたしは人並みに生きたい。友人と笑ったり、泣いたり、怒ったり、喜んだりしたい。でも、そんなふうに思うのはわがままなのかしら？

〝何か起きたらどうするんだ？〟

また声が聞こえた気がした。いまいましいその言葉を、エミリーはわざと声に出してつぶやいてみた。口の中に苦い味が広がる。

ふいに自分の姿が脳裏をよぎった。つらい治療に耐えている姿が。たちまち、苦い味が腐った卵とアーモンドが混ざったような味に変わり、口の中だけでなく全身に広がっていった。なじみのある感覚。不快な感覚。時間が経つにつれて、さらにひどくなる。まもなく悪臭も感じるはず。そして、そのすぐあとに……。

どうしよう、本当に起きそうだ。おじがいつも恐れていることが。だから外出してはいけないと言われつづけてきたことが。

脚が震えてきた。でもここで発作を起こして倒れたら、すぐに誰かが駆けつけて、家まで送っていくと言いだすに決まっている。そうしたら一巻の終わりだ。おじに知られてしまう。それだけは絶対に避けたい。家を抜けだしたのが見つかったら、二度と外には出られなくなる。どうしたらいいの？　もう時間がない。それなのに頭がうまく働かない。

エミリーは広場の目の前にある食堂へ足早に向かった。

いかにも通い慣れているふうを装い、扉を開ける。

そのとたんに吐き気がこみあげてきた。焼きたてのパンや熱々のスープのにおいも、今は悪臭以外の何物でもない。彼女は口の中に充満するいやな味をのみこんで、無理やり笑みを浮かべた。

入り口のすぐそばにある席に滑りこむようにして座り、うつむいて、発作がおさまりますようにと必死に祈った。具合が悪そうに見えなければいいのだけれど。お願い、わたしを見ないで。誰にも気づかれたくない――。

「すみませんが」向かい側から明るい声が聞こえてきた。「ほかの席に移ってもらえるかな」

エミリーはあわてて顔をあげた。男性が壁を背にして座っている。テーブルの上には開いた本と、その脇に食べかけのパンと空になったスープ皿がのっていた。

席を移ろうにも、すでに脚がけいれんを起こしている。

「ごめんなさい」彼女は歯を食いしばって言った。「今すぐは立てないんです」

男性の話し方に訛《なま》りはなかった。服装もイングランド人そのものだ。金色のピンをさした青い首巻き《クラヴァット》はきちんと結ばれているし、テーブルの上に置いてある帽子もよく見かけるデザインだ。上着の袖口からのぞく白いシャツが、褐色の肌によく映えている。

エミリーはその男性の目を見つめた――夜の闇を思わせる瞳――黒々とした長いまつげに縁取られている。唇はきつく引き結ばれ、どことなく不機嫌そうだ。

「お嬢さん……」彼は息を吐きだして、両手をテーブルの上にのせた。

この人はインド人だわ。そうよ。インド人には前にも会っている。ケンブリッジ大学にはインドから来た学生がたくさんいるもの。とはいえ、遠くから見かけただけだ。それは何もインド人にかぎったことではない。ケンブリッジの学生は、誰ひとりとして近くで見たことがない。たぶんおじは、わたしを男性に会わせないようにしていたんだわ。でもおじには悪いけれど、会ってしまったみたい。

彼もこちらを見つめている。なんだか警戒しているみたいだ。この様子だと、家まで送っていくとは言わないだろう。

「ごめんなさい」エミリーはもう一度謝った。「別にあなたをにらみつけているわけではないんです。発作が起こりそうで……もう少し待ってください。すぐによくなると思いますから」

彼は顔をしかめている。けれどもこれ以上、説明のしようがない。

病名がはっきりしないのだ。ロンドンから来てくれたドクター・ラッセルには、てんかんではないと言われた。発作が起きても意識を失わないからだ。それに今みたいに話もできるし、体も動かせる。

発作が起きている最中の自分の姿は何度も鏡で見た。右脚は毎回と言っていいほどけいれんする。でも、症状はこれだけではない。全身が震えるときもあるし、顔がゆがんだり、鼓動が異常なほど速くなったりするときもある。

目の前の男性の顔が、うろたえた表情に変わった。「何かぼくにできることはあるかい？」

エミリーはふたたび歯を食いしばった。「お願い、誰にも言わないでください」

はっきりとは聞き取れなかったけれど、彼はわかったと言ってくれた気がする。

ときどき、この世界からいなくなりたいと思う。いっそのこと気を失ってしまいたいと思うときもある。そうすれば発作を起こしている自分の姿や、家族の心配そうな顔を見ずにすむから。それに失神したら、ドクター・ラッセルもてんかんという病名をつけてくれるはずだ。なぜ発作が起きるのか、その原因はいまだにわからない。治療法もまだ見つかっていない。この状況はあとどのくらい続くのだろう？　それを考えると絶望的な気分になってしまう。

エミリーは木製のテーブルの表面に視線を落とした。隅にイニシャルがふたつ刻まれている。AとM。その頭文字をじっと見据え、心の中で何度も繰り返しつぶやいて、脚のけいれんがおさまるのを待つ。

そのまま二〇秒ほどが過ぎた。徐々に全身が倦怠感《けんたい》に包まれていく。このわずか数十秒が、永遠とも思えるほどいつも長く感じる。

彼女はほっと息を吐きだした。

「お嬢さん」背後から声が聞こえた。「大丈夫？　この人にいやなことでも言われたのかい？」

振り返ると、エプロンをつけた大柄な女性が立っていた。腰紐にタオルを引っかけている。

「もし追い払ってほしいなら、あたしの旦那を呼んで――」

「大丈夫です」あわてて答えたせいで、妙に甲高い声になった。「めまいがしたので、ここに座らせてもらったんです。彼は親切にしてくれました。とてもわたしを気遣ってくれたんですよ」

「しつこくされなかったかい？」

「まさか。彼はそんなことはしていません」エミリーは言い返した。「かえって、わたしのほうが迷惑をかけてしまいました。断りもしないで勝手に座りこんだのですから」

その渦中の男性――まだ名前も、どこの誰かも知らない――はひと言も発しない。こういう場面は慣れているかのように傍観者に徹している。彼はただ黒い瞳に心配そうな表情を浮かべて、こちらを見ているだけだ。

「そう、それならそれでいいけど」女性が言った。「まあ、この人はさっきからずっとおとなしく座っていたしね。だけど、お嬢さん、気をつけるんだよ」

「あの、紅茶をいただけますか？」エミリーは女性に微笑みかけた。「気分をすっきりさせたいんです」

「すぐ持ってくるよ。お嬢さん、本当に大丈夫だね？」

エミリーはうなずいた。それを見て、女性はテーブルから離れていった。

その後もしばらくのあいだ、男性は口を閉ざしたままだったが、やがて静かに話しはじめた。「ありがとう。ぼくを追いださないでくれて助かったよ。ケンブリッジから歩いて三〇分以内のところで野菜スープが飲める店は、ここだけなんだ。パンとチーズとゆでた野菜だけの食事はもう飽きてしまってね」

「それじゃあ、あなたはケンブリッジ大学の学生なんですか？」

テーブルの上に広げられた本を見れば、それは一目瞭然だ。

まさか、冗談でしょう。あの大学の食堂で、ゆでたホウレンソウばかり食べているなんて予想外だわ。てっきり、もっと豪華な食事が出るものとばかり思っていた。だって貴族の子息がたくさん勉強している大学だもの。エミリーは話を続けたかったが、男性はまた黙りこんでしまった。わずらわしいと思われているのかもしれない。でも、無理もないわね。わたしは彼の貴重な時間をかなり奪ってしまったんだもの。

「もう少ししたら、立てるようになると思います」彼女は小声で言った。「あと数分だけ我慢してください。そうしたら、すぐにあなたの目の前から消えます」

「そんなにあわてて逃げださなくてもいいよ」穏やかな口調だが、その声にはどこか警戒している響きがあった——そして何か別の響きも。彼は本に目をやり、それからエミリーを見つめた。

「あわてて逃げだそうだなんて思っていません」エミリーは真剣な表情で言った。「厚かましく座ってしまって本当にごめんなさい。あなたの席だったのに——」

彼がかすかに笑みを浮かべた。「もう気にしなくていいから」警戒の響きが声から消えている。「ぼくはきれいな女性と同席できて嬉しいよ。そういう機会はめったにないからね」

エミリーの心臓は激しく高鳴っていた。これは発作のせいよ。絶対そうに決まっている。彼に見つめられているからではないわ。でも……彼はわたしをきれいだと言ってくれた。

自分がきれいなのはわかっている。子供の頃から、そう言われつづけてきたから。おじにも、使用人たちにも、これまでわたしを診てくれた医師たちにも言われた。〝かわいそうに。どうしてこんなにきれいな子が、原因不明の病にかかってしまったのだろう。なんとも不憫でならない。これでは美貌も台なしだ〟

目の前の男性の言葉が心にしみた。控えめだがはっきりした口調で言われると、エミリーは自分の美貌もまだ捨てたものではないと思えた。

「わたしはエミリー・フェアフィールドといいます」胸をどきどきさせながら、彼女は口を開いた。

男性は少しのあいだエミリーを見つめた。「はじめまして、ミス・フェアフィールド。ぼくはアンジャン・バタチャリアだ」彼が自分の名前を口にしたとき、今までの訛りのない話し方とはどこか違っていた。

エミリーは唇を噛んだ。「ちょっと待って」

彼の顔から笑みが消える。

「ごめんなさい。ええと、バタ。チャリア?」恥ずかしくて、顔から火が出そうだった。

彼は椅子に背を預けて、ふたたびエミリーに目を向けた。「そう。なかなかうまいよ」

「バタ。チャリア。バタチャリア」彼女は微笑んだ。「意外と簡単ね。聞き慣れない名前だから、ちょっと戸惑ってしまって。あなたのご出身は……」

「インドだよ。もっと正確に言うと、インドのカルカッタだ。父はベンガル行政区の公務員で、おじは……まあ、おじのことはいいか。ぼくは四番目の息子でね、イングランドの質の高い教育を受けるためにケンブリッジへ来たんだよ」

「じゃあ、あなたは法律の勉強をしているのね」

ミスター・バタチャリアの眉がぴくりとあがった。

「わたしのおじは法律を教えているの」エミリーは言った。「わたしもおじの法律書を何冊か読んでいるわ。何も読む本がないときだけよ。だって、ちっともおもしろくないんだもの」

彼はエミリーに微笑みかけた。「今度から、わからないことがあったらきみにきこうかな」

「いいわよ。少しならわかるわ。だけど、わたしはちゃんとした教育を受けていないの。それでも話ができるだけで嬉しい……」もう、ばかね。哀れっぽく聞こえたかもしれないわ。エミリーは気を取り直して言葉を継いだ。「でも、きっとあなたにはお友だちがたくさんいるんでしょう。今、何年生なの？」

「今年卒業なんだ」ミスター・バタチャリアは顔をしかめた。「今は法律学の優等卒業試験《ロー・トライポス》の勉強の真っ最中でね。イースターあたりまでは、かなりいらいらしていると思う。いい成績を取るために必死なんだよ」

彼は早く勉強に戻りたいのだろう。エミリーはこれ以上、話しかけないことにした。カップに手を伸ばし、ゆっくりと紅茶を飲む。ミスター・バタチャリアは本を読みながら、メモを取っている。見てはいけないと思えば思うほど、そちらに視線が行ってしまう。そして彼に目を向けるたびに、全身がぞくぞくした。

「あの、ミスター・バタチャリア」エミリーはもうじっとしていられなかった。「お話ができて、とても楽しかったわ。でも、そろそろ帰ります。あなたは勉強を続けてちょうだい」

彼が本から顔をあげた。何度かまばたきをして——それから、どきりとするほどすてきな笑みを浮かべた。これまでの控えめな微笑みとはまったく違う。ずっと待ち望んでいた笑顔。家を抜けだしてきたのは、この笑顔と出会うためだったのだ。彼の笑った顔は太陽みたい。きらきらと輝いている。エミリーの鼓動は期待に跳ねあがった。何を期待しているのかよくわからないけれど——何かが起きようとしているのは感じる。

「ミス・フェアフィールド」彼は声もすてきだ。

「ミス・エミリーと呼んで。姉がミス・フェアフィールドと呼ばれているから」

「ぼくは」ミスター・バタチャリアが言った。「きみを無事に家まで送り届けるのが紳士的なふるまいだと思うんだ」

「そうなの？」嬉しい言葉だ。でも、彼女は努めて平静を装った。

本当に何かが起きるのかもしれない——そう内心でつぶやいた。

「だが、きみとは一緒に歩けない。一〇〇歩も無理だと思う。その前に袋叩きに遭うのは確実だ」彼は続けた。「ケンブリッジではね。たぶん、ここでもそうかな？」そう言って、首を横に振る。「今日は殴られたくないんだ。だから、まったく紳士らしくないふるまいだけど、ここできみにさよならを言うよ」

「今度の木曜の一時に、また散歩に出るわ」思わず言葉が口をついて出た。「わたしは……

人が大勢いる場所は苦手なの」

ミスター・バタチャリアが微笑んでいる。その笑顔に彼女はうっとりと見とれた。

「そうなんだ」

「ビンブルック沿いに小道があるの。ウィンポール・ロードを渡ったところよ」

「そこなら知っている」彼が静かな声で言う。「でも、きみのご両親は怒るんじゃないかな」

「両親はふたりとも亡くなったわ。わたしはおじと住んでいるの」いったん言葉を切り、エミリーは彼の表情をうかがった。家を抜けだしてきたなんて正直に話したら、もう会ってくれないだろう。「実を言うと、ここにはね」明るい口調で続ける。「ひとりだけで来たの。シャペロンは一緒じゃないのよ。ミスター・バタチャリア、わたしのおじは放任主義なの。公道を散歩するくらいで文句は言わないわ」

嘘は言っていないわよ。

「だが……」

「わたしは発作を起こすので、家からあまり出られないの。でも閉じこもってばかりいると、人と話をしたくてたまらなくなるのよ。それはおじもよくわかっているわ」

これも真実よ。

彼女はとっておきの笑顔をミスター・バタチャリアに向けた。きっとこれで彼も同意してくれるはず。彼がテーブルの上で両手をきつく握りしめている姿を見て、エミリーはもう一度まばゆいばかりの笑みを浮かべた。

さらに口もなめらかになる。「わたしが散歩をしても、おじは怒ったりしないわ。本当よ。それに男女が一緒に散歩している姿は、よく見かけるでしょう？」

「そうかな？」

エミリーはうなずき、固唾をのんで返事を待った。

時間が過ぎていく。まだ迷っているのかしら？「じゃあ」彼がゆっくりと口を開いた。「いいよ。今度の木曜だね」

彼女は満面に笑みをたたえて立ちあがった。脚はまだ痛いけれど、飛びあがりたいほど嬉しかった。木曜日が今から待ち遠しくてしかたがない。「それじゃあ、また会いましょうね」

何かが起きるかもしれない。

木曜日までの辛抱よ。それまではいつもどおり午後は昼寝をして、夕方は心配症のおじと過ごすの。そして待ちに待った木曜日。エミリーは、また空っぽになる部屋を思い浮かべてみた。部屋を抜けだすときはどんな気分かしら？歓喜の叫びをあげたくなる？いいえ、だめよ。おじに頭がどうかなってしまったと思われるわ。叫びださないように気をつけなければ。

ああ、早く木曜日にならないかしら。ようやくわたしにも何かが起ころうとしている。

ミスター・マーシャルとは三日間会っていない。そしてこの三日のあいだ、彼にすべてを打ち明けているところを一〇〇回は思い描いている。おまけに昨夜はろくに眠れなかった。

今度、彼に会ったら何を話そうかと考えているうちに夜が明けてしまったのだ。

そこで苦肉の策として、〝話したいことリスト〟を作った。きわめて冷静沈着で理性的な言葉が並ぶリストだ。自分としても、ためこんでいた思いを堰《せき》を切ったように早口でまくしたてたくない。そんな姿をさらけだしたら最後、彼にとうとう精神が錯乱したと思われるに決まっている。

それから数日後、ジェーンはミスター・マーシャルに会った。馬車からおりて、背後にいるミセス・ブリックストールに向き直ったときだった。反対側の歩道を歩いている彼の姿が見えたのだ。

ミスター・マーシャルは市場の方向に向かっていた。さっそうとした足取りだが、表情はどこか心ここにあらずといった様子だった。彼はまっすぐ前を向いて歩いている。こちらには目もくれない。

ジェーンは声をかけようとして、あげかけた手を途中で止めた。

ミスター・マーシャルは公爵の息子。いつの日か首相になりたいと思っている人だ。きっと頭の痛い問題を山ほど抱えているに違いない。本当はエミリーの後見人であるおじのことや、発作の治療について彼に相談したいけれど、話したところで取るに足りない悩みだと一笑に付されるだろう。

ジェーンは宙に浮いたままの手をきつく握りしめ、体の脇に垂らした。

ミスター・マーシャルは優しい。頭がよくて洞察力もある。実際、彼には多くのことを見抜かれた。でも、別にわたしを気にかけてくれているわけではない。彼は大きな野望に向かって突き進んでいる。わたしたち姉妹の相手をする暇などあるはずがない。

彼女は唇をきつく引き結んで通りを渡り、書店へ向かった。遠ざかるミスター・マーシャルのうしろ姿は視界から締めだした。友情を夢見るなんて、ばかげている。

店内には客がひとりもいなかった。すっかり退屈しきったミセス・ブリックストールは両手を膝の上に重ね、入り口そばの椅子にちんまりと座っている。ジェーンは店の奥にある本を眺めていた。扉についたベルが鳴り、続いて客と店主のくぐもった話し声が聞こえてきた。本棚から目的の本を抜きだして、ジェーンは題名を読みながら通路を歩きだした。そのとき、背後で足音がした。

なぜか、すぐに誰だかわかった。忘れようとした男性。ミスター・マーシャル。うしろに立っているのは彼だ。

まさか、違うわ。そんなわけがない。彼は重要な会合か何かに出かけたはずよ。小さな書店で買い物をしている、愚かな女にかまけている時間などないはず――。

「その本はなんだい？」

ジェーンは飛びあがった。

この声……。これまではあまり声を気にしていなかった。彼の声をどう表現したらいいだろう。温かい声。そうね、この言葉がいいわ。それに大らかで深みもある。先日の夜は、声に抑制された怒りが含まれていた。でも、今は笑みが含まれている。

ジェーンはゆっくりと振り向いた。まただわ。また体が震えた――電流が背筋を駆け抜けた。息を止めて、手のひらに爪を食いこませてみる。まったく効きめがない。気づいたら微笑んでいた――へらへらと笑い、まぬけ面をさらしている。

会うたびに、彼はハンサムになっていくようだ。頬に散るそばかすに思わず触れそうになる。ジェーンはあわてて手のひらをおなかに押し当てた。うっかり手を伸ばしたら大変なことになってしまう。きっと立ち直れないほど恥ずかしい思いをするに違いない。

ミスター・マーシャルは……。ジェーンはごくりとつばをのみこんだ。ミスター・マーシャルはこちらを見つめている。どこか遠くを見ているまなざしではなく、その視線はまっすぐこちらに向けられている。彼女は不思議な気分にとらわれていた。体がふわふわと宙に浮いているみたいだった。

彼も本を手に持っている。『――入門』。

大きな手に隠れて題名が読めない。

「ミスター・マーシャル」彼女はにこやかに声をかけた。〝ジェーン、一気にまくしたてたらだめよ。理性的に話すの。絶対にべらべらとしゃべってはだめ〟「久しぶりですね。お元気でしたか？」

ちゃんと落ち着いて言えたわ。やればできるじゃない。ジェーンは自分を褒めたが、それもつかの間、背中に悪寒が走った。自分の声が聞こえてきたのだ。なんと、まだ口が動いている。

「さっき、通りでお見かけしたんですよ。でもお急ぎのようだったので、声をかけませんでした。重要なご用事があるのではないですか？　たぶん今もお急ぎですね。それではわたしはこのへんで――ええと……その……」

〝ジェーン、口を閉じなさい〟心の中で自分を叱りつける。ありがたいことに、一心不乱に飛び跳ねていた神経が徐々に静まりはじめた。

こちらの動揺をよそに、ミスター・マーシャルは涼しい顔をしている。彼はジェーンが持っている本に手を伸ばした。

「なんの本だい？　見せてくれ」ジェーンは本の向きを変えた。題名を読んで、彼が眉をあげる。「『ミセス・ラリガーとニューサウスウェールズの犯罪者たち』？」

たちまち顔から火が吹きだしそうになる。ジェーンはこの場から消えていなくなりたかった。彼が手にしている本とは大違いだわ。『礼儀作法入門』とかなんとか、真面目な題名の本を持っているはずだもの。ああ、最悪よ。恥ずかしいったらない。頭が空っぽの女だと思われているに違いない。

「わたしが読むんじゃないんです」ジェーンは無意識のうちに口走っていた。「これは妹にプレゼントしようと思って……。わたし、妹がいるんです。エミリーという名前の妹が」

なんだかミスター・マーシャルは今にも笑いだしそうだ。

彼女は顔をしかめてみせた。「わたしは姉ですから、妹に悪趣味だとはっきり言っても許されます。でも、あなたは違います。あの子の趣味に口出しはしないでください」

「ぼくにも三人姉妹がいるんだ」穏やかな声が返ってきた。「いや、四人だった。義理の姉がいるからね。ぼくは人の妹の趣味に文句をつけるような、そんな愚かなことはしないよ」彼は本を裏返した。「それで、これはおもしろいのかい？」

その言葉に、ジェーンは驚いて目を丸くした。

「知りません。まだ読んでいないので」肩をすくめる。「でも、前作の第八巻までは読んでいます。すべて駄作だわ。目も当てられないほどの。それなのに、なぜか妙に引きこまれるんです」

「妙に引きこまれる、か。いい響きだな。実を言うと、ぼくは大の駄作好きなんだ。ぼくもこの本を買おうかな？」

ジェーンはむせそうになった。ミスター・マーシャルの本棚に『ミセス・ラリガーとニューサウスウェールズの犯罪者たち』と『政治家への道』が隣り合って並んでいるところを想像しただけで、頭がくらくらしてきた。

ところが、彼はページをぱらぱらとめくっている。嘘でしょう、本当に買う気なのかしら？

「ミセス・ラリガーは年配の女性なんです。性格は理屈っぽくて、口うるさいの。はっきり言って、まともな神経の持ち主ではないわ。あなたが読むような――」

「ぼくのおばのフレディとそっくりだ」ミスター・マーシャルはジェーンに微笑みかけた。

「年配で、理屈っぽくて、口うるさい……だが、神経はまともだよ。きみが妹さんのことを悪く言われると腹が立つのと同じで、ぼくもおばの悪口を聞かされたらいい気はしない。おばを愛しているからね」

彼女はごくりとつばをのみこんだ。「本気で買うつもりなら、第一巻から読んだほうがいいですよ」本棚に戻り、題名に目を走らせる。「あったわ」

『ミセス・ラリガー：冒険への旅立ち』を差しだして、ジェーンは相手の出方をうかがった。ミスター・マーシャルは一瞬のためらいもなく本を受け取り、さっそく表紙を開いた。

「巻頭の挿し絵がいいね。作家名もミセス・ラリガーなのか。本名なのかな？」

「いいえ」ジェーンは言った。「一巻目は二年半前に発売されたの。そのときから、もう二二巻以上も出ているのよ。これはほぼ一カ月に一巻のペースでしょう。わたしは、ミセス・ラリガーは何人もいると思うの。ひとりでこんなに早く書けるわけがないもの」

「そうだな」ミスター・マーシャルは一ページ目を開いた。「〝ミセス・ローラ・ラリガーは五八年間港町のポーツマスに住んでいながら、船がどこに向かうのか、どこからやってくるのか、ただの一度も思いをめぐらしたことはなかった。彼女にとって、そんなことはどうでもよかったのだ。大きな屋敷に住み、裕福な貿易商の夫を持ち、おまけにその夫は仕事でほとんど家を留守にしている。ミセス・ラリガーは最高に幸せな生活を送っていた〟」彼は本から顔をあげた。「これはひどい出だしだ」

「その先も読んでみて」

「〝ところが突然、夫が亡くなった。その日は珍しく、彼女の夫は家にいた。そんなときに事故が起きた。落下してきた金床《かなとこ》（鍛冶や金属加工をするときに使う作業台）が彼の頭を直撃したのだ。即死だった〟」ミスター・マーシャルは目をしばたたいた。もう一度目をぱちくりさせて、そのページに指をはさんだ。「なんだこれは？　どうなっているんだ？　たまたま家にいるときに金床が落ちてきたのか？　わけがわからない。ミセス・ラリガーの夫は、いつも天井から金床をぶらさげていたのかな？」

「それは読んでからのお楽しみよ」ジェーンはにやりとした。「わたしは本の内容を教えるのは好きではないの。言ってしまったら、おもしろみが半減するでしょう？」

彼は首を横に振った。「それなら続きを読んでみる。〝だが、そのときはまだミセス・ラリガーは夫の死を知らなかった。彼女は厚い壁に囲まれた応接間にいたので、物音ひとつ聞こえなかったのだ。これまでの人生で、ミセス・ラリガーは外の世界に興味を持ったことはなかった。それがあるとき、厚い壁の向こう側から自分に話しかけてくる声が聞こえてきた。逃げろ。その声はささやいた。ポーツマスを離れろ。捜査がはじまる前に、この屋敷から立ち去れ〟」ミスター・マーシャルは声をあげて笑いだした。「なるほどね。わかりかけてきたぞ。たぶんミセス・ラリガーの仕業だな。金床をぶらさげたのは彼女だ。〝ミセス・ラリガーは深呼吸をすると荷造りをはじめた。それから彼女は屋敷から自分の痕跡を消して、五月の暖かい日差しの中に足を踏みだした。そして港に向かい、乗船券を買った。ミセス・ラリガーを乗せた船は、その五分後に出航した〟」彼は本を閉じた。「この本を買うよ」

「ずいぶん極端な組み合わせだわ。『プラトン哲学入門』も買うんですよね？」

ミスター・マーシャルはけげんそうな顔をした。「なんのことだい？」

彼女は本を指さした。「それよ。手で隠れて、〝入門〟の前は読めないけれど」

「ああ、これか。だが、プラトンではないよ」彼は白い歯を見せてにやりとすると、ジェーンに表紙を見せた。

本の題名は『笑えるいたずら入門』だった。

「学生時代を思いだしたんだ。なんとなく、あの頃が懐かしくなってね。よくいたずらを仕掛けては笑い合っていたよ」ミスター・マーシャルはため息をもらした。「トリニティ・カレッジの学生だったときの話なんだが……馬車を新調した友人がいたんだ。それである夜、セバスチャンとぼくはその馬車をばらばらに解体して、また組み立て直したんだよ。すべて、その友人の部屋の中でね。ところが、どうしても車輪がつけられないんだ。結局そのまま放っておいたよ。友人は泥酔して帰ってきたから、自分の部屋で何が起きているのかまったく気づかなかった。だが翌朝、目が覚めたとたんに大絶叫さ。いやあ、あの叫び声ときたら尋常ではなかった。何年経っても、思いだすたびに笑えるよ」

予想外だった。目の前にいる男性は、首相になる夢を語っていた人とはまるで別人だ。今のミスター・マーシャルは、いたずらっ子のように目を輝かせている。どちらが本当の彼なのだろう？

「あなたはずいぶん品行方正な学生だったのね」

彼はため息をついた。輝いていた淡青色の瞳が陰る。「まあね。だが、悪ふざけをしても許せるのは若いうちだけだ。大人になるとそうはいかない。だから懐かしくなったのかな」

夢を見ているみたい——彼とこうして本やいたずらの話をしているなんて。

「セバスチャンというのはミスター・マルヒュアのことね？」

「ぼくたちの中で品行方正でなかったのはセバスチャンだけだよ。あいつは問題児でね、いたずらばかりしていた」昔を思いだしているのだろうか、ミスター・マーシャルは遠い目をしている。「セバスチャンをうらやましく思うときもあったな。ほんのたまにだが」

「ぼくたち、というと？」

「ああ、そうか、きみにはまだ話していなかったね。兄のロバー——クレアモント公爵とセバスチャン・マルヒュアとぼくの三人だよ。ぼくたちはいつも一緒に行動していたんだ。それに全員が左利きだから、ろくでなし三兄弟と呼ばれていた。ほら、悪魔は左利きだろう？」

「あなたはろくでなしなの？」

彼の瞳に何かがよぎった。罪悪感かしら？　一瞬だったけれど、暗い影がよぎったのはたしかだ。「その判断はきみに任せる。自分ではわからないからね」

最初の緊張感も不安もすっかり消え、いつの間にか会話を楽しんでいた。実際、ジェーンの頬は緩みっぱなしだった。

「ミス・フェアフィールド、きいてもいいかな」ミスター・マーシャルが低い声でささやいた。「正直なところ、どう思う？　きみはろくでなし男を見きわめる目を持っているだろう？ぼくはやはり、ろくでなしかい？」

ジェーンの胸に喜びがこみあげてきた。こういうことを夢見ていたのだ。友人がずっとほしかった。ともに笑い合える友人が。礼儀作法やドレスに難癖をつけるのではなく、一緒に笑い飛ばしてくれる友人が。勇気を持って行動したら、彼と友だちになれるかしら？

突然、入り口のベルが鳴った。ジェーンはそちらに目を向けた。

思わず息をのんだ。スーザンだ。茶色と白のドレスを着たフェアフィールド邸の家政婦長が店に入ってきた。ジェーンはミセス・ブリックストールに目をやった。彼女はぴんと背筋を伸ばして座り直し、こちらを指さした。

スーザンが近づいてきたのを見て、ジェーンは一歩前へ足を踏みだした。

「ミス・フェアフィールド、今よろしいですか」家から全速力で駆けてきたみたいに、家政婦長は息を切らしている。

ひょっとしたら、本当に走ってきたのかもしれない。

スーザンがちらりとミスター・マーシャルに視線を走らせた。「外で話したほうがよろしいかと思います」

「ここでいいわ」ジェーンは言った。「ミスター・マーシャルは友人なの」

友人と呼ばれても、彼はいやな顔ひとつしない。ジェーンの心臓が高く跳ねた。

「また新しい医師が来ました」スーザンが言った。「それで急いで飛びだしてきたんです。ですが、わたしが家を出るときは、すでに医師はミス・エミリーと会っていました。二〇分ほど前です」

「ああ、なんてこと。今度はどんないんちき治療をするつもりなの？」

「ガルバニック、だそうです」

「ガルバニックって、いったい何？」

「電流だよ」ミスター・マーシャルが会話に加わった。「ガルバニック療法というのは、電気ショックを与えて――」彼はそこで口をつぐんだ。

見る見るうちにジェーンの顔から血の気が失せていく。夢の時間は終わってしまった。ミスター・マーシャルと話をして、楽しいひとときを過ごした、この場所から出ていかなければならない。このままずっと、彼とここで一緒にいられたらいいのに。

ジェーンは震える手でポケットから硬貨を取りだして、スーザンに渡した。

「教えてくれてありがとう」

顔にこそ出さないが、使用人たちにとってはジェーンとおじが反目し合っているほうが好都合なのは間違いない。こんなふうに告げ口をするだけで、小遣い稼ぎができるのだから。

「ミス・フェアフィールド」ミスター・マーシャルがそっと話しかけてきた。「家まで送っていこうか？」

ジェーンは彼にすべてを打ち明けているところを想像してみた。心配しなくても大丈夫だと、慰めの言葉をかけられているところを。でも、現実の彼はそんなことは言わない。当然だ。彼は友人でもなんでもない。

「いいえ」彼女は答えた。明るくさらりと言うつもりが、こわばった声しか出なかった。

「大丈夫です。そうだわ、さっきの質問だけれど、あなたは今も品行方正な紳士よ。ろくでなしではないわ。では、もう行きます。新しく来た医師に賄賂を渡さなくてはいけないので」

6

家にたどりついたときには、ジェーンはほとんど酸欠状態になっていた。完全に息があがり、目の前には無数の黒い点が飛んでいる。

玄関扉を開けた家政婦は、外にちらりと視線をやった。そのいぶかしげな表情を見れば、何を考えているかは一目瞭然だ。

ジェーンは肩で息をしながら声を絞りだした。「馬車でしょう？　乗ってこなかったのよ。たまには運動がてらに歩いてみるのもいいかと思って」でも本当は、道が渋滞していたから、歩いたほうが断然早かったのだ。それで精一杯の早足で歩いて、書店から一五分で戻ってきた。馬車なら、この三倍はかかっただろう。

「そうでしたか」どうりでぶざまな格好をしているはずです――家政婦はそう言いたげな口ぶりだった。

たしかに、そんなふうに思われてもしかたがない姿をさらしている。出かける前はきれいにセットされていた髪も、今では長いこげ茶色の巻き毛のヘアピースはずり落ちて、ピンだけが頭にささっているありさまだ。ジェーンは少しでも見栄えをよくしようとしたが、自分

の色がよろしいですもの」

　家政婦はその場から動こうとせず、さらに続けた。「運動なさったおかげですね、お顔の色がよろしいですもの」

　よく言うわ。顔が真っ赤になっているのは鏡を見なくてもわかる。おまけに額からは大量の汗が吹きでている。

「それじゃ、もう行くわ。妹に会いたいの」ジェーンは明るい口調で言った。

　開け放たれた扉から、ミセス・ブリックストールが角を曲がり、こちらに向かってくるのが見えた。かわいそうに、呼吸がひどく苦しそうだ。

「これから」ジェーンは言葉を継いだ。「エミリーと少しおしゃべりしようと思うのよ。家に帰ってきたら、いつもそうしているから」〝ここでのんびり話をしている暇はないわ。大急ぎで妹の部屋に行かなければならないの。いつものようにね〟唇をぎゅっと引き結ぶ。〝ジェーン、余計なことを言うのはやめなさい〟

　家政婦が哀れみの表情を向けてきた。その顔が言っている。〝ミス・フェアフィールド、今さら嘘はつかなくてもいいんですよ。時間の無駄です。それはお嬢様もよくおわかりですよね〟と。

　ジェーンはため息をついて、ポケットから硬貨を取りだした。たちまち、その硬貨は家政婦のポケットの中に消えた。

「ミス・エミリーは東翼の応接間にいらっしゃいます。そちらへいらしてください。ドクター・ファロンと、それにアリスも一緒にそこにおります」

ジェーンは硬い表情でうなずくと、廊下を歩きだした。

エミリーは片方の腕をテーブルの上にのせて、椅子に腰かけていた。袖をまくりあげているせいで、青白い肌に残る痛々しい傷跡があらわになっている。包帯を巻かれた手首には、金属板が添えられていた。その金属板と奇妙な装置がワイヤーでつながっている。見るからにおぞましい代物だ。怪しげなにおいがぷんぷんする。これがガルバニックとかいう治療法なのだろう。

それでもとりあえず、今のところは痛くないようだ。エミリーは退屈しきった表情を浮かべている。妹がこちらを見て、顔を輝かせた。

「お姉様！」

「何をしているの？」ジェーンは妹に話しかけた。

「発作が起きるのを待っているのよ」エミリーは目をぐるりとまわしてみせた。

「ミス・エミリー」窓際に立っている男性が口を開いた。「お忘れですか？　動かないようにと言ったはずです。そんなふうに貧乏ゆすりをしたら、振動でワイヤーが外れて治療ができなくなりますよ」

エミリーはジェーンに向かって眉をひくつかせてから、思いきり顔をしかめた。

「お姉様、こちらはドクター・ファロンよ。ドクターはさっきからずっと、これにかかりっきりなの」

おそらく四〇歳くらいだろう。ドクター・ファロンはすらりとしていて、栗色の髪にもまだ白いものは交じっていない。両端がくるんとカールした口ひげを蓄え、もじゃもじゃのもみあげを伸ばしている。

ジェーンは応接間に入っていった。「エミリーの姉のジェーン・フェアフィールドです。ドクター・ファロン、治療法の説明をしていただけますか?」

医師は当惑したように眉をひそめた。「しかし、もうすべてミスター・フェアフィールドにお話ししているのですが」

「わたしは最新医療に興味があるんです」ジェーンはエミリーの隣に腰をおろした。「ぜひドクターの口から直接お話が聞きたいですわ」そう言って、顔に笑みを張りつける。

彼は一瞬たじろいだように見えたが、すぐにぎこちない笑みを浮かべた。

「わたしはガルバニストなのです」力をこめて話しだす。「言い換えると、ガルバニックの専門家ですね。これまでわたしは体に電流を流すことで、さまざまな症状を改善させてきました。たとえばしびれや痛み、けいれんなど……」

ドクター・ファロンはエミリーを見おろした。妹はきつく唇を引き結んでいる。

「それに」彼は続けた。「ガルバニック療法は仮病も治せるのです」

ばかばかしい。何が仮病も治せる、よ。やぶ医者もいいところだわ。電気ショックを与えられるのよ。怖くて仮病を撤回したくもなるでしょう。こんなものは治療でもなんでもない。

「すばらしいわ」ジェーンは目を丸くした。「治療で仮病も治せるなんて、はじめて知りました。画期的な発見ですね」

ドクター・ファロンはためらいがちに微笑んだ。

「なんて優秀なお方なのでしょう」ジェーンは続けた。「ドクターはどんな病気でも治せるのですね――その、なんでしたかしら？　体に電流を流す治療で？」

彼は顔を赤らめた。「わたしの場合、〝ドクター〟は儀礼的な敬称にすぎません」目を輝かせて言葉を継ぐ。「わたしがドクターと呼ばれるのも、多くのすばらしい患者のおかげなのです」

それなら、やっぱりやぶ医者だわ。ジェーンはテーブルの上で両手の指を組み合わせた。どうしておじはいつも医師の話をすぐ真に受けるのだろう？　これではただのいいカモだわ。そう思うのは、何も今回がはじめてではないけれど。

「ご謙遜なさらないでください」ジェーンは笑みを浮かべた。「それで、ドクターはけいれん性疾患を治した実績もおありなのですか？」

「いいえ、まだありません。ですが、何度もけいれん発作を誘発させることに成功していま す。つまり、その……」ドクター・ファロンはふたたびエミリーを見おろした。妹の前で話していいのか迷っているようだ。

でも自分の治療技術に自信があるなら、エミリーに対してもはっきり説明できるはず。ジェーンは話を続けるよう、手ぶりで医師を促した。

「ガルバニックというのは、一方向に電流を流してけいれんを誘発させることができるのなら、その逆方向に電流を流せばけいれんを止められるのではないかという仮説に基づいた治療法なのです。いわゆるニュートンの法則ですね。わたしはこれまで数多くの実験を行ってきました。その結果、ガルバニック療法はけいれん性疾患に効果があると確信したのです」

ジェーンは疑わしげな目を向けた。「本当にそう言いきれますか？」

「わたしは効果があると……大いに期待しています」彼は言い直した。

数年前なら、この治療に望みを託したかもしれない。けれど、今はもう医師たちが何を言っても嘘にしか聞こえない。どの医師も自信満々に大口を叩くわりには、エミリーを苦しめるだけで、誰ひとりとして発作を治せなかった。もう二度と、妹につらい思いはさせたくない。

「では確たる証拠もないのに、ただの憶測だけで、ドクターは妹に電気ショックを与えようとしているわけですね。それも何時間も」

「その言い方は失礼でしょう！」ドクター・ファロンが声を張りあげる。「治療をはじめてもいないのに――」

「いいえ」ずっと黙りこんでいたエミリーが口を開いた。「ドクターはわたしの体に電流を流したわ。それでけいれんが起きたの。でも、いつものけいれんではないのよ。感覚がまったく違うの。体がけいれんしているのは同じなのに。どうしてかしら？」

怒りのあまり、ジェーンは声も出なかった。なぜおじはまともな医師を連れてこないのだろう？　少しは治療を受けるエミリーの身にもなってほしい。

「はっきり言って」やぶ医者のファロンは不快げな表情を浮かべている。「ミス・エミリーに何がわかるというのです？　一方、わたしはガルバニックの専門家です」

ジェーンは数年前の出来事をふと思いだした。また新しい医師がやってきたときのことだ。その男はエミリーの発作は仮病だと言いきった。それにもかかわらず、彼は治療をはじめ、妹の腕と太腿にやけどの跡を残して帰っていった。仮病だと断言したのだから、何もせずに帰ればよかったのだ。

「ドクター・ファロン」ジェーンはやっとの思いで声を絞りだした。「そう決めつけずに、エミリーの話も聞いてください」

「なんですって？」彼はしきりに首を横に振っている。

ジェーンは努めて平静を保とうとした。「わたしは妹の意見を聞いて、その意思を尊重するつもりです。エミリー、あなたはこの治療をどう思っているの？」

エミリーの震えている手が、その答えを如実に語っている。それでもジェーンは怒りをのみこみ、妹が自分の気持ちをはっきり口にするのを待った。

「体に電気を流されてけいれんを起こすくらいなら、いつものけいれん発作のほうがまだましだわ」

こんないんちき治療をする医師は地獄に落ちればいい。ジェーンはドクター・ファロンに向き直った。「今日は来ていただいてありがとうございます。でも、あなたの治療は受けないので、どうぞお帰りください」

ドクター・ファロンは唖然とした表情でご自慢のガルバニックの装置を見て、それからエミリーに視線を移し、またジェーンに目を向けた。「あなたにわたしを追い払う権限はないはずです」いったん言葉を切ってから続ける。「これはわたしにとって大きな機会なのです。この治療が成功したら、わたしは名声を手に……」

またポケットの中のお金の出番だわ。ただし今は硬貨ではなく、お札だけれど。ジェーンはポケットから紙幣を取りだした。「わたしはあなたを無理やり追いだすつもりはありません。ドクター・ファロン、ここに二〇ポンドあります。今すぐにこの家から立ち去ってくれるのなら、このお金はあなたのものです。お帰りになるときは、妹の病状にはあなたの治療法は適さなかったと、おじに言ってください。おじは今日の治療代をあなたに払うでしょう。わたしもこうしてあなたに支払います。これですべて丸くおさまると思うのですが、いかがでしょうか？」

ドクター・ファロンは食いさがった。「しかし、まだろくに治療もしていないのですよ。もう少し続ければ、ガルバニックはミス・エミリーの病状に適していると判明するかもしれません」

ときどき思うことがある、社交辞令のひとつくらい言えたらいいのに、と。なまめかしい表情を浮かべたり、無邪気に微笑んだりできたらいいのに、と。けれどもわたしには、そのどれもできない。得意なのは賄賂を渡すことと、相手をやりこめることだけだ。

「まだおわかりになりませんか」彼女は医師をにらみつけた。「賄賂を受け取って、さっさとここから出ていってほしいと言っているのです。わたしはこの二〇ポンドをあなたに差しあげます。あなたは自分の都合のいいように嘘をついて構いません」

ドクター・ファロンが目を大きく見開いた。「わたしに嘘をつけと？　そんな不誠実なまねができますか！」やっきになって言い返してくる。

まいったわね。なぜ今回にかぎって、おじは正直者のやぶ医者を見つけたのかしら？　今までの医師は、ひとりの例外もなく大喜びでお金を受け取ったのに。

「では、二五ポンドにします」ジェーンは相手の表情を探った。「二〇ポンドはあなたが受け取ってください。上積みした五ポンドは、賄賂を受け取った懺悔《ざんげ》の意味をこめて、教会に寄付するのもいいかもしれません」

ドクター・ファロンはためらっている。

「さあ」彼女は促した。「胸を張って、堂々とこの家から出ていってください。教会があなたの援助を待っていますよ」

彼は足を前に踏みだして、二五ポンドに手を伸ばした。ところが紙幣をつかむ寸前でその手を引っこめると、激しくかぶりを振った。「これは罪深い金だ」声が震えている。「この家は呪われている！」

ジェーンの頭に一気に血がのぼった。エミリーを拷問にかけようとしたやぶ医者に、ここまで言われる筋合いはない。どうせ罪深い金なら、いっそのこと三〇ポンドにつりあげて、この男をさっさと追い払おうかしら？

こちらの怒りは爆発寸前なのに、エミリーときたら屈託のない笑みを浮かべて、ドクター・ファロンを見あげている。「まあ、ドクター・ファロン」妹が無邪気な口調で言う。この子もなかなかの女優だ。「そのとおりなんですよ。わたしの家族はみんな呪われているんです。ドクターも早く帰らないと、悪魔に取りつかれてしまうかもしれませんよ」

うまいことを言うわね。ジェーンは内心でつぶやいた。

エミリーは話しつづけている。「この罪深いお金を受け取って、ここから出ていかれたほうがいいですよ」

ドクター・ファロンは姉妹の顔を交互に見ている。

「さあ、これをどうぞ」ジェーンはもう一枚、紙幣を重ねた。「三〇ポンドあります。今出ていけば、六時の汽車に間に合うでしょう」

医師はまだ迷っている。

「アリスがあなたの荷物をまとめます。アリス、お願いね」アリスは窓際にずっと座っていた。おそらく、医師とふたりきりにならないようエミリーに付き添っていたのだろう。フェアフィールド家のほかの使用人たちと同様に、このメイドもたびたび小遣い稼ぎをしている。アリスは椅子から立ちあがり、こちらに向かってきた。大切な電気ショック装置をアリスが布で包みはじめても、ドクター・ファロンはそちらには見向きもせず、その場に立ったまま身じろぎもしない。

「やはり」ようやく彼が口を開いた。「これは人の道に反する行為だと思います」

「それなら、帰らずにずっとここにいてください」エミリーが朗らかに声をかける。

ジェーンは驚いて妹に向き直った。

アリスが腕に添えられていた金属板を外し終えると、すぐにエミリーは立ちあがって、ドクター・ファロンの前に進みでた。妹の美しい姿を目で追っているうちに、手首からほどけかけた包帯が視界の隅に入り、ジェーンの胸は押しつぶされそうになった。

「ドクター・ファロン、この呪われた家の儀式をこっそり教えてあげます」エミリーは真面目くさった顔をして、声をひそめた。「実は、わたしたち家族は異教徒なんです。だから、邪神バールに毎晩祈りを捧げるんですよ。そして夜明けには太陽神アポロンに祈りを捧げます。ドクターもわたしたちと暮らすのだから、一緒にお祈りしましょうね」

ジェーンは吹きだしそうになるのを必死にこらえながら、ふたりの様子を眺めていた。すると突然、ドクター・ファロンの手が伸びてきて、あっという間にジェーンの手のひらから三〇ポンドが消えた。彼はエミリーを見おろして冷たく言い放った。

「ミス・エミリー、わたしはこれで帰ります。こんな家には一秒たりともいたくない」

アリスは無言で、いかがわしい装置を入れた籐《とう》製の診療かばんをドクター・ファロンに手渡した。

「では失礼する」医師は語気も荒く吐き捨てた。「二度と来ないのでそのつもりで。後悔しても知りま――」

「いったい何事だ？」

ジェーンとエミリーは同時に扉のほうを振り返った。あらあら、茶番劇の第二幕の幕開けだわ。おじのタイタスが応接間に入ってきた。彼は当惑した表情で室内を見まわし——片手に診療かばんを持ち、もう一方の手に紙幣を握りしめながら声を張りあげているドクター・ファロンを見て、目をしばたたいた。それから、嬉々とした笑顔で医師を見あげているエミリーに目を向ける。

「お嬢さんたち」おじは繰り返した。「いったい何事だ？」

「この家はどうなっているんだ！」医師の大声が室内にとどろく。「ここは呪われた異教徒の家だと嘘までついて、このふたりはわたしを追い払おうとしているんですよ……」そう言って自分の手の中の三〇ポンドに視線を滑らせると、その手をきつく握りしめて胸に押し当てた。「わたしは賄賂を握らされたのです」かすれた声でさらに続ける。「この手は汚れてしまった。おまえたちなど地獄に落ちてしまえ！」

ドクター・ファロンは捨て台詞を残して応接間から出ていった。タイタスはあっけにとられたまま、医師のうしろ姿を見送っている。やがて玄関の扉を叩きつけるように閉める音が響き渡った。しばらくして、あたりがふたたび静けさを取り戻したところで、おじはゆっくりとジェーンとエミリーに向き直った。

これは厄介なことになりそうだ。とても厄介なことに。

「わたしは自分の部屋にいたの」ジェーンは慎重に切りだした。「そうしたら騒がしい声が聞こえてきて……誰かがわめいているみたいだったわ」

「そのとおりよ」今度はエミリーが口を開いた。「わたしはここに座って、発作が起きるのを待っていたの。そうしたらいきなりドクター・ファロンがわたしに指を突きつけて、怒りだしたのよ」彼女は嘘が得意だ。ジェーンは妹にすべて任せた。

「びっくりしたわ。だって急に豹変《ひょうへん》したんだもの。どうしてかしらね」エミリーは迫真の演技を披露している。「ドクターはわたしをじっと見つめていたの。気味が悪かった。そのうち、ぶつぶつと何かつぶやきだして……わたしがドクターを誘惑してると言うのよ。何もしていないのに。わたしはただ座っていただけよ」

やはりエミリーは嘘つきの天才だ。作り話がなめらかに口から出てくる。それに妹は並外れた美人だ。それはおじも認めていて、美しい姪に男たちがどんな反応を示すかはよくわかっている。おそらく今、おじはドクター・ファロンを不届き者だと思っているのだろう。しぶい顔をして、ときおりうなずきながら、エミリーの話に耳を傾けている。

おかしくてしかたがない。笑ってしまいそうだ。ジェーンとエミリーの目が合った。そのとき、ふたりは同じ表情を浮かべた。姉妹にしかわからない表情。怒りと喜びと茶目っ気が混ざり合った表情。ジェーンがいつも自分はひとりではないと実感する瞬間だ。もう限界よ。こらえきれず、ふたりは同時に声をあげて笑いだした。

「ジェーン」タイタスは頭を振り、また口を開いた。「ああ、ジェーン、ジェーン、わたしはおまえをどうしたらいいのだ？」

それには何も答えず、ジェーンはおじの書斎をぼんやりと見まわした。どんな話になるのかは簡単に想像がつく。これまでいったい何度、おじと同じ会話を繰り返したことか。

「ジェーン、おまえにはほとほと失望した。ドクター・ファロンは立派な医師なんだぞ。エミリーみたいな原因不明の病を抱えている患者も決して見放さず、真剣に診察しているんだ。そういう医師はめったにいない」

「おじ様はドクター・ファロンのことをちゃんと調べたの？」ジェーンはきいた。「あの医師の治療を受けた患者たちと話をしたの？」

答えは聞かなくてもわかっている。その両方ともしているわけがない。タイタスは決まり悪そうにこちらを見た。「ドクター・ファロンは立派な医師だ」つぶやくように言って、口をつぐむ。

「あら、おじ様、今までだってエミリーを診察した医師はたくさんいたじゃない」ジェーンの胸に苦々しさがこみあげてきた。彼女は唇を噛みしめた。もう、うんざり。この人と言い争うだけ無駄だ。口を閉ざしていたほうが腹を立てずにすむ。タイタスはふたたび頭を振り、落胆の表情でこちらを見ると、すぐに視線をそらした。深い沈黙が部屋に広がる。おじはじっと壁を見つめて、自分の世界に沈みこんでいる。あの壁にどんな世界地図を貼ろうかとでも考えているのかしら？　完全にわたしの存在を忘れているみたい。互いに黙りこんだまま、何分経っただろう。やがておじは現実の世界に戻ってきた。

「今まで、わたしは」タイタスが話しはじめた。「おまえの数かぎりない欠点に目をつぶってきた」いったん言葉を切り、また首を横に振る。「いつになったら、その頑固で理屈っぽい性格は直るんだ？　不作法なのも、以前とまったく変わらないではないか。わたしはずっと我慢強く見守ってきた。いつかはおまえもまともになってくれると期待していたんだ」おじは机の上に肘をつき、両手の指先を合わせてジェーンに視線を向けた。「だが、もうあきらめるしかないのかもしれん。わたしの忍耐力も限界だ」

たとえ欠点が何ひとつ見当たらなくても、おじのわたしを見る目は変わらないだろう。ジェーンはいかにも申し訳なさそうな表情を顔に張りつけた。「おじ様、ごめんなさい」演技力を総動員して、しおらしさを装う。「女性らしいふるまいができるように努力します」

さっさと謝ってしまえば、それだけ早く会話も終わる。まもなく、この部屋から出ていけるはず。おじほどだましやすい人はいない。

ところが、暗記するほど聞かされている、いつもの説教がはじまらない。こちらが謝ったあとは必ず、おまえはふしだらだった母親にそっくりだと非難の言葉をぶつけてくるのに、今日のおじはただ顔をしかめているだけだ。

「ジェーン、おまえは」タイタスはむっつりと口を開いた。「自分の思いどおりに妹を操ろうとしているのではないか？　わたしにはそう思えてならないんだ」

予想外の展開に、ジェーンは息をのんだ。

「おまえには妹を見習ってほしいと思っていた。だがその願いとは裏腹に、妹が姉のまねをしているようだ。エミリーはだんだんおまえに似てきたよ。最近では、わたしに反抗ばかりしている。エミリーは純粋な子だ。きっとおまえに愛されていると思いこんでいるんだろうな」

「実際に愛しているもの」ジェーンは言い返した。「疑う余地など一ミリもないわ。おじ様、おかしなことは言わないで。エミリーを愛しているに決まっているじゃない」

これで何度目だろう、おじがまた首を横に振った。「もし本当にエミリーを愛しているなら、あの子をおまえの悪の世界に引きずりこまないでくれ」

「悪の世界ですって？　それはどういう意味？」

「嘘に満ちた世界だよ。ジェーン、あの子に嘘のつき方を教えたのはおまえだろう？」

この人は何もわかっていない。エミリーは右に出る者がないほどの嘘の達人だ。

「これからも考えを改めないのなら」タイタスは続けた。「おまえをここから追いだして、わたしの妹のリリーと暮らさせるからな。リリーはわたしみたいに甘くはないぞ。パーティーざんまいの生活はもうできなくなる。リリーはしょっちゅう言っているよ、自分ならおまえをとっくの昔に結婚させているとね。おまえを今までここに置いておいたわたしは、リリーに責められっぱなしだ」

結婚——その言葉は聞きたくもないし、考えたくもない。でも、もし本当におばのところに行かされたら、無理やり結婚させられてしまうかもしれない。それは絶対にいやだ。エミリーをひとりここに残していくわけにはいかない。

ジェーンは膝の上に置いた手でドレスをきつく握りしめた。「いやよ」声を絞りだす。「お願い、おじ様。わたしを追いださないでください。もう迷惑はかけません」

おじは謝罪の言葉を受け入れようとせず、無視を決めこんでいる。

「ジェーン、おまえはドクター・ファロンに賄賂を渡したな」指を一本立て、タイタスは穏やかな口調で言った。「それにおまえはわが家の祈りの習慣について、妹に嘘をつかせた。いつからわれわれは異教徒の神を崇拝するようになったんだ？　たしか、おまえたち姉妹はキリスト教徒のはずだがね。いったいどこからこんなくだらない嘘を思いつくのやら」もう一本指を立てる。「そしておまえはドクター・ファロンの診察の邪魔をした。あの治療法はエミリーの病状に効果がありそうだったんだぞ。それなのに、ジェーン、おまえは治療の途中でドクターを追いだした」

「あんなのは治療でもなんでもないわ。ただのいんちきよ」ジェーンはすかさず言い放った。「おじ様、知っている？　あのやぶ医者はエミリーに電気ショックを与えたのよ。しかも自分が納得のいく結果が出るまで、何度も実験を繰り返すつもりだった。そんなの、エミリーがかわいそうすぎるわ」

そう言ったとたんに後悔した。口を閉じているべきだった。だが、タイタスは口答えばかりする姪に小言を並べることもなく、ただ嘆かわしげに首を横に振っている。

「それだけではない」おじが言った。「わたしは猥雑《わいざつ》で混沌《こんとん》とした社交の場とは無縁に暮らしているのに、それにもかかわらず、おまえの悪評は絶えず耳に入ってくる」

ここはロンドンではなくケンブリッジだ。この小さな街でときおり開かれるささやかな夕食会を〝猥雑で混沌とした社交の場〟と呼ぶのは、おじくらいしかいないだろう。ここケンブリッジでは、年頃の女性が同年代の男性と知り合える機会はほとんどない。まあ、人づき合いに興味がないおじにとっては、どうでもいい話だが。

おじはケンブリッジ大学の指導教員《チューター》で、その仕事をこよなく愛している。これだけで、この人の生活はじゅうぶん満たされているのだろう。おそらく年収も数千ポンドはあるはずだ。おじは法律学を教えている学生たちに、よく自慢げに豪語している。〝自分は優秀な学生を指導するチューター〟だと。

「なぜ」ふと気づくと、おじはまだ話していた。「おまえはそんなに嫌われているのだ?」

その言葉がジェーンの胸に突き刺さった。悪評を得るために日々努力しているとはいえ、はっきり口に出されるとやはりつらい。

「おまえのことだ、悪口のひとつやふたつは言われるだろう。だが、ジェーン、こうもしょっちゅう聞かされると、さすがのわたしもうんざりなんだよ。それも聞くに堪えないものばかりだ。なぜおまえはまともなふるまいができないのかな。まったく困ったものだ」

これはあんまりだ。ジェーンは悔しくて唇を嚙みしめた。

「良識のあるレディは」タイタスがさらにたたみかける。「決して紳士をばかにはしない。レディは年長者の話を途中でさえぎらない。レディはほとんど料理を口にしない。そのほうが口を閉じていられるからだ。レディはフォークの正しい使い方を身につけている。手づかみで食べたりはしないものだ。そうすることが適切なとき以外はな」

「適切なときって、いつなの？」ジェーンは思わず声を張りあげた。「だったら、おじ様、教えて。わたしはその適切なときをどうやって知ればよかったの？　ほかの女の子たちは生まれたときから家庭教師がついているわ。女学校に行く子や、おばや母親や姉から教えてもらう子もいる。そうやって女性は礼儀作法を学ぶのよ。お辞儀の仕方や食事の仕方、話し方などをね」

ジェーンは震える息を吸いこんだ。怒りをぶつけても、傷ついた心は癒されなかった。自分だけが責められるなんてひどすぎる。

「父は」彼女は続けた。「妻と娘ふたりを田舎に放りだしたまま、一九年間見向きもしなかった。母が亡くなったとき、わたしは一〇歳だったわ。その後九年間、あいかわらずわたしは田舎の屋敷に住んでいた。そのあいだ、父に家庭教師をつけてほしいと何度も頼んだのよ。でも、結局だめ。わたしに作法を教えてくれる人は誰もいなかったわ」いったん言葉を切り、ふたたび話しはじめる。「そのままわたしは一九歳になり、おじ様が後見人になってくれたけれど、おじ様はわたしをすぐに結婚させてお払い箱にしようとした。ねえ、タイタスおじ様、想像してみて。礼儀作法を何ひとつ知らない娘が上流社会に放りだされたのよ。その結果、どうなるかくらいわかるでしょう？」

「真のレディは」タイタスが取り澄ました口調で言った。「学ばなくても――」

「戯言だわ。どこの世界に、お辞儀の仕方を身につけて生まれてくる赤ちゃんがいるというの。話題にしてはいけない禁句を生まれたときから知っている人なんて、いるわけがないじやない」

おじは一歩たりとも譲る気はないらしい。いかにも頑固そうな表情を浮かべている。

「わたしは作法も教養も身についていなかった」ジェーンは話しつづけた。「当然よね、教えてくれる人がいないんですもの。それなのに、おじ様はわたしを社交界にデビューさせたのよ。デビュー前は入念に準備をするのがふつうなのに。わたしを一方的に責めるなんて、おじ様は身勝手すぎるわ」

「ジェーン」おじが口をはさんできた。「わたしに向かって無礼な口を叩かないでくれ。二度と聞きたくない」

彼女は言い返そうと開きかけた口を閉じた。おじは考えを変える気はないだろう。女性らしくふるまえないわたしが悪いと決めてかかっている人に、これ以上何を言っても無駄だ。

「ジェーン、わたしはもう一度おまえに機会を与えようと思っている。わたしの理性は、この思いつきに反対しているがね。よく聞いてくれ。わたしはエミリーにおまえのまねをさせるつもりはない。だが……」おじはため息をついた。

「エミリーを自由に外に出してあげて。あの子は――」

タイタスがにらみつけてきた。「まだわからないのか。口を慎め。エミリーは体が弱いんだぞ。外出させるわけにはいかない。ジェーン、わたしはおまえに機会を与えると言った。一度しかないその機会を、この部屋で使いきるな」

〝ジェーン、言い返してはだめよ。黙ることを覚えなさい〟彼女は口を閉じて、反論の言葉をのみこんだ。口の中に苦い味が充満していく。

「ジェーン、これからは礼儀正しくふるまってくれ。それから口答えはしないこと。妹を悪の世界に誘いこまないこと。結婚相手を見つけること。おまえは少々太りすぎだが、多額の持参金がある。それに釣られる男もいるだろう。そして医師に賄賂を渡さないこと。もし、また渡したと小耳にはさんだら……」おじは思わせぶりに語尾を濁した。

「安心して、おじ様」ジェーンは請け合った。「おじ様の耳にはもう入らないわ。約束します」

そうよ、入るわけがない。だって今度からはもっと賄賂を積むから。

あと四七一日。先はまだまだ長い。無事に乗りきれるだろうか？　それを思うと、一気に疲れが押し寄せてきた。

「それと」ジェーンはにこやかな笑顔を作った。「今、おじ様に言われたことはすべて守ります」

7

今夜は舞踏会だ。この集いを心待ちにしていた男女が大勢集まるのだろう。男たちは正装に身を包み、女たちは華やかに着飾って。オリヴァーはその主催者宅に向かっていた。なぜ行く気になったのかは、自分でもわからない。たぶん、ミス・フェアフィールドに会いたいからだ。なぜなら……。

ブラデントンの命令に素直に従うつもりはない。何か別の方法を見つけようと思っている。あの男も話せばわかってくれるはずだ。

〝さあ、それはどうかな。あまりにも楽観的すぎないか？　あいつはそう簡単に自分の意見を曲げる男ではないぞ〟

その心の声にオリヴァーはふたをした。ガルバニック療法を施す医師が来たと使用人に聞かされたときの、血の気を失ったミス・フェアフィールドの顔が忘れられない。やはり自分の直感は当たっていたのだ。彼女が大きな重荷を背負って孤軍奮闘しているのは間違いない。これを知ったら、ブラデントンも態度を和らげるかもしれない。

だが、あの男にかぎって、果たしてそんなことがありうるだろうか？　逆に、さらに強硬な態度に出そうな気がする。

オリヴァーは頭を振って、その考えを追い払った。

物思いにふけって歩いているうちに、いつの間にか主催者宅に到着していた。舞踏場はこぢんまりとした広さだ。集まっている人数もそれほど多くはない。おそらく、まだ来ていない客を含めても、三〇人ほどにしかならないだろう。まあ、それも当然だ。ここはロンドンではない。すでに男女は楽しげに言葉を交わしている。さりげなくこちらをうかがう女性も、ちらほらいる。公爵の息子だと知られてからは、こういう視線をよく向けられるようになった。どうやらミス・フェアフィールドはまだ来ていないようだ。オリヴァーは話の輪に加わり、適当に相づちを打っていた。どうしても舞踏場の入り口にばかり目が行ってしまい、会話に身が入らないのだ。

だからといって、ミス・フェアフィールドに死ぬほど会いたいわけではない。

たしかに彼女は目の保養になる。もちろんドレスを除いてだ。それに、先日の書店での会話も実に愉快だった。あのときも、ミス・フェアフィールドはこれでもかというほど派手な柄のドレスを着ていた。おかげでこちらは目がちかちかして、頭痛が起こりそうになったほどだ。それでも、彼女と話をしたあの時間は楽しかった。

やはり自分はミス・フェアフィールドに会いたかったのだろう。死ぬほどではないにしても。だから、こんなふうに入り口から目を離せずにいる。それにしても、彼女は来るのだろうか？

あきらめかけたちょうどそのとき、ミス・フェアフィールドが舞踏場の入り口に現れた。彼女の姿が視界に入ったとたん、あまりの衝撃にオリヴァーは固まった。まだ誰も彼女に気づいていない。場内は明るいざわめきにあふれている。

ひとりの視線がミス・フェアフィールドをとらえた。そしてもうひとり。またひとり……。やがて男女全員の視線が彼女に向けられた――さらに正確に言えば、彼女が着ているドレスに。今や場内は完全な沈黙に包まれている。まさに嵐の前の静けさだ。

今夜のドレスのデザインは至極まともで、どちらかというと控えめと言えるだろう。レースもさりげなく裾にあしらわれているだけだ。だが色が……そのピンク色が……ピンクはピンクでも……。

この世のものとは思えない凶暴なピンク色だ。こんな蛍光色のどぎついピンクはこれまで見たことがない。もはやこれはピンクの範疇《はんちゅう》から大きく外れている。このドレスは凶器としか言いようがない。目に留まった瞬間に、誰もが頭を思いきり殴りつけられたような衝撃を受けるはずだ。

ちょうど今の自分みたいに。実際、本当に頭が痛くなってきた。それにもかかわらず、ドレスから目をそむけられなかった。

静寂の中に女性の声が響き渡った。「まあ、ミス・フェアフィールド、今夜のドレスはとても……ピンクなのですね。ピンクは……最もかわいらしい色ですわ」〝かわいらしい〟と言ったときの女性の声は、どこか切なそうだった。ひょっとしたら、このかわいらしさのかけらもない色もピンク色に分類されるのかと思うと、悲しい気持ちになったのかもしれない。

「ええ、そのとおりですね」ミス・フェアフィールドの大声が、小さな舞踏場にとどろいた。「ドレスを作るときに何色にしたらいいか、ミス・ジュヌヴィエーヴに相談したんです。そうしたら、上流階級の若い女性にいちばんふさわしい色はピンクだと教えてくれました。それでこの色に決めたんですよ」

「そうですか」女性の声は、まだ憂いを帯びている。「このドレスは……ピンクを何重にも塗り重ねた色ですね」

「ええ、わたしもそう思いますわ！」ミス・フェアフィールドの声は明るく弾んでいる。

場内にいる全員の顔が見事に同じだ。ひとり残らず口をぽかんと開けて、彼女のドレスを見ている。

ミス・フェアフィールドにはじめて会ったとき、彼女はレースの洪水のようなドレスを着ていた。今夜のドレスはピンクの洪水だ。それも、けばけばしいピンクの洪水。ドレスの胴着《ボディス》もピンク、スカート部分もピンク、サッシュベルトも、裾にあしらわれたレースもピンクだ。

そのすべてのピンクが燦然と輝いている。まるで目つぶし攻撃を受けているみたいだ。

ミス・フェアフィールドは満面に笑みをたたえている。忍び笑いがもれはじめたというのに、周囲の反応などどこ吹く風だ。

なぜかオリヴァーは自分が嘲笑の的になっている気がした。彼はミス・フェアフィールドのドレスから目をそらした。口の中に苦いものが広がっていく。なぜ彼女は涼しい顔をしていられるのだろう？　毒々しい色のドレスを身にまとい、あいかわらず大声で話しつづけている彼女は、みんなの視線を一身に浴びている。それなのに、まったく動じていない。

ミス・フェアフィールドはまわりの人に挨拶をしはじめた。ひとりの男が彼女のヒップを指さして、下卑《げび》た仕草をした。まったく品のない男だ。舞踏会でする行為ではない。男の仲間たちの笑い声が耳障りに響く。

ミス・フェアフィールドはまばゆいばかりの笑みを浮かべている。背後の男たちの嘲笑など気にも留めていない。オリヴァーはそんな彼女を見ているのがつらかった。自分は彼女を傷つけはしないし、ああいう愚かなまねをする男でもない。だが今は、彼女にここから姿を消してもらいたいと思っている。彼女がいなくなれば、徐々に大きくなっていく笑い声も聞かずにすむのだ。

今のミス・フェアフィールドの姿が学生時代の自分と重なる。あの頃のことがまたたく間によみがえってきた。笑い物にされ、罵声を浴びせられ、ひとりでいるところを狙われて暴力を振るわれた。

勘弁してくれ。もう耐えられない。オリヴァーは背を向けた。

それでもまだミス・フェアフィールドの声が聞こえた。

彼女は主催者の女性と挨拶を交わしている。「ミセス・ゲドウィン、今夜はお招きいただきありがとうございます。すてきなシャンデリアですね。あら、ほこりが積もっているわ。

掃除をしていたら新品同様に見えたでしょうに」

オリヴァーは拳を握りしめた。〝演技はやめろ。心にもないことを言うな。なぜきみはそう愚かなんだ。自分で自分を傷つけるのはよせ〟

「あらまあ」彼のすぐそばにいる女性が、あきれたようにため息をついた。「ねえ、見て。手袋までピンクだわ」

〝蝶の羽があんなに色鮮やかなのは、わざと目立って外敵から身を守る生存戦略なんだよ〟セバスチャンの言葉がふと頭に浮かんだ。ミス・フェアフィールドも蝶と同じだ。冷ややかな視線も、意地の悪い忍び笑いもものともせず、ひとりひらひらと社交の場を飛びまわっている、ケンブリッジの蝶。

ミス・フェアフィールドがこちらに向かってきた。オリヴァーは本格的な頭痛に襲われていた。くそっ。どうにでもなれといった気分だ。ブラデントンの賛成票などくそくらえ。ミス・フェアフィールドも勝手にしろ。その代わり、ぼくの前から姿を消してくれ。

「ミスター・マーシャル」彼女が朗らかに声をかけてきた。

オリヴァーはミス・フェアフィールドの手を取り、大きく息を吸いこんだ。この香り。なじみのある香り。ラベンダーとミントが混ざった石鹸《せっけん》の香りがふわりと漂い、すさんだ心が和らいでいく。魔法にかかったかのように、オリヴァーはたちまち自分を取り戻した。

以前、嘘はつかないとミス・フェアフィールドに約束した。彼女に対して、ぼくは率直な男でいよう。

「ミス・フェアフィールド」オリヴァーは穏やかな声で応えた。「今夜のきみはすてきだね」

彼女はえくぼを作って微笑んだ。

オリヴァーは一瞬視線をさげてから顔をあげた。「だが、きみのドレスは……」いったん言葉を切り、深く息を吸いこむ。「危険だな。見ていると人を殺したくなるよ。もともと、ぼくは暴力的な男ではないんだが。それはなんというドレスだい？」

「イヴニングドレスよ」ミス・フェアフィールドは手袋をはめた両手を腰に当てて、胸をそらした。

「ひどい色だな。目がつぶれそうだ。こういうピンクははじめて見たよ。これは光を出す生地なのかい？」

「まさか。ばかを言わないで」彼女は笑みを浮かべている。作り笑いではなく、本物の笑顔に見える。

「やれやれ、まいったな」オリヴァーは続けた。「なんだか妙な気分になってきた。全速力で駆けだしたくてしかたがないよ。きっときみのドレスのせいだな。この色がぼくをおかしくさせるんだ。舞踏場の真ん中で服を脱ぎはじめないように気をつけなければ」

ミス・フェアフィールドが声をあげて笑いだした。「心配しなくても大丈夫よ。これは人の心に悪い影響を与える色ではないわ」

「なんという色なんだ？」

彼女はにっこりした。「マゼンタよ」

「あまりきれいな響きの言葉ではないな」オリヴァーは言った。「この色はどうやって作るんだい？」

ミス・フェアフィールドは周囲を見まわし、誰も近くにいないことを確認してから口を開いた。「これはね、染料なの」自信のなさそうな口ぶりだ。「新しい合成染料なのよ。たしかコールタールから作られるんだと思うわ。ある有名な化学者が実験中に偶然発見したの」

「なるほど。でもこれは……」適当な言葉が見つからず、オリヴァーは口ごもった。「邪悪な色だな」頭の中から、どうにかひとつ引っぱりだす。「ああ、間違いない。邪悪だよ」

彼女は体を寄せてささやいた。「この色をけなしているのね。お願いだから、やめて。わたしはすごく気に入っているのよ。ここにいる人全員が、内心ではすてきな色だと思っているわ。あなた以外はね。このドレスを着ているのがわたしではなく違う女性だったら、みんな心から褒めたはずよ。賭けてもいいわ」

「もしかしたらね。だがその女性は、きみよりずっと控えめな着こなしをしただろうな」

「わたしはすべて特別注文したの。手袋も、レースもよ。本当はドレスのボディス全体に小粒のダイヤモンドをちりばめたかったの。そのほうが、きらきら輝いてきれいでしょう？だけど……」ミス・フェアフィールドは、いかにも落胆したように肩をすくめた。

「きみはまわりの人間全員を失明させるつもりだったんだな。助かったよ、ダイヤモンドを縫いつけるのをあきらめてくれて。おかげで命拾いした」

「あら、失明させようだなんて考えてもいなかったわ。わたしは舞踏会に華を添えようと思ったただけ。ねえ、見てみて。地味なドレスばかりでしょう？」彼女は眉を大きく上下させた。

「やっぱりダイヤモンドをつければよかったわ。もっとみんなを唖然とさせたかったのに。これは女相続人の特権なのよ。平然とした顔をされたら、大金を使ってドレスを作る張り合いがなくなるわ」

　オリヴァーは首を横に振った。「そういうものかな……」

「それにしても、驚いた。わたしに面と向かってひどいドレスだとはっきり言ったのは、あなたがはじめてよ。ほかの人は必死になって褒めようとするの。見ていて気の毒になってくるわ。だって、褒めるところなんて何ひとつないんですもの」

　彼はあきれて頭を振った。「ミス・フェアフィールド、すべて計算ずくなんだな。きみはまわりがどう反応するか百も承知で、こういうドレスを着ているわけだ」

　ミス・フェアフィールドが笑顔を向けてきた。「計算なんてしていないわ。あのね、みんなが直接わたしを非難しないのには理由があるの。それも、たったひとつだけ。わたしはそれを〝女相続人効果〟と呼んでいるのよ」

　女相続人効果……。そのとおりなのかもしれないが、その言葉の響きに背筋がぞっとした。

オリヴァーはそっけない笑みを返した。

「ミス・フェアフィールド、なんだか恐ろしくなってきたよ。きみのドレスだけでなく、きみのことも」

　彼女は扇でオリヴァーの腕を軽く叩いた。「そこなのよ」生き生きとした声が返ってくる。

「それが狙いなの。わたしはみんなに怖がってほしいのよ。それなら一挙に何十人もの男性を追い払えるわ。話す必要もない。それに男性が求めるのは上品な女性でしょう？　こんなドレスを着ていたら、どこからどう眺めても上品には見えないわ。たとえ真珠のイヤリングをつけていてもね」

オリヴァーはミス・フェアフィールドを見おろした。胸元ではなく耳元を見ているのは、誰の目にも明らかなはず。実際そのとおりだ。自分は真珠のイヤリングを見ている。それでもいやおうなく、見事な膨らみに視線が引きつけられる。けばけばしいピンクのドレスからのぞく豊満な胸は、とても柔らかそうだ。

少しばかり沈黙が長すぎだ。ふとわれに返り、あわててオリヴァーは口を開いた。

「ミス・フェアフィールド、きみをダンスに誘いたいところだが、できればこのあいだの話の続きが聞きたい。書店で会ったとき、きみは急いで帰っただろう？」

彼女の顔から徐々に笑みが消え、苦悶《くもん》の表情が浮かんだ。「あそこにテラスがあるわ」しばらく黙りこんでいたミス・フェアフィールドは、やがてゆっくりと話しはじめた。「外で話しましょう。少し寒いかもしれないけれど……夜風に当たっている人も何人かいるわ。それなら、ふたりきりではないから大丈夫でしょう？　誰かに何かきかれたら、あなたはみんなのためを思って、わたしをテラスに連れだしたのだと言えばいい。ほんのひとときでも、わたしの恐ろしい姿を見ないですむようにね」

彼女は微笑みながら話をしているが、その声はいたって真面目だ。

そしてオリヴァーは……胸が痛んだ。自分はそんな男ではない。彼女を傷つけたりはしない。そんなことは絶対にしない。

〝いいや、おまえは彼女を傷つけるさ。そうに決まっている〟心の声がささやいた。

「きみは恐ろしい女性ではないよ」内なる声を抑えこんで、オリヴァーは言った。「見るも恐ろしいのはドレスだけだ」

「なんとなく予想はついている」テラスに出てから、ミスター・マーシャルは静かに話しだした。ふたりは夜風を楽しんでいるほかの人たちとは少し離れたところに立っている。「きみがなぜいつもこういう格好をしているのかはね」彼はマゼンタ色のドレスを指した。

それはそうだろう。ミスター・マーシャルは切れ者だ。この人は、ふと耳にした会話の内容さえ聞きもらさないはず。ジェーンは思わず視線をそらし、石灰岩でできた手すりを見つめた。テラスを囲むようにして立つ、葉を落とした木々が、ランプのほのかな明かりを受けて手すりに影を落としていた。

「妹さんの名前はなんといったかな？」

「エミリーよ」

「彼女は病気なんだね」

「病気とははっきり言いきれないの。エミリーはけいれんの症状があって、つまり、ひきつけなんだけど、そういう発作を起こすのよ。それで――」またべらべらとしゃべってしまった。ジェーンは唇を嚙み、あふれでそうになる言葉をのみこんだ。

「それはてんかんという病気なんじゃないかな？」

「そう診断されたこともあるわ」彼女は平静を装って続けた。「これまで妹は何人もの医師にかかってきたの。でも、誰も発作を治せなかった。これといった治療法がないのよ」

ミスター・マーシャルは真剣に耳を傾けてくれている。「このあいだも少し話が出たが、電気ショックを与えるのは発作の典型的な治療法だろう？　医師たちはその治療を妹さんに施したがるのかい？」

「そういう医師もいたわ」長いリストができるほど、さまざまな治療を試してきた。あまりにも種類が多すぎて、考えただけで胸が悪くなる。「瀉血《しやけつ》療法にヒル療法、それに薬物療法も試した。これは嘔吐《おうと》を誘発させる薬をのまされるの。この三つは口にしてもまだ耐えられる治療法よ。ほかは……」エミリーの腕に火かき棒を押し当てた医師もいた。あのときの妹の叫び声は決して忘れられない。「ほかの治療法はあなたも聞かないほうがいいわ」

「つまりこういうことかな。次から次に新しいドクターを連れてきて、妹さんに治療を受けさせているのは彼女の後見人で、きみではない」

「エミリーは治療を望んでいないわ」ジェーンはこわばった声で言った。「だから、わたしも望んでいない」

ミスター・マーシャルは反論してくるだろう。きっと彼もおじと同じ考えに違いない。後見人の言うことは聞くものだと言い返してくるはずだ。

彼が口を開いた。「ぼくの義理の姉のミニーは——今はクレアモント公爵夫人なんだが、まあ、称号なんてどうでもいいか」

ジェーンは目をしばたたいた。称号なんてどうでもいい？　じゃあ、彼はいつも公爵夫人を名前で呼んでいるのかしら？　たぶんそうなのだろう。ミスター・マーシャルは話しつづけている。

「とにかく、その話は置いておいて」ミスター・マーシャルは休眠中のバラの花壇のほうへとジェーンをいざなった。「ミニーの親友は医師と結婚しているんだ。グランサムという男なんだが、ぼくたちはよく医療の話をするんだよ。だからきみの言っていることはよくわかる。知っているかい？　たった五人の医師と会っただけでも、その中にぞっとする治療を行っている者が必ずいるんだ」

「二七人よ」ジェーンの口調は穏やかだった。「今まで二七人の医師が来たの。資格を持たない、いかがわしい人を入れたら数えきれないわ。それでわたしは結婚しないと決めた。妹を置いて家は出られないわ。あの子はまだ未成年だから、わたしがお金をあげても、それはそのまま後見人のところに行くの。もうわかるでしょう？　そのお金で、後見人は医師を連れてくるというわけ。それで二七人よ。だから、わたしは結婚するわけにはいかないの。妹のそばにいて、医師が来るたびに賄賂を渡して追い払わないといけないから。わたしが結婚して家を出たら、それができなくなるわ」ひとりきりでいる時間が長い、エミリーが心配でならない。妹はもともと活発な性格だった。そういう子が行動を制限されているのだから、いらだちや不満が募るのも当然だろう。あの子には同年代の友人が必要だ。だけど家の中に閉じこめられていたら、友だちはできない。

ミスター・マーシャルが言った。「そういうことだったのか。だが、なぜこんなおかしなまねをするんだい？」彼は舞踏場に通じる扉を指さした。「ただ結婚するつもりはないと、男たちに言えばすむ話じゃないか？」

ジェーンの口から大きなため息がもれた。「問題はおじなのよ。わたしのおじは責任感の強い人なの。彼が自分の家にわたしを同居させているのは、わたしの結婚相手を探すのは自分の義務だと思っているからなのよ。それも一刻も早くね。おじは、わたしの性格も結婚したら少しはまともになると本気で信じているの。だけど、もうあの人はわたしの後見人でもなんでもないのよ。はっきり言って、余計なお世話だわ」

「きみの性格？」

「そう」彼女はそっけなく答えた。「頑固で理屈っぽいとよく言われるわ。おじとは顔を合わせれば喧嘩ばかりしているの。いつも口を慎めとお説教される。それにおじがわたしを早く結婚させたいのには、もうひとつ理由があるの……わたしの生まれが生まれだから……勝手気ままにさせておいたら、ふしだらな女になりかねないと心配しているのよ」ミスター・マーシャルの表情を見るのが怖くて、ジェーンは顔をあげられなかった。これは話さなければよかったかもしれない。今、彼は何を思っているだろう……まだ無言のままだ。

ようやくミスター・マーシャルが沈黙を破った。「最高じゃないか。まさにぼく好みの女性だ」

「ふざけているのね」

「ぼくが？」彼は両手をあげた。「まさか。冗談は苦手だ」

「口答えする女性が好きな男性なんていないわ」ジェーンは言い返した。「ましてや……ふしだらな女が好きな男性なんて、いるわけがないじゃない」

ミスター・マーシャルは声をあげて笑った。「きみは男のことをまるでわかっていないな。男はね、長い夜を一緒に楽しめる女性が好きなんだよ。つまり……」彼は言葉を濁して、体を寄せてきた。

「つまり、何？　何をして楽しむというの？」

「喧嘩だよ」彼がしれっと返してきた。

「ばかげているわ」そう言いつつも、ジェーンは微笑んでいた。「ひと晩じゅう、女性と喧嘩を楽しむなんてありえない。わたしはしょっちゅう男性と言い争うけれど、みんなわたしを好きどころか嫌っているもの」

「なるほどね。まあ、口答えする女性が嫌いな男もいるよ。だが、ぼくは違う。口喧嘩はいつでも大歓迎だ」

「嘘ばっかり」

「だったら試してみるかい？　議題はぼくの女性の好みについてだ。言っておくが、ミス・フェアフィールド、きみはぼくを打ち負かすことはできないよ。ぼくは何時間でもきみと議論を戦わせてもかまわない。でも、勝つのはぼくだ」

「どうしてわたしが負けると言いきれるの？」ジェーンは言った。「わたしは百戦錬磨なのよ」

ミスター・マーシャルの顔からふっと笑みが消えた。深いため息をついて、彼女を見おろす。「たしかにそのとおりだ。なんだか話が脱線してしまったな。このへんでもとに戻そう。きみが結婚したくない理由はわかった。しかし男を寄せつけない方法なら、ほかにいくらでもあるだろう。なぜよりにもよって、この方法を選んだんだ？」

予想外の質問だった。エミリーにでさえ、きかれたことはない。過去の苦い記憶がよみがえってきたが、ジェーンは無理やり心の奥底に押しこんだ。

「わたしにぴったりだからよ」やっとの思いで口を開く。

「そうかな」

「そうよ。どんな方法を選択しようとわたしの勝手でしょう。それとも、このことでわたしと言い争うつもり？　それでも別にかまわないわ」彼女はやり返した。「でも、勝つのはわたしよ」

「ミス・フェアフィールド」そう呼んだきり、ミスター・マーシャルは口をつぐんでしまった。彼はゆっくりと首を横に振り、それからジェーンの手を握った。

彼女はあわててまわりを見まわした。こちらに目を向けている人は誰もいない。たとえ見ていたとしても、石塀の前にひと組の男女が立っているとしか思わないだろう。ミスター・

マーシャルはさりげなく彼女の手を握っている。ひょっとしたら、自分が今何をしているのか気づいていないのかもしれない。だが、ジェーンは思いきり意識していた。全神経が握られた手に集中している。彼女は震える息をそっと吸いこんだ。

「ミス・フェアフィールド」ミスター・マーシャルが繰り返した。「教えてくれないか。なぜこの方法がいちばんいいと思ったんだ？　なぜ毎回物笑いの種にされているのに気にしないんだ？　教えてほしい。なぜ理性的な会話をしたくないのか。なぜいつも演じている役どころがきみにぴったりだと思うのか。ミス・フェアフィールド、きみの説明に納得できたら、ぼくは喜んで負けを認めるよ」

「わたしは……」反論ならいくらでもできる。けれど、何を言っても彼を納得させられそうにない。

ジェーンはそれきり黙りこんだ。ただじっとたたずんで、ミスター・マーシャルの手の感触を心に刻みつつ、そのぬくもりに静かに浸る。そして、このまま彼とずっと手をつないでいたいとひそかに願った。「わたしは、これがいちばんいい方法だとは言っていないわ。だけど、これはわたしの得意分野なの。会話を台なしにしたり、無神経なことを言ったり、不作法なまねをしたりするのが」

ミスター・マーシャルは沈黙を保っている。一方、彼女は話しつづけた。いつもそうだ。緊張すると、ひたすらまくしたててしまう。

「わたしは一九歳のとき、おじに引き取られたの。あの頃はまだ、おじも妹の医師集めに夢

に聞いているわけではないでしょう？　わたしが何を考えているかなんて、どうでもいいはずよ」

ミスター・マーシャルは親指に人差し指も添えて、二本の指で彼女の唇をなぞりはじめた。「きみは勇敢だな」彼のささやき声が静かに響く。「演技を続けるのは大変だろう。それも極悪人役だ。その役どころを完璧に演じながら、きみは来る日も来る日も侯爵や、後見人や、医師に、たったひとりで立ち向かっている。きっと毎晩、力を使いきってくたくただろうな。ぼくにはまねできないよ」

彼の指先が唇の上を優しく這っている。ジェーンの口から思わず吐息がもれた。こうして目を閉じていると、彼のキスを受けているみたいな気がする。

そっと顎を持ちあげられて、彼女は目を開けた。ふたりは視線を合わせた。強い光を宿したミスター・マーシャルの瞳を、ジェーンはじっと見あげた。

「ぼくはきみが何を考えているのか気になる。それで、どっちなんだい？」彼は穏やかな口調で言った。「きみはぼくをハンサムだと思っているのかな？　それとも……」

「それとも、の先に続く言葉はないわ」

ミスター・マーシャルが体を寄せてきた。ジェーンの唇に彼の熱い息がかかる。彼の息や香りを思いきり吸いこみたい。そんな渇望がわきあがってきた。期待に胸がときめいている。ジグソーパズルの最後のピースをはめるときのように、わくわくしてしまう。

それなのに、ミスター・マーシャルはふいに顔をしかめて姿勢を正した。同時に彼の手も顎から離れた。

「わたし、何か気に障ることを言ったかしら？」もしそうなら、どのひと言が悪かったのだろう？　いいえ、きっとひと言だけではないわ。

「手に負えないお嬢さんだな」彼が静かな声で応えた。

打ち解けた時間を分かち合ったというのに、こんなふうに呼ばれるのは胸が痛んだ。高揚した気分が急激に冷めていく。「わざとそうふるまっているだけよ」虚勢を張って言い放ったものの、心の奥底ではちゃんとわかっている。これからも、まわりからこう呼ばれつづけるのだと。たとえ演技をやめて礼儀正しくふるまったとしても、上流社会の人々に受け入れられることは決してないのだと。「たしかにわたしは手に負えない女かもしれないけれど、それでも、わたしは――わたしは――」

「きみを怒らせるつもりはなかった」ふたたびミスター・マーシャルの手が頬に伸びてきた。その瞬間、ジェーンは身を固くした。頬がぴりぴりとうずきはじめ、小さく息をのむ。

「手に負えないお嬢さん」彼が柔らかな低い声で繰り返す。同じ言葉なのに、なぜか今度はジェーンの耳に甘く響いた。「きみを侮辱したわけではない。自分に向かって言ったんだ。今夜のきみを記憶にとどめておくために。ジェーン。勇敢なお嬢さん。魅力的なお嬢さん」

彼の指が頬に触れた。かすめるようになぞる指の感触が心地いい。

「手を触れてはいけないお嬢さん」ミスター・マーシャルが言葉を継ぐ。「キスをしてはいけないお嬢さん。ぼくのものにしてはいけないお嬢さん」

彼の顔には、どこか悲しげな笑みが浮かんでいた。あのときと同じ笑顔だ。わたしと結婚するつもりはないと言ったときも、こんなふうに微笑んでいた。

「それから、きみはとても頭がいい。ミス・フェアフィールド、これできみがもっと素直だったら、ぼくはきみを口説くだろうな」

ミスター・マーシャルに名前で呼んでほしい。彼の優しい言い方が好きだ。ゆっくりと噛みしめるみたいにジェーンと呼んでくれたら、心が浮き立つ。

頬を包みこむミスター・マーシャルの手に、彼女は自分の手を重ねた。ふたりの手のぬくもりがひとつに溶け合う。彼はかすかな声をもらしたが、重ね合わせたジェーンの手を払いのけはしなかった。

「覚えていてほしい」彼が口を開いた。「ミス・フェアフィールド、今のきみは無防備すぎる。ぼくに隙を見せてはだめだ」

「そんなことを言われても、もう遅すぎるわ」

ミスター・マーシャルはジェーンの頬から手を離した。あわてなくてもいいのに。彼女は心の中でつぶやいた。わたしはこのひとときを楽しんでいるだけよ。彼に夢中になるほど、わたしは愚かではない。たぶん……。

「でも、忠告はありがたく受け取っておくわ。あなたって本当に誠意のある裏切り者ね」

彼が顔をしかめた。「ミス・フェアフィールド、寒くなってきたから、そろそろ中に入ろう」

8

「二週間以上もケンブリッジに滞在していたんだぞ。ようやく帰ってきたと思ったら、また行くのか？」父はオリヴァーのほうには目を向けず、釣り糸の先についたルアーを見ている。

午後三時。釣りには不向きな時間だ。おまけに季節は一月。それでも川釣りに誘うと、父はふたつ返事で乗ってきた。

オリヴァーの父、ヒューゴ・マーシャルは小柄な男だ。ぼさぼさの茶色い髪に、角張ったごつい顔、つぶれて曲がった鼻。父親と息子は、体つきも顔つきもまったく似ていない。それも当然だ。ふたりには血のつながりがない。だがヒューゴは、オリヴァーを自分の息子として愛情をかけて育ててくれた。またオリヴァーにとっても、生まれたときから父親はヒューゴただひとりだけだ。

彼らは大きな岩の上に並んで座り、しばらく無言で釣り糸を垂らしていた。目の前には静かな水面が広がっている。やがてオリヴァーは慎重に口を開いた。

「通うには遠すぎるんだ」

とんだ嘘八百だ。マーシャル家の農場は、ニューシャリングという小さな村の外れにある。

ここからケンブリッジまでは、馬車でほんの四〇分ほどしかかからない。現にオリヴァーが大学生だった頃は、ほぼ毎週末、父は訪ねてきてくれた。

「フリーはご機嫌斜めだぞ。おまえに避けられていると思っている」ヒューゴが言った。いかにもフリーらしい。末っ子のこの妹は気が短く、世界は自分中心にまわっていると思っている。きっと今頃、彼女は頭から湯気を立てているだろう。

「避けてなんかいないさ」オリヴァーは言った。「ぼくが避けているのは父さんだよ」

父は声をあげて笑った。

オリヴァーはむっつりとした顔でルアーをつけ直した。

「そうだったのか。おまえに避けられているとは気づかなかった」ヒューゴはオリヴァーに視線を投げかけた。「おれは何かまずいことでもやったかな？」

オリヴァーは釣り糸を放り、水面に幾重にも広がる波紋を見つめた。「父さんは何もやっていない。ぼくだよ」

父は黙っている。

「どうしていいかわからないんだ」

「それはつまり」ヒューゴはぼんやりとルアーに目をやった。「厄介事に巻きこまれているからなのか？　それとも、ふたつの選択肢のうち、人としてどちらが正しい行動なのかわかっていながら、なかなか決心がつかないからなのか？」

さすがだ。詳しく話してもいないのに、こちらの悩みを見抜いている。オリヴァーは釣りに集中しているふりをして、顔をあげなかった。いつもなら包み隠さず父親にすべてを打ち明けるのだが、今回は……話していいものかどうか、今もまだ迷っている。この問題は父にも大いに関係があるからだ。

両親は懸命に働き、節約に節約を重ねて金を貯め、オリヴァーに教育を受けさせてくれた。そのためにふたりがあきらめたものもある。両親には本当に苦労をかけてしまった。

その昔、ヒューゴは先代のクレアモント公爵のもとで働いていた。だが、詳しい内容は何も聞かされていなかった。その一端を知ったのは、兄のロバートに同行して、はじめてロンドンのクレアモント邸を訪れた二一歳のときだった。

屋敷に到着するなり、オリヴァーは兄から使用人たちを紹介された。父が先代公爵のもとを去り、すでに二二年も経っていたが、当時の父を知る使用人たちがまだかなり残っていた。彼らはオリヴァーに好奇の目を向けてきた……それ以上に、ヒューゴ・マーシャルが現在何をしているのか興味津々といった様子だった。

「わたしはあなたのお父様を知っているんですよ」家政婦長が話しかけてきた。「あの頃、わたしはこのお屋敷で働きはじめたばかりでした。いつもメイドたちのあいだで、誰が彼にお茶を持っていくかをめぐって喧嘩になりましてね。誰ひとりとして、その役まわりをやりたがりませんでした。みんな、あなたのお父様が怖かったのです」

たしかに父は怒ると怖かった。だが家政婦長が言ったその言葉には、単なる恐怖以上の意味が含まれているのはすぐにぴんときた。父は並外れて頭が切れる男だからだ。

家政婦長がため息をついた。

「二〇年後、あなたのお父様は間違いなくロンドンを牛耳るような人になっているとわたしは思っていたんですよ。特にこれといった根拠はありません。ですが、一度会っただけで、わかったんです。この人は必ず大物になると」家政婦長はいらだたしげにため息をもらして、白い帽子をかぶり直した。「わたしだけではありません。あの当時、使用人たち全員が口をそろえてそう言っていたんです。ですが、何もかも水の泡となってしまいました」

〝何もかも水の泡となってしまいました〟

オリヴァーはちらりと父を盗み見た。今頃はとっくに大物になっていたはずのヒューゴ・マーシャルを。父は川べりの深みに向かって釣り糸を投げこみ、無言のまま岩の上にまた腰を落ち着けた。息子が話す気になるまで、気長に待つつもりなのだ。

人生のすべてを家族に捧げてきた父。そこには、こうして並んで釣りをしている血のつながらない息子も含まれる。汗水垂らして働いた金は、子供たちのために使った。

わずかばかりの貯金も、家族に何かあるたびに消えた――ローラが夫と町で生地店をはじめたときに。オリヴァーの大学の授業料の支払いに。パトリシアを速記学校に通わせ、その後彼女がルーヴェンと結婚して、マンチェスターで商売をはじめたときに。

〝何もかも水の泡となってしまいました〟

いや、水の泡にはさせない。父のこれまでの苦労に報いるつもりだ。絶対に恩返しをする。

「父さん」オリヴァーは口を開いた。「仮に、非倫理的な行為をしても、ぼくを許してくれるかい？」

「何をしようと思っているんだ？」

　オリヴァーは肩をすくめた。「父さんはなぜすべてをあきらめたんだい？　血のつながらない息子を育てるために、何もそこまでしなくてもよかったのに」

　ヒューゴが顔をあげた。「他人の息子を育てた覚えはないぞ」鋭い口調で言う。「おれは自分の息子を育てたんだ」

「ぼくは事実を言っているだけだよ」オリヴァーは言い返した。「父さんだって、わかっているだろう。なぜぼくを引き取ったんだ？　どうしてここまで、ぼくのためにやってくれたんだい？　他人の子供を育てるのはかなりの葛藤があったはずだ。もちろん父さんが母さんを愛しているのはわかってる。それでも――」

「おまえは大切な息子だ。母さん同様におれを幸せにしてくれた。おれの魂を救ってくれたんだよ」父はきっぱりした口調で、オリヴァーをさえぎった。「おまえを重荷だと感じたことは一度もない。いたって単純な話さ。血だとか、生物学的にどうだとか、そんなものはすべて無視しておまえを自分の子供だと思えたら、それはおれがあいつとは違うという証《あかし》だ」

「あいつって？」意味がわからず、オリヴァーはきき返した。

「おれの父親だ。おれは自分自身に証明したかった。あの父親とは違う人間だということを」

　オリヴァーはゆったりと座り直して、さざ波が立つ水面を見つめた。そういえば聞いた気がする——父の父親はあまりいい親ではなかったと。昔、そんな話をヒューゴはときおりしていた。

「おまえを引き取るということは、自分がどういう人間か確認することでもあった」父は静かな声で続けた。「おまえはおれの魂の救済者だ」

オリヴァーはきつく目を閉じた。

「それで、その非倫理的な行為とはなんだ？」

「ぼくは別人になりたいよ」オリヴァーはつぶやくように言った。「役に立つ人間に。何かを変えられる人間に。権力を握る人間に」顎で使われない男になりたい。癪に障るが、まったくブラデントンの言うとおりだ。あいつは権力を手中におさめているが、ぼくにはなんの力もない。

父はしばらく黙りこんでいたが、やがて話しはじめた。「まったく。おまえとフリーはおれにそっくりだよ。とんだ天分を持って生まれたものだ」

「それはおかしいよ」オリヴァーは静かな声で返した。「フリーはまだしも、ぼくが父さんに似るわけがないだろう。父さんの血は一滴も入っていないんだから」

父は鼻を鳴らしただけで、何も言い返してこない。

「別に」オリヴァーは続けた。「父親ではないと言っているわけではないよ。ただ、ヒューゴ・マーシャルの息子なら、もっと堂々としていると思うんだ。おそらく、この優柔不断で決められない性格はクレアモント公爵の血だよ」

「なるほど」ヒューゴがぼそりと言う。「だが、オリヴァー、おまえはおれを買いかぶりすぎだ。おれは自慢できないこともたくさんやってきたからな」

釣り糸が遠くへ流されていくのが見えた。オリヴァーはルアーが藻に絡まらないようにリールを巻きあげた。

「父さん、仮定の話だけど」リールを巻く手を休めずに話しかける。「ある男が——とりあえず侯爵ということにしておくけど、重要な法案に賛成票を投じるとぼくに約束してくれたんだ。でも、彼は交換条件を提示してきて……」オリヴァーは大きく息を吸いこんで、顔をそむけた。「その代わり、ぼくはある女性を傷つけなければならなくなった。言っておくけど、肉体的にではないからね。ただ彼女を……」

オリヴァーは父親に向き直った。〝ただ〟ですまされる話ではない。肉体を傷つけないとはいえ、自分はジェーンの心をずたずたに切り裂いてしまうのだ。

「たしか、おれたちは仮定の話をしているんだよな？」ヒューゴが鼻で笑った。

「父さんの意見が聞きたい。この法案を成立させるためなら……」

「おまえは大の男だろう。成人して、もう一〇年以上も経つんだぞ」父が言葉をはさんできた。「それなのに、まだ親の意見が必要なのか？　おれはおまえの育て方を間違ってしまったかな」

「でも、最重要法案なんだ。成立したら、世の中が大きく変わるかもしれない。そのくらい重要な法案なんだよ。女性をひとり傷つけるだけで、その法案が——」

「もういい、オリヴァー。その問題は、おまえと大学時代の友人とのあいだで解決しろ。おれは何も聞きたくない」

「父さん、相談に乗ってくれたっていいだろう。ああ、もう、いらいらするな。父さんはいつもそうだ。ぼくの悩みなんて、たいしたことないと思っている。真剣に取り合ってくれないんだよ。〝そうだな、オリヴァー、選択肢はふたつだ。続けるか、やめるか、父さんはこのどちらかだと思う〟」彼は父親の口調をまねた。退学寸前に追いこまれたとき、のんきにもヒューゴはこう言ってのけたのだ。

憎たらしいことに、父は微笑んでいる。「おれは父親だからな。おまえをいらいらさせるのが仕事なんだよ」

季節外れと言えばそれまでだが、ふたりとも、まだ一匹も釣れていなかった。

「人が本気で悩んでいるのに、ふざけないでくれ。話を戻そう。こういう状況に置かれたら、父さんならどうする？」

ヒューゴは肩をすくめた。

「まったく、役に立たないな」オリヴァーはなじった。「父さんなら、きっといい知恵を貸してくれると思ったのに」

「おれは誰かさんの役に立ちたくて、ここへ来たわけじゃないからな。ここには釣りをしに来たんだ」父はしれっと言い返してきた。「それより、ルアーが陸にあがっているぞ。どうりで釣れないわけだ」

　オリヴァーは顔を真っ赤にして、もう一度釣り糸を放りこんだ。ルアーが水面に落ちた瞬間、水しぶきがあがった。

　釣り糸から目を離さずに、オリヴァーは言った。「父さんはぺてん師だな。見た目はいかにも賢そうなのに、ろくに助言もしてくれないんだから」

　父は声高らかに笑いだした。「それはいつものことだろう？　オリヴァー、昔おまえにもこの技を教えたはずだぞ。口数が少ないほうが賢く見えるんだ。忘れたのか？」

　その後、しばらく沈黙が続いた。そのあいだに体長四〇センチほどのマスを一匹釣りあげたが、また川に戻してやった。やがてオリヴァーは静かに話しはじめた。

「ぼくがいないときは、父さんはひとりで釣りをするのかい？」

「たいていフリーが一緒だな」

「別にぼくはフリーを避けていたわけではないからね。あいつ、怒っているのかな？　ゆうべだって本を読んでいるふりをして、完全にぼくを無視していた」

　ヒューゴは釣り糸の先に結ばれたルアーをじっと見ている。「ああ、おまえは妹を避けていたわけじゃない」淡々とした口調で繰り返した。「ここへ来る前にフリーを誘ったんだ。いやだと言われたよ」

「じゃあ、やっぱり怒っているんだな。なぜだろう？」

「直接フリーにきいてみるといい」穏やかな声が返ってきた。「話してくれるさ」

　ああ、そうだろうな。あのフリーのことだ、ずっと黙っていられるはずがない。

「あの子が心配だよ」父がつぶやくように言った。「ローラとパトリシアがいかに育てやすかったか、ひしひしと実感する。あのふたりは、ごくふつうの女の子だったからな。将来の夢は、安定した生活と結婚と家族だった。もちろん、それ以外にもいろいろ夢はあったがね。ところがフリーときたら……おれも母さんも、まさかひとりの子供に全精力を注ぐことになるとは思わなかったよ」

「フリーの夢はなんだい？」オリヴァーは戸惑い気味に尋ねた。

父が苦笑いを浮かべる。「それもあの子にきいてみるといい。オリヴァー、おまえも野心家だと思っていたが、フリーには太刀打ちできないぞ」

川岸の丘の頂上で、フリーは勇ましく腕組みをしてふたりの帰りを待っていた。兄と同じ明るい赤褐色の髪が風になびいている。

オリヴァーは妹から一メートルほど離れたところで立ち止まった。「フリー」

兄の言葉を無視して、彼女は顎をつんとあげた。どうやらかなり怒っているようだ。

フリーはなかなか複雑な性格だ。気が短いくせに、意外と忍耐強いところもあり、心が優しい。それに頑固で、一度言いだしたら決して譲らない。

「フリー」オリヴァーは繰り返した。「返事くらいしろよ。ぼくに話があるんだろう？」

妹はそっぽを向いている。「話なんてないわ。約束を守らない人とは口もききたくない」

「約束？」わけがわからず、オリヴァーはきき返した。「約束なんかしたかな？」

ようやくフリーは彼に向き直った。「したわよ」声を荒らげる。「わたしとギリシア語で会話してくれると約束したじゃない。ママはギリシア語が話せないから、話し相手にはならないわ。でも、兄さんはイートン校に行ったでしょう。ギリシア語くらい簡単に話せるわよね」

「いつそんな約束をした？」

「一年以上前よ。クリスマスに」

おぼろげに思いだしてきた――深夜、暖炉の前に並んで座り、新聞を読んでいたときだ。

「あれからずっと本で勉強していたのよ。少し覚えたわ」フリーは話しつづけている。「でも、もっとうまく話せるようになりたいの。兄さん、早く練習相手になって」

「そういえば、時間ができたら教えると約束したな。すまない、忙しかったんだよ。ずっと……」

「何が忙しかったよ。公爵と何カ月も一緒にいたくせに」妹は腕組みをしたまま、にらみつけてきた。

「だからといって、遊んでいたわけじゃない。ロンドンで選挙法改正の法案について、いろいろな会議があったんだ。これがすべて終わったら、必ず……」

フリーはさらに顎をあげた。「それはいつ終わるの？　いつまで待てばいいのよ、オリヴァー？」

「わからない」

彼女は唇をきゅっと引き結んだ。「兄さん、その法案がふたたび本格的に取りあげられるまで三〇年以上もかかったのよ。おまけに、去年だって選挙法改正案は議会で否決された。この調子だと、すべてが終わるのは何十年も先になるかもしれないじゃない。わたしはそんなに気長に待てないわ」

「だからこそ今、真剣に取り組んでいるんだ」オリヴァーは妹を諭した。「ぼくだって、一刻も早く実現させたいからね。フリー、もう少し待ってくれないか。必ず約束は守るから」

彼女の目がきらりと光った。「だから、気長に待てないと言ったでしょう？　すぐ教えてほしいの。二年後では遅いのよ」

「なぜ遅いんだ？　二年後に結婚でもするのか？」

フリーは首を横に振った。「結婚なんてしないわ。ケンブリッジ大学に行くのよ」

オリヴァーは呆然と妹を見つめた。一瞬、背筋に寒けが走る。いったいなんだって、フリーはこんな突拍子もないことを思いついたのだろう？

「フリー、女の子はケンブリッジ大学には入れないんだよ」彼はやっとの思いで口を開いた。

「兄さんは政治以外のものには関心がないのね」フリーが言い返してくる。「今は入れないわ。それくらい、わたしだってわかってる。でもね、ガートン村にケンブリッジ大学の女子専用学校を作る動きがあるの。だから、二年後にはひょっとしたら……」

まいったな、フリーがケンブリッジ大学に行きたいとは。オリヴァーは息を深く吸いこんで、改めて妹を見直した。頭がくらくらしてきて、思わずよろけそうになる。

いたのだから。

だが考えてみれば、いかにもフリーらしい発想だ。この妹はイートン校にも入りたがって

まったく、フリーときたら、何を言いだすかわかったものではない。

オリヴァーは妹に近づいて手を握った。こうして見ると、まだまだ小さな女の子だ。フリーの子供の頃の姿が脳裏によみがえってきた。体が弱かったフリー。いつも目を配っていた。腕に抱えられ、大きな円を描くようにぐるぐるまわされるのが好きだったフリー。そのときの楽しそうな妹の叫び声が、今にも聞こえてきそうだ。

「フリー、おまえはギリシア語を勉強するためにケンブリッジ大学へ行きたいのかい?」

彼女はこちらをまっすぐ見あげてきた。その澄んだ瞳には挑戦的な光が宿っている。

「大学で何が待ち受けているのか、おまえはわかっているのか? ぼくがケンブリッジの学生だったときは、罵詈雑言の集中砲火を浴びせられたよ。それも、ひっきりなしにね。一日たりとも静かに過ごせる日はなかった。おまえが来る場所ではないと言われつづけたよ。それでも、ぼくには兄とセバスチャンがいた。でも、おまえはひとりきりだ。しかも女の子だぞ。ぼくの二倍いやな経験をすることになるんだ。フリー、まわりは敵しかいない。おまえがつらい思いをするのは目に見えている」

妹は首を横に振った。「わたしは負けない。いじめっ子の三倍勉強して見返してやるわ。兄さんなら、この気持ちをほかの誰よりもわかってくれると思ったのに。がっかりよ」

「愛しているからだよ」オリヴァーは穏やかに言った。「おまえを愛しているから、苦しみ

を味わわせたくないんだ。フリー、ケンブリッジは大変だぞ。授業は難しいし、試験も多い。それに卒業しても苦労は続く。ケンブリッジ出身者はきわめて仲間意識が強いんだ。いつまでも敵につきまとわれるんだよ」そこでいったん言葉を切り、妹の表情を探った。

フリーは反抗的に顎をあげている。

「思い直したほうがいい。ぼくは勧めないよ。いいかい、フリー、ケンブリッジ大学という名前が未来永劫《えいごう》おまえについてまわるんだ。おまえは〝ケンブリッジ大学に行った女の子〟と一生言われつづけるんだぞ」

「何事にもはじめてはあるわ。誰かが必ず最初に〝ケンブリッジ大学に行った女の子〟と言われるのよ」フリーは負けじと言い返してきた。「それがわたしでも別にいいでしょう？兄さん、これからもわたしは自分のしたいことをするつもりよ。みんなにあきれられてもね。そのひとつが大学の学位取得なの。わたしはね、〝大学に行かなかった女の子〟より〝大学に行った女の子〟と呼ばれたいのよ」彼女は顔をそむけて鼻をすすった。「まさか、兄さんに反対されるとは思いもしなかったわ」

「ぼくと同じ経験をさせたくないからだ」オリヴァーはきっぱりと言った。「それでも、おまえがケンブリッジに行くつもりなら応援するよ。めげずに困難に立ち向かっていってほしい。ぼくはおまえが袋叩きに遭わないよう祈っている」

「それじゃ、もう反対しないでね」フリーはつぶやくように言った。「ところで、兄さん、本当にギリシア語を教えてくれるんでしょう？　ほかの勉強はひとりでも問題ないの。だけどギリシア語は……」

「実はぼくもギリシア語はそれほど得意ではないんだ。初級クラスといったところだな。フリー、敵に勝つには、一流の先生に習ったほうがいい」オリヴァーはしばらく押し黙った。「公爵からの金は父さんと母さんが管理しているんだ。ふたりには、その金を引きだすときの決まり事があってね……でも、あれは厳密に言えばぼくの金だし……フリー、家庭教師をつけてやろうか？」

妹が目を見開いた。「家庭教師が必要だと思う？　兄さんに教えてもらうほうが気が楽だわ」

「自分で教えたくないから言っているわけではないんだよ。ぼくのギリシア語ときたら、ひどいものなんだ。それに本気で勉強したいなら、居心地の悪い環境に身を置くべきだと思うな」

フリーはゆっくりと地面に腰をおろした。「パパはなんて言うかしら？」

「自分で父さんにきいてごらん」オリヴァーも隣に腰をおろして、彼女の肩を抱いた。ふたりは無言でそのまましばらく座っていた。実際、何を話していいかわからなかった。妹の性格は知り尽くしている。彼女の気持ちを変えさせるのは至難の業だ。それでも……。

大学でフリーがどういう扱いを受けるかは身をもって知っている。妹は大学進学を心から望んでいるのだろうか？　ひとたびいじめがはじまったら、あとは歯を食いしばり、ひたすら耐えつづけるしかない。あのケンブリッジ時代の生活は誰にも経験させたくない。それが愛する者なら、なおさらだ。

「おまえが心配だ」オリヴァーは静かに言った。「ひとりで敵に立ち向かうのは、生やさしいことではないんだよ。ぼくはおまえが傷つく姿を見たくない。不安でたまらないよ」

「わたしなら大丈夫」一陣の風が吹き、フリーの髪がうしろになびいた。「敵に打ち勝ってみせるわ」

その口調には決意の固さがにじみでている。オリヴァーは妹の横顔を見つめた。これからもっとそばかすが増えそうだ。それでも、この子は少しも気にしないだろう。妹は目を閉じて、向かい風に顔を向けた。

「兄さんはどうだったの？」目を閉じたまま、フリーが尋ねた。「ケンブリッジ大学に心を傷つけられた？」

胸のうちを見透かされた気がして、オリヴァーは大きく目を見開いた。だがフリーはそれ以上何も言わず、口を閉ざしてしまった。彼女は髪をなびかせながら、顔に風を受けている。なぜか心臓が激しく打ちはじめた。オリヴァーはまっすぐ前を見据えて、両の拳をぎゅっと握りしめた。

「まさか。ばかばかしい。ただの学校じゃないか。そう、ただの学校だ」

9

ケンブリッジ大学植物園では、世界じゅうから集められた珍しい植物を鑑賞することができる。ここには〝分類学の父〟と称される、カール・フォン・リンネが考案した分類法に基づいて植物を植えた庭が、広大な敷地の中にいくつも点在している。ジェーンは静寂に包まれた冬の園内をジョンソン姉妹と散策しながら、ぼんやりと三日前の出来事を思い浮かべていた。

ミスター・マーシャル……。彼にそっと指で触れられただけなのに、唇がぴりぴりと甘くうずき、キスを受けているみたいな不思議な感覚にとらわれた。あのときの彼の指の感触が、なぜか今もまだ唇にはっきりと残っている。

「ミスター・マーシャルのことが気に入ったみたいね」ジュヌヴィエーヴの声で、ジェーンは物思いから現実に引き戻された。

三人は、緑色のとげをつけた枝が地面近くまで垂れさがっている、中国原産の常緑樹の前をゆっくりと通り過ぎた。

「彼は一緒にいると楽しいし、魅力的な人よ」ジェーンは言った。

ジョンソン姉妹は互いに顔を見合わせた。

「つまりね……」ジェーンは言葉を探した。「信頼できる人なのよ」

「わたしもそう思うわ」ジェラルディンはジェーンの腕を取ると、ジュヌヴィエーヴに意味ありげな薄い笑みを向けた。

「ミスター・マーシャルは公爵の弟でしょう」ジェーンはさらに続けた。「ということは、彼の身分は侯爵より上になるのよね」

姉妹がまた顔を見合わせた。しかも、先ほどよりも長く見つめ合っている。

「いいえ、それはないわ」ジェラルディンが口を開いた。「たしかに彼は公爵の弟よ。でも、だからといって侯爵より上にはならないわ」

ふたりの様子がいつもと違う。ジュヌヴィエーヴは唇をきゅっと引き結び、ジェラルディンは顔を曇らせている。もしかしたら、こんな表情を浮かべているふたりを見るのはこれがはじめてかもしれない。そう思ったのもつかの間、すぐにジェーンはぴんときた。そうよ、うっかり忘れていたわ。侯爵といえばブラデントンだ。その甥のハプフォード伯爵とジェラルディンは婚約している。でも、ブラデントンはまだ独身。ひょっとして、ジュヌヴィエーヴはひそかに彼を狙っているのかしら?

だとしたら、男性の趣味があまりにも悪すぎる。でも、人の好みは十人十色だ。ジュヌヴィエーヴの好きにすればいい。ブラデントンにしても、彼女ならなんの不満もないだろう。ジョンソン姉妹は伯爵の従姉妹で家柄もよく、持参金もそこそこ持っている。とはいえ、どうもブラデントンのほうは、そこそこ以上の持参金を必要としているようだけれど。

「どんな場合でも、侯爵は――」ジェラルディンは話しつづけている。ところが突然、ジュヌヴィエーヴが彼女の肘をつかみ、小首をかしげて目で合図した。それを見て、ジェラルディンはぴたりと口をつぐみ、振り返った。

噂をすれば影だ。そこにはブラデントンがいた。葉が落ちたツタに覆われたひさしの下に立っている。

ブラデントンほどわたしの好みから大きく外れた男性はいない、とジェーンは思った。だが、それをいえば、向こうもこちらを嫌っている。もともとブラデントンはナルシストの塊みたいな男性だ。自分のことが大好きな人間なのだから、わたしに興味を持つはずがない。でもこの人は、わたしを痛い目に遭わせたいと思っている。このあいだ、ミスター・マーシャルがそう教えてくれた。

痛い目に遭わせたいですって？　上等だわ。

胸の奥から怒りがふつふつとわきあがってきた。ブラデントンは憎悪に満ちた冷たい目でこちらをじっと見ている。こんな男に負けてたまるものですか。

「挨拶をしに行きましょうか？」ジェラルディンが声をひそめて言った。

「行かなくてもいいわよ」ジェーンはささやき返した。「忙しそうだもの。三人で押しかけたら迷惑になるわ」

「そうね」ジェラルディンが相づちを打つ。「ジェーンの言うとおりだわ」

「同感よ」ジュヌヴィエーヴが甲高い声でふたりに調子を合わせる。「だって、こんな格好を侯爵にじろじろ見られたくないもの」

「それにここは明るすぎるわ。きっと、しみもそばかすも丸見えよ」

ジョンソン姉妹は早口でまくしたて、互いの言葉にうなずき合っている。

「じゃあ、決まりね」力強く言いきったとたんに、ジェラルディンがあわてだした。「ど、どうしよう。彼、わたしたちを見ているわ。いやだ、こっちに来るわよ」

「ジェーン」ジュヌヴィエーヴが切迫した声をあげた。「おしろい、はげてない？　早く教えて」

ジェーンはジュヌヴィエーヴの顔をのぞきこんだ。あいかわらず、透き通ったきれいな肌をしている。それに、おしろいをはたいているふうにも見えない。

「大丈夫よ、はげていないわ」ジェーンはにっこりした。「あ、待って、ここが少し汚れているわね」そう言って、ジュヌヴィエーヴの左頬を指さす。

ジュヌヴィエーヴが急いでハンカチを取りだした。だが、すでに目の前に侯爵が来ていた。

「ミス・ジョンソン、ミス・ジュヌヴィエーヴ」ブラデントンがふたりに声をかけた。「きみたちに会えて嬉しいよ。それに、あなたとも、ミス・フェアフィールド」

わたしもハンカチを出していればよかったわ。ジェーンは心の中で大いに悔やんだ。わざとぐちゃぐちゃに丸めてポケットに突っこんだら、この男を不快な気分にさせられたのに。

当然ながら、ジュヌヴィエーヴはそんな不作法なふるまいはしなかった。彼女はきちんと四角くたたまれたハンカチをそっと握り、奥ゆかしい笑みを浮かべて、完璧なお辞儀を披露した。

「閣下」姉妹が声をそろえて挨拶した。

ジェーンも一拍遅れてお辞儀をした。けれど、こちらは完璧にはほど遠い仕草だ。

「ブラデントン」

敬称をつけなかったジェーンに、ブラデントンがいらだった視線を投げつける。

「ところで」彼は口を開いた。「ミス・フェアフィールド、温室に新しい植物が展示されているのは知っているかな？　あなたを案内したいのだが、どうだろう？」

ジョンソン姉妹が互いの顔を見交わした。「それは見逃せませんね」ジェラルディンが侯爵に話しかけた。「ぜひ見たいですわ」

「実はひとつ問題があるんだ」ブラデントンはいかにも残念そうに首を横に振った。「希少植物なんだよ。だから一度に大勢で入らないほうがいいと思う。うっかり触れて枯らしてしまったら、取り返しのつかないことになるからね」

よくもまあ、ぬけぬけと口から出まかせが言えるものだわ。いったいこの人は何をたくらんでいるのかしら？

「とりあえず、まずは全員で温室に行こう」ブラデントンが言葉を継ぐ。「それから、わたしはミス・フェアフィールドを室内に案内するよ。きみたちふたりはガラス越しに彼女の姿を見られるから、ふたりで室内にいても問題はないだろう。それにほんの数分で出てくるつもりだ」

沈黙が広がった――長く、気まずい沈黙が。ジュヌヴィエーヴが本当にブラデントンを狙っているのなら、彼女の心の中は今、めらめらと嫉妬の炎が燃えさかっているだろう。でも、その表情には嫉妬のしの字も現れていない。ほどなくして、姉妹はうなずいた。

「わかりました、閣下」と、ジュヌヴィエーヴ。

「そのようにします、閣下」と、ジェラルディン。

園内には温室が何棟もあり、建物はすべて地面から腰の高さまではれんがが積まれ、その上はガラス張りになっている。「すぐ戻ってくるから、ここで待っていてほしい」ブラデントンは姉妹に声をかけ、それからジェーンに中へ入るよう促した。

温室内に足を踏み入れたとたん、蒸し暑い空気に包まれた。このジャングルに入るのは、今日がはじめてではない。目の前の中央通路の両脇には個室が並び、各部屋ごとにそれぞれ違う温度と湿度が設定されている。ふと見あげると、天窓が少しだけ開いていた。ふたりは通路を歩きはじめた。

標本はラテン語と英語の両方で書かれている。おそらく植物学者がこういう標本を作成するのだろう。ジェーンには何を意味しているのかさっぱりわからない文字や数字もあった。鋼管の中を流れる湯の音だけが、静かな温室内に響いている。管内で温水を循環させて、その管から放射される熱で温室内を暖めているのだ。今日はしっかり着こんできた。ああ、暑くてたまらない。

ジョンソン姉妹なら、こういうときも涼しい顔をして、一滴の汗も流さないだろう。

ブラデントンが、素焼きの植木鉢が並べられた部屋へとジェーンをいざなった。砂漠室だ。彼は微笑んでいる。ジェーンは笑みを返さなかった。わたしを痛めつけようとたくらんでいる人間に、笑顔を向ける必要はない。

「それで、閣下」彼女は尋ねた。「その希少植物はどこにあるのかしら？」

ブラデントンはじっとこちらを見つめている。「どう頑張っても、きみを好きになれそうにないな」

「あら、なぜです？」ジェーンはくるりと背を向けて、部屋の中の鉢植えの植物を眺めた。「わたしたちはとてもよく似ているのに」室内は暑くて乾燥している。左隅に置いてある、砂と石が敷きつめられた四角い大きな植木鉢には、不格好な形の植物が何本も植えられていた。どこを見ても奇妙な植物ばかりで、まるで異国の地に迷いこんだみたいだ。

「よく似ている？」

「ええ」彼女はブラデントンに背を向けたまま言った。「だって、誰もわたしたちには盾突くことができないでしょう？　わたしには莫大な財産がある。そして、あなたには立派な爵位があるんですもの」

彼が不満げに鼻を鳴らした。「きみはわたしと対等だとでも思っているのか？　だから、わたしを侮辱してもいいと？　いったいきみは何様のつもりだ？」傲慢さのにじんだ声が耳障りに響く。

ジェーンの心臓が激しく打ちはじめた。この男には嫌悪しか感じない。表向きは善人のふりをして、陰ではわたしを物笑いの種にするよう、まわりの者をたきつけている性悪な人間だ。彼女はブラデントンに向き直った。

「何を言っているんです？」ふっと笑い声をもらす。「いつわたしがあなたを侮辱したかしら？　まったく身に覚えがないわ」

ブラデントンが小さく悪態をついた。「黙れ。戯言を言うな」

「ところで、閣下、なぜわたしを温室に誘ってくれたのですか？」ジェーンは話題を変えた。「あなたは侯爵です。別にわたしなんて誘わなくても……」いったん口をつぐみ、それから何かを思いだしたように声をあげる。「ああ、そういうこと」

彼の目が怒りに燃えている。ジェーンは平然とその目を見返した。

「あなたはわたしの財産に目をつけているんですね？」ブラデントンに微笑みかける。「図星かしら？」

「口を慎め」

「やっぱりそうだったのね」なおも笑みを浮かべたまま、彼女は先を続けた。「あなたには心から同情しますわ。自分がみじめでしかたがないでしょう。国の法律を作っている立派なあなたが、先祖代々受け継いできた土地をすべて失おうとしているんですもの。管理方法に問題があったんですってね。あなたほどの方が、どうしてそんな愚かな失敗をしてしまったのかしら」

ブラデントンはジェーンに向かって一歩足を踏みだした。「黙るんだ」声を低めてうなる。

「大丈夫です、閣下。安心してください。こう見えても、わたしは口が堅いんですよ。誰にも言いませんから」

彼はうなり声をあげて、さらに一歩近づいてきた。

度を超えてしまった。この人を能なし呼ばわりしたつけがまわってきた。ジェーンは身をこわばらせて、敵意をあらわにした顔を見あげた。ジョンソン姉妹がこの様子を見ていても、彼女たちは何もできないだろう。結局、自分ひとりで目の前の男性に立ち向かわなければならない。ブラデントンは本気だ。顔を見ればわかる。本気でわたしに腹を立てている。この口をふさごうとしている。

けれど、それは無理というものだ。わたしは黙っていられたためしがない。

ジェーンはなんとか平静を装い、不敵な笑みをたたえてみせた。「ブラデントン、残念だったわね。当てが外れて。わたしなんて簡単にだませると思っていたんでしょう？　ごめんなさいね。せっかく必死に褒めてくれたのに、どうしてもあなたには夢中になれなかったのよ。さぞがっかりしているでしょうね。わたしの持参金を手に入れられなくて」

彼が怒りをむきだしにしてにらみつけてきた。「性悪女め、わざとやっているんだろう」

「何を？」内心の動揺を隠して、ジェーンは懸命に笑みを作った。「わたしはただ事実を述べているだけよ。閣下、どうやらあなたは、その事実が気に入らないみたいだけれど」

やはり気に入らないのだ。ブラデントンはもう一歩前に踏みだした。そして手の関節が白くなるほどきつく握りしめた杖を、ゆっくりと振りあげた。

ジェーンの両手は恐怖で冷たくなっていた。もはや絶体絶命だ。

それでも顔に笑みを張りつけつづけた。「閣下、希少植物はどこにあるのかしら？　早く見たいわ」

おそらく正気を取り戻そうとしているのだろう、ブラデントンはしきりに頭を振っている。ガラス張りの温室は、中の様子が外から丸見えだ。杖で女性を殴りつけている場面を誰かに目撃されたら、たちまち噂が広まり、この男の評判は地に落ちてしまう。

ブラデントンは何度も深呼吸を繰り返している。やがて、彼の目から怒りの炎が消えた。

「これだ」彼は杖の握りの部分で、砂が入った素焼きの植木鉢を指した。「これが希少植物だよ」

灰色がかった緑色をした、なんとも異様な形の植物だ。太った蛇のようで、全体がとげに覆われている。

「ミス・フェアフィールド、きみはこの植物に似ている」まだ怒りは完全に消えていなかったようだ。ブラデントンの声にはかすかに毒が含まれている。

当然だ。

「それは褒め言葉かしら。わたしはこの植物が気に入ったわ。だって、砂の中でけなげに生きているんですもの。勇敢よね。そういえば、閣下、あなたに似ている植物もあるんですよ。中央通路に雑草みたいなものが置いてあったの。見に行きましょう」

強烈な悪臭を放つ、気味の悪い植物だったわ。ジェーンは部屋から出ていこうとした。そのとき、視界の隅に映ったのは……ブラデントンが、彼女になぞらえた植物めがけて杖を勢いよく振りおろす姿だった。その破片があたりに盛大に飛び散る。

一瞬にして、心臓が凍りついた。ジェーンは恐怖を押し殺し、何も見なかったことにして、ひたすら足を前に進めた。

「こっちですよ」うしろを振り返らずに言う。「入ってすぐのところで見かけたんです。あなたも探してみてください」

ブラデントンの荒い息遣いが背後から聞こえる。「そんなものはどうでもいい。ほかの植物を見に行こう」

大丈夫、この人は危険ではないわ。ジェーンはそう自分に言い聞かせた。わたしにからかわれたから、いらいらしただけ。それで目の前にあった植物に八つ当たりしたのよ。

ジェーンはブラデントンの言葉を無視して、蒸し暑い中央通路を歩きつづけた。彼もうしろからついてくる。ふたりは黙々と歩いていた。ブラデントンは話をする気など、さらさらなさそうだ。彼女も無言を通した。やがて、ようやく出入り口にたどりついた。ジェーンは心の中で安堵のため息をもらし、温室の扉を開けて外に出た。そこにはジェラルディンとジュヌヴィエーヴが待っていた。ふたりは顔を寄せ合い、ひどくあわてた調子で話をしている。

「見たわよね」ジェラルディンの緊迫した声が聞こえた。「今の、見たでしょう――」

扉が閉じた音に気づき、ふたりはぴたりと口をつぐんだ。同時にこちらを向いて、満面の笑みを浮かべる。

「閣下」ジュヌヴィエーヴがブラデントンに声をかけた。

「ああ、ミス・フェアフィールド」ジェラルディンがジェーンに向かって両手を広げた。「待っていたのよ。閣下、ミス・フェアフィールドを案内していただいて、ありがとうございます」

「どういたしまして」ブラデントンが応えた。「ミス・フェアフィールドをきみたちに返すよ」

ブラデントンから解放されて緊張が解けたとたん、ジェーンの体が震えだした。彼女の耳には、三人の話し声がぼんやりとしか聞こえなかった。

「もしよろしければ、わたしたちと一緒に少し歩きませんか?」

姉妹のどちらの声かわからない。どっちでもいいから、やめて。彼を誘わないで。ブラデントン、さっさとどこかに消えて。早くここからいなくなって。

「すまない」ブラデントンが姉妹に笑みを向けた。形ばかりの笑顔だ。「そろそろ帰らなければならないんだ。会えてよかった、ミス・ジョンソンにミス・ジュヌヴィエーヴ」ジェーンを見て、言い添える。「そして、ミス・フェアフィールド」

ジェーンの心臓は痛いほど激しく打ちつづけていた。

ジュヌヴィエーヴが口をとがらせた。「そうですか、残念ですわ」姉妹はジェーンの前に並んで立ち、温室から離れていくブラデントンのうしろ姿を見つめている。いきなり彼が立ち止まり、振り返った。おそらくジェーンを見ているのだろう。にらみつけているのかもしれない。だがジョンソン姉妹にさえぎられて、ジェーンには侯爵がどんな表情を浮かべているのかわからなかった。ジェラルディンが彼に手を振っている。

愛敬《あいきょう》を振りまいてブラデントンを見送っている姉妹の背中に隠れて、ジェーンは震える息を吐きだした。これほどふたりを心強く思ったことはない。しばらくして、呼吸がようやく落ち着いてきた。そのときを見計らったかのように、ジョンソン姉妹がゆっくりと振り向いた。

いつも笑みを絶やさないふたりが、心配そうな顔をジェーンに向ける。ジェラルディンが一歩前に進みでた。「ミス・フェアフィールド」いかにも女性らしい、柔らかな声だ。「ジェーン、わたしたち、外から見ていたの。ずっと見ていたのに……」

「ブラデントン侯爵に何を言われたの?」ジュヌヴィエーヴが尋ねた。

彼女は嫉妬しているのかもしれない。見当違いもいいところだが、今はそれをいちいち説明する気にもなれない。

ブラデントンはいとも簡単に植物を殺した。あの男の怒りにゆがんだ顔を目の端でとらえた瞬間、恐怖が全身を走り抜けた。

「何も言われなかったわ」手の震えをふたりに気づかれませんように、とジェーンは内心で祈った。

「正直に話して、ミス・フェアフィールド」ジェラルディンが手を伸ばし、そっとジェーンの手首に触れた。「わたしたち……決めたの。あなたは友だちよ。わたしたち姉妹は、あなたを守ると決めたの」

「そのとおりよ」ジュヌヴィエーヴも言う。

ジェーンは首を横に振った。「心配は無用だわ。わたしはブラデントンと例の希少植物を一緒に見ていただけよ。侯爵に、わたしはその植物に似ていると言われたわ。ねえ、これって……」〝口説き文句のつもりかしら〟彼女は冗談めかしてそう言おうとしたが、声に出せなかった。

ジェラルディンが唇を引き結び、ジュヌヴィエーヴに向き直った。「ジェーンに話したほうがいいわね」

いったい何？　悪いけど、なぞなぞ遊びをする気分ではないの。

「頭痛がしてきたわ」ジェーンのごまかし作戦は不発に終わり、ジェラルディンに手首をきつく握りしめられた。

ジュヌヴィエーヴが隣に来た。「ミス・フェアフィールド」彼女は静かな声で言った。「気を悪くしないで聞いてね。ときどき……」

ジェラルディンがうなずき、そのあとを引き継いだ。「ときどき、あなたは洞察力に欠けるときがあるわね」

ジェーンは呆然とふたりを見つめた。

「だから、ひょっとしたら」今度はジュヌヴィエーヴが口を開いた。「ブラデントン侯爵になんと言われているのか、あなたは気づいていないのかもしれない。それに、あなたの背後で彼がどんな顔をしているのかも、何をしているのかも、知らないいんじゃないかしら」

いいえ、すべてわかっている。だけど、彼女たちには何も話したくない。ブラデントンのことをこれ以上話題にするのは勘弁してほしい。名前を耳にしただけで、あの恐怖の瞬間がよみがえってくる。

「でも、わたしたちは知っているの」ジュヌヴィエーヴが先を続ける。「だからあなたが彼とふたりで温室にいるあいだ、ずっと気が気でなかったわ」彼女は言葉を切り、深く息を吸いこんだ。「わたしたち、いつもあなたに優しいわけではなかったわね」

話がさっぱり見えない。ふたりは何を言いたいのかしら？　ジェーンはジュヌヴィエーヴの目をのぞきこんだ。そこに嫉妬の炎はなかった。ジョンソン姉妹は視線を交わし、同時にうなずいた。

「実際」ジュヌヴィエーヴがなおも言葉を継ぐ。「わたしたちが知り合った頃は……一度もあなたに優しくしなかった。あなたを笑ったりもしたわ。それに利用もした。こんな話は聞きたくないかもしれないわね。もしかしたら、あなたはわたしたちを許してくれないかもしれない」

ジェーンは言い返す言葉も見つからなかった。

「だけど」ジュヌヴィエーヴが続ける。「お願い、信じてほしいの。二度とあなたをブラデントン侯爵とふたりきりにはさせないわ。まわりに人がたくさんいる公園でも、ふたりだけで散歩はさせない。約束するわ、あなたの味方になると。ブラデントン侯爵が何をたくらんでいるのか、今はまだはっきりわからない。でも、これからは決して黙って見ているつもりはないわ」

「彼は卑怯よ」ジェラルディンが腕組みをした。「きわめて卑劣だわ。わたしはあなたがおかしなことを言ってもまったく気にならない。だって、あなたは堂々としているもの。ブラデントン侯爵に比べたら、ずっと立派よ。実はね、ハプフォード伯爵からもいろいろ聞いているの……」彼女はいかにも不快そうに鼻を鳴らした。「ごめんなさい、ミス・フェアフィールド。もっと前に話しておけばよかったわ。あなたを侯爵とふたりで温室に行かせるんじゃなかった」

あいかわらず、ジェーンは無言のままだった。言葉が何も思い浮かばないのだ。いつも嘲笑される側にいるから、こういう場面には慣れていない。喉に熱いものがこみあげてきた。まさか……こんな展開になるなんて。

ジュヌヴィエーヴがジェーンの肘に触れた。「すぐにはわたしたちを信用できないかもしれない。でも、ジェーン、今日みたいな状況に金輪際あなたを陥らせたりはしないわ。約束する」

ジェーンは震える息をゆっくりと吐きだした。もう一度。またもう一度。それから両脇に立っているジョンソン姉妹を交互に見た。ふたりの身長はジェーンより一五センチは低い。それなのに、自分のほうが彼女たちを見あげている気がした。突然、堰を切ったようにジェーンの目から涙があふれだした。

「ああ、泣かないで」ジェラルディンがそっと抱きしめてくれた。「大丈夫よ、わたしたちがついているわ」

ずっと強がって生きてきた。だけど今、心の壁が音を立てて崩れ落ちていく。いったんあふれでた涙は、もう止まらなくなっていた。自分は誰からも見捨てられた孤独な人間だと思っていたけれど、ようやくこうして友人ができた。それも一気にふたりも。気づいたら、ジュヌヴィエーヴの腕も体にまわされていた。

「大丈夫、あなたはひとりじゃない。わたしたちがそばにいるわ」ジェラルディンのささやき声が耳に優しく響く。

「日を追うごとに気分が悪くなっていったわ」ジュヌヴィエーヴが言った。「鼻持ちならない人しかいないんだもの。みんな、ブラデントン侯爵と似たり寄ったりよ。いやでいやでたまらなかった」

「あなたは幸運の女神なの」ジェラルディンがジュヌヴィエーヴのあとを引き継いで話しはじめる。「ジュヌヴィエーヴは、しつこくつきまとう求婚者たちを遠ざけたがっていたのよ。あなたはね、ジェーン、まさしくそのためにうってつけの人だったの」

ジェーンはあっけにとられて聞いていた。今日は、怒ったり、恐怖に怯《おび》えたり、泣いたり、驚いたり、本当に忙しい一日だ。そして今度は……彼女はこらえきれずに声をあげて笑いだした。

「はじめからちゃんと説明しないとジェーンはわからないわ」ジェラルディンがジュヌヴィエーヴに言っている。

ジェーンは背筋をぴんと伸ばした。大きく息を吸いこみながら周囲を見まわす。これまでとは世界が違って見えた。その新しい景色を眺めつつ、ゆっくりと息を吐きだした。

「ジェラルディン、ジュヌヴィエーヴ、話したいことがあるの。わたしもあなたたちに優しくなかったわ。知り合ったときからずっとよ」

ふたりは話をやめて、大きく見開いた青灰色の瞳をこちらに向けた。

「わたしは……」もう一度大きく息を吸いこむ。「わたしはわざとこういう格好をしているの。今まで黙っていてごめんなさい」

「そんな、謝らなくていいのよ」見る見るうちに、ジェラルディンの顔に笑みが広がっていく。

「そうよ」ジュヌヴィエーヴが笑いだした。「お互い、もう謝るのはやめましょう。それより、さっきの話の続きをしたいわ。はじめから説明させて」

女性三人は、植物そっちのけで話しつづけた。

「実はね」ジュヌヴィエーヴが真顔になった。「わたしは結婚なんてしたくないの。考えただけで背筋がぞっとするわ」

ジェラルディンがジュヌヴィエーヴの腕をそっと叩いた。「わたしとジュヌヴィエーヴは、生まれたときから何をするのも一緒なの。月のものがはじまったのも同じ日だったのよ。それなのに、結婚については考え方が違うの。母はね、もう少し大人になれば、ジュヌヴィエーヴの考えも変わると言っているわ。わたしもそんな気がする。だからジュヌヴィエーヴがすてきな男性に出会えるように、わたしは手助けするつもりなの」

「本当に残念な話よ」ジュヌヴィエーヴがため息をもらした。「自分で言うのも変だけど、わたしはすばらしい妻になると思うの。結婚相手が、ジェラルディンの愛しのハプフォード伯爵みたいな男性だったらね。でも、わたしのまわりにはまともな男性がいない。できるなら、わたしも夫のお金を使って慈善活動に励んだりしたいわ。だけど結婚はしないから、節約しながらつましく暮らさなければならないのよ。考えてみたら、これもつまらない人生よね。だから、ジェラルディンにはたくさん子供を産んでもらうの。わたしは思いきり甥や姪を甘やかすおばになるわ。それでね、おなかが痛くなるまで子供たちにたくさんお菓子を与えて、乳母たちを困らせてやるの」

「何を言っているのよ。今にきっと運命の男性が現れるわ」ジェラルディンが言った。「ジェーン、ジュヌヴィエーヴは不安なの。可もなく不可もない退屈な男性を結婚相手に選んでしまうのではないかと。それなら結婚しないほうがいいと思っているのよ。だから求婚者たちを遠ざけることにしたの。そんなとき、あなたに出会って、思わぬ幸運が舞いこんできたというわけ。わたしたちは、親友のミス・フェアフィールドと一緒でなければ、どんな社交の場にも出席しないと決めたの。そうしたら招待状が一気に減ったわ」

わたしたち全員に思わぬ幸運が舞いこんできたのだ。こうして心のうちを明かし合える、本物の友情が三人のあいだに芽生えたのだから。

そろそろ散歩の時間も終わりだ。二時間近くも園内を歩いて、三人は植物園の入り口に戻ってきた。

入り口脇のベンチに座り、ジェーンを待っていたミセス・ブリックストールが顔をあげた。腕を組んで楽しそうに笑いながら戻ってきた三人を見ても、彼女は何も言わなかった。

ジュヌヴィエーヴがジェーンの頬にキスをした。

続いてジェラルディンも彼女の頬にキスをし、それから耳元でささやいた。

「これからは、きっといいことがたくさんあるわ」そして三人は手を振って別れた。

ミセス・ブリックストールが立ちあがった。

だがジェーンは、ブラデントンの杖の一撃を受けて、破片と化してしまった植物が急に気になりだした。

「もう少し待っていて」

ミセス・ブリックストールはひと言も不平を言わず、ただ肩をすくめて、ふたたびベンチに腰をおろした。これも賄賂がなせる業だろう。ジェーンはきびすを返し、小川に沿って伸びる小道を通って温室へ向かった。

害虫。有毒生物。まともな会話ができない女。男たちの敵。〝こんな女と話すくらいなら、ライオンに噛み殺されたほうがましだな〟自分を罵る男たちの声が頭の中でこだまする。

あんな人たちなんか大嫌い。

いつからだろう、疫病神だと思われるようになったのは。不作法な女だと言われるようになったのは。いつから嫌われ者になったのだろう。

温室に到着した。ジェーンはまっすぐ砂漠室を目指した。床に植物の破片が飛び散ったままだった。ブラデントンは力のかぎり杖を振りおろしたに違いない。

いくらわたしに似ている植物だからといって、こんなふうに無残に殺さなくてもいいのに。ブラデントンに言わせれば、ただの植物かもしれない。だけど植物にも命がある。

わたしは変われるのだろうか？　新しい自分になれるの？　物腰が柔らかくて、美しい肌をした、ジェラルディンやジュヌヴィエーヴのようには決してなれないだろう。わたしはおしゃべりだし、ドレスの趣味も悪い。でも、もしかしたら……。

もしかしたら、少しは変われるかもしれない。

そうと決まれば、あとは実行に移すだけだ。


扉を叩きつづけて、ようやく三番目の扉が開いた。

そのとき、ガラス張りの部屋と小さな植木鉢が見えた。戸口には、黒いドレスの上に濃紺の作業着を重ねて着た女性が立っている。ふと手元に目をやると、泥だらけの園芸用手袋をはめていた。女性はジェーンの全身にすばやく視線を走らせて、眉をつりあげた。今日のジェーンのいでたちは、スカート部分に天使の柄がプリントされた、明るいオレンジとクリーム色のドレスだ。女性の眉が髪の生え際近くまであがった。

「ご用件はなんでしょう?」

「お仕事中に申し訳ありません」ジェーンは言った。「温室を見学していたら……砂漠室の植物が……何かおかしいんです」

女性は平然としている。「ああ、サボテンのことね。乾燥していると思ったのかしら? でも、サボテンはそれがふつうなのよ」女性は扉を閉めようとした。

「待ってください」ジェーンはあわてて続けた。「粉々になった破片が床に散らばっているんです。男の子のいたずらだと思います」

女性がため息をついた。「そう。それなら見に行ったほうがいいわね」そう言って部屋に戻り、金属製の棚から植木鉢と剪定《せんてい》ばさみ、それから手袋を持ってきた。「では、行きましょうか」

女性はさっそうと廊下を歩いていく。ジェーンは遅れまいと早足でついていった。作業場の扉を開けるのは、てっきり白髪の老人か、手にたこができた若者だとばかり思っていた。でも教養のある話し方といい、作業着の下の高価なドレスといい、この女性はどう見ても育ちのいいレディだ。

「驚きましたわ」ジェーンは女性に話しかけた。「植物園が女性を雇うとは思っていませんでした」

「雇う?」女性はむっとした表情になった。「おかしなことを言わないで。わたしはここでボランティアをしているだけよ」ぴしゃりと言い放つ。

「そうですか、失礼しました」とはいえ、なぜ謝っているのか自分でもわからなかった。

「ここです」

「知っているわ」相手がそっけなく応えた。「砂漠室がある温室はここだけなの」ふたりは温室に入り、中央通路を通って砂漠室へ向かった。女性は、ブラデントンの一撃を受けてつぶれたサボテンに目を向けた。

「ああ、かわいそうに」彼女の口から優しい声がもれた。ジェーンと話すときの険しい声とは大違いだ。

女性はていねいな手つきでサボテンの破片を集めはじめた。

「また育つんですか？」ジェーンは尋ねた。

「サボテンは」心ここにあらずといった声が返ってきた。「砂漠の植物なの。灼熱《しゃくねつ》の太陽や砂嵐にも耐えられるように進化を遂げてきたのよ」女性の声が誇らしげに響く。「そういう厳しい環境で生きていくために、ちゃんと水分を蓄えているの。だから、これしきのことではへこたれないわ」

女性は作業場から持ってきた植木鉢の中に砂を入れた。それからサボテンの破片の縁を少し切り取って形を整え、折れたとげを取り除く作業に入った。

「あとは植えるだけよ」しばらくしてから、彼女はふたたび口を開いた。「全部で……九個ね」ひとつずつ植木鉢の砂の中に植えていく。

「えっ？　これで終わり？　水も肥料もやらないんですか？」

「根が落ち着くまで水はやらないの。二、三カ月は待ったほうがいいわ。それに水をやるのは砂が乾いているときだけよ。サボテンはね、ちょっとやそっとでは死なないの」女性はジェーンに植木鉢を差しだした。「あなたにあげるわ」

「なぜですか？」ジェーンは驚いて声を張りあげた。「どうしてわたしに？」眉をひそめて女性を見つめる。「待って。あなたはボランティアですよね。勝手なまねはできないはずです」

「この植木鉢を持って温室から出ていったら、あなたはいやおうなしにサボテンを育てなければならなくなるでしょうね」彼女は淡々と切り返してきた。「怖いもの知らずのミス・ジェーン・フェアフィールドともあろう女性が、こんなちっぽけなことに尻ごみするとは思わなかったわ」

「どうしてわたしの名前を知っているんですか？」

「わたしはカンベリー伯爵夫人ヴァイオレット・ウォーターフィールドよ」女性は輝かんばかりの笑みを向けてきた。

ジェーンは目をしばたたいた。「あの……はじめまして」

伯爵夫人が困惑の表情を浮かべた。「あなた、わたしを知らないの？　もう、オリヴァーったら、いつもそう。あの人はすぐに友人の名前を忘れてしまうのよ」彼女は園芸用手袋をつけたままの左手をあげた。「じゃあ、全員左利きのろくでなし三兄弟は知っている？　オリヴァー、セバスチャン、ロバートの三人組よ」

「オリヴァーって――」

「そうよ、オリヴァー・マーシャル」

「でも、なぜあなたは――」

伯爵夫人の顔に意味ありげな笑みが広がった。「わたしはなんでも知っているの。あのろくでなし三兄弟のまとめ役だから」

「そうですか」話が見えず、ジェーンは適当に相づちを打った。「それは重要任務ですね」

「任務ですって？」伯爵夫人は、またしてもむっとした表情を見せた。「違うわ」それからいかにも満足げな笑みをたたえて言い添える。「ボランティアでやってあげているのよ」

10

その日の夜は、かなり遅くなってからエミリーの顔を見に行った。植物園から戻ってきて何時間も経つのに、そのときもまだジェーンの心は浮き立っていた。

今まではエミリーとのあいだに隠し事はひとつもなかった。それなのに、このわずか数日間で、妹に言えない秘密がたくさんできてしまった。

〝エミリー、聞いてくれる？　ブラデントンはわたしを痛めつけようとたくらんでいるんですって。でもそんなことより、あのジョンソン姉妹がね……。

エミリー、今日危うくブラデントンに杖で殴られるところだったの。怖かったわ。わたしの代わりにサボテンが犠牲になったのよ。ブラデントンはね、ミスター・マーシャルにもわたしを痛い目に遭わせろと命令したの。その見返りとして、あの男は選挙法改正案に賛成票を投じてやると約束したそうよ。

ねえ、エミリー、ミスター・マーシャルはわたしのことを好きだと思う？　わたしは、彼をどう思っているのか自分でもまだわからないわ〟

これは嘘。彼に対する自分の気持ちはよくわかっている。

ジェーンはエミリーに何をどこまで話そうか考えていた。その彼女の耳に、妹の声が聞こえてきた。「お姉様は知っていた？　世の中にはお酒を飲まない人もいるのよ」

ジェーンは小首をかしげてエミリーを見た。「ええ、知っているわ」大学の街であるケンブリッジでは、学生がそういう人々をからかっているのをよく耳にする。「クエーカー教徒でしょう？　たしか、メソジスト教徒もお酒を飲まないんじゃないかしら」エミリーはじっとこちらを見つめている。「でも、突然どうしたの？」

「本で読んだのよ」妹の頬がうっすらと赤く染まった。どうやら、単なる思いつきで話しているのではなさそうだ。「ほかにもまだ……いるわよね？」

「たぶんね。でも、みんなにきいてまわるわけにもいかないわ」

「それはそうだけど……」エミリーは下を向いてしまった。ナイトドレスを指先でつまんでいる。

ジェーンは、またこの数日間の出来事に思いをめぐらせた。エミリーに言えること、言えないことを、ひとつずつ頭の中で整理していく。ひとたび口を開いたら、言葉が次々とあふれて止まらなくなるに決まっている。以前ならそれでもよかった。でも、今はほかの人の秘密も知っているのだ。これだけは自分の胸の奥にしまっておかなければいけない。いくら相手が妹でも、話すわけにはいかない。

「どうしたの？　なんだか考えこんでいるみたいだけど」エミリーの声で、ジェーンは物思いから覚めた。「何かあった？」

「何もないわよ」ジェーンは嘘をついた。

エミリーはふたりの部屋をつなぐ扉のほうへ目を向けた。扉は開いたままになっている。妹の眉がゆっくりとあがった。整理戸棚の上に置いたサボテンに気づいたのだろう。

「そういうこと」エミリーがつぶやくように言った。「何もない一日を過ごしたのは、わたしだけなのね」

ジェーンは気がとがめた。「ああ、エミリー、そんなふうに言わないで」

「別にどうでもいいわ」エミリーはいらだたしげに言い捨てた。今は何を言っても無駄だろう。妹の気持ちが静まるのを待つしかない。

しばらく重苦しい沈黙が流れた。やがてエミリーが静かに口を開いた。「肉を食べない人もいるのよ。これも知っていた？」

また妹はおかしな質問をしてきた。「ハムが嫌いな男の人を知っているわ」

「ハムだけじゃないの。すべての肉を食べない人よ」なぜかエミリーは視線を合わせるのを避けている。何か変だ。何がいつもと違うのだろう？

「エミリー」ジェーンは穏やかな声で言った。「もしかして、どういう人たちが肉を食べないとか、お酒を飲まないとか、あなたは知っているんじゃないの？」

エミリーが無造作に肩をすくめる。「まさか。知らないわ。なぜそんなことをきくの？」

妹は嘘の達人だ。それを知らなければ、今の言葉をうのみにするだろう。けれど、わたしは妹を知り尽くしている。ジェーンはエミリーをじっくり眺めてみた。

驚きだ。ベッドが少しも揺れていない。妹は落ち着いた様子で座っている。脚もまったく動かしていない。

おじのタイタスに引き取られる前の、エミリーの姿が目に浮かんできた。田舎の屋敷で暮らしていたとき、日中は彼女を外で遊ばせていた。二時間ほど外を走りまわれば、その日の夜は体をそわそわ動かすことなく静かに座っていられた。でも、雨の日は大変だった。エミリーは片時もじっとしていられなかったのだ。一日じゅう、家の中で飛び跳ねたり、走りまわったりしていた。

それが今はぴくりとも動いていない。ただ、人差し指でぼんやりとベッドカバーの模様をなぞっているだけだ。

これは何かあったに違いない。絶対そうだわ。よく見ると、さっきよりも頬が赤くなっている。それに……。

「ねえ、エミリー、ひょっとして――」

エミリーがさっと顔をあげた。「何もしていないわ。することなんて何もないもの。このわたしの気持ちがわかる？」

ジェーンは首を横に振った。「もういいわ。正直に言って、わたしは知りたくない。おじ様に見つかったときのことを考えたら、知らないままのほうがいいもの」

物悲しそうな笑みが、エミリーの顔をよぎった。すぐに彼女は顔をそむけた。この笑みならよく知っている。

「今日、何をしていたのか教えて」ジェーンはいったん言葉を切った。「何をしなかったのかでもいいわ……」

何をしていたにしろ、エミリーが家を抜けだしたのは間違いない。それもひとりきりで。だって、今日ミセス・ブリックストールはわたしと一緒だったもの。これはあまりにも危険な行動だ。まったく、エミリーときたら、無鉄砲もいいところだ。

「エミリー」ジェーンは妹をまっすぐ見据えた。「危険な目には遭わなかったでしょうね」

「それについては、おじ様でさえ文句を差しはさむ余地はないわ」エミリーはにやりとした笑みを向けてきた。「家でおとなしくおじ様の法律書を読んでいたのよ。危険な目になんて遭うわけがないでしょう」彼女は人差し指でベッドカバーの渦巻き模様をなぞっている。

「法律書を読んでいる最中に」ジェーンは静かな口調で言った。「人はときには互いを傷つけ合うものだと、あなたは知るかもしれないわね。エミリー、わたしは傷ついて悲しむあなたの姿は見たくないの」

「大丈夫よ」妹は指先で渦巻きをなぞりつづけている。「そんなことにはならないわ」

「いいえ、その可能性は常に――」

「ねえ、お姉様、心配しすぎよ。どうしてわたしが傷つくと決めつけるの？　たとえば、動物を傷つけたくないから肉を食べない人がいるとするでしょう？　そういう人は、人間にも同じように接するはずよ」

「それは違うわ」ジェーンは言い返した。「エミリー、その考えは楽観的すぎる。世の中には、動物を傷つけなくても、人間を平気で傷つける人はいくらでもいるのよ」

ベッドカバーの渦巻き模様をなぞっていた指がぴたりと止まった。エミリーは凍りついたように完全に動きを止めた。ジェーンは急に不安になり、妹を揺さぶって、生きているかどうか確かめたいという衝動に駆られた。

「川の中の岩は」しばらく黙りこんでいたエミリーが、小さな声で話しはじめた。「水にもまれて徐々にすり減っていくわ。わたしの神経もそれと同じよ。家に閉じこめておこうとするタイタスおじ様のせいで、少しずつすり減っているの。お姉様、ときどき思うの、今のわたしは生きていてもなんの価値もない人間だって」

「エミリー」ジェーンは妹の手を握りしめた。「そんなふうに思ってはだめよ」

「だけど、このままでは本当に朽ち果ててしまう」エミリーは顔をあげてジェーンを見た。

「お姉様、傷つくのが心配だから、家にじっとしていろなんて言わないで」

「わかったわ。もう言わない。約束する」

エミリーが手を握り返してきた。「ありがとう。それじゃあ、今の話はすべて忘れてね。わたしだけの秘密にするから」

家を抜けだすのはこれで三度目。もちろん、ミスター・バタチャリアに会うためだ。

おじが知ったら、発作を起こすに違いない。何時間も退屈でつまらない話を聞かされるはず。何を言われるのかもすでにわかっている。おまえは純粋な子だ。おまえは優しい子だ。

おまえは思いやりのあるいい子だ……いったい、おじはどこを見ているのかしら？　しょせん男性なんてこんなもの。まったく信用できない。

でも、ミスター・バタチャリアだけは別よ。彼は信用できる。わたしは彼に全幅の信頼を寄せている。ミスター・バタチャリアはいつ会っても笑顔だ。細い小道を歩くときは、わたしの腕を取ってくれる。だけど広い道になると、彼は必ず手を離す。彼は――ああ、本当にすてき。とても紳士的だ。

今日のミスター・バタチャリアは口数が少ない。いつものようにていねいな挨拶を交わし、ふたりは小川に沿って伸びる小道を並んで歩きはじめた。ずっと無言のまま。三〇分後、ようやくミスター・バタチャリアが口を開いた。

「すまない、楽しい散歩相手でなくて。今、ロー・トライポスの準備中なのは知っているよね。ここ数日、慣習法の勉強をしているんだけど、これが厄介なんだ。もう頭が痛いよ」

「その話をしましょう」

ここのところ、エミリーはあれだけ嫌っていたおじの法律書を読んでいる。言うまでもなく、ミスター・バタチャリアの話についていくためだ。当然ながら、おじは首をかしげている。

ミスター・バタチャリアは話しだした。彼は傲慢な態度を取ったり、自分の頭のよさを鼻にかけたりはしない。ただ穏やかな口調で語っている。

前回会ったときは、ミスター・バタチャリアの本をふたりで読んだ。歩きながら顔を寄せ合って読んでいたので、少し手を伸ばせば、彼はエミリーに触れられた。

だが、彼の手は伸びてこなかった。

今日は一緒に読む本はない。ミスター・バタチャリアが空を見あげた。「こういう判例があってね」ぽつりと言う。「八〇歳の女性に対して、遺産分割は無効とする判決が下ったんだ。その判決理由というのが、遺言書が作成されたあとに、その女性が子供を産んだ可能性もあるからなんだよ」彼は大きなため息をもらした。

エミリーは両手を握りしめて、ミスター・バタチャリアが先を続けるのを待った。しかしそれきり彼は口をつぐんでしまい、こちらをじっと見ている。

「もう少し詳しく教えてくれる？」エミリーは口を開いた。「ふたりで話し合ったら、あなたが頭を悩ませている問題も解決できるかもしれないわ」

「ええと――」ミスター・バタチャリアが目をぱちくりさせた。「ぼくがなぜ頭を悩ませているのか、きみは見当もつかないかい？　そもそも、八〇歳の女性は子供を産まないよね」

「でも、サラは九〇歳でイサクを生んだわ」エミリーは真面目な顔で返した。「その女性はサラより一〇歳も――」

「それは聖書の話だよ」ミスター・バタチャリアは首を横に振った。「いずれにしても現実的ではない。ところで、きみはサラを例にあげたけど、聖書を引用するなら、やはりここはイエス・キリストを引き合いに出すべきだと思うな」

「それはだめよ」エミリーは笑いをこらえた。「わたしは法律に詳しくないけれど、イエス・キリストを引き合いに出すのはだめ」

「どうして？」

「イエス・キリストを冒瀆《ぼうとく》することになるから」

ミスター・バタチャリアは肩をすくめた。「なるほど。だからきみはサラを選んだんだ。でも、ぼくとしては聖書よりも、バガヴァッド・ギーターを引用したいな」

「それは何？」エミリーはけげんな表情を浮かべた。

「ヒンドゥー教の聖書みたいなものだよ」

一瞬考えてから、彼女は口を開いた。「わたしは法律家ではないわ。でもイングランドの裁判所で、そのヒンドゥー教の聖書は引用しないほうがいいと思うの」

「イングランドの法律は理解できないな。聖書からしか引用できないなんておかしいよ。なぜほかの宗教の聖典はだめなんだい？　ぼくにはわからない」

「ミスター・バタチャリア、あなた、本当はちゃんとわかっているんでしょう」エミリーは言った。「あなたの問題は、理解力ではなくて受容力ね」

「きみは案外、保守的なんだな」彼の声はとても静かで落ち着いている。「ぼくは受け入れているよ。それがこの国の決まりなんだって。でも、イングランドの法律が文明の頂点だと、きみに言われるとは思わなかった」

「いつわたしがそんなことを言ったの？」彼女は一歩前に進みでた。「わたしはイングランドの法律がいちばんだなんて、口が裂けても言うつもりはないわ。その法律のせいで、わたしは自由を制限されているのよ。結婚相手さえ好きには選べない。わたしが後見人のおじのもとで暮らさなければならないのは、イングランドの法律にそう書かれているからよ。だから、わたしを部屋に閉じこめても、おじは法律違反を犯していることにはならないの」

ミスター・バタチャリアは困惑の表情を浮かべている。「きみのおじさんは」彼はゆっくりと言った。「でも、きみのおじさんは……」まわりを見まわす。「どういうことだい？　おじさんがきみを部屋に閉じこめているって？」

エミリーはつばをのみこんだ。「おじは……もしかしたらそれほど放任主義ではないのかも……」

彼があとずさりした。「おじさんに反抗してはだめだ。家族だよ。法律は関係ない。家族だから一緒に住んでいるんだ。ぼくは……」

「あなたは何も知らないから、そんなことが言えるのよ」エミリーはきつい口調で言い返した。「わたしのおじは……」

「ぼくは家族に反抗しないよ」

「でも、家族に苦痛を与えられたら？　あなたのお父様がナポレオンみたいに暴君だったら？　それでもあなたは反抗しないの？」

彼は首を横に振った。「きみがわからなくなってきたよ。ところで、ナポレオンはそんなに暴君かな？」

ミスター・バタチャリアはいつも穏やかで、笑みを絶やさない。でも、今の彼は顔をしかめている。

エミリーは両手を広げた。「当たり前じゃない。疑問の余地はないわ。ヨーロッパ全域を征服するためなら、多くの犠牲もいとわない……」

興奮して声を張りあげている自分に気づき、エミリーは口をつぐんだ。

「ええと」その先の言葉が出てこない。

ミスター・バタチャリアは黙ってこちらを見つめている。

「ええと」そう繰り返したあと、エミリーは広げたままだった手をおろして、おなかに押し当てた。彼はあいかわらず黙りこんだままだ。

ふたりのあいだに沈黙が流れる。やがてミスター・バタチャリアがようやく口を開いた。

「東インド会社がカルカッタに拠点を置いたのは、もう二〇〇年以上も前になる。一〇年前、インドで大きな反乱が起きたんだ。たぶん、きみはこの反乱の話は聞いたこともないんじゃないかな」

ミスター・バタチャリアは言葉を切り、彼女をじっと見つめた。「続けて」彼の言うとおり、はじめて聞く話だったので、エミリーは小声でそう言った。

「セポイの乱と呼ばれるこの反乱はたちまちインド全域に広がった。インド人同士が殺し合うんだ」ミスター・バタチャリアは両の拳を握りしめている。その目は見開かれたまま、まばたきひとつしない。「ぼくの兄も軍に入隊した。兄は入隊するよう軍に言われたんだ」彼は歯を食いしばった。

ミスター・バタチャリアはかぶりを振ると、すぐに顔をそむけた。ふたたび首を横に振り、エミリーに視線を向ける。

「あなたのお兄様はどちら側について戦ったの？」

彼はいらだたしげに鼻を鳴らした。「ぼくはここにいるんだよ。それでわかるよね？」

エミリーはかぶりを振った。

「この反乱は、東インド会社に雇われていたインド人の兵士が起こしたんだ。兵士たちは銃に薬包を装填《そうてん》するときに、その端を歯で嚙み切るよう指示されていた。ところが、薬包には牛脂と豚脂が塗られていたんだ。ヒンドゥー教徒にとっては牛は聖なる動物だ。口にするのは許されない。また、イスラム教徒にとって豚は汚れた動物で、その脂が口に触れるのは当然我慢ならない。彼らは自分たちの尊厳を傷つけられたんだよ」

エミリーは息を詰めて聞いていた。

「イングランド人はインドのことを何もわかっていなかった。なぜ兵士たちが怒りを爆発させているのか、まったく理解できなかったんだ」ミスター・バタチャリアは彼女から視線を外さずに話しつづけた。「そうこうするうちに反乱は大きくなり、あっという間に国じゅうに広がった。イングランド人はね、死者の数を数えるとき、インド人を入れなかったんだよ。ミス・エミリー、暴君なのはナポレオンだけではないんだ」

彼女はゆっくりと口を開いた。「つまり、あなたはイングランドの統治下から独立したいのね」

ミスター・バタチャリアは落ち着き払っている。だが、彼の瞳は悲しみに陰っていた。

「いいや。そんなふうには思っていない」

エミリーはごくりとつばをのみこんだ。

「インドの社会構造は複雑でね。その社会の中で、ぼくは裕福な家庭に育った。一番上の兄はインド軍の将校で、二番目の兄は治安判事をしている。父の職業は公務員だと前に話したよね。父は鉄道局局長直属の要職に就いているんだ。ぼくが今こうしてここにいられるのは、家族がイングランドのインド統治を受け入れているからだよ。それを知っていて、声高に独立を叫べると思うかい？」

彼女は言葉もなく、首を横に振った。

「兄が反乱についていろいろ教えてくれたよ。どうはじまったか。どう終わったか。イングランド人のためにインド人同士がどう戦ったか。でも、それで結局勝利を得たのはイングランド人だった」ミスター・バタチャリアの声には苦々しい響きがこもっていた。「とにかく、ぼくは独立なんて大それた夢は見ていない。自分のできることをひとつずつ実現していくだけだ。手の届かないものを夢見るのではなくね」

「だけど――」

「独立を夢見ていたら、きっとぼくは何も得られないと思う」彼は肩で大きく息をしている。「もう殺し合いは見たくないよ。暴力は耐えられない。また反乱を起こしても、行きつく先は同じだ。それになんの意味がある？」

ミスター・バタチャリアは自由を夢見ることもできないのだ。自分が同じ立場ならどう感じるか、エミリーには想像もつかなかった。

「もうこの話はやめよう。洗練された会話ではなかった」彼の口調は落ち着いていた。「すまない。許してくれるかな」

今もまだミスター・バタチャリアの瞳は鋭い光をたたえているが、顔には笑みが戻っている。場の雰囲気を壊さないよう、にこやかにふるまおうとしているのだろう。

「いいのよ」エミリーは力強く返した。「いいの。謝らないで。わたしのほうこそ悪かったわ。いらだってしまって……」ひと呼吸置いてから、さらに続ける。「わたし、こっそり家を抜けだして来ているの。この散歩のひとときは、現実を忘れられるかけがえのない時間なのよ」

ふたたび、ふたりのあいだに沈黙が落ちた。ミスター・バタチャリアは無言のまま、ただこちらを見つめている。しばらくして彼は言った。「家を抜けだしてはだめだ。おじさんに反抗するのはよくないよ」

「もし家族がいなかったら、もし暴動や反乱の危険がなかったら……ミスター・バタチャリア、あなたはどちらの旗を掲げるの？」

彼は深々と息を吸いこんだ。「こんな話題はやめよう。考えるだけ無駄だ。それより、きみは話をそらそうとしているね」

エミリーは彼の目を見据えた。「わたしが本当のことを話しても、どうせあなたは信じないわ。わたしの家族は変わっているのよ。突然、何日も家を空けたとしても気にしないの。どう、ミスター・バタチャリア？　こういう家族もいると理解できる？」

「ぼくは……」彼の口元が引きつっている。「そうだな……」

「ほらね。あなたに理解できるわけがないわ。こんなおかしな家族のことは、知らないほうがよかったかもしれないわね。ひとつ聞かせて。わたしには家を抜けだすなと言うくせに、どうしてあなたはここにいるの？」

またしても沈黙が広がった。ゆっくりと、とてもゆっくりと、ミスター・バタチャリアの手が伸びてきた。彼はエミリーの握りしめた手を包みこみ、親指でそっと手の甲を撫ではじめた。徐々にエミリーの拳がほどけていく。ふたりは互いの目を見つめ合った――やがて、ミスター・バタチャリアは身をかがめて、彼女の手のひらにキスを落とした。

今、エミリーはどこまでも果てしなく広がる大海原に、ゆらゆらと漂っていた。

11

誘惑に打ち勝つにはどうしたらいい？　近寄らなければいいのだ。痩せたいなら、ケーキは買わない。禁酒したいなら、パブには行かない。単純明快な法則。では、女性を傷つけたくないならどうする……？

距離を置けばいい。そう、それがいちばんだ。というわけで、オリヴァーはミス・フェアフィールドと距離を置くことにした。この三日間はうまくいっている。今夜の晩餐会も、この作戦で乗りきれるといいのだが。

ミス・フェアフィールドは、まともなドレスを着る気などさらさらないらしい。オリヴァーは、これまで彼女が披露したドレスをぼんやりと思いだしていた。青と金の配色は絶妙だったが、生地が光りすぎて直視できなかったドレス。ウィッティングが〝地獄の赤いドレス〟と名づけた、モアレシルクのドレス。まったく、ウィッティングはうまいことを言ったものだ。実際、あのドレスをひと目見ただけで、地獄の業火に焼かれた気分になった。

そして、今夜の彼女のドレスは……。

ミス・フェアフィールドは美しいものをぶち壊す天才だ。これまで、サテンに紗《しゃ》を重ねたドレスは何度も見てきた。青いサテンと白い紗の組み合わせは、まさに美の極みと言えるだろう。白いサテンと赤い紗の組み合わせは、ランプの光を受けるとピンク色に輝き、可憐《かれん》な女性らしさを演出する。黒いサテンと金の紗の組み合わせは、華やかな雰囲気を醸しだす。ミス・フェアフィールドも、金の紗を重ねるだけでやめていればよかったものを。だが、彼女はミス・フェアフィールドだ。これだけでやめるわけがない。青、赤、白、緑、紫の紗が幾層にも重ねられたスカート部分は、もはや華やかさを通り越して、けばけばしいとしか言いようがない。

そのドレスに全員の目が釘づけだ。いつものように今夜も、ミス・フェアフィールドは招待客の視線を一身に浴びている。当然、オリヴァーも見ていた。しかしながら、彼の場合は、まわりのみんなとは違う理由で。

彼女が好きなのだ。正直に本心を打ち明ければ、それ以上の感情を持っている。ふと気づくと、花の形をした七色のヘアピンを一本ずつゆっくりと外し、柔らかくつややかな髪に指を滑らせて、ひと房手に取り、キスしているところを思い描いていた。

誘惑に打ち勝つんだ。オリヴァーはそう自分に言い聞かせた。そのためにはどうしたらいい？　近寄らなければいいのだ。

ミス・フェアフィールドが顔をあげた。その瞬間、ふたりの視線がぶつかった。オリヴァーが顔をそむける間もなく、彼女はにっこりして、ウィンクを投げてきた。そのとたんに彼の体が反応し、下腹部に一気に血が流れこんでいく。

前途多難だ。

数時間後、ミス・フェアフィールドが近づいてきた。「ミスター・クロムウェル」その瞳がいたずらっぽく輝いている。

「やあ、ミス・フェアチャイルド」とっさにそう返している自分の声が聞こえた。ミス・フェアフィールドが笑みを浮かべた。本当はこんなふうにふざけている場合ではない。それなのに、オリヴァーは彼女の笑顔に微笑み返していた。

「ミス・フェアフィールド」低い声でささやく。「ぼくたちは互いに同意したはずだよ。こうしてふたりでいるのはよくない。離れていよう」

「同意ですって？」彼女もささやき返してきた。「あなたが一方的に言っただけよ。わたしは口を閉じていたわ。こういうのは互いに同意したとは言わないのよ」

オリヴァーは微笑みながら続けた。

「ならば、もう一度言うよ。ジェーン、ぼくたちはふたりでいるべきではない……友だちにはなれないんだ」

友だち。あの舞踏会の夜、彼女の頬に触れたのは、友だちになりたかったからではない。あのときは正直なところ、目の前に餌がちらついていた。ブラデントンの命令を実行に移す一歩手前だった。だが話をしているうちに、彼女の瞳や笑顔の中に弱さがかいま見えた。そして、あの言葉。〝裏切られることは、もう慣れているから〟あのひと言は、さすがに胸にこたえた。

「以前とは違うの」ミス・フェアフィールドがこちらをまっすぐ見あげてきた。「何もかも変わったのよ」花の形をした七色のヘアピンが、ランプの光を受けて輝いている。

「どういうことだい？」

彼女は闘志あふれる笑みを見せて、一歩オリヴァーに身を寄せた。「わたしが黙って泣き寝入りすると思っているのなら、大間違いよ。わたしはブラデントンなんかに負けないわ」

「ぼくだって、あの男に勝たせるつもりはないよ」オリヴァーはこわばった声で言い返した。

「だが――」

「あなたはブラデントンに真っ向勝負を挑む気なの？　それはわたしのため？」ミス・フェアフィールドは輝かんばかりの笑みを浮かべた。「もしそうなら、やめて。思い直してちょうだい。わたしがあなたのために、あのろくでなしと戦うわ」

オリヴァーはごくりとつばをのみこんだ。

「ミスター・マーシャル、あなたが考えていることはわかっているの。ブラデントンにやりこめられたら、わたしは打ちひしがれて立ち直れなくなると思っているんでしょう？　心配しないで。わたしは百戦錬磨の女なのよ」

ミス・フェアフィールドは彼を見あげた。文句があるなら言ってごらんなさいといった、挑戦的なまなざしだ。彼女の洞察力には脱帽する。今まさに自分が考えていたことを、いとも簡単に言い当てた。ミス・フェアフィールドの顔にまぶしい笑みが広がる。その笑顔を見つめていると、オリヴァーの胸に熱いものがこみあげてきた。

「ミスター・マーシャル、いいことを教えてあげる」彼女がささやいた。「わたしは害虫などではないわ。疫病神でもない。それに、男たちの駆け引きの道具にされるつもりもない。わたしは断固戦うわよ」

ふたりは向かい合って話をしているだけだ。なのになぜだろう、ミス・フェアフィールドの手が胸に押し当てられているような気がする。唇に彼女の熱い息を感じる。ほのかなラベンダーの香りが漂ってきた。いつもの彼女の香りだ。一瞬、オリヴァーは自分が今どこにいるのかわからなくなった。

「きみは害虫でも疫病神でもない」深々と息を吸いこんでから、彼は口を開いた。「では、きみはなんだい？」

「わたしはね、燃えさかる炎よ」ミス・フェアフィールドは満面の笑みでお辞儀をした。それからオリヴァーをひとりその場に残して、歩み去っていった。

燃えさかる炎。これはどういう意味だろう？　ドレスの裾を揺らしながら、ミス・フェアフィールドが遠ざかっていく。ランプの光が当たり、何色もの紗が重なったスカート部分が燦然と輝いた。ああ、たしかに……彼女は燃えさかる炎だ。

オリヴァーはミス・フェアフィールドのうしろ姿を見つめつづけた。それからは、ずっと彼女を眺めていた。ジョンソン姉妹と一緒に笑っている姿を。ほかの男たちと話をしている姿を。そして今、ミス・フェアフィールドはブラデントンと話をしている。侯爵の引きつった顔が視界に入った瞬間、思わずオリヴァーはにやりとした。

ふいにブラデントンがこちらに顔を向けた。その目が冷たく光る。

オリヴァーは素知らぬふりをした。

数分後、ブラデントンが隣にやってきた。「九日後に客が来る。キャンターリー、エリスフォード、それにロックウェイだ。全員、聞き覚えのある名前だろう？　わたしの議員仲間だよ。この三人が九日後にここへ来る。そのときに、わが甥、ハプフォードを引き合わせようと思っているんだ」

ブラデントンは、部屋の反対側にいるミス・フェアフィールドに目をやった。彼女の朗らかな笑い声が聞こえてきた。

「マーシャル、きみは何か忘れていないか？」ブラデントンは彼女に鋭い視線を投げつけている。「早くあの女の泣き顔をわたしに見せてくれ。まったく、いまいましい女め」彼は首を横に振り、オリヴァーに向き直った。「さっさとやれよ、マーシャル。キャンターリーたちがケンブリッジを離れる前にやるんだ。そうしたら、彼らにも賛成票を入れるよう口添えしてやってもいいぞ」

自分の未来はこの男が握っている。夢が現実となるか、砕け散るかは、この男次第なのだ。究極の選択。残された時間は、あとわずかしかない。

ミス・フェアフィールドの笑顔が浮かんできた。太陽よりもまばゆい笑顔。

〝わたしはね、燃えさかる炎よ〟

彼女の声が耳にこだまする。目に浮かんだその笑顔に、オリヴァーは微笑み返さなかった。

ブラデントンとは視線を合わせずに肩をすくめる。「九日もあればじゅうぶんだ」

翌朝、オリヴァーはセバスチャンの家の一室で目覚めた。ぼんやりとした頭に、昨夜の記憶の断片が少しずつよみがえってくる。

ベッドから起きあがり、ヘッドボードに背中を預けて座った。目の前に、ミス・フェアフィールドの笑顔が現れた。次に彼女のドレスが。そして、〝わたしはね、燃えさかる炎よ〟と、言ったときの満面の笑みが。

まいったな。いったいどうしたらいいんだ？

扉を叩く音に続き、セバスチャンの声が聞こえた。「準備はできたか？」

まったく、朝から元気のいいやつだ。一緒に散歩する約束などしなければよかった。オリヴァーは目をこすり、窓の外を眺めた。まだ夜が明けたばかりだ。景色は灰色にかすんでいる。背後の窓にも目をやった。ケム川がすっぽりと霧に覆われていた。

「オリヴァー、早くしろよ」セバスチャンが急《せ》かしてきた。

「うるさいな」オリヴァーは言い返した。「放蕩者《ほうとうもの》のくせに、なぜこんな早起きなんだ？」

セバスチャンの笑い声が、オリヴァーの鼓膜を震わせた。

それから三〇分後、ふたりは家をあとにした。太陽がのぼりはじめ、ゆっくりともやが晴れてきた。どこからか鳥のさえずりが聞こえてくる。だが、季節は一月だ。さすがに寒かった。ふたりは手袋をつけた手をこすり合わせながら、しばらく早足で歩いた。ケム川を渡り、ケンブリッジ大学の裏庭に入ったところで、セバスチャンが口を開いた。

「それで、そろそろ話す気になったか？」

「話すって、何を？　ブラデントンのことなら、もう話した――」

「ブラデントンなんかどうでもいい」セバスチャンがさえぎった。「あいつのことは昔から嫌いだった。ぼくが聞きたいのは違う話だ」

オリヴァーは困惑した表情を浮かべた。「きみが何を言っているのかさっぱりわからないよ」

「言っておくが、きみのミス・フェアフィールドのことでもないからな」オリヴァーはため息をついた。「もっとはるかに重要な話だ。きわめて重要な。コペルニクスの地動説よりも重要な話だよ」セバスチャンがにんまりする。「ぼくの話さ」

オリヴァーは従兄弟に目を向けた。まだほんの子供だった頃、自分の出自について両親から聞かされた。本当の父親のこと。異母兄がいること。その兄が、冷たい父親と大邸宅に住んでいること。だから、兄のロバートのことはなんでも知っている。

ところが、セバスチャンという従兄弟がいることは一二歳になるまで知らなかった。

前クレアモント公爵の姉は実業家と結婚した。その結果、生まれたのがセバスチャンだ。黒髪で端整な顔立ちをしたこの従兄弟は、笑顔を武器にしている。また無類のいたずら好きで、学生時代はしょっちゅう一緒に悪さをしていた。大人になった今も、従兄弟のいたずら好きな性格は少しも変わっていない。

セバスチャンは笑みを浮かべたまま続けた。「きみはいつもぼくの気持ちを尋ねるだろう？　ほら、〝元気か？〟とか〝本当にこんな話を聞きたいのか？〟とかだよ。なぜ今回にかぎって尋ねないんだ？　だから話を振ってやったのさ。オリヴァー、きみはもうすぐ死ぬ男を見るような目つきでぼくを見ているぞ。どうしてだ？」

オリヴァーは深々とため息をもらした。「きみの手紙だよ。どのみち、ぼくはケンブリッジに来るつもりだったんだ。そうしたら、ロバートにきみの様子を見てこいと頼まれたのさ」ケンブリッジに行くと兄のロバートに話したとき、ロバートはセバスチャンを心配する胸の内を明かしていたのだった。

「ぼくの手紙か。何かおかしなことでも書いたかな？」

「知らないよ」オリヴァーは肩をすくめた。「だが、ロバートがおかしいと言うんだ。きみらしくないとね。彼の勘は当たるだろう？　だから不安になったんだと思う。手紙を読んで、ロバートはきみが落ちこんでいる気がしたそうだ。たしかに、もしそうなら一大事だよ。きみはいつもふざけているからね」

セバスチャンの顔じゅうに笑みが広がった。「落ちこんでいるだって？　このぼくが？　それはまたいったいなぜだ？　すべての男が夢を実現できるわけではないのに、ぼくは自分の夢を実現し、成功をつかみ、世間の注目も浴びている。それも国内だけでなく世界じゅうでだ。それなのに、なぜ落ちこまなければいけない？」

オリヴァーはふたたび肩をすくめた。「さあね。でも、ひとつだけわかったことがある。

今の実に見事な演説で、きみは一度も幸せだとは言わなかった」

セバスチャンはオリヴァーをまっすぐ見据え、それから顔をしかめて首を横に振った。「なぜ」従兄弟は話しはじめた。「きみたちふたりは突然、人の手紙の内容を解析するようになったんだ？　それはミニーの影響か？　彼女がここにいなくてよかったよ。ミニーは解析の達人だからね。起こらないことも読み取ろうとする。でも、しょせんきみやロバートは素人なんだよ」

「起こらないことって？」

セバスチャンはその問いを無視した。「これは仮定の話だ。ロバートの予感が当たっているとしよう。ぼくはひどく傷つき、不幸にどっぷりつかっている。だが、その理由は口が裂けても言うつもりはない」あいかわらず、彼はにやけた笑みを浮かべている。どんな状況でも最大の武器を使うことを忘れない男だ。「こういうときは無理やり聞きださずに、そっとしておいたほうがいいと思わないか？」

「たぶんね」オリヴァーはゆっくりと口を開いた。「それでも……最近のきみは……どこかいつもと様子が違う気がするよ」

「もう一度言う。きみのその勘が当たっているとする」セバスチャンがまた言い返してきた。「どこからどう見ても、ぼくは不幸のどん底にいる男だ。だがそれを指摘されても、ぼくの気分はよくならない」

「もういいよ、わかったから」オリヴァーはため息交じりに言った。「きみの好きにすればいいさ」ふたりはしばらく無言で散歩を続けた。ガチョウに餌をやっている農家の娘を横目で眺め、てんびん棒を担いで水を運ぶ男とすれ違う。

「さっきの話だが」やがてオリヴァーは話しはじめた。「起こらないこととは、どういう意味だ？」

「現実に起こらないことはたくさんあるという意味だよ」セバスチャンが明るい口調で言う。「ぼくは空を飛べないし、魔法も使えない。この先もできる可能性はないだろう。とはいえ、悪魔とは取引するかもな」

「セバスチャン、悩み事があるなら話してしまえよ。楽になるぞ」

「つまり」従兄弟は真面目な顔をしている。「もしファウスト的契約（ゲーテ作、戯曲『ファウスト』より／主人公は悪魔と取引して永遠の命を得るが、代償として魂を奪われる）にサインするとしたら、ぼくは〝発言を禁じる〟という条項を追加するだろうな。簡単に言えば、自分でいることが……以前ほど楽しくないんだ」

若くして富も名声も手に入れてしまうと、こういう気持ちになるのかもしれない。セバスチャンはもともと良家の生まれで、幼い頃から何不自由なく育ってきた。それに加えてハンサムだ。当然ながら、女性たちの視線を独占し、快楽主義者の名をほしいままにしている。

もちろんセバスチャンは頭もいいし、冗談ばかり言っている愉快な男でもある。いつも一緒に遊んでいたこの従兄弟が、あっという間に有名科学者の仲間入りを果たした。だが正直なところ、セバスチャンがこれほど名をはせる自然科学者になるなんて、一〇年前は思ってもいなかった。

突然セバスチャンが論文を発表した日のことは、今でも鮮明に覚えている。キンギョソウについて書いた、このはじめての論文の評判は上々だった。彼はその半年後にはエンドウについての論文を、それから数カ月後にはレタスについての論文を発表した。レタスの論文から三カ月ほど過ぎた頃、今度は体の特徴や性質は、系統的方法で親から子へと受け継がれ、この形質遺伝は人間だけでなくすべての生物に当てはまるという研究結果を公表した。そしてその結果をもとに、セバスチャンはダーウィンの進化論説を擁護した。

しかしこのときから、快楽を謳歌《おうか》する少し風変わりな科学者だと見られていたセバスチャン・マルヒュアは、異教徒と呼ばれるようになった。

「セバスチャン、きみが心配だよ」しばらく黙りこんでいたオリヴァーは静かに口を開いた。「心配でたまらない」

「やめてくれ」従兄弟はきっぱりと言った。「きみの哀れみなどいらない。実際――」

「すみません！」いきなりふたりの背後で大声がした。「ミスター・マルヒュアですか？ああ、やはりそうだ！　こんにちは、ミスター・マルヒュア！」

男が手を振りながら駆け寄ってきた。

「くそっ、誰だよ？」こちらに向かってくる男を見て、セバスチャンが小声で悪態をつく。「誰だか知らないが話したくない。オリヴァー、頼む、ぼくを隠してくれ」

隠してくれと言われても、散歩道の片側はケム川が流れ、もう一方は芝生が広がっているだけだ。隠れる場所など、どこにもない。「もう見つかっているよ。あきらめろ」

「木のふりをしようかな？」セバスチャンが肩をすくめる。「ぼくは木になりきるのがうまいんだ」

ならば、あの男はその木にのぼるだろう。彼は息を切らして走ってくる。セバスチャンめがけて一直線だ。

「ミスター・マルヒュアー！」ついに男がセバスチャンの目の前に立った。「この前、話をしてから、ずっとあなたを探していました。手紙も書いたのですが……受け取っていませんか？」

「手紙は数えきれないほどたくさん受け取るんですよ」セバスチャンは眉間にしわを寄せて男を見た。「すみませんが、お名前を教えていただけますか？」

「フェアフィールドです。タイタス・フェアフィールドといいます」

オリヴァーは目をしばたたき、男を見た。フェアフィールド。よくある名前だ。偶然だろう。それとも……。

ミスター・フェアフィールドはハンカチを取りだして、額の汗をぬぐった。

「ミスター・マルヒュアー、あなたがわたしを覚えていないのも無理はありません。わたしは少しも気にしていませんよ。ここでもう一度、自己紹介をさせてください」彼は微笑んだ。ふだんからあまり笑わないのだろうか、やけにぎこちない笑みだ。「わたしはケンブリッジの住民で、チューターをしています。法律を教えているんです。今年はひとりしか教えていませんが、それはもう将来有望な学生なんですよ」

ひとりしか教えていないだって？　ミスター・フェアフィールドは優秀なチューターではないに違いない。

　どうやらセバスチャンも同じことを考えているらしい。彼は軽くため息をついた。

「自分のために使える時間がほしいと思いましてね。知的な生活を送りたくなったのです。ミスター・マルヒュア、あなたのように」ミスター・フェアフィールドはぎくしゃくと背筋を伸ばした。「少しでもあなたに近づきたくて」

　セバスチャンはちらりとオリヴァーに目をやり、口の端をゆがめた。

「あなたの仕事は」ミスター・フェアフィールドは言葉を切り、しばらく黙りこんだ。三人のあいだに気まずい沈黙が落ちる。「あなたの仕事内容は――難解で、深く考えさせられます。この前のあなたの講演を聞いてから、わたしはずっとそればかり考えていて、ほかのことは何も考えられません。ミスター・マルヒュア、あなたの仕事は本当に奥が深い！　政治や経済にも多大な影響を与えているはずです」

　セバスチャンはミスター・フェアフィールドに目を向けた。「キンギョソウの研究が政治や経済に影響を与えているとは、気づきもしませんでしたよ」

「そうですか。実を言うと、わたしもはっきり理解しているわけではないのです」ミスター・フェアフィールドはさらに続けた。「何しろ、あなたの仕事内容は高度ですから。ですが、あなたの研究は必ずほかの分野にも影響を与えると、わたしは思っています」

　セバスチャンが険のある笑みを浮かべる。「それは人間間の交配の研究のことを言っているのですか？」

ミスター・フェアフィールドは目をぱちくりさせた。

「今、ぼくはその研究に専念しているんです。いやあ、人間の交配は難しいですよ。キンギョソウなんか、まったく比べものになりません。一般的に、人間というのは決まった相手としか交配したがりませんからね。実はぼくもそうなんです。そういうわけで、なかなか研究が進みませんよ」

ミスター・フェアフィールドは顔をしかめている。

「あなたは法律の専門家ですよね。報酬を支払って性交渉を行うのは合法ですか？　金を払えば、違う相手とも性行為をしてくれるのではないかと思うんですよ」

「ええと、それは……。なかなか難しい問題です。合法とはいえ、そういうことはよく考えたほうがいいのではないでしょうか。ええ、そうですよ。これは簡単に答えが出せるものではありません。近いうちにお会いして、この件について互いの意見をぶつけ合うというのはどうでしょう？」

「いや、結構」セバスチャンは相手に明るい笑みを向けた。「それには及びません。やはりそういう考えはよくないです。実に汚らわしい」

「ですが――」

「この話は終わりです」セバスチャンは言下にはねつけた。「それでは失礼します。ぼくたちは向こうへ行かなければならないので」

だが、従兄弟が指さした方向に道はなかった。

「では、さようなら」セバスチャンが歩きだす。「ぼくたちは追われているんですよ。早くこの場から逃げなくては」

「ちょっと待ってくれ」オリヴァーはセバスチャンにがっしりと手首をつかまれて、濡れた芝生の上をずるずると引きずられていった。あっという間に靴下が水浸しになる。従兄弟は気味が悪いほどにこやかに笑っている。それでも手首をつかむ力は緩めなかった。一キロほど進んだところで、ようやくセバスチャンが手を離した。

「ほら、オリヴァー」彼は笑顔だ。「ぼくの信奉者に会っただろう？　これでもまだぼくは幸せじゃないというのか？」

12

〝わたしがあなたのために、あのろくでなしと戦うわ〟ミスター・マーシャルにそう宣言してから、すでに数日が経とうとしていた。今日は、この時期のイングランドにしては珍しく晴れ渡った暖かい日だ。にもかかわらず、ジェーンは鬱々とした気分を引きずっていた。どうしてあんな大胆な宣言をしてしまったのだろう？　ここ数日、ずっとそのことばかり考えている。

けれどもミスター・マーシャルの姿を見つけた瞬間、それまでのもやもやした気分が一気に吹き飛んだ。

ちょうど正午、ジョンソン姉妹と一緒に〈ジーザス・グリーン〉をそぞろ歩きながら、大差のついたクリケットの試合をぼんやり眺めていたときのことだ。姉妹とのあいだに芽生えた新たな友情を満喫していたジェーンは、緑の敷地の反対側からゆっくりとこちらへやってくるミスター・マーシャルに気づいた。大きな身ぶりで、連れの黒い法服姿の男性に熱っぽく話しかけている。

ミスター・マーシャルの歩く姿を見たのはこれがはじめてだわ。もちろん、室内をゆっくりと歩いている彼の姿は見たことがある。でも屋外で、それも芝生の上をさっそうと歩く姿は見たことがない。なんて優美な歩き姿なの。さわやかな微風に吹かれ、帽子の下で髪がふわふわと揺れている。

ふいに、ジェーンは驚くほど激しい感情に襲われた。独占欲むきだしの感情だ。

〝彼はわたしのもの〟

ミスター・マーシャルに触れられた瞬間が、ありありと脳裏によみがえる。とても心地よい感触だった。

〝彼はわたしのもの〟

「ジェーン？」

くるりと振り向いた彼女は言葉を失った。いつの間にか、ジュヌヴィエーヴとジェラルディンがこちらを見て微笑んでいたのだ。

「さあ、白状なさい」ジェラルディンが言う。「あちらのほうを見つめながら、何を考えていたの？」

ジェーンはかぶりを振った。「たいしたことじゃないわ」

「あら、ジェラルディンが気を悪くするわよ」ジュヌヴィエーヴが歌うような声で言った。「だって、あそこにいるのはジェラルディンの婚約者だもの。ということは、あなたの言う〝たいしたことじゃない〟は、赤褐色の髪で眼鏡をかけているほうかしら？」

ジェーンは頬を真っ赤に染めた。どうして気づかなかったのだろう？　ミスター・マーシャルの連れがハプフォードだということに。

前かがみになりながら、ジェラルディンが言う。「どうやら、そうみたいね」

「ええ」ジュヌヴィエーヴがすかさず応じた。「〝たいしたことじゃない〟が近づいてくるわ。ほら、ジェーン、彼に手を振ってあげて」

手袋をはめた片手をあげたとたん、ジェーンの全身がほてりはじめた。いったいどうして？　ミスター・マーシャルとのあいだには、よく手入れされた芝生が五〇メートル近く広がっている。おまけに、そこでクリケットの試合まで行われているというのに。

ミスター・マーシャルが、こちらに向けて手を掲げながら近づいてきた。

あまりの熱さに、ジェーンの体はとろけてしまいそうだった。文字どおり、全身が炎に包まれたようにかっと熱くなっている。おまけにミスター・マーシャルが一歩近づくにつれて、炎の勢いがさらに増していく。

「ミスター・マーシャル」近づいてきた彼に、ジェーンは声をかけた。

「ミス・フェアフィールド、ミス・ジェラルディン、ミス・ジュヌヴィエーヴ」三人の名前を間違うことなく口にしたものの、ミスター・マーシャルはジェーンから片時も目を離そうとしなかった。

ジェーンのかたわらで、ハプフォードも同じように挨拶をした。ジェラルディンが彼の腕を取り、ジュヌヴィエーヴもふたりとともに歩きだす。結果的に、ジェーンはミスター・マーシャルとその場に残された。ふたりきりではないものの、人目はほとんどない。

「わたしの今日のドレス、どうかしら？」

ミスター・マーシャルは彼女の胸元をちらりと見ると、爪先までゆっくりと視線を這わせた。まるで熱いまなざしで全身を愛撫するかのように。

「正直な感想を言ってちょうだい」そう言いながら、ジェーンは身ぶりで前方を指し示した。「彼女たちには聞こえないわ」実際、ジョンソン姉妹はハプフォードとともに少し先を歩いている。

「あまりにひどすぎて背筋が寒くなるほどだ。見る人に吐き気を催させる装いだね」ミスター・マーシャルはわざと大げさに身を震わせた。「いやはや、布地に施されている模様は朱色のバナナかい？」

「ええ、わたしのお気に入りなの。ほら、見て」ジェーンはペンダントを手に取り、掲げてみせた。獰猛《どうもう》なトパーズ色の目をした、エメラルドグリーンの猿のペンダントだ。「ね？最高の組み合わせだと思わない？」

ミスター・マーシャルは一歩進みでて、しぶしぶペンダントを眺めた。

いいえ、しぶしぶではないのかもしれない。だって、眼鏡越しにミスター・マーシャルが一心に見つめているのはペンダントではなく、その下にある胸元なんだもの。

今日のドレスは襟の立ったデザインで、ボディスのいちばん上にあしらわれているのは濃い色のレースだった。

だから穴が開くほどドレスを見つめても、何も見えるわけがない。それなのに不安でしかたがなかった。これほど熱っぽいまなざしにさらされたら、何かが見えてしまうのではないかしら?

ミスター・マーシャルはジェーンの顔を見あげると、申し訳なさそうな笑みを浮かべた。

「きみの言うとおりだ。あっと驚くような組み合わせだね」それから指を曲げて言葉を継い
だ。「もう一度、見てもいいかい?」

彼女はぱっと頰を染めた。そのとき、前を歩いていたジェラルディンがいきなり咳《せ》きこみ
はじめた。

「まあ、ジェラルディン」ジュヌヴィエーヴがやけに大きな声で言う。「風邪かしら?」

「まさか」ハプフォードが口をはさんだ。「風邪なんて――」

だが、ジェラルディンは彼をさえぎった。「ええ、風邪かもしれないわ。すぐに帰ったほ
うがいいわね。ハプフォード、あなたもわたしと一緒に帰るでしょう?」

「でも……」

ジェラルディンは有無を言わせず、彼の腕に手をかけた。「さあ、行きましょう」

「だが……そんなに急に――」

「ミス・フェアフィールド」ジェラルディンがたたみかけるように言う。「わたしたち、失
礼してもいいわよね?」

ジェーンはさらに顔を真っ赤にした。「ええ、わたしなら大丈夫よ」

手を振って立ち去る三人の姿を見送りながらも、ジェーンはミスター・マーシャルの目が

ペンダントに釘づけになっているのを痛いほど感じていた。試しにくるりと体をひねると、ようやく彼は顔をあげた。

「あなたの眼鏡、汚れがついているわ」

「本当に？」

「ええ」ジェーンは片手をあげ、眼鏡のレンズにわざと指先を当てた。「ほら、ここに指の跡が」

ミスター・マーシャルはやれやれと言いたげなそぶりをすると眼鏡を外し、ハンカチで彼女の指の跡を拭き取った。

「今のは、わたしのペンダントをいやらしい目で見つめていた罰よ。まったく、もしあなたがブラデントンとの取引に応じていたら、どうなっていたことやら」

含み笑いをしていた彼は真顔になり、大きく息を吸いこんだ。「ジェーン……」

「なぜそうまでして票を集めたかったの？」ジェーンは尋ねた。「きっと、あなたにとって大切な投票なんでしょうね」

ミスター・マーシャルはすぐに応えようとはせず、彼女に肘を差しだした。

「少し散歩しよう」ふたりは無言のまま、クリケットのコート脇を通り過ぎた。

「きみも知ってのとおり」彼がようやく口を開いた。「ぼくは公爵の庶子だ」

「ええ」

「だが法律上は、いわゆる庶子じゃない。ぼくを産んだとき、母は結婚していたし、母の夫がぼくのことを実子として認知してくれたからだ。数年前まで、ぼくが公爵の庶子であることは公表されていなかった。もちろん真実を知る人はいたが、表立って噂されることもなかった」

ジェーンは心の中でつぶやいた。わたしだって、法律上は庶子ではない。でも、いまだに庶子であるかのように扱われている。

「ときどき」ミスター・マーシャルは言葉を継いだ。「自分が世間から〝クレアモントの息子〟と見なされているのを忘れてしまうことがあるんだ。ぼくの父がヒューゴ・マーシャルだと考えている人はいない。しかし不思議なことに、ぼくにとって父親はヒューゴ・マーシャル以外に考えられない。彼は自分の実の子である姉や妹たちよりも、ぼくのことを大切にしてくれた。小さかった頃は、それがどんなにすばらしいことか気づきもしなかった。だが今は、すごいことなんだとつくづく思うよ」

ジェーンは心が波立つのを感じていた。本物の家族がいるミスター・マーシャルがうらやましくてしかたがない。

「お父様にはどんなふうに育てられたの？」

「魚の釣り方やウサギのとり方から、拳で戦う正式な喧嘩の作法まで、なんでも教えこまれたよ。それに必要とあらば、汚い手を使って戦う非道な喧嘩のやり方もね」ミスター・マーシャルは大きく息を吸いこんだ。「会計簿の帳尻を合わせる方法や、一枚の紙を折りたたんで箱を作る方法、草笛の吹き方も教えてくれた。とにかく父はあらゆることを教えてくれたんだ。だから、ぼくにとって父親と呼べるのはヒューゴ・マーシャルしかいない。彼と血がつながっていないことなど、取るに足りないことのように思えてしまうんだ」

「それなら、あなたはマーシャル家の一員として育てられたのね？」

「ああ、そうだ。両親は小さな農場を経営していた。ぼくはその農場で、生きるうえで大切なことをすべて学んだと言っていい。決して裕福な上流家庭とは言えなかったが、いつも心豊かに暮らしていたんだ。母も父も商才に長《た》けていて、年に二度、ふたりで工場を一週間借りきって、オイルを抽出して石鹸を作っていた。それも大衆向けの大きな石鹸ではなくて、香りのいい、きれいな模様のついた小ぶりな石鹸さ。おまけに母がレディの好みそうな外箱を作ったから、原価の二〇倍もの売値をつけることができたんだ」ミスター・マーシャルは笑みを浮かべながら、ジェーンを見た。「たぶんきみも使ったことがあると思うよ。〝レディ・セレーナの秘密〟という石鹸だ」

たしかにその石鹸なら使ったことがある。外箱が淡く柔らかな色合いで、石鹸自体は薄紙で包装されており、どんな香りか説明した紙が添えられていた。しかも、毎年季節が変わるたびに異なる香りが売りだされるのだ。小さくて香りのよい石鹸は、ほかの石鹸に比べて値段が五倍もしたが、包みを開けるときの喜びはお金には代えられない。それだけ払ってもいいと思わせる魅力があった。

「両親の商売はずいぶんと成功したんだ」ミスター・マーシャルは続けた。「ぼくには姉妹が三人いて、最近ふたりが立てつづけに結婚したんだが、両親はその支度金もちゃんと用意した。おまけに、ぼくの大学の学費も払ってくれた。現クレアモント公爵、つまりぼくの兄は、ぼくが成年に達したときに財産分与をしてくれたんだが、それまでぼくの両親は、公爵から一ポンドも受け取ろうとはしなかったんだよ」

「でも、あなたはさっき、うちは裕福な上流家庭ではなかったと言っていたわ」

「ああ。だが、貧しかったわけじゃない」ミスター・マーシャルは大きく息を吸いこむと、目をそらした。「ぼくが言いたかったのは、父は土地を借りている借地人で、年に四〇ポンドの借地料を支払っていたということ、しかも貸主からいつでも追いだされる立場にあったということだ」

ジェーンはかぶりを振った。話がどうつながっているのか、よくわからない。

「ぼくは父を尊敬していたし、父にできないことはないと思っていた。だって、当然だろう？　ぼくは父からすべてを教わったんだから。だが一六歳になったとき、それが間違っていたことに気づいたんだ」

彼女はミスター・マーシャルの腕をぎゅっとつかんだ。「どんなにすばらしい人でも、欠点のひとつやふたつはあるわ」

「いや、ぼくが言いたいのは、父の欠点に気づいたということじゃない。文字どおりの意味だ。父にひとつだけ、絶対にできないことがあるのに気がついたんだ」

ジェーンは無言で次の言葉を待った。

「父は投票ができない。選挙権がないんだよ」

驚きに目を見開いて、彼女はミスター・マーシャルを見あげた。「まあ……それで……」

「想像してみてほしい」彼が硬い声で言う。「もしきみが、なんの縁もゆかりもない男性から家族や住まい、愛情を惜しみなく与えられたとしよう。それなのに、きみが属する世界の人たちは、彼を〝取るに足りない人間〟と見なしている。そんなとき、きみなら彼のために何をしてあげたいと思う？」

彼女はしばらく無言のままだった。「ブラデントンはそんなあなたの弱みにつけこんで、取引を持ちかけたのね？　あなたが条件をのめば、選挙権の改正法案に賛成票を投じると約束したんだわ」

ミスター・マーシャルはうなずいた。「それだけじゃない。ブラデントンには、ハプフォードを含めてほかに八人の貴族議員の仲間がいる。自分だけでなく、その八人の票も取りまとめると言ってくれたんだ。もしブラデントンたちの票を取りこむことができたら、ぼくの活動にもがぜん弾みがつく。選挙権拡大のための法改正への第一歩を踏みだせるんだ」彼はつと目をそらして言葉を継いだ。「ミス・フェアフィールド、正直に言えば、ぼくは喉から手が出るほどその票がほしい。だからブラデントンに取引を持ちかけられたとき、すごく迷った。だが、そのことをきみに謝るつもりはないよ。結局は取引しないことに決めたからね。とはいえ、数日後には、ブラデントンと議員仲間の九人全員がここに集まることになっている。さて、どうしたものか……」不満げなうめき声をもらしたものの、彼は両手を広げて、こう締めくくった。「さあ、そろそろ失礼しないと。とにかく、議会はあと数週間後に迫っている。何か対策を講じなければ手遅れになってしまうからね」

〝彼はわたしのもの〟

ジェーンは必死に頭をめぐらせた。なんといっても、ブラデントンはわたしに暴力を振るおうとした張本人だ。その代償を支払わせたい。そんな感情に振りまわされて行動するのは、無分別なのかもしれない。でも……。

「ミスター・マーシャル」彼女は口を開いた。「九人ではなく、ブラデントン以外の八人の賛同者を得て、法改正への第一歩を踏みだすというのはどうかしら？」

「ぼくも今、まさにそう考えていたところなんだ。だからさっきも、ハプフォードを説得しようとしていたんだよ」ミスター・マーシャルは立ち止まり、ジェーンを見た。「しかし、ハプフォード以外の貴族たちを説得できるかどうか……友情の絆はあなどれないからな。それに、もしブラデントンが彼らにぼくの悪口を吹きこんだら……」口ごもり、力なく肩をすくめる。

「問題はそこよ」彼女は指摘した。「わたしはその人たちに会ったことはないわ。けれどハプフォードを見るかぎり、ブラデントンが彼に強い影響を及ぼしているようには思えないの。ほかの議員仲間とも、さほど強力な関係を築いていないんじゃないかしら？　もし彼らの友情の絆を断ち切るような手を打てたら……」

ミスター・マーシャルはジェーンをじっと見つめたままだ。

「ブラデントンたちはここへやってくる予定なんでしょう？　あなたにとって絶好の機会だ

わ。彼らにブラデントンよりもあなたの話に耳を傾けさせるよう、何か手を打つだけでいいの。そうすれば、あなたはブラデントン以外の八票を獲得できる。法改正への第一歩を踏みだせるのよ」彼女は声を落とした。「それにブラデントンを……窮地に立たせることもできるわ」

彼が目をしばたたいた。「なるほど」ゆっくりと笑みを浮かべて言葉を継ぐ。「だが、どうやるんだい？」

「ミスター・マーシャル」ジェーンはゆったりとした口調で答えた。「方法はひとつしかないわ」

ミスター・バタチャリアと言葉を交わすようになって以来、エミリーはタイタスに対して疑念を抱くようになった。それゆえ、おじの言動に細心の注意を払い、言いなりにならないよう気をつけた。ただし、彼の機嫌を損ねないようにこっそりと。

タイタスは特に気づいたふうもなく、言動にはなんの変化も見られなかった。けれども、エミリーのほうは違った。おじに対して激しい怒りを覚えることが少なくなり、つらい日々にもどうにか耐えられるようになったのだ。

今、エミリーは小川のほとりに立ち、ミスター・バタチャリアがやってくるのを待っている。緊張に身をこわばらせずにはいられない。もうわたしになど会いたくないと思い、ミスター・バタチャリアがやってこなかったらどうしよう……？　かすかな物音がするたびに彼の足音に聞こえ、心臓がどきどきしてしまう。それに手のひらもうずいている。まるでミスター・バタチャリアに握られることを期待するかのように。

近づいてくる彼の姿が見えた瞬間、エミリーはほっとして、思わず微笑んでいた。それにしても、ミスター・バタチャリアはなんておしゃれなんだろう。ケンブリッジの学生は身なりに気を遣わず、衣服の上からだらしなくガウンを羽織っていることが多い。誰も自分のことなど見ていないと高をくくり、身なりに気を配るのをやめてしまったのかもしれない。そこへいくと、ミスター・バタチャリアはいつもこざっぱりとして、清潔感あふれる装いをしている。衣服にはきちんと折り目がついているし、帽子のかぶり方もまっすぐだ。

「ミスター・バタチャリア」近づいてきた彼に向かって、エミリーは声をかけた。

彼は少し手前で立ち止まると、濃い色の瞳で物問いたげにエミリーを見つめた。

「挨拶はそれだけかい？」

彼女はたちまち頬を真っ赤に染めた。「ほかにどんな挨拶があるのかしら？」

きっとキスのことを言っているんだわ。唇にするキスではないけれど――そう考えた瞬間、全身がかっと熱くなった。わたしったら、いったい何を期待しているの？　甘やかな興奮がいやおうなく高まり、体がとろけそうになる。

「ぼくの名前を覚えていないんだね？」やや悲しそうな声で、ミスター・バタチャリアが言った。

ああ、そういうこと。目をしばたたいて欲求を振り払い、エミリーは言葉を継いだ。

「もちろん覚えているわ、アンジャン」

彼は満面の笑みを浮かべた。

エミリーはなんだか落ち着かなかった。きっとこの前、手を握られたせいだわ。もしまたそうされたらどうしよう？　すぐに振り払ったほうがいいの？　それとも勇気を出して握り返すべき？

ミスター・バタチャリアは一歩前に進みでた。

「かわいいエミリー、聡明《そうめい》なエミリー、優しいエミリー」手を伸ばしてきたものの、ミスター・バタチャリアは彼女の手を取ろうとはしなかった。代わりに、エミリーの巻き毛を指でもてあそびはじめる。

「きっと」ぶるりと身を震わせて、彼女は言った。「わたしは最高にすてきな白昼夢を見ているのね」

ミスター・バタチャリアが問いかけるように眉をあげた。

「後見人には、今わたしが昼寝中だと思わせているの」エミリーは説明した。「つまり、嘘をついてここへ来ているの……もっと……うまい言い訳ができればいいんだけれど」

髪から手を離そうとはしなかったものの、彼が顔が引きつらせたのをエミリーは見逃さなかった。顎がこわばり、鼻腔《びこう》もやや膨らんでいる。

「ああ、わかるよ」

「いいえ、わかっていないわ。かわいいエミリー、聡明なエミリー、だけど嘘つきのエミリーなの。わたしはとんでもない嘘つきなのよ」

ミスター・バタチャリアが彼女の瞳をのぞきこんだ。「ぼくだってそうさ。おまけに、ぼくはインド人だ。きみがぼくと会うために後見人に嘘をついていると聞かされても、別に驚きはしないよ。何しろ、ここはイングランドだからね。いかに将来が有望でも、ぼくのような男から求婚されたら、親は絶対に娘の交際を認めないだろう」

エミリーははっと息をのんだ。「求婚？」思わず繰り返す。でも、ミスター・バタチャリアは今年故郷に帰ってしまうはず。それにおじには、こうして彼と会っていることさえ内緒にしているのに。

「学位を取得したら、あなたはインドへ帰るんでしょう？」

ミスター・バタチャリアは彼女をじっと見つめた。「いいや、帰るつもりはない」

「わたしはてっきり……あなたはインド人の女性と結婚するつもりかと……」

「そんなことはありえない」彼はまたしても否定した。「ケンブリッジを卒業したら、リリントンという同窓生の父親の法律事務所で働かせてもらうことになっている。ぼくはイングランドに残るつもりだ」

「この国に？」エミリーはぼんやりとした口調で言った。「ゆでたホウレン草とパンしかない、この国に？　みんながナポレオンを忌み嫌っている、この国に？　本当にイングランドに残るつもりなの？　あなたがどれほど家族を恋しく思っているか、わたしは知っているわ。それなのにどうして？」

しばらくのあいだ、ミスター・バタチャリアは口を開こうとしなかった。だがとうとう長いため息をつくと、顔をそむけた。「ぼくといちばん上の兄、ソンジとは一〇歳も年が離れていた。でも、ぼくはソンジを尊敬していたし、いつも兄のあとを追いかけていた。そんなソンジの夢が、イングランドへ移住することだったんだ。兄は常々こう言っていたよ。インドにいても、イングランド人たちは自分を人間としてではなく、〝戦士のひとり〟〝肌の浅黒いやつらのひとり〟としてしか見てくれない。もし可能なら二五歳でイングランドへ渡り、会社をおこして、死ぬまでずっとイングランドで暮らしたい。イングランド人をもっとよく知るために、そして彼らにも自分のことをよく知ってもらうために、とね」

静かに語りはじめたものの、最後のほうになると、ミスター・バタチャリアの口調には熱がこもっていた。

いったん言葉を切って大きく息を吸いこみ、遠くのほうを見つめながら、彼はふたたび口を開いた。

「そうでもしないと愚かな連中のせいで同胞の大切な命がさらに失われてしまう、とソンジは恐れていた。セポイの乱のことさ……あの反乱のきっかけは、イングランド人の無関心さにある。イングランド人に悪意があったとは思わないが、愚かしいとしか言いようがない。だって、もしイングランド側がもっと聞く耳を持てば、インド人傭兵《ようへい》たちの気持ちを理解できたはずなんだ。イングランド人にしてみれば、薬包に牛と豚の脂を使っても、それはただの〝動物の脂〟にすぎないだろう。だがヒンドゥー教徒にしてみれば、神聖な牛の脂が使われていること自体、許せない。教義に反することだからね。だからこそ、ソンジはイングランド人に自分たちインド人を理解させることが重要だと考えた。そうすれば愚かな反乱を食い止められるし、結果的に多くの同胞の命を救えると考えたんだ」またしても大きく息を吸いこんで、ぽつりとつけ加える。「ぼくはそんな兄のことを本当に尊敬していたんだよ」

エミリーは無言のまま、ミスター・バタチャリアをじっと見つめていた。

「それなのにセポイの乱の最中、ソンジはナイフで刺された。それも戦闘中じゃない。通りを歩いていたとき、怒鳴りながら走ってきた何者かに刺されたんだ。家に運びこまれたときはもう手遅れで、ソンジはぼくの顔を見て言った。どうやらイングランドには行けそうにないって」ミスター・バタチャリアは硬い声で言った。「だから約束したんだ。ぼくが兄さんの夢をかなえると」

ジェーンは手を伸ばし、彼の手に触れた。「お兄様のこと、お気の毒に」

古い記憶を振り払うかのように、ミスター・バタチャリアは頭を振った。

「ぼくは両親に、ソンジの遺志を継ぎたいと打ち明けた。それからとことん話し合ったよ。両親はもともと、ぼくの許嫁《いいなずけ》を決めていた。でも相手の女性が若死にして、両親はまだ新しい許嫁を決めていなかった。だから、もうぼくの結婚の準備を整える必要はないとはっきり言ったんだ。自分は結婚よりも……」

彼はそこで言葉を切った。

「結婚よりも？」

「結婚しない人生のほうが、すんなりと受け入れられる」まばたきひとつしないまま、ミスター・バタチャリアはつけ加えた。「あるいは、インドで花嫁を迎えるよりも、むしろイングランドで妻を見つける人生のほうが受け入れられる、と両親に訴えたんだ。はっきり言って、両親を説得するのは骨が折れたし、つらかった。父も母も、何年間も頑として譲らなかったからね。だが、最終的には譲歩してくれた」

エミリーは彼をじっと見つめた。「まだ一〇歳にもならないうちから、あなたの結婚相手は決められていたの？」

「いや、決して強制的じゃない。愛しているからこそ、その子にぴったりの許嫁を決めるというのがうちの流儀だった。だから両親も、ぼくが将来不幸にならないよう、ぼくと気質が似ている女の子を許嫁に選んだんだ。ぼくが大きくなったとき妻を心から愛せるように、とね。実際、両親は兄たちにも同じことをしていた」

ミスター・バタチャリアはふたたび遠くのほうを見ると、帽子をゆっくりと脱ぎ、指でくるりとまわした。

「イングランドからインドに手紙を書いても、届くまでに恐ろしく時間がかかる。だが、きみとのことを認めてくれるよう、両親に手紙を書こうと思っているんだ」

エミリーは息をのんだ。ミスター・バタチャリアは今、とても重要な言葉を口にした。それなのに実感がまるでわかない。たしかにふたりでいると楽しい。実際、こうやって彼と過ごすひとときを心待ちにしている。でも、こんなふうに話が急展開するなんて。

「子供ができたら、しばらくはカルカッタに滞在せざるをえなくなると思う」ミスター・バタチャリアは帽子に向かって言った。「ぼくの母が孫を連れてこいと言い張るだろうからね」

「アンジャン……あなた、わたしに結婚を申しこんでいるの？　それって……」

「いや、これはあくまで仮の話だ」彼は応えた。「そんなに急ぐつもりはない。何しろ、ぼくらは知り合ってまだ日が浅いからね。聞くところによると、きみたちイングランド人は、結婚前の交際期間も大切だと考えるんだろう？　それに、ぼくもまだ両親から結婚の許しをもらったわけじゃない。ぼくにとっては、それが何より大切なことなんだ。だから今、ぼくはきみに仮の話をしているだけだよ」

仮の話。エミリーは息を吸いこむと、その話の続きを具体的に思い描こうとした。おそらく楽な人生ではないだろう。それくらい、わたしにもわかる。ミスター・バタチャリアは今までイングランドでどういう扱いを受けてきたか、ほとんど話してくれない。親切な人たちに囲まれ、恵まれた暮らしをしてきたようには思えない。むしろその逆だ。本当に、彼と一緒にそういう暮らしをする覚悟ができているの？　それに、子供たちにも同じようにつらい思いをさせてもいいの？　いいえ、わたしはまだ若すぎる。子供のことを考えるどころか、ミスター・バタチャリアとの結婚についても決められない。エミリーは思わず両腕で自分を抱きしめた。

「わたしはまだ成年に達していないわ。それに、おじは今だって発作が心配だからと言って、わたしを外へ出したがらないくらいだもの。結婚なんて許すわけがない」特にあなたとの結婚は、とエミリーは思った。でも、そんなひどい言葉は口にしたくない。「どう考えても、わたしは二一歳になるのを待たなければいけないの。あと一年以上も先よ」

「でも、きみは待つつもりがあるのかい？」ミスター・バタチャリアが尋ねた。「たとえ仮の話でも、将来的にぼくとの結婚を考えてくれるのかい？」

エミリーは目をぎゅっと閉じた。「明日のこともよくわからないのに、これからの人生についてなんて考えられないわ」

彼はあとずさりした。「すまない」

「謝ることはないのよ。だって、これはあくまで仮の話だもの」ふたたび目を開けてミスター・バタチャリアを見た瞬間、彼女は悲しい気分に襲われた。「不思議なことに、もし自分の両親からこの結婚を勧められたら、将来になんの希望も持たず、すんなり話を受けたと思うの。何しろ、両親にはいつもがっかりさせられてばかりだったから」

彼は一歩前に進みでて、優しい声で言った。「そんなことはない。きみのお母さんだって、きみのことを心から愛していたはずだ。もし結婚で悩むきみを見たら、きっと〝彼のことが好きなの？〟〝わたしにできることは何かある？〟と優しく声をかけてくれただろう。親というのは、愛する子供にすばらしい贈り物をしてくれるものだ。同時に、子供がその贈り物を気に入ってくれるよう、いつも願っているものなんだよ」

本当にそうかしら。父はわたしたちを疎んじ、年に一度も訪ねようとはしなかった。母はわたしたちのことを、〝父に対する愚痴の聞き役〟としか考えていなかった。おじのタイタスは、わたしをドクター・ファロンの実験台にしようとした。しかもジェーンがあの医師を追いだした瞬間、すねたように口をとがらせたのだ。

「いいえ」言葉に詰まりそうになるのを必死にこらえ、エミリーは言った。「だとすれば、うちの家族は例外よ。もし今わたしが結婚の話を切りだしても、おじはこう言うに決まっているわ。〝たかが一九歳の女の子に何も決められるわけがないだろう。一九歳といえば、まだ後見人が必要な年頃なのだから〟って」

ミスター・バタチャリアはしばらく押し黙っていた。それから片手をあげると、これ以上ないほどゆっくりとエミリーの頬を撫でた。

「今からするのは仮の話じゃない。真実の話だ。たとえおじさんがきみをないがしろにしていたとしても、ぼくは違う。ぼくはきみを心から大切にするよ」

涙が目を刺すのを感じつつも、エミリーはあえて顔をそむけようとはしなかった。いったいなんて応えたらいいの？　返すべき言葉が見つからない。だから無言のまま、彼に寄り添うようにひっそりと立ち尽くしていた。空を覆う雲が少しずつ流れ、ふたりに影を投げかけて、ふたたび太陽が顔を現すまで。

「あなたの話を考えてみるわ」エミリーはかすれた声で言った。「すごく大変なことかもしれない。でも、大変な思いをするだけの価値があると思うから」

13

その日はあっという間にやってきた。ブラデントン侯爵の屋敷に議員仲間が集まる日だ。数日間かけて熱心に計画を練りあげたオリヴァーもその場にいた。ただし前回とは違い、今回は議員仲間が妻を同伴して集っているため、部屋の中はむんむんとした熱気に包まれている。ざっと数えても二〇人以上はいるだろう。

「マーシャル」人ごみをかき分けて、ブラデントンがオリヴァーに近づいてきた。あたりを見まわし、前かがみになって言う。「きみには失望したよ」がやがやという話し声の中、かろうじて聞き取れる程度の小声だ。「ミス・フェアフィールドは、あいかわらず偉そうにのさばったままじゃないか。きみなら彼女に大恥をかかせられると期待していたのに」

オリヴァーはかすかに微笑んだ。「ぼくのことをもう少し信頼してくれてもいいだろう？きみが今夜と言ったんじゃないか。だから今夜、計画を実行するつもりだ」

侯爵はかぶりを振るのをやめ、短く尋ねた。「本当に？」

「とりあえず、こう言っておくよ。今夜が終わる頃には、ぼくたち全員がミス・フェアフィールドの本性を目の当たりにすることになるだろう」

「すばらしい。きみならやってくれると思っていたよ。ほら、噂をすれば彼女が来たぞ。そうとなれば、ぼくは主催者という自分の役割をこなすまでだ」ブラデントンは笑みを浮かべ、前に進みでた。「ミス・フェアフィールド、わが屋敷へようこそ」

あたりのざわめきにかき消され、ミス・フェアフィールドの返事は聞こえなかった。オリヴァーが見守る中、ブラデントンはお辞儀をし、彼女のための飲み物を取りに立ち去った。

それから数分後、オリヴァーはミス・フェアフィールドに近づき、こう話しかけた。

「ミス・フェアフィールド、ご機嫌はいかがですか？」だが、彼女がどう答えるかはもうわかっている。すべてが計画のうちだ。緊張しているかのように両手の指を絡ませているものの、ミス・フェアフィールドの目は期待に輝いている。それはオリヴァーも同じだった。緊張と期待の両方を感じている。今夜、ついに自分たちの計画を実行に移すのだ。

けれどもミス・フェアフィールドを見ているうちに、ふと気づいた。今、ぼくは緊張や期待よりもさらに強い感情に襲われている。そう、彼女のふっくらした唇に口づけたい。そしてほっそりとした手首の内側に指を滑らせ、静脈をゆっくりとたどりたい。黒いレースの上からでもつんと硬くなっているのがわかる、あの胸の頂を愛撫したい。

〝触ってはだめだ〟

それゆえ指一本触れないまま、オリヴァーは少しだけ頭を傾けると、ミス・フェアフィールドがほかの客たちとの談笑に向かうのを見送った。結局のところ、彼女はぼくのものではない。ぼくたちはただの……。

〝友だちだ〟

そうとも。友だち以外の何物でもない。それ以外、どんな関係になるというんだ？

どういうわけか、ミス・フェアフィールドの装いがいつもより悪趣味ではないように思えてしかたがない。たしかに、手首にはめたブレスレットの宝石は大きくごてごてとしているし、ブロケード織りのドレスの裾の色も鮮やかすぎるが、いつもの派手すぎる印象とはどこか違って見える。

オリヴァーが見守る中、戻ってきたブラデントンはミス・フェアフィールドにレモネードを手渡すと、仲間を紹介しはじめた。キャンターリー、エリスフォード、ロックウェイ。とても覚えられないような速さで次から次へと名前をあげ、ミス・フェアフィールドに引き合わせていく。だが、オリヴァーから事前に彼らの名前を教えこまれていたミス・フェアフィールドはあわてることなく、笑顔で名前を呼びながら、礼儀正しく挨拶を交わしていった。とはいえ、完璧な出来だったわけではなく、ジェームズ・ウォード卿の敬称を言い間違えてしまった。父親が公爵なので〝ジェームズ卿〟と呼ばれているところを、うっかり〝ウォード卿〟と呼びかけてしまったのだ。けれども、かたわらに立っていたジョンソン姉妹のひとりに耳元でささやかれ、頬を染めてすぐに謝ったため、なんとか事なきを得た。

食事の最中も、ミス・フェアフィールドは周囲の会話を邪魔したり、誰かの装いにけちをつけたりはしなかった。なるべく口を慎み、代わりにジョンソン姉妹が会話に加わる。まさに作戦どおりだ。

そんな中、政治の話題を持ちだしたのはジェームズ卿だった。

「ところで」ジェームズ卿が言う。「この前、ブランフォード伯爵夫人をお訪ねしたときに聞いたんだが、最近女性たちのあいだでは伝染病予防法の話題で持ちきりだとか」

「おい、きみ」ブラデントンが指を振りながら言う。「場をわきまえろ」そう言うと、彼は頭を左に傾け、ジョンソン姉妹のほうを指し示した。

礼儀にのっとった正式な集まりでは、政治の話題は必ずしも許されているわけではない。ただし、今夜のような集まりの場合は例外と言えるだろう。結局のところ、ここに集まっているのは四六時中政治のことばかり考えている男たちなのだ。しかも女性客の半数以上が議員の妻か姉妹であり、彼女たちもこういった席での政治の話題には慣れている。

ジェームズ卿は驚いたように目をしばたたいた。「すまない。ぼくはてっきり――いや、今の話題はなかったことにしてくれたまえ」

「あら」そのとき、ミス・フェアフィールドが会話に割って入った。「わたしたちに遠慮して、せっかくの議論の機会をふいにしないでちょうだい。わたしはぜひ、伝染病予防法に関するみなさんの意見をうかがいたいわ。まずはブラデントン侯爵からお願いします」

「せっかくああ言ってくれているんだ、ミス・フェアフィールドを楽しませてあげないと」オリヴァーはそう言うと、意味ありげに眉をあげてブラデントンを見た。

一瞬ためらったあと、ブラデントンはにやりとした。「ああ、もちろんだ。ここにいる誰もが知ってのとおり、ぼくは伝染病予防法を制定したほうがいいと考えている。それに、ここに集まっている全員がぼくと同じ見解だと思っているよ。だがミス・フェアフィールド、ぜひとも伝染病予防法に関するきみの意見を聞かせてほしい。きみのことだ、あの法案に関して山ほど言いたいことがあるに違いない」

「ええ、喜んで」ミス・フェアフィールドが応える。「伝染病予防法の適用範囲を、もっと大幅に広げるべきだとわたしは考えていますわ。それも徹底的に」

ブラデントンは目をぱちくりさせ、彼女のほうを一瞥《いちべつ》した。テーブル全体に衝撃が走り、全員が凍りついている。

「徹底的に、とはどういう意味だい？」ジェームズ卿が尋ねた。

キャンターリーがうなずく。「もっとほかの街にも適用範囲を広げるということだろうか？あるいは、伝染病を広めた疑いのある者の拘束期間をもっと長くするということかな？それか――」

今やブラデントンは、オリヴァーの計画の意図がわかったと言わんばかりに満面の笑みを浮かべている。ミス・フェアフィールドとジョンソン姉妹を一瞥し、彼はふいに口をつぐんだ。

ミス・フェアフィールドを会話に引きこみ、性的なことに関する発言をさせればいい。そうすれば噂になり、彼女に関する醜聞があっという間に広がるに違いない。未婚の若い女性が性的な話題を口にするなど、あってはならないこと。たとえ〝伝染病予防のために娼婦を拘束する〟という法律に関する発言でもだ。

「簡単なことだわ」ミス・フェアフィールドはきっぱりした口調で答えた。「やり方を根本的に変えたほうがいいと思うの。伝染病の疑いのある女性だけでなく、女性全員を拘束すべきよ。そうすれば、健康な人が伝染病にかかることはなくなるでしょう」

テーブルの端でウィッティングが頭をかいた。「だが……そうなると男はどうすればいいんだろう？」

「男性？　男性が何か関係あるのかしら？」ミス・フェアフィールドが無邪気に尋ねる。

「いや」ジェームズ卿は下を向いた。「きみの言うとおりだ、ブラデントン。これは……たぶん、この場にふさわしい話題ではなかったかもしれない」

「それに」ミス・フェアフィールドは何食わぬ顔で続けた。「もし伝染病が男性から女性に感染する可能性があるなら、政府は女性だけを拘束していてはだめだと思うの。だって無意味だもの。男性も拘束しなければ、感染はどんどん拡大し、手遅れ状態になってしまう。それに男性のせいで病気になったのに、女性だけ拘束するのは不公平だわ」得意げな笑みを浮かべながら言葉を継ぐ。「でも、そんな偏った内容の法案が議会を通過するわけないわね。ブラデントン侯爵が真っ先に異を唱えてくださるはずよ」

テーブルはさらに長い沈黙に包まれた。

ブラデントンは無言のまま、ミス・フェアフィールドの演説を聞いていた。唇をきつく引き結び、オリヴァーのほうを一瞥する。警告を発するかのように目を光らせながら。

「ああ、そうだな」ブラデントンは短く応えた。

「彼女に一本取られたな」そう言うと、キャンターリーはどうにか笑みを浮かべた。

「本当に？」ミス・フェアフィールドが無邪気な口調で尋ねた。「もしそうなら、わたしはあなたとの勝負に勝ったことになるわね、ブラデントン」

次の瞬間、テーブルはさらに痛々しい沈黙に包まれた。ブラデントンが身を乗りだし、ミス・フェアフィールドを横目でちらりと見た。あたかも、遠く離れた席にいる彼女の意図を読み解こうとするかのように。

「勝負？」ブラデントンが繰り返す。

「ええ、わたしたちの勝負よ。あなたはわたしに恥をかかせようとしたでしょう？」

ブラデントンがはっと息をのんだ。「わたしたちの勝負だって？」

「そうよ」ミス・フェアフィールドが答える。「あるいは、こう言えばわかりやすいかしら？ここ数カ月、あなたはわたしをひどく恨んでいたわよね？　それもわたしに財産が目減りしていることを指摘され、早く裕福な女相続人を探して結婚したほうがいいと言われたからというだけの理由で」

ブラデントンは立ちあがった。「なんだと、このいまいましい女め――」

隣の席に座っていた男性が、彼の袖口に手をかけた。「よせ、ブラデントン」

ブラデントンは隣の男性を見おろし、ゆっくりと席に座った。

「勝負か」怒りに声を詰まらせながら言う。「きみはこれを勝負だと考えていたのか」

「あら、何をそんなにびっくりしているの？　今日ここに集まっている人たちはみな、勝負の達人だというのに」ミス・フェアフィールドはテーブルをぐるりと見渡した。「だって、ブラデントンがミスター・マーシャルに取引を持ちかけたことは、あなたたち全員が知っているんでしょう？　もしわたしを貶《おとし》めることに成功したら、ミスター・マーシャルの選挙法改正案に全員で賛成票を投じるという取引のことよ」

室内はまたしても水を打ったように静まり返った。あまりに長くて静かすぎる、居心地の悪い沈黙だ。そしてオリヴァーにとっては大いに楽しむべき沈黙だった。

ミス・フェアフィールドの向かい側に座っていたエリスフォードがスプーンを置いた。「ブラデントン」真剣な口調で言葉を継ぐ。「ぼくたちは友だちだ。ずっと前からきみのことを知っている。まさか、そんなけちな理由でぼくたちの友情を利用したりしないだろう？　きみはそんな人ではないはずだ」断定的な口調にもかかわらず、彼の声には紛れもない疑念がにじんでいた。

「もちろんだ。わたしがそんなことをするはずないだろう」ブラデントンは熱心な調子で答えた。「きみはミス・フェアフィールドの言葉だけを聞いて判断するつもりか？　彼女は信用ならない人間だ。ここにいる誰にでも尋ねてみればいい」彼はオリヴァーのほうを見た。「ただし、マーシャルは例外だ。何しろ彼は庶子だからな。立身出世のためなら、どんな嘘でも平気でつくだろう」

「いいや、それは違う」オリヴァーは静かに応えた。

「何が違うんだ？　自分は庶子ではないとでも？　さすがに出自までは否定できないだろう？」

「そういう意味じゃない。ミス・フェアフィールドの話が嘘ではないと考えているのは、ぼくひとりじゃないということだ」

「わたし、あなたがジェーンを脅しているところを見たわ」ジュヌヴィエーヴが口を開いた。

「ジェラルディンとふたりで目撃したの。ジェーンのことが心配でたまらなかった」

テーブルがにわかにざわつきはじめる。

ブラデントンがすっと目を細めた。「それはきみの誤解だ」

ジュヌヴィエーヴの向かい側に座っていたハプフォードが目を閉じ、天を仰いだ。

「おじ上、申し訳ありません」

「なんだ？」ブラデントンが応える。

「申し訳ありません」ハプフォードは少し大きな声で繰り返すと、両手でナプキンを丸めながら先を続けた。「父もこんなことを望んでいるとは思えない……ですが……ミス・フェアフィールドの言っていることは間違いではありません。あなたがミスター・マーシャルに取引を持ちかけたとき、ぼくもその場にいました。あなたは今ミス・フェアフィールドが言ったとおりのことを、ミスター・マーシャルに提案していた。ミス・フェアフィールドを貶めることに成功したら、自分が議員仲間の賛成票を取りまとめ、法改正に賛同するように仕向けると。あれを聞いて、ぼくは本当にいやな気分になりました。それ以来、どうにも納得がいかなかったんです」

ふたたび沈黙が訪れた。嵐の前のような、恐ろしいほど不吉な沈黙だ。

ハプフォードは大きく息をついた。「今わの際に、父はあなた方の会派に入るといいという言葉を遺しました。でも父がそう勧めてくれたのは、あなた方がイングランドの利益をいちばんに考える誠実な人々だと見こんでいたからだと思うんです。了見が狭くて権力闘争にしか興味がなく、女性を傷つけることで頭がいっぱいの人だとわかっていたら、絶対にあんなことは言わなかったはずです」

「ああ」エリスフォードはぽつりと言うと、ブラデントンからつと顔をそむけた。「きみの言うとおりだ。ぼくも今の今まで、自分たちはイングランドの利益をいちばんに考える誠実な会派だと自負していた」

「それなら取引などいっさいせず、ミスター・マーシャルの意見に耳を傾けてみようではありませんか」

「なるほど。きみの意見はよくわかった」それから数時間後、エリスフォードはオリヴァーに向かって言った。「今夜、きみの意見が聞けたことを嬉しく思うよ。もしあんなことがなければ……」

エリスフォードはちらりと左側を見た。今、男性陣は図書室に座り、葉巻をくゆらせながらポートワインを楽しんでいる。ずっと沈黙を守っているのはブラデントンただひとりだ。食事の最中はもちろん、それから女性たちと別れ、男性だけで図書室へ移動し、会話をするあいだも押し黙ったままだった。

「ああ、そうだな」オリヴァーが応えた。「ロンドンで、またとことん話し合おう」

「ぜひそうしよう」

誰も、図書室の隅で苦虫を嚙みつぶしたような表情をしているブラデントンに話しかけようとしない。むしろ黙っているのが好都合とばかりに会話を楽しんでいる。ブラデントンは今夜の会の主催者だというのに。

ぼくの勝ちだ、とオリヴァーは思った。ブラデントンの一票は失ったものの――今後もその一票を取り戻すことはないだろう――自分にとっていちばん望ましい結果を勝ち取ることができた。ブラデントンの議員仲間たちの賛成票を得たうえ、人としての高潔さを保つこともできたのだから。

「さて」オリヴァーは言った。「そろそろレディたちと合流しようか？」

その提案に全員が同意した。しかしオリヴァーが立ちあがった瞬間、ブラデントンがついに口を開いた。「待て、マーシャル。ふたりだけで話したいことがある」

「いいとも」オリヴァーは愛想よく応じた。ただ、ほかの者たちが部屋から出ていったとたん、奇妙な錯覚にとらわれずにはいられなかった。どういうわけか、暖炉の火明かりが急に薄暗くなり、室内に伸びる家具の影が長くなったような気がする。みなが熱っぽい議論を戦わせていた先ほどとは打って変わり、図書室はがらんとした物寂しい空間と化していた。

「さぞや自分の頭のよさに酔いしれているんだろうな」ふたりきりになったとたん、とげとげしい口調でブラデントンが言った。

「ぼくが？　そんなことはないさ」

「嘘をつけ。念のために言っておく。きみは絶対に勝てない」ブラデントンは立ちあがり、ゆっくりとした足取りで暖炉へ近づくと、強調するように繰り返した。「きみは絶対に勝てない」

もうとっくに勝っているじゃないか。そう指摘してやりたかったが、オリヴァーはどうにかその衝動を抑えた。

「きみは絶対に勝てない」ブラデントンは言った。これで三度目だ。くるりとオリヴァーのほうを振り向く。怒りのあまり、頬が紅潮していた。「きみはあちこちでささやかな勝利を何度かおさめるかもしれない。だが、それがどういうことかわかるか？　ちっぽけな勝利をおさめるたびに、きみは戦いつづけなければならないということだ。一度たりとも休むことは許されない。一方のわたしはどうだ？　わたしは侯爵なんだぞ。たしかに今日はきみにしてやられたが、わたしと取引するかどうか、きみは数週間かけて悩み抜いたに違いない」

「たしかにそうだ」

「わたしなら、そんなことで悩んだりしない。わたしは選ばれた人間だ。勝利者に生まれついている。何かを与えられたり奪われたりすることが決してない立場だ。一方のきみはどうだ？　そこいらの連中と何も変わらないじゃないか。何万人もいる平民のうちのひとりにすぎない。顔もなく、声もあげられない無名の大衆のうちのひとりだ。いいか、この国を動かしていくのは、わたしのような男なんだ」

ブラデントンは自分を納得させるかのように大きくうなずいた。そんな彼の様子を見て、オリヴァーは心の中でつぶやいた。いいさ、勝手に怒らせておけばいい。

「実に楽しみだよ。選挙権拡大のための法改正に反対票を投じる瞬間がね」ブラデントンが言う。「楽しみでたまらない」

「せいぜい楽しんでくれ」オリヴァーは言った。「きみひとりだけで」

ふたりでしばしにらみ合ったあと、ブラデントンは唇をゆがめて冷笑を浮かべた。

「きみとはうまくやっていけると思っていたんだが。マーシャル、わたしは今夜のことを決して忘れないぞ」

オリヴァーは肩をすくめた。「ぼくは前もって忠告したはずだ。今夜が終わる頃には、ぼくたち全員がミス・フェアフィールドの本性を目の当たりにすることになるだろう、とね」

14

ふたたび貴族議員や女性たちの輪に加わったとき、オリヴァーは真っ先にある人物の姿を探した。今すぐに会いたい。そう思える相手はただひとり、ジェーン・フェアフィールドだけだ。今夜の彼女はひときわ輝いている。もちろん、手首にはめたダイヤモンドのブレスレットのせいだけではない。まずは笑い声。やや大きすぎるものの、快活な笑い声は場をぱっと明るくする効果がある。それに、あの微笑み。顔をほころばせすぎのような気もするが、相手に親しみを感じさせるにはじゅうぶんな笑みと言っていい。そして目が合った瞬間、彼女がぼくに見せた目の表情。

なんて美しいんだ。

オリヴァーは礼儀正しく挨拶をすると、身をかがめてジェーンの耳元でささやいた。

「このあと会えないだろうか？　ぼくはきみと……」

あとに続く言葉なら、いくらでも考えつく。ぼくはきみとキスしたい。きみと今夜の勝利を祝いたい。きみの肩からドレスを脱がせ、ぼくの腰に両脚を絡めさせたい……。ジェーンは壁際の椅子に座っているシャペロンをちらりと見て、低い声で答えた。「庭園の北西の角で。わたしはあとから行くわ」

ああ、ついに思い描いていた夢が現実になろうとしている！　たちまち脈拍が跳ねあがるのを感じたものの、オリヴァーは礼儀正しく彼女にうなずいてみせた。これから密会しようとしていることなど、おくびにも出さずに。

結局、ジェーンが約束の場所へやってきたのは三〇分後だった。

「信じないかもしれないけれど、シャペロンのアリスを帰らせるために、男性にお金を握らせなければいけなかったの」あわててやってきたのか、彼女は息を切らしながら言った。「三〇分かけてようやく、その男性とアリスが帰るよう仕向けたのよ」

ジェーンは息をのむほど美しかった。今宵の勝利で、まばゆい輝きが全身から発せられている。

「何を言われても、きみのことは信じるさ」

庭園をほのかに照らしているのは、遠くにある街灯の薄明かりだけだ。足元の枯れ葉を踏みながら、オリヴァーは彼女に近づいた。

「わたしが今どんなふうに感じているか、あなたには想像もつかないでしょうね。今夜、周囲が思っているほど自分は愚か者ではないと証明できて、本当にすっきりしたの」ジェーンはにっこりした。「今後は誰かに求婚されても、ただそっけなく〝ノー〟と答えるだけにするわ」

「それがいちばん効果的な断り方だろうね」オリヴァーも笑みを返す。なぜか口元がこわばってしまった。

「きっといつかきみにふさわしい誰かと出会うさ。そしてたぶん……」

ジェーンは顎をあげると、一歩彼のほうへ進みでた。「オリヴァー」

本当は誰かと出会ってなどほしくない。ぼく以外の誰かに彼女を渡したくない。だが……。ここにジェーンを呼びだしたのは、ふたりで戯れるためではない。たとえ今この瞬間、彼女のまばゆい魅力にどれほどくらくらしていても。

「ぼくはロンドンに戻らなくてはならない」ふと気づくと、そんな言葉を口にしていた。「議会が開かれるまで、あと二週間もない。これからやらなければならない仕事が山のようにある。だからロンドンへ戻らなければいけないんだ」

彼女は目を大きく見開いた。「わかったわ」

あたりに人の姿はない。オリヴァーはジェーンに向き直り、ゆっくりと両手を伸ばして、彼女の体を引き寄せた。思えば、ずっとこうしたかった。こうすることを夢見てきた。

「わかったわ」震える声でジェーンが繰り返す。「そうでなければいいと思っていたんだけど」

両手はジェーンのウエストに置いたままで、今やふたりの体は触れ合わんばかりの至近距離にあった。ジェーンの息遣いまではっきりと感じられる。彼女の胸が自分の胸板をかすめるのを意識せずにはいられない。しかし数秒後、ジェーンがゆっくりと息を吐きだすと、ふたりの胸はまた離れた。今、首元に感じている温かさは彼女の吐息なのだろう。

「わたし、晴れて自由の身になるまであと何日って数えるのをやめたのよ」

オリヴァーには、それがごく個人的な告白のように聞こえた。こんなに低いささやき声で言われたらなおさらだ。彼は何も言わず、前かがみになって、唇でそっとジェーンの額をかすめた。口づけではない。だが口づけよりも、もっと親密な動作だ。

「いつから残りの日数を数えなくなったのかわからないわ。数えなくなってからは、夜が来るたびに天井を見あげて、こんなふうに考えるようにしているの。〝ああ、今日も一日終わった。あと四〇〇日とちょっとかしら。答えが本気で知りたくなったら、もう一度数え直せばいいわ〟」

またしてもジェーンが息を吸いこみ、ふたりの胸がわずかに触れ合った。だが今回は彼女が息を吐きだしても、胸のあいだの接点は消えなかった。オリヴァーがさらにジェーンの体を引き寄せていたからだ。

「あなたと出会ってからなの」彼女が言葉を継ぐ。「わたし、毎日がやってくることを恐れなくなったのよ」

「ジェーン」オリヴァーは親指で彼女のウエストに小さな弧を何度か描くと、体をぴたりと寄せた。

ジェーンはラベンダーの香りがした。なんてほっとする香りだろう。認めざるをえない。まるで憩いの場を見つけたかのような気分だ。本当は、彼女を心のよりどころになどしてはいけないのに。

「少なくともあと一年以上、わたしは妹のそばについていなくてはいけないの」ジェーンは手を彼の腕に置き、もどかしいほどゆっくりと袖口へと滑らせた。「そのあとなら……わたしたち、また会えるかもしれないわ」

ジェーンとまた会う？　それはあまりに遠まわしな言い方だ。ぼくの望みはもっと切実で、せっぱ詰まっている。会うだけではいやだ。ジェーンをぼくのベッドに引き入れたい。きっと彼女は一瞬たりともためらったりはしないだろう。ジェーンは頭がよくて、好奇心旺盛で、情熱的な女性だ。もしぼくと体を重ねたなら……。だめだ、そんなことを考えてはいけない。特に、彼女がこれほどそばにいる今は。

いくら自分にそう言い聞かせても、勝手に想像が膨らんでいく。体を重ねたいだけじゃない。それ以外のこともしたい。ジェーンと政治について議論を戦わせたい。あらゆる法案を事細かに話し合い、彼女とともに改正案を作りたい。話し合いに疲れたら、夜はジェーンのそばに座っていたい。ジェーンがほしい。彼女のすべてがほしくてたまらない。

だが、ジェーンはぼくの妻となるには最もふさわしくない女性だ。

こうしてふたりきりでいると、ぼくにとって彼女がいかに大切な女性か思い知らされる。しかし一方で、今夜集まっていたほかの女性たちの様子が脳裏から離れない。貴族議員の物静かな妻たちは、派手な色のドレス姿のジェーンを、まるで珍種のカブトムシを見るような目つきで眺めていた。おまけに、彼女に関する周囲の評判はかんばしくない。あまりに無遠慮で、ずけずけと物を言う女。それがジェーンに対する世間の評価なのだ。

どう考えても、彼女は議員の妻に必要な資質をまるで持ち合わせていない。むしろ正反対の資質ばかり兼ね備えている。それならば、やはりジェーンのことはあきらめるしかない。そうだろう?

「まったく、きみはありえない人だ」オリヴァーは大きく息を吸いこんだ。

「わたしのことをそんなふうに呼ばないで。今夜はありえないことなどひとつもないはずよ」

「ぼくが言いたいのはまさにそういうことさ。きみはありえないことをやってのけ、現状を打破してしまう。だがぼくに必要なのは、現状を維持しようとする妻なんだ」

それでもなお、彼女は瞳をきらきらと輝かせている。「もし一年経てば……」

「ジェーン」オリヴァーはさえぎった。「その一年のうちに、ぼくは結婚するかもしれない」

彼は無言のまま、ジェーンがはっと息をのむ様子を見守った。

「改正法案が可決したら、新たな議会ができることになるだろう。ぼくにとって、それこそいい機会だ。出馬して、政治家になるための絶好の機会なんだよ。議員になるためには、すぐにも身を固めなければならない」

「わかったわ」彼女はそれしか言わなかった。

「きみも今夜集まった女性たちを見ただろう?」オリヴァーはさらに言った。「政治家と結婚した妻たちのことだ。きみにも彼女たちの仲間入りをしてほしい気持ちはあるが、やはりそんなことは頼めない。きみは不死鳥になれるすばらしい女性だ。それなのに、きみのいちばんの魅力を抑えこみ、ぼくのために地味なミソサザイになってくれとは頼めないよ。きみは炎のように激しい魅力の持ち主だ。そういう魅力を消してほしくない。もし消してほしいなどと頼んだら、ぼくはそんな自分を永遠に許せないだろう」

「わかったわ」ジェーンはそう繰り返すと、両手をオリヴァーの上着から引きはがし、あとずさりした。あたりは薄暗く、顔こそよく見えないものの、彼女が目元を指でぬぐっているのがオリヴァーにもわかった。

彼はポケットを探り、ハンカチを取りだした。

「理性的になれ、なんて言わないで」ハンカチを受け取りながら、ジェーンが言う。声に混じっているのはかすかな怒りだ。「それに、泣くな、とも言わないで」

「そんなことは言わないよ」

「わたしったら、ばかみたい。よく考えてみたら、あなたと知り合ってからまだ数週間だし、あなたのことをほとんど知らないわ。そんな短期間で恋に落ちるなんて、それこそありえないわよね」彼女は頬をこすると、オリヴァーのハンカチを丸めた。「もちろん、あなたと結婚したいなんて思ってもいない。ええ、絶対に。あなたの言っていることは正しいわ。自分でもよくわかっているの。たしかに、政治家の妻たちの中にいる自分の姿なんて想像できないもの。そうでなくても、ようやく自分の本当の姿に気づいたところよ。そんなにすぐ別人のふりはできないわ。それに、もう別人のふりなんてしたくないもの」顔をあげ、オリヴァーの瞳をじっと見つめる。「それなら……これで終わりなのね」

いやだ。

ジェーンを手放したくない。「今から数カ月は、きみにとって試練の日々になりそうだね」

「ええ、たぶん。でも、今までだってなんとかやってきたんだもの。これからだって、やりつづけていけると思うわ」

「もし本当にぼくが必要なときは知らせてくれ。すぐに駆けつける」

彼女は目をしばたたき、オリヴァーを見あげると、当惑したように眉をひそめた。

「どうして？」

「きみには借りがあるからだ。今日、きみはぼくのために本当にすばらしいことをしてくれた。まったく、いくら感謝しても感謝しきれないよ。だから、呼ばれたらきみのもとへすぐに駆けつける。それに実を言うと、きみに必要とされて駆けつけることは、ぼくにとって大きな喜びなんだ」

「でも、あなたは誰かと結婚するつもりなんでしょう？」

今、そのことは考えたくない。

「もちろん未来の妻を裏切りたくはない。だが、結婚したからといって友情が消えてしまうわけじゃない。この先どんなことがあっても、ぼくたちが友人同士であることに変わりはないんだ」

ふたりのあいだに沈黙が落ちる。ベルベットのように柔らかいのに、危険をはらんだ沈黙だ。「この先、わたしたちはどうなるかしら？」

ふたりとも、答えは知っている。だが、もし声に出せば、その答えに命を与えたことになってしまう。現実のものになってしまうのだ。実体のないあいまいな願望が、確固たる可能性に変わってしまう。

答える代わりに、オリヴァーはジェーンの首のくぼみに指をそっと置いた。それから指先を首筋に沿ってゆっくりと上へ滑らせた。彼女がはっと息をのむのがわかった。

親指がジェーンの唇にたどりつく頃には、オリヴァーの全身はすでに痛いほどの欲望に貫かれていた。いくら頭で否定しようとしても、これからふたりを待ち受けている可能性を体が求めてしまう。今や熱い欲求は肌を突き破り、外へあふれでんばかりの勢いだ。

「こうなるんだ」彼はささやくと、身をかがめた。「こうなるんだよ、ありえない人」

唇が重なった瞬間、ジェーンは喉の奥から甘いうめき声をもらした。

彼女の過去を変えることはできない。一方のぼくも、自分の未来をあきらめるつもりはない。となると、ふたりに残されたのは今この瞬間だけ。熱っぽい口づけを交わしながら、ジェーンの唇の甘さを堪能し、愛というものの苦さを噛みしめるほかない。

彼女はキスを返してきた。むさぼるように唇を味わい、舌をぴたりと重ね合わせて、荒々しくキスをする。しまいにはどちらがキスをして、どちらがキスを返しているのかさえわからなくなった。まるでキスそのものに命が宿ったかのようだ。官能の火花が降り注ぎ、オリヴァーの体じゅうに興奮が走る。どういうわけか、ジェーンと激しい口づけを交わすほど、過去も未来も溶けてなくなり、この瞬間に永遠にとどまれるような気になってしまう。

ありえない未来が起こりそうになる前に、彼は身を引いた。

ジェーンが目を大きく見開いて、オリヴァーを見あげる。「あなたの未来の奥さんが憎いわ」

「今はぼくも、未来の妻に悪いとは思えない」

彼女は両手をオリヴァーの肩に置くと、ふたたびキスをした。だが、今回は激しいキスではない。これが最後だと自分たちに思いださせるためのキス。互いの唇に触れるのも、甘い吐息を味わうのも、体をぴたりと寄せ合ってたしかな愛情を交わすのも、これが最後。ふたりとも、それがわかっていた。

とうとう、オリヴァーは体を離した。

「もしぼくの助けが必要なときは、ジェーン……」

彼女は鋭く短い息を吐いた。「ありがとう。でも、大丈夫よ。わたしはそんな弱虫ではないわ」

「わかっているさ。だが……」彼は大きく息を吸いこみ、目をそらした。「自分はひとりぼっちだなどと思わないでほしい。もしきみがぼくの助けなどいらないし、求めるつもりもないと考えていても、これだけは覚えていてほしいんだ。きみに呼ばれたら、ぼくは必ず飛んでいく。今からどんなに困難な事態に直面し、大変な思いをしなくてはいけないとしても、きみはひとりじゃない」手を伸ばし、ジェーンの頬に指を滑らせながら言葉を継ぐ。「助けが必要なときは、遠慮なくぼくに言ってくれ」

「電報はロンドン塔宛にすればいいの、ミスター・クロムウェル？」

冗談を言っているのに、ジェーンの声は震えていた。

「ロンドンにいるぼくの兄、クレアモント公爵宛にしてくれ」オリヴァーは身をかがめ、額と額を合わせた。「ぼくにはほかに何も与えられない。だがジェーン、この事実だけは与えられる。きみはひとりではないんだ」

15

屋敷にランプがぼんやり灯っているのが見えた。正面玄関、そして廊下を進んだところにあるおじの書斎だ。けれども、邸内がやけに寒々しくてがらんとしているように思えるのは、弱々しい明かりのせいではない。一カ月前よりもはるかにひんやりとした、うつろな場所のように感じる。改めて思わずにはいられない。オリヴァーの出現で、すべてがなんと劇的に変わったことだろう。でも今、彼はもういない。

帰りの馬車の中で久しぶりに、自由の身になるまでの日数を数えてみた。あと四五三日、辛抱しなければいけない。

けれど、今のわたしはずっと強くなった。昨日の自分とはまるで違うように思える。そう、今のわたしにはあのキスの思い出がある。だから、どんなにつらくても耐えられる。

ジェーンはあくびをしている従僕にショールを手渡し、呼び鈴を鳴らしてメイドに着替えを手伝わせたあと、階上に向かった。ところが階段を半分のぼったところで、下の玄関広間に響く足音に気がついた。

「ジェーン？」そう呼ぶ声がした。

彼女は唇を嚙み、祈るように天を仰いだ。今夜いちばんやりたくないこと。それはおじと話をすることだ。それなのに……。

でも、おじから逃れることはできない。ジェーンは彼の呼びかけに応えずにいた。先ほどまで泣いていたことを、おじにだけは知られたくない。

タイタスはランプを掲げ、ゆっくりと進みでてきた。「おまえに話がある」片手で頭をかきながら、つけ加える。「わたしの書斎へ来るんだ」

自分の部屋に戻りたい。ベッドに横たわり、毛布にくるまれ、上掛けの下に隠れてしまいたい。外の世界をいっさい遮断したい。そう、オリヴァー・マーシャルのことを完全に忘れられるまで。こんな夜遅くに、おじの書斎へ行って話し合いをする。そう考えただけで、ぞっとする。

「わかったわ」ジェーンは素直に応じた。

それなのにタイタスは目をぎらりと光らせ、こちらをにらみつけた。「生意気な口をきくな」

どうやらわたしの答えは、自分で思っていたより素直には聞こえなかったみたい。そう心の中でつぶやくと、おじのあとを黙ってついていき、書斎に入った。

タイタスはジェーンのために椅子を引き、木製の机をはさんだ向かい側にある革張りの椅子に腰をおろした。けれども、そのあと長いことジェーンを見ようとしないまま、雨だれの音をまねるかのように机に指を打ちつけていた。

それから、ようやく重々しいため息をついた。

「これは非常に大切なことだ」おじが口を開いた。「妹が日中外出していることを、おまえはどれくらい前から知っていたんだ？」

ジェーンは完全に不意を突かれた。今夜は勝利感に酔いしれたあと、いきなり傷心と敗北感を味わい、どん底に突き落とされたような気分だ。あまりに疲れきっていて、おじの前で平静を保つだけで精一杯。もし今夜でなければ、もう少し自分の感情をうまく押し隠せただろう。だがその瞬間、うっかり気まずそうな表情を浮かべてしまった。

ええ、わたしは知っていたわ。そう口にしなくても、おじにはじゅうぶん伝わっただろう。ジェーンの気まずそうな表情を見ると、タイタスはすっと目を細め、頭を振りながら悲しげに言った。「やっぱりな」

〝でも、ちゃんと気をつけるよう妹には言ったのよ〟ふいにそんな言葉が頭に浮かんだものの、声には出さなかった。おじがどこまで知っているのかわからない。もしかすると、エミリーを責めているのではないかもしれない。

「エミリーに何かあったの？」ジェーンは尋ねた。「あの子は大丈夫？　まさか、けがでも負っているとか……」

タイタスは片手をひらひらと揺らした。「エミリーの体調はあいかわらずだ。だが無断で外出しているのを見つかっても、あの子は反省しようとしなかった。こともあろうに、わたしを説得しようとしたんだ」

「それのどこがいけないの？　問題ないでしょう？　あとはおじ様さえ――」

「あとはわたしさえ、だと？」おじは机に両手を叩きつけると、前のめりになった。「ということは、おまえもこの件に関与しているんだな？　わたしに盾突くよう、エミリーをけしかけたのはおまえだろう？　おまえがエミリーに、こっそり外出する方法を教えたに違いない。そしてあの子に――」

「エミリーは愚か者ではないわ」ジェーンはぴしゃりと言い返した。「それに操り人形でもない。あの子は一九歳のれっきとした大人の女性よ。何をどうすべきかなんて誰にも教わる必要はない。そういうことは自分自身で決められるのだから」

「おまえがエミリーに悪影響を及ぼすのを、もう黙って見ているわけにはいかない」

「あの子は、ただ自分の人生を楽しみたいと思っているだけよ。ふつうの女性と何も変わらないわ」

タイタスは首を横に振った。「そういうおまえの物言いが、こういった問題を生みだしているんだ。ふつうの女性と何も変わらないだと？　どこがふつうなんだ？　エミリーは病人なんだぞ。それなのに、おまえはそんな妹をけしかけて、シャペロンもなしに郊外をうろうろさせたのか？　もし変な男にでも引っかかったらどうするつもりだ？」

「それなら、もしあの子の部屋の窓から強盗犯が押し入ったらどうするつもり？」彼女はすかさず言い返した。「エミリーはグリム童話に出てくるラプンツェルとは違う。一生閉じこめておくことはできないわ」

タイタスはジェーンの瞳をじっとのぞきこむと、ふたたび口を開いた。

「エミリーが男と会っていたのも知っている。あの子が自分からそう告白したんだ。なぜ妹から話を聞いた時点で、正直にわたしに言わなかった？　そういう機会があったはずなのに、おまえはそれをふいにしたんだ」頭を振り、悲しげな声でつけ加える。「おまえにはがっかりしたよ、ジェーン。本当にがっかりだ」

そんなの不公平だわ。おじに謝るつもりはない。だって、おじに本当のことが言えなかったのは、妹を裏切りたくなかったからだもの。それにどのみち、おじに何を知られたにせよ、責められるのは自分だとわかっている。

「おまえには明日、ここから出ていってもらう」タイタスはきっぱりと言った。「わたしの妹のリリーがおまえを受け入れてくれるそうだ」不機嫌そうに唇をゆがめながら言葉を継ぐ。「じきにリリーがおまえにふさわしい夫を見つけるだろう。エミリーには、おまえに手紙を書くことを禁ずる。おまえもここを訪ねてはならない。もう妹はいないものと思え。おまえがみずから招いた災いの影響を最小限に抑えるには、こうするほかない」

「そんな」涙にむせて、ジェーンの声はかすれていた。「いやよ。エミリーをわたしから奪うことなんてできないわ」

「できるさ」おじは満足げな顔で腕組みをした。「わたしならできる。いつだってそうしてきたんだ。ジェーン、おまえの荷造りはもうすんでいる。明日、列車の駅に行け。ノッティンガムまで、ミセス・ブリックストールが付き添ってくれることになっている」

ジェーンはタイタスをぼんやりと見つめていた。あまりに呆然として、泣き叫ぶこともできない。胸が焼けつくようにひりひりしている。歯がゆいほど、頭がまるで働かない。わたしがここを追いだされたあと、エミリーはどうすればいいの？　読むべき本も与えられず、同年代の話し相手もいないまま、ただ漫然と生きろというの？　それに何より、おじがまたしても治療と称してやぶ医者を連れてきたら、エミリーの身が危ない。

ジェーンは大きく息を吸いこんだ。「わかったわ、ノッティンガムに行きます。でも、約束して。エミリーをもう医師に診せないと。妹を実験の材料にするのやめてほしいの」

「ジェーン」タイタスは疲れたような声で言った。「おまえに条件を決める権利はない。エミリーの後見人はおまえではなくて、このわたしだ。エミリーのことを決める責任はわたしにある。あの子の幸せのために何がいちばん必要かを決めるのは、このわたしなんだ」

〝もしぼくの助けが必要なときは〟ふいにオリヴァーの言葉が脳裏によみがえった。

その瞬間、甘く切ない希望が一気にわき起こった。明らかに、今は助けが必要なときだ。もし今オリヴァーに助けを求め、戻ってきてほしいとすがりついたら、彼は戻ってきてくれるかもしれない……。

オリヴァーがわたしの前から姿を消して、まだ一時間も経っていない。それなのにどう？　わたしときたら、もう彼のことが恋しくてめそめそしている。さながら迷える子羊のように。そうでなくても、彼の前で子供みたいに意地を張って、〝わたしはそんな弱虫ではないわ〟と言ってしまった。ジェーンは口をゆがめ、おじをじっと見つめた。

オレンジ色のランプの明かりの下、タイタスは年を取り、ひどく疲れて見えた。額のしわは肌をえぐって刻みこまれているかのようだ。

ジェーンはぐっと顎をあげた。今夜、わたしはあのブラデントンを負かしたのよ。おじよりもはるかに手ごわい相手にもかかわらず。

まだ唇にオリヴァーのキスの名残りが感じられる。いちばん恐れていたことが、とうとう現実になってしまった。でも……これを厄災ではなく自由と考えよう。だってエミリーと引き離されれば、わたしはもう愚かしいレディのふりをする必要がなくなるのだから。そうだわ。オリヴァーのキスをありありと心に思い描くうちに、心がすっと落ち着き、ジェーンは冷静さを取り戻すことができた。そしてその瞬間、ある真実に気がついた。

「いいえ」彼女は静かに言った。「これはあってはならない状況だわ」

タイタスは混乱したように目をしばたたき、ジェーンを見た。「好きなだけ反論すればいい。だが、おまえはエミリーに対してなんの法的な力も持っていないんだぞ」

「いいえ」ジェーンは繰り返した。「おじ様は間違っているわ。おじ様はエミリーの後見人ではあるけれど、わたしの後見人ではない。つまり、わたしの行動は支配できないということよ」

おじは傲慢な表情を浮かべた。「たまにはこちらがわかるように話してくれ。おまえの言っていることの意味がわからない」

この勝負、おじに勝ち目はない。どうしてもっと前にそのことに気づかなかったのだろう？

「おば様の家に行く必要などないわ」ジェーンはきっぱりと告げた。「わたしには巨額の財産がある。自分の望むことなら、なんでもできるの。けれど、おじ様はそのことに気づいてもいないようね。でも、もし今までとは違う視点に立てば、おじ様にもわかるはずよ。わたしは自分のしたいようにできるのだということが」

タイタスは首を横に振った。「何が言いたいのか、まったく理解できない」

「もしそうしたいと思えば、わたしはこの屋敷の隣に自分の家を買うことができるし、そこでたくさんの愛人たちと暮らすことだってできる。それに新聞の広告欄を買い取って、おじ様が脳の病気でおかしくなっていると世間に訴えることもできるのよ」

彼女の話を聞くにつれ、タイタスの顔は見る見るうちに真っ青になった。「そんな」

ジェーンは身を乗りだした。「その気になれば、おじ様がエミリーにひどい治療を施しているのを世間に知らしめることもできるわ。それにおじ様が後見人としていかに不適切かを堂々と訴えることもできる。わたしなら、おじ様の人生をありえないほどめちゃくちゃにできるのよ。言っておくけれど、それがわたしという人間なの。わたしはありえないことをやってのける女よ。おじ様にわたしを追いだすことなどできない。いくら脅しつけても、説得しようとしても無駄だわ」

タイタスは無言のまま、困惑した顔でこちらを見つめている。まるでジェーンが突然獰猛なクマに変身し、叫び声をあげて逃げだせばいいのか、銃を取って戦うべきなのかわからないとでもいうように。「おまえをわたしの屋敷に置いておくわけにはいかない」

「それなら新聞広告を出すわ」彼女は肩をすくめて言った。「そして――」

「だが、ここを訪ねてきてもいい」あわてたように甲高い声で、おじがつけ加える。「一カ月に一度でどうだ？」

ジェーンは口をつぐみ、相手をじっと見つめた。おじのほうは弱々しい笑みを浮かべている。

「おまえをケンブリッジに住まわせるわけにはいかない」机を見おろしながら、タイタスは言葉を継いだ。「しかし、エミリーが誰に会ったか、わたしがおまえに知らせることならできる」

ジェーンは頭をめぐらせた。もしわたしが強硬手段に訴えてケンブリッジに家を買えば、エミリーとは自由に会えなくなるだろう。おじは後見人であることを逆手に取り、わたしと妹が会うのをなんとしても阻止しようとするに違いない。もっとも、わたしも本気でおじを脅そうとしているわけではない。仮に財力に物を言わせておじを破滅に追いこんだとしても、失うものが何もなくなれば、彼は今より危険な存在になりかねない。

少なくとも、今はこうして交渉に応じてくれているのだ。

「わたしの妹の屋敷へ行くんだ」タイタスは言った。「妹の言うことに逆らうな。ひと悶着起こしたり、つまらないことで大騒ぎしたりするんじゃない。わかるか、ジェーン？　たとえおまえが自分自身の幸せを気にかけなくても、わたしはおまえの幸せを気にかけている。

おまえの評判を守りたいと思っているんだ。絶望に駆られて自分の評判を貶め、破滅への道をひた走れば、結果的におまえの妹の評判も台なしになってしまうんだぞ」

「よくもそんなことが言えるわね」ジェーンは頬を紅潮させた。「これまで、わたしの生きるべき道について考えたこともないくせに。おじ様が一度でもわたしに助けの手を差し伸べてくれたことがある？　いいえ、一度もないわ。おじ様はただ、わたしに命令を下すだけだったのよ」

タイタスは片手をひらひらと揺らした。「芝居がかったまねはよせ」

彼女はどうにか反論をのみこむと、威厳を保ちながら、おじをにらみつけた。

「わたしの妹のところへ行くんだ。そして夫を見つけるといい。ああ、おまえたちのせいで、わたしはもうくたくただ」

何を言っても、このおじを納得させるのは無理だろう。「エミリーには二週間に一度会いに来るわ」ジェーンは言い足した。「それに、エミリーには好きなだけ手紙を書かせてちょうだい」

「手紙の内容はこっちで確認させてもらうぞ」

そう来ると思った、と彼女は心の中でつぶやいた。肩をすくめて言う。「あと、おかしな医師たちをとっかえひっかえして、エミリーを苦しめるのはやめて」

「だめだ。もしエミリーのためになる医師を見つけたら――」

「それなら、まずはわたしに相談して。確固たる証拠がほしいの。その医師が前に診察した、エミリーと似た症状を持つ患者たちからの〝あのドクターに助けられた〟という証言が必要だわ。ああいう医師たちは、とかくすぐに実験をしたがるものよ。患者がどれだけ痛みに耐えているかなど、おかまいなしにね。あと治療をはじめていいか、エミリーにもちゃんと確認するようにして」

タイタスはせせら笑った。「確認したところで、あの子にそんな判断ができるものか。だからこそ、一九歳の少女には後見人が必要なんだぞ、ジェーン。年若い女の子たちは、何事も自分で決めることができないからな。はっきり言って、おまえの判断力もエミリーとたいして変わりないと思うがね」

ジェーンはおじをにらみつけた。「これだけは絶対に譲れないわ、タイタスおじ様。もしこの条件がのめないというなら、おじ様に大恥をかかせるまでよ」

おじは不満げに鼻を膨らませ、指で鼻筋を押さえた。「いいだろう。治療をはじめる前は、おまえに……相談する」そう言いながら、彼はしかめっ面をした。唇がめくれあがって歯がむきだしになり、まるで吠えている犬のような形相だ。「ああ、もううんざりだ。こんなやりとりをいつまで続ける気だ?」

そうやって、好きなだけため息をついていればいい。エミリーをそっとしておいてくれるなら。

ジェーンはうなずいた。

「ようやく同意に達したわね」

「ならば、明日出ていけ」

ベッドにもぐりこむ頃には、ジェーンの意識は半ばもうろうとしていた。なんてめまぐるしい一日だったことか。今日、わたしは周囲が考えているほど愚か者ではないことを、みなに知らしめた。けれどもそのあと、オリヴァーから別れを告げられた。そして今夜、わたしはおじとの駆け引きを乗りきった。脅し文句で、おじから譲歩を勝ち取ったのだ。でも朝になればエミリーをここに残したまま、おばの住むノッティンガムへ旅立たなければならない。

もはや自分が何者なのかもわからない。数日前の自分に比べると、今の自分がひどく冷酷で尊大に思える。

けれど、ひとつだけ確実にわかっていることがある。

疲れきっていたものの、ジェーンは必死で眠気を振り払い、その瞬間を待った。一五分後、とうとう寝室の扉が開いた。

「ジェーン？」暗闇の中、ささやき声が聞こえた。

上掛けをめくると、エミリーがベッドにもぐりこんできた。毛布の下、妹の温かなぬくもりがじんわりと伝わってくる。

「ごめんなさい」エミリーが言った。「本当にごめんなさい。お姉様をここから追いだすつもりなんてなかったの。ただ……どうしても……この家から逃げたかった。しかも一週間に二度、三度と逃げだす回数が増えていったわ。わたしって本当に愚かよね」

「謝らないで」

「謝らずにはいられないわ。だって、今回のことはわたしのせいなんだもの。わたしはタイタスおじ様がどんな人か知っていた。もしこっそり外出しているのがばれたら、おじ様がどんな態度に出るかもわかっていた。それなのに――」

ジェーンは妹の唇に指を押し当て、黙らせようとした。でも暗闇の中、間違って頬を指先で軽く突いてしまった。

「あっ」

「ああ、ごめんなさい」お互いに少し笑いながら、ジェーンは妹の肩を優しく叩いた。「あなたのせいじゃないわ、エミリー。悪いのはおじ様よ」

「でも――」

「自分のせいだなんて言わないで。無分別な態度を取ったのはおじ様のほうなんだから」

エミリーは長いため息をついた。「できるだけ、おじ様とはうまくやっていくわ」笑いながら言う。「そんなことができるかどうか、わからないけれど」

「わたしもできるだけあなたに会いに来るわ。おじ様にそれを認めさせたの。だからあなたが必要なときには、お金をこっそり渡すこともできる。やぶ医者に治療をやめさせたいときは賄賂を渡せばいい。とにかくあと一年ちょっとの辛抱よ。あなたが二一歳になれば、おじ様も後見人ではなくなる。あなたをこの家に縛りつけておくことができなくなるんだから」

「ええ、愛しているわ、ジェーン。でも……そんなにわたしのことを心配しないで。自分でなんとかやっていけるわ」

「わたしの机の上に観葉植物があるの」ジェーンは言った。「サボテンよ。わたしがいないあいだ、あなたが世話をしてちょうだい。そうすれば、少しはわたしがそばにいるように感じられるでしょう？」

「だめよ、ジェーン。わたし、いつも植物の水やりを忘れてしまうの。サボテンを枯らしてしまうわ」

「水やりなんて適当でいいのよ」ジェーンは微笑んだ。

エミリーはうなずくと、寝返りを打った。

「そんなに大切な人なの？」ジェーンは尋ねた。「あなたがこっそり会いに行っている男性は……そうまでする価値がある人だと思う？」

しばし考えてから、エミリーは答えた。「彼は法廷弁護士を目指しているの。結婚しようと言われたけれど、まだ返事はしていないわ。何かきっかけになるようなことを、ずっと待ちつづけていたような気がする。もしかすると、今日タイタスおじ様と話し合ったのが、そのきっかけなのかもしれないわね」

「おじ様はおじ様よ。何かのきっかけになるなんてことはないわ」ジェーンは言った。「その法廷弁護士志望の彼は、あなたを愛してくれているの？」

エミリーはさらに考えこんだあと、ようやく口を開いた。「よくわからないの。わたしには彼の気持ちを読み解くことができない。でも、わたしのことをかわいいと言ってくれたわ」

「誰だって、そう言うわよ。だって、あなたは本当にかわいいんだもの。けれど、彼はあなたとこっそり会っているのよね？　それが気に入らないわ。彼は放蕩者なの？」

「いいえ、放蕩者なんかじゃないわ。言ったでしょう？　彼はとても優しいの。ただし、怒るときもあるわ。そういうとき、彼は自分の気持ちをはっきりと口にするの」

「その〝放蕩者ではない紳士〟に名前はないの？」

次の瞬間、ジェーンはかたわらにいる妹が身をこわばらせたのに気づいた。どういうわけか緊張している様子だ。

「もちろんあるわ」

もしかして、わたしの知っている人なのかしら？　前にエミリーに話したことがある男性なの？　ああ、どうかブラデントン侯爵ではありませんように。それだけは勘弁してください。ジェーンは心の中でそう祈らずにはいられなかった。だが、それ以上しつこく尋ねようとはしなかった。無言のまま、ひたすらエミリーの答えを待つ。三〇秒近く経ったあと、妹はようやく口を開いた。

「アンジャンよ。アンジャン・バタチャリアというの」

ジェーンは驚きに目を見開いた。こういう場合、姉としていったいどんな反応を示せばいいのだろう？　答えは無数に考えられる。それらをじっくり考えた結果、彼女はこう言った。

「聞かせて。彼のことをすべて、わたしに教えてちょうだい」

少し思案したあと、エミリーは応えた。「アンジャンは前にこう言ってくれたの。きみはもっと大切に扱われるべきだって。でも、お母様にも、お父様にも、おじ様にも大切にしてもらえなかった……」ため息をつき、寝返りを打つ。「あなただけよ、ジェーン。これまでわたしのことを宝物のように扱ってくれたのは、お姉様ひとりだわ」

ジェーンは妹の体に腕をまわし、引き寄せた。「当然じゃない、エミリー。わたしにとって、あなたは本当に宝物だもの」

「それなら、お姉様のことをそんなふうに大切にしてくれる人はいないの？」

ふいにジェーンは息苦しさを覚えた。これまで妹からこんな質問をされたことは一度もない。いつだって小さくてかわいい妹だったエミリー。それが今、わたしのことを心配してくれているなんて。驚きで言葉を失いながら、ジェーンは頭を振った。

「お姉様、約束してほしいの。わたしにしてくれるのと同じように、自分自身のことも大切にすると。そう約束してくれたら、わたしも自分のことを大切にするから」

「エミリー」

妹は自分の指先にそっとキスをし、その指を姉の額に当てた。「お願い、約束して」

ジェーンはエミリーの手に手を重ね、ささやいた。「ええ、約束するわ」

16

アンジャン・バタチャリアは心配を募らせていた。エミリーがぷっつりと姿を見せなくなってしまったのだ。最初の日、彼はいつもふたりでそぞろ歩く小川の岸をうろうろと歩きまわった。もしやと思って川岸の向こう側にも行ってみたが、そこに道はなかった。冬の雑草が太腿の高さまでうっそうと生い茂る野原だったのだ。

たぶん、エミリーは家を抜けだせなかったのだろう。

アンジャンは所在なくあたりを見まわしながら、彼女が来るのを待った。そして約束の時間を一時間半過ぎたところで、待ち合わせ場所をあとにした。

二日目もいつもの時間に待ち合わせ場所へ行き、立ちっぱなしで足がひりひりと痛むまで、エミリーをひたすら待ちつづけた。結局日没まで待ったものの、彼女はやってこなかった。今日こそ会えるだろうというはちきれんばかりの希望は、すっかりしぼんでしまった。

そして三日目、待ち合わせ場所にやってきたのはエミリーではなく、女性の使用人だった。彼女はアンジャンを見るなり眉をひそめて声をかけた。「あの、あなたは……ミスター……アー……」

「そうです」彼はすぐに応えた。〝ミスター・アー〟と名前を呼ばれることがよくあったからだ。

「あなた宛です」使用人は四角い封筒を差しだした。アンジャンは蜜蠟《みつろう》の封を破り、手紙を広げた。

〝親愛なるアンジャン〟手紙はそうはじまっていた。〝おじにすべてを知られてしまいました。なんとか屋敷から出ようとしたけれど二回とも失敗し、あなたに会いに行くことができませんでした。いつかは抜けだせるはずです。でも、あなたに希望を持たせたまま、何週間も待たせるわけにはいきません〟

世の中はなんとままならないものか、とアンジャンは思った。

〝最後に会ったときに、あなたから言われたことをずっと考えています。あなたがわたしにしてくれた「仮の話」を思いだすたびに、嬉しい気分になります。でも、自分がどうするべきなのか、答えはまだわかりません。エミリーより〟

アンジャンは注意深く手紙を折りたたんだ。〝ずっと考えています〟エミリーはそう記していた。それが何を意味するかは、だいたい想像がつく。ケンブリッジ大学の法律学の優等卒業試験《ロー・トライポス》は、もう数カ月後に迫っている。それを終えて無事卒業したら、ケンブリッジから出ていくことになる。〝ずっと考えて〟いるだけではだめなのだ。もっとはっきりとした答えがほしい。

ぼくがまったく違う経歴の持ち主なら、エミリーのおじの屋敷に押しかけ、彼女との面会を要求できたのに。

もし今のぼくがそれを実行に移したら、どうなるだろう？　銃で撃たれてしまうかもしれない。あるいは投獄され、ありもしない罪を着せられるかも。エミリーとただ話したかっただけだと説明しても、誰も信じてはくれないだろう。

ぼくの毎日にとって、エミリーはひときわ明るく輝く唯一の光だった。それが今は……。

アンジャンは街へ戻りはじめた。

そうするうちに、怒りがふつふつとわき起こってきた。エミリーに対しての怒りではない。自分の心をもてあそんだ運命に対する怒りだ。運命とはなんと残酷なのか。あれほど愛らしい女性と出会わせ、もう少しで手が届きそうに思わせておきながら、最後の最後で目の前から奪い取るなんて。

心ここにあらずの状態で、アンジャンは大学の門を通り抜けた。

今では同級生もぼくの存在をふつうに受け止めるようになった。多少の批判や意見もあるのだろうが、ぼくの前でそれを口にする者はほとんどいない。地面をにらみつけながら緑色の芝生を横切っていると、男の声が聞こえた。

「よう、バティ！」

アンジャンは立ち止まろうとはせず、大股で三歩進んだ。

「バティ、どこへ行くんだい？」

バティとは、ぼくのことだ。そう気づいて、アンジャンは足を止めた。あたりを見まわす前から、自然と笑みを浮かべていた。今こんなときでさえも、なんの努力もせずに微笑むことができる。親しくしてくれる相手をにらみつけるわけにはいかない。それにジョージ・リリントンはとびきりいいやつだ。ぼくと言葉を交わしてくれるし、最初にクリケットの試合をしようと誘ってくれたのもリリントンだった。おまけに、ぼくに仕事を世話するよう、父親に口をきいてくれている。

「バティ」リリントンは言った。「今日はどこへ行っていたんだい？　ボウラーが必要なんだ。きみがいないと大変なんだよ」

「リリントン」アンジャンはできるだけ感じのよい話し方を心がけた。「クリケットのフィールドから駆けつけたって感じだな。ということは、きみがボウラーをやったんじゃないのか？」

「ああ。だから負けてしまったんだよ」

リリントンは笑みを向け、重要な場面では大きな身ぶりを交えつつ、ゲームの詳細を語りはじめた。アンジャンがバティと呼ばれているのは、バタチャリアという姓の音節が多すぎて言いにくいからだ。彼が名乗ると、同級生はみな目をしばたたき、すぐに〝ジョン〟というあだ名で呼びはじめた。それゆえ、同級生たちはアンジャンを〝ジョン・バティ〟だと思っている。だが、文句は言えない。ここにいるイングランド人の若者たちは善意から、アンジャンの名前を簡単に呼べるようにして、仲よくしてくれているのだから。とはいえ、彼らの父親たちが、アンジャンの故郷であるインドをめちゃくちゃにしたという事実に変わりはない。

エミリーはぼくのことをバタチャリアと呼んでくれた。ぼくの名前を尊重するかのように。そう呼ばれた瞬間、ぼくがエミリーに惹かれたのは言うまでもない。

笑みを浮かべながらも、アンジャンは拳を握りしめていた。


ジェーンのことは考えないようにしよう。オリヴァーはそう心に決めていた。ただ一月の最後の週になっても、夜になると切ない想像をめぐらせずにはいられなかった。もし事態が違っていたら、ふたりはどうなっていただろう？　もし彼女があまたの求婚者たちを遠ざける必要がなかったら……。もしジェーンが評判の高い一族の嫡女だったら……。もしぼくがジェーンに結婚を申しこむことができれば……。

求婚だって？　ジェーンに求婚すると考えただけで、心穏やかではいられなくなる。まずキスからはじまり、そのうち想像が勝手にひとり歩きをはじめ、とめどなく広がってしまう。だがそのあと、ふたたび正気に戻ると同じ結論に達するのだ。

純白の真珠のネックレスをつけた、控えめな装いのジェーンなど、とうてい想像できない。そうだ、やはりこんな想像を膨らませるのはやめよう、という結論に。

二月になると、ジェーンのことはほとんど考えなくなった。考えている時間の余裕がなくなったのだ。またしても議会が開かれ、ヴィクトリア女王みずからが選挙権の拡大を支持したため、そのための活動が活発に行われることになった。オリヴァーは異母兄の妻であり、戦略の達人であるミニーと活動計画を練り、数回に分けて夕食会を開くことにした。貴族議員と労働者階級の者たちを引き合わせるためだ。夕食会には、列車に乗ってイングランドじゅうから労働者たちが集まってきた。丸二日かけてオリヴァーから礼儀作法を伝授され、政治の仕組みを説明された男たちは、貴族議員とその妻たちと小一時間ほど一緒のテーブルにつき、夕食をともにした。

オリヴァーの意図したメッセージは貴族議員たちにはっきりと伝わった。〝労働者階級は理性的で、分別のある男たちである。彼らに選挙権を与えるのは当然ではないか〟

この時期、オリヴァーは意識的にジェーンのことを考えないようにしていた。貴族議員の妻たちは青白い顔をして人形のような笑みを浮かべ、マナーに反するような態度は絶対に取らない。そんな彼女たちとジェーンを比べても意味はない。おそらく彼女たちは〝マゼンタ〟という言葉を聞いただけで、困惑して頬を染めてしまうだろう。手袋はもちろん、そんな紅紫色をドレスに使うことなど思いつきもしないに違いない。

三月になると、〝ぼくはジェーンのことなど考えていない〟と必死で自分に言い聞かせようとするのをやめた。彼女のことを考えようが考えまいが、どうということはない。ここにジェーンはいないのだ。たとえまだ惹かれていても、彼女のことは思いださないほうがいい。やるべきことが山積している今は特に。ロンドンの新聞に〝人民代表〟という題名の記事を寄稿したのは、ちょうどこの頃だ。記事の内容はおおむね好評だった。この記事をジェーンが読んだらどう言うだろう、とオリヴァーはぼんやりと考えた。

四月の終わりになると、貴族議員たちから呼びだされ、選挙改正法をいつ議会に提出するのかと尋ねられるようになった。もし提出するなら、という仮の話ではない。すでに提出を前提として、それはいつかと質問してきたのだ。貴族議員たちから支持されていると確信したのはこのときだ。それゆえ冷静沈着にうなずいてみせ、余計なことはいっさいしゃべらず、議員たちにさらに好印象を与えるようにした。貴族と労働者階級を結ぶ役割を担う人物、間違いなく今後大きな成功をおさめる人物という心証を、彼らに植えつけたのだ。

ずっと前から思い描いてきた未来が、ついに眼前に開けようとしていた。

次に、貴族議員たちはオリヴァーにこう言うようになった。〝きみにあと必要なのは、家庭的な幸せを手に入れることだ。どういうわけか、きみはそういう忠告を右から左に聞き流しているようだが〟

そんなある夜、オリヴァーは帰宅し、兄のロバートとポートワインを飲みながら、冗談を交わすうちにほろ酔い気分になった。義理の姉のミニーが階下におりてくるまで、ふたりは飲みつづけた。ミニーは微笑み、頭を振ってふたりを見つめると、夫とともに寝室へあがっていった。

ひとり残されたオリヴァーは、自分の夢の実現について考えはじめた。

兄がいなくなり、グラスが空になったとたん、先ほどまでの高揚感が嘘のように冷めていった。

ぼくにあと必要なのは、家庭的な幸せを手に入れること。ぼくの人生を円滑にしてくれるような明るい女性だ。そういう女性なら、ごまんといる。彼女たちの中にひとりくらい、ジェーンをしのぐ魅力の持ち主がいるはずだ。あとはその女性とめぐりあうのを待てばいい。結局のところ、ぼくはジェーンに恋してはいなかったのだ。ただ彼女の不屈の精神を尊敬していたにすぎない。それだけだ。グラスに半分ワインを注ぎながら、オリヴァーは暗闇の中で思いをめぐらせた。

違う、ジェーンの精神だけじゃない。彼女の知性も尊敬していた。部屋に入るなり、彼女はその場を牛耳っているのは誰か、最も避けるべきは誰かを瞬時に見抜いてしまう。妻にするなら、あんな女性がいい。いや、もちろんジェーンはだめだ。だが、彼女に似た誰かがいい。それこそ、ぼくの求めている女性だ。ジェーンに似ていると同時に、彼女とは正反対の女性。

いいや、ぼくが崇《あが》めているのはジェーンの精神と知性だけじゃない。体もだ。そう、彼女のあの体……。

かなり酔っ払っているな、とオリヴァーは思った。いくら妄想を募らせても、肉体的な情熱の高まりを感じられないほどだ。たぶんそれはいいことなのだろう。ひとたびジェーンの体のことを考えはじめると、簡単には止められないからだ。豊かな胸の膨らみや柔らかかそうなヒップの曲線を思いだすたびに、ああしたい、こうしたいと妄想がどんどん膨らんでしまう。

いくらワインの飲みすぎで肉体的な高まりを感じにくくなっているとはいえ、妄想が激しさを増すにつれ、やはり考えずにはいられない。ジェーンの女らしい体に、自分のそそり立つものを沈める場面を。それに、彼女があげるであろう歓びの声を。酔いと欲望のはざまで頭がもうろうとしていても、その瞬間を思い描かずにはいられない。

よろめきながら階段をあがりつつ、オリヴァーは心の中でつぶやいた。そう、ジェーンこそ、ぼくの理想の女性だ。結婚するなら、ジェーンに似ていると同時に、彼女とは正反対の女がいい。ジェーンに恋をしていなくて本当によかった。もし彼女を愛していたら、ほかの女性と結婚することなどできなかったかもしれない。

きっと明日はひどい二日酔いだろう。それがワインのせいなのか、それともつじつまの合わない自分の物思いのせいなのか、よくわからない。

いずれにせよ、その疑問の答えを考えている暇はない。議会はいまだ合意に達しておらず、改革連盟は明日、ハイドパークで集会を開こうとしていた。それもわずかな人数で集まるのではなく、もっと大規模に抗議集会を行うのだ。これに対し、そういった集会には騒動と暴力がつきものだと恐れている政府は、出席した者はひとり残らず逮捕すると公言した。それゆえロンドンではここ最近、ただ野次馬に対処するためだけに新たに特別警察官を雇う計画が着々と進められていた。

明日、いよいよ舞台の幕が切って落とされる。ハイドパークでいつなんどき、暴動が起きてもおかしくない。まさに一触即発の事態だ。

その夜、自分の寝室に戻ったオリヴァーは夜明け前、扉を叩く音で目覚めた。ぼんやりとした頭で考える。もしかすると、もう暴動がはじまったのだろうか？　だが扉の向こう側にいたのは、暴動の様子を伝えにやってきた兄ではなかった。

従僕が緊急の電報を届けに来たのだ。

オリヴァーはまだ寝ぼけまなこで、半分夢の中にいるような状態だった。それなのに次の瞬間、奇妙な確信のようなものを感じた。ジェーンからに違いない。彼女がぼくを必要としているのだ。彼女のもとへ駆けつけなければ。そしてジェーンと結婚し、恐ろしい運命から彼女を救いださなくては。

オリヴァーは目をこすると眼鏡を探し、電文に意識を集中させた。

その電報はジェーンからではなかった。母からだ。いや、がっかりなんてするものか。

〝フリー、ロンドンへ向かう。女性の参政権を求める集会に出席する模様。早く見つけて〟

たちまち、オリヴァーは現実に引き戻された。もう一度電文を読み返したとたん、恐怖がじわじわと押し寄せてきた。すぐさま電話をかけて列車の発着時刻を確認し、思わず悪態をつく。すでに数時間前に、ユーストン駅に郵便列車が到着していた。

フリーはもうロンドンにいる。ひとりでハイドパークを目指している。何十万という怒れる男どもと一緒に、非合法な抗議集会に参加するために。あろうことか、参加者たちが暴徒化するのを恐れてびくびくしている半人前の特別警察官と、彼らに並々ならぬ対抗意識を燃やしている荒くれ男たちの中に飛びこもうとしているのだ。フリーを知っているぼくだからわかる。妹はそんな男たちに向かって、女性の参政権を切々と訴えるつもりだろう。それも喧嘩腰で。
「なんてことだ！」オリヴァーはうめいた。
妹はこれから殺されに行くようなものじゃないか。

17

今日は特別な日だ。警官がロンドンじゅうを巡回し、街角ごとに目を光らせているに違いない。オリヴァーはそう覚悟していた。ところが通りに出てみると、特別警察官の姿はどこにも見当たらなかった。ここ数日、あれほど話題にのぼり、物議を醸していたというのに。実際のところ、いくら見まわしても警官の姿はない。

代わりに通りには大勢の人がうろついており、ハイドパークに近づくにつれ、その数は目に見えて増えていった。ハイドパークに着くと、ようやく警官の姿を見つけた。公園の門の前にふたり組の警官が配備されている。ただし、彼らは公園になだれこもうとする群衆を止めようとはしていなかった。むしろ公園に入っていく市民を歓迎している様子だ。ふたり組の任務は、今日の集会でひともうけをたくらむ行商人たちの取りしまりらしいが、やる気がないのは誰の目にも明らかだ。その証拠に、パイの売り子からパスティーを手渡されると、警官たちはそのまま公園の中へするりと入っていく売り子を見て見ぬふりをした。

あのふたり組は、集会にやってきた者とそうでない者をどうやって区別しているのだろう？　オリヴァーにはさっぱりわからなかった。よく見ると、馬に乗ったレディの集団までおり、目の前のお祭り騒ぎを楽しそうに眺めている。彼女たちには紳士たちが付き添い、そばでは使用人がワインを注いだり、ケーキを切り分けたりしていた。オリヴァーは、数日前の夜、貴族男性のひとりがこんなふうに言っていたのを思いだした。〝もし改革連盟と警察のあいだで衝突が起きれば、ぼくたちは最前列で高みの見物だな〟あのときは、てっきり彼が冗談を言っているものと考えていた。だが、どうやら本気だったらしい。

とはいえ、ハイドパークはこれから戦いがはじまるというよりは、むしろカーニバルがはじまるような雰囲気に包まれている。すでに何万という人々が集まっていた。こんな群衆の中、どうやってフリーを見つければいいのだろう？

途方に暮れながら、オリヴァーは公園内をうろうろと歩きまわった。とにかく、周囲にいる者たちはみな気が立っている。目が合った瞬間、相手に因縁をつけられるかもしれない。しかし次の瞬間、ふと気づいた。ぼくも野次馬のひとりじゃないか。誰もぼくのことなど気にかけないだろう。

最も恐れているのは、事態が急激に悪化することだ。なんといっても、これほどの群衆だ。何かの拍子に、あっという間に暴徒と化してしまうのは間違いない。ただしこれまでのところ、青色の制服を着た警官がわずかふたりしかいないことで、園内は陽気なお祭り気分に包まれている。改革連盟と政府の衝突は避けられないこと必至と言われていたが、どうやら衝突など起こりそうもない。そんな安堵感が蔓延《まんえん》し、誰もが浮かれていた。

そのとき、改革連盟の面々が姿を見せはじめた。まるで戦場から帰還した英雄のごとく、熱烈な歓迎を受けている。彼らは数人ずつ固まり、群衆に手を振りながら現れた。群衆がどよめく中、オリヴァーはここぞとばかりに、通り過ぎる面々に問いかけはじめた。「失礼」ひとりの男に話しかける。「女性参政権について論じている女性を見なかったかい？」

相手はきょとんとした顔をした。「ああ、もちろん見たよ。いつもぼくのそばにいる。何しろ、ぼくは彼女と結婚しているからね」

次に尋ねた相手は〝女性参政権〟という言葉を聞くなり顔をしかめ、かぶりを振ると、無言で通り過ぎてしまった。

三人目が通り過ぎるときには、オリヴァーも話しかけるこつを心得ていた。

「ここで女性参政権を訴えている女性の集団を見かけなかったかい？」

「ヒギンズが演説している場所へ行ってみるといい」男は公園のはるか向こうを指さした。

オリヴァーはさっそく教えられた場所を目指した。サーペンタイン・レイクの向こう側にあり、木々にさえぎられて場所そのものは見えない。群衆の中を進むのに四五分もかかってしまったが、どうやら方向は合っているようだ。目指す場所からは、〝労働者階級の男性たちだけでなく、市民全員に選挙権を拡大せよ〟と叫ぶ声があちこちから聞こえている。

人々をかき分けて前に進むと、目の前に大勢の女性たちの集団が見えた。互いにしっかりと腕を組み、大きな輪を作っている。輪の真ん中には――。

今朝目覚めてからはじめて、オリヴァーは大きな安堵感を覚えた。大股で前に進みながら声をかける。「フリー！」

ところが妹のいる場所へたどりつく前に、腕を組んだ女性たちの壁に行く手を阻まれてしまった。四〇代とおぼしき濃い色の髪をした女がすっと目を細め、オリヴァーに向かって指を振った。

「男性はお断りよ」女が鋭い口調で言う。「ここから先は男性立ち入り禁止」

「いや、ぼくはただ――」オリヴァーは身ぶりで妹を指し示した。「ただ彼女と話したいだけだ。フレデリカ・マーシャルと」

「だめよ」

「フリー！」彼は叫んだ。

「ちょっと、やめなさいよ」オリヴァーの近くにいたふたりの女が一歩前に進みでた。どちらも威嚇するように、目をぎらぎらさせている。

「フリー！」オリヴァーは手を大きく振りながら、またしても叫んだ。

「あっちへ行って」ひとりの女が言う。「それとも、力ずくでどかせとでも言いたいの？」

「違う、待ってくれ、ぼくはただ――」

次の瞬間、フリーがこちらを振り向いた。

「待って！」彼女は叫んだ。「追い払わないで。わたしの兄なの」

「だから何？」そう聞いても、濃い色の髪の女性は険しい顔のままだ。「話したって何も変わらない。この人もわたしの兄と同じで、わたしたちの活動の邪魔をしようとしているのよ」

「兄はわたしを傷つけたりしないわ」フリーが言う。「ただ、ひどく過保護すぎるだけなの。わたしに少し話させて。そうすれば、すぐにここから立ち去ると思うから」

ふんと鼻を鳴らしたものの、たちまち正面にいた女性たちからにらまれ、オリヴァーは降参とばかりに両手をあげた。「妹の言うとおりだ。ぼくは彼女の身の安全を確かめたいだけなんだ」

女たちはしばし顔を見合わせていたが、やがて肩をすくめ、しっかりと組んでいた腕を外した。フリーは彼女たちの中から進みでて、オリヴァーの正面へやってくると、両脇にいる女性たちとふたたび腕を組んだ。

「オリヴァー」吐き捨てるようにフリーが言う。「いったいここで何をしているの？　ここは安全な場所じゃないわ」

オリヴァーは信じられない気持ちで妹を見つめた。「フリー、言っておくが、ぼくは一六歳の女の子じゃない。ついでに言わせてもらえば、ぼくなら真夜中に屋敷からこっそり抜けだして、ひとりきりではるばるロンドンを目指したりもしない。いや、ぼくのことはどうでもいいんだ」妹の目を見据える。「ぼくが言いたいのは、おまえが今、イングランドの中で最も危険な場所にいるということだ。いつ暴動が起きてもおかしくないんだぞ」

フリーは頭を傾け、周囲をぐるりと見渡すと、ゆったりした口調で言った。

「あら、暴動ですって？」片方の眉をあげ、近くで品物を売り歩いている行商人を指し示す。

「あの人が何かするとでも？　パイをわたしに投げつけるとか？」

「おまけに」行商人に関してはひと言も触れないまま、オリヴァーは続けた。「おまえはまだ一六歳だ。ひとりきりで列車に乗るなんて信じられない」

「ずっと〝ひとりきり〟という言葉を使っているけれど、前にわたしにこう言ったことを覚えてる？　結論に飛びつく前に、もう一度よく考えろ、って。あの言葉をそっくりそのまま兄さんに返すわ。うちから駅までは、メアリー・ハートウェルが運転する彼女のお父さんの車に乗せてもらったの。列車にはメアリーと一緒に乗ったし、列車をおりてからは改革連盟の女性支部の人たちと合流したわ。だから、わたしは一度もひとりきりにはなっていない。ただの一度もね」両隣の女性と組んだ腕を、これ見よがしに軽く揺らしてつけ加える。「ねえ、今のわたしがひとりきりに見える？」

「たしかにそうだな。だが、それでも……」オリヴァーは妹の両隣を一瞥した。濃い色の髪の女は、ふたりの会話など聞いていないふりをしている。反対側の隣にいる金髪の女は歯を見せて、あからさまに笑っていた。

「今朝の四時から六時まで、わたしは彼女たちとずっと一緒だったわ」フリーが説明する。「この決起集会をどう乗りきるか、話し合っていたの。女性は男性ほど力が強くない。でもひとたび集結すれば、手ごわい存在になれるのよ」

「たしかに認めざるをえない。おまえの同志たちは、実に効果的な障壁を作りあげた。それでもなお、ここには危険が――」

「わたしたち、手順をきちんと決めたの」フリーは言った。「今朝からずっと、そういう手順についで話し合っていたのよ。まず三人ひと組になって、互いに目を配るようにするの。そうすれば、いつだって全員が無事かどうかわかるわ。それと、ずっとこうして腕を組んだまま、ひとりとして輪から外れることは許されないという決まりなの」オリヴァーを厳しい目で一瞥し、言葉を継ぐ。「もしわたしたちのうちの誰かが逮捕されたら、残りの全員も警察へ出頭するつもりよ」

「なあ、フリー」彼は目をごしごしこすった。

「あそこにいる水兵帽をかぶったレディを見て。アンナ・マリー・ヒギンズというの。彼女なんて、すでに一三回も警察に連行されたんだから」オリヴァーは右側をちらりと見た。ミス・ヒギンズは理屈っぽい女性参政権論者にはとうてい見えない。流行最先端の空色のドレスを身にまとい、頭のてっぺんにちょこんと水兵帽をかぶっている。風に吹かれ、帽子に飾られた明るいブルーのリボンが揺れていた。

通りかかった男が、拳を振りあげてミス・ヒギンズに言った。「全員に選挙権を!」

ミス・ヒギンズは男に投げキスをした。

オリヴァーは頭を振ると、妹に向き直った。「おまえはああいう女性を尊敬しているのか?」

「じゃあ、ほかに誰を尊敬しろというの? たとえば兄さん? でも兄さんは今日、わたしの態度が無分別で危なっかしいと注意するためにここへやってきたんでしょう? だけどわたしに言わせれば、兄さんよりもわたしのほうがはるかに自分の身の安全を守るために努力しているると思うわ。だって、今の状況をよく考えてみて。兄さんは公爵の息子だというのに、暴徒化する恐れのある群衆の真っただ中にいるのよ。ほら、あっちでフランス国歌の《ラ・マルセイエーズ》を歌いはじめたわ。兄さん、自分の身がどれほど危険か本当にわかっているの？」

「ばかばかしい！」オリヴァーは荒々しく応えた。「ぼくはただ、おまえを探しにやってきただけだ。話をぼくのことにすり替えるのはよせ。おまえがどれほどすばらしい安全対策を講じているか知らないが、それでもやはり、ここは危ない。実際、危険きわまりない。ひとつ間違えば、群衆が暴徒と化す可能性があるんだぞ」

フリーはどこ吹く風という顔だ。「兄さんは、わたしを救いにそういう危険な場所へ駆けつけたのがすばらしいことだと考えているみたいね」目をぐるりとまわして続ける。「でもわたしは、女性参政権を訴えにそういう危険な場所へやってくることこそ、すばらしいことだと思うの。なぜ兄さんの考え方は騎士道精神にのっとっていて、わたしの考え方は愚かしいと言えるの？」

「……いいかげんにするんだ、フリー。議論している暇はない。すぐにここから離れなければ」

フリーがにっこりした。「まあ、嬉しい。言い合いをして、兄さんの言葉を詰まらせることができたなんて。たとえ自分では認めようとしなくても、わたしが正しいことは兄さんにもわかっているはずよ。だから、ばかげたことを言うのはやめて。わたしはここから離れないわ。もし群衆が暴徒化したとしても、わたしには一〇〇人もの女性の仲間がいる。彼女たちとは、いかに身を守ればいいか、細かな点まで話し合ってきたの。兄さんとふたりきりでいるよりも、彼女たちといるほうがずっと安全よ。もし暴徒に攻撃されたら、兄さんはどうするつもり？」

「ぼくは――」オリヴァーは口をつぐんだ。

「そんなことでは、あっという間に襲われてしまうわよ」恐ろしいことを言っているわりに、妹はいかにも幸せそうに微笑んでいる。「心配しないで、兄さん。わたしが兄さんの身の安全を守ってあげるから」

「くそっ、フリー」

彼女は声をあげて笑うと、振り返って友人たちを見た。「これがわたしの兄よ。名前はミスター・オリヴァー・マーシャル。すべて終わるまで、ここを離れたくないみたい。兄はどこにいればいいかしら？」

「境界線を越えてはだめよ」ひとりの女性がオリヴァーに言った。「輪の中に入れるのは女性だけ。もちろん理由はわかるわよね。ほら、あの木を背にして立っているのがわたしの兄よ。万が一に備えて、わたしたちのことを見張っているの。もし兄と一緒にそうしてくれるなら、歓迎するわ」

オリヴァーがフリーに向かって頭を振ると、妹はそんな兄の様子を見てにやりとした。

「楽しんでいってね、オリヴァー。改革連盟はミス・ヒギンズにも演説の機会を与えると約束してくれたわ。彼女の話を聞けば、兄さんもきっと感動するはずよ」

集会が終わったあとも、たいしたことは起きなかった。ふたり組の警官が介入してきたのは一度だけだ。それも、日没前には公園から出るようにという注意であり、それに反対しようとする者はひとりもいなかった。

園内は歓喜に満ちていた。政府は総力をあげて集会を阻止すると明言していたはずだ。一方で、市民たちはそんなことをしようものなら政府をぶっつぶすと公言していた。

そして結局、われわれが勝ったのだ。それも堂々たる圧勝！　園内は、そんな市民たちの達成感で満ちあふれていた。

フリーの仲間たちは、しぶしぶフリーをオリヴァーに引き渡した。道路には馬車があふれ、歩道も歩行者であふれ返っていたため、帰りの馬車をつかまえることができなかったのだ。

代わりに、ふたりは歩いて帰ることにした。はじめの一五分間、フリーは快活そのものでしゃべりつづけた。群衆や会場の雰囲気についてとうとうと語り、今日がどれだけ楽しかったかをひとしきり話すと、次の機会が待ちきれないと締めくくった。活力あふれる妹の姿を目の当たりにして、オリヴァーは自分が急に年を取ったように感じ、どっと疲れを覚えずにはいられなかった。

「わたしをどこへ連れていくつもり？」薄汚れた街路をいくつも進んだあと、フリーが尋ねた。「まさかフレディおばさんのところへ行く気なの？」

オリヴァーは目をしばたたき、振り返って妹を見た。「てっきりおまえはフレディが好きなんだと思っていたよ。だって、毎週手紙を書いているじゃないか。それにおまえはおばさんから名前をもらっている」

フリーは目をぐるりとまわしてみせた。「四年間ずっと、わたしはフレディおばさんに怒りの手紙を書いていたの。向こうからの返事も罵り言葉だらけだったわ。兄さんって、本当に何に対しても注意を払ったことがないのね。わたしとおばさんは手紙を通じて言い合いをしていたのよ」

「おまえは誰とでも言い争いをするだろう。だから、フレディと言い合いをしていると聞いても、気にもならないよ」

「フレディおばさんったら、わたしの顔を見るたびに説教しようとするの。兄さんから今日のわたしの活動の様子を聞かされたら、またここぞとばかりに説教しようとするはずよ」フリーはすっと目を細めた。「まさか、それを見越してフレディおばさんのところへ？　おばさんに注意してほしいから――」

「正直に言えば」オリヴァーは思わず天を仰いだ。「今日フレディのところへ連れてきたのは、おまえが会いたがっていると思ったからだ。おばさんとおまえの今の関係を知っていたら、ここには連れてこなかっただろう。もし行くのがいやなら、今からクレアモント邸に連れていってもいい。だが、以前にクレアモント邸にやってきたとき、おまえは知り合いが誰もいないし、何もやることがないと文句を言っていたじゃないか」

妹は不満そうに口の端をゆがめた。

「それに昔のフレディは、おまえにだけは説教しようとしなかった。おまえ以外の家族には説教していたのに」

フリーがため息をついた。「でも、状況が変わったの。言ったとおり、今わたしたちは喧嘩の真っ最中なのよ。去年のクリスマスの席で、わたしたちは周囲にも聞こえるほどの大声で辛辣な言い争いをしたわ。どうして兄さんは気づかなかったの？　信じられない」

おばのフレディは、とにかく神経質で怒りっぽい。それゆえ、彼女がただ虫の居所が悪くて騒ぎ立てているだけなのか、本当に誰かにいらだってわめいているのか、見きわめるのは至難の業なのだ。しかもフレディが口にするのは、人を憂鬱な気持ちにさせるような悲観的な予測ばかり。おまけにオリヴァーが知るかぎり、おばの予測のうち、当たったものはひとつもない。

「いったい喧嘩の原因はなんだ？」オリヴァーは尋ねた。「よければ教えてくれないか？」

「おばさんは外へ出る必要がある。わたしがそう言ったからよ」

彼は深く息を吸いこんだ。「ほう」

フレディはもともと広場恐怖症気味だった。それゆえ、今では自分の家から一歩も外に出ようとしない。一歩でも出ようとすると、動悸《どうき》がするのだという。オリヴァーが母から聞いた話によれば、おばもかつては外へ出たことがあるらしい。ほんの短いあいだだったが、市場へ出かけていたとか。ところが、生活に必要なものは届けさせればいいと気づいた時点で、おばは市場へ出かけるのもやめてしまったのだ。

フリーは言葉を継いだ。「でもフレディおばさんは、そのときのわたしの言い方が気に入らなかったみたい。すぐに謝れと言われたわ」

「ほう」オリヴァーはそう繰り返し、頭を振った。「おまえだって知っているだろう？　おばさんはものすごく頑固な人だ。おまえでも太刀打ちできないよ」

フリーが肩をすくめる。「おばさんはわたしに〝何を生意気な。小娘のくせに偉そうなことを言うんじゃない〟と言ったわ。だからわたし、こう言い返したの。〝おばさんはわたしたちの暮らしぶりについてあれこれ説教をするわ。だったら、わたしがおばさんの暮らしぶりについて説教してもいいでしょう？〟って」

オリヴァーはため息をつくと、穏やかな声で言った。「ぼくにはフレディの体のどこが悪いのかわからない。だが、やはり外出は無理だと思うんだ。もし外出できていたら、もう何年も前にそうしていたはずさ。それに三〇年も狭い部屋の中に閉じこもっていたら、誰だっていらいらすると思うよ」

妹は反抗的な表情になった。「フレディおばさんは外出できるかもしれないし、できないかもしれない。でも、少なくとも外出するべきだと思うの。たとえ兄さんの言うとおりだったとしても、どうしておばさんは自分の病状を正直にわたしに話してくれないの？　おばさんは何も話そうとしないし、いつもわたしの欠点をあげつらうだけ。顔を合わせるたびに、そばかすを薄くするためにレモン汁をつけろと説教するわ。それなのに、なぜわたしがおばさんに外の空気に当たったほうがいいと忠告してはいけないの？　それって不公平じゃない」

フレディの住むアパートメントにたどりつくと、オリヴァーは頭を振った。

「おまえは正しい。たしかに不公平だ。ただぼくは、フレディが外出できない病気だという事実こそが不公平だと思うんだよ。少しはそんなおばさんのことを思いやってあげてほしい。今日がいい機会かもしれないぞ。フレディに謝ればいい」

「どうして謝らなければいけないの？　わたし、悪いことは何もしていないわ」

彼はまたしてもため息をついた。「それなら家の中に入っても、ひと言も口をきくな。そのほうが、ふたりとも心穏やかに過ごせるだろう」

オリヴァーは通りの角にいた花売り娘に数ペニーを渡して花束を買うと、おばのアパートメントの階段をのぼりはじめた。階段の踊り場の隅にごみが放置してある。見たところ、もう何週間もほったらかしのままのようだ。建物の所有者と話をしなければ、と頭に刻みつける。もし今後もおばが終日このアパートメントの中で過ごすとすれば、できるだけいい環境を保っておいてほしい。

オリヴァーは扉をノックして、応答を待った。

「どなた？」フレディの声は、記憶の中の声よりもやや震えていた。

「オリヴァーです」

カチッという音とともに扉が小さく開き、隙間からおばが顔をのぞかせた。

「ひとりなの？　ロンドンは火の海かしら？　暴動が起きたの？」

「いいえ」彼は答えた。「集会は秩序正しく行われ、何事もなく終了しました」

「それならお入りなさい。また会えて嬉しいわ」扉をさらに開き、身ぶりで中に入るよう促そうとしたフレディは、オリヴァーのすぐうしろに立っているフリーに目を留めた。

次の瞬間、おばの表情が一変した。両方の眉をあげて目を輝かせ、はっと息をのむと、片方の手をフリーのほうへ伸ばしかける。けれども突然われに返ったように、今度はまったく正反対の表情を浮かべた。いかにも意固地なわからず屋といった表情だ。

女性たちの様子を見ながら、オリヴァーは思った。本当は、ふたりともお互いのことを気にかけずにはいられないのだろう。だがぼくが知る中でも、このふたりは最も頑固な女性たちだ。だからこそ、四年間も言い争いを続けている。裏を返せば、それだけふたりが愛し合っている証拠だ。やれやれというように頭を振り、彼は口を開いた。

「入ってもいいかな、フレディおばさん？」

「うちに入れるのは礼儀正しい態度を取れる人だけよ」フレディはそう言うと、フリーをちらりと一瞥した。

「そういうことなら」フリーがすかさず応える。「わたしは玄関広間で待つことにするわ。兄さんの用事がすむまで」

「そんなことは許しませんよ」フレディは唇をとがらせた。

おばは血色も悪く、肌もたるみ、手もかすかに震えている。全身から発しているのは、いかにも病的な雰囲気だ。フレディとその妹であるオリヴァーの母親は二、三歳しか離れていない。だが、もしふたりが一緒にいるところを見れば、誰もがフレディのことを母より一〇歳以上年上だと思うだろう。

フレディが大きく息を吸いこんだ。「オリヴァー、玄関広間で待つなんて言語道断だと、あなたの妹に伝えてちょうだい。労働者たちがそこらじゅうをうろついているのよ。もし玄関広間で突っ立っているのを見つかったら、何をされるかわからないわ。今日の集会のせいで、きっと興奮しきっているでしょうからね」おばは汚いものであるかのように〝労働者〟という言葉を口にすると、眉をひそめてフリーをちらりと見た。「いくら浅はかな人間でも、そこまで無謀なことはしないはずだわ」

フリーは顎をあげた。「兄さん、もしわたしの叫び声が聞こえたら、助けに駆けつけて。どうせおばさんは来てくれないでしょう。重い腰をあげて、玄関広間まで来るのは大変だものね」

フレディが目をぎらつかせた。

「ああ、いいことを思いついたわ」フリーが頭を傾けて言う。「わたし、外で兄さんを待つことにする。二ブロック行ったところに公園があるから、そこのベンチで座って待っているわ。まだそんなに暗くなっていないし」

「フリー」オリヴァーはたまらずに言った。「もう少し礼儀正しくできないのか？」

フリーは鼻にしわを寄せた。

「それなら、あなたの妹に家へ入ってもらうほうがまだましだわ」フレディが小声で言った。「わたしのせいで、彼女を死なせたくないもの。もし死んだら、いちばん無作法な幽霊になるに決まってますからね。そんな幽霊にうちの廊下をうろうろされるのはごめんだわ」

いちばん無作法な幽霊になる、という考えが気に入ったかのように、フリーはくすっと笑うと家の中に入った。フレディは扉を閉め、慎重に鍵をかけて、二番目の鍵もかけた。オリヴァーとフリーは小さなテーブルに落ち着いた。

「オリヴァー」フレディが言う。「会えて嬉しいわ。紅茶はいかが?」

「いいえ、結構です」

「そんな無粋な返事は聞きたくないわ。あなたはもう立派な大人でしょう? ただし、ここにいるもうひとりは、まだ大人になりきれていないようだけれど。さあ、健康を維持するためにはミルク入りの紅茶にかぎるわ」フリーを一瞥して言葉を継ぐ。「もうひとりは自分の健康にまるで気を遣っていないようね。あれほど日焼けはよくないと言っているのに、ボンネットもかぶらずに外出するなんてもってのほかだわ」

「そうまでして自分を大切にしても、どうせ将来は誰かと結婚して、夫に何もかも牛耳られることになるんだわ。なんてつまらない人生かしら。選挙権も与えられず、自分で生計を立てることも許されないなんて。でもね、今までおばさんに言われた中でいちばん傷ついたのはそばかすのことよ。わたし、心の傷が癒えないまま、屋敷にこもりきりになるかもしれない。でも外へ出なければ、そばかすが増えることもない。ふん、わたしの健康にとって、これほどいいことはないわね」

フレディは唇を引き結び、ぴしゃりと言った。「オリヴァー、妹に言っておいてちょうだい。礼儀にのっとった話し方をしないかぎり、あなたと話す気はないと。これまで口にした暴言を謝らないかぎり、言葉を交わすつもりはないわ」

「こんな生活をしているおばさんを見たくない、と言ったことが暴言なの？　重い腰をあげて外へ出る必要がある、と言ったことを謝れというの？　おばさんの体を気遣っているのに、それを謝れと？　いいえ、絶対に謝らないわ。フレディおばさん、あなたは間違ってる。完全に間違ってる。わたしはそれがいやなのよ！」

「オリヴァー、妹に言って」フレディがさらに繰り返す。先ほどよりもそっけない口調だ。

「さっきから、礼儀にのっとった話し方をするように言っているでしょう。もしそれができないなら、今すぐ出ていって」

「上等だわ！　止めても無駄よ」フリーは早足で扉へ向かった。芝居がかった様子で出ていこうとしたものの、複雑な錠前のせいでなかなか出られない。それでも錠前と格闘し、ようやくこじ開けると部屋から出て、扉をばたんと閉めた。

オリヴァーはなすすべもなく立ち尽くしていた。

「あとを追いかけたほうがいいわ」フレディはそう言うと、だらりと垂れた錠前をちらりと見た。明らかに呼吸が荒くなっている。「とにかく外の様子を見てきて。あたりはもう暗くなっているわ。あの子をひとりにしておいてはだめ」

「少しのあいだなら、フリーは大丈夫です」オリヴァーは扉に近づき、錠をかけた。「それに外へは出ていないでしょう。それくらいの分別はありますよ」

フレディがへなへなと椅子に座りこむ。オリヴァーも椅子に座り、テーブル越しに手を伸ばして、おばの手を取った。「フレディおばさん、そんなにみじめな気分になるなら、なぜフリーと喧嘩を続けているんです？　あなたがフリーを愛していることくらい、ぼくにだってわかります。フリーがいないと寂しいし、彼女を愛している。そう認めるだけでいいんです。そうすれば、こんな茶番はすぐに終わらせることができるんですよ」

フレディはまっすぐ前を見つめ、ささやいた。「わかっているわ」

「ならば、なぜフリーと言い合いを続けているんですか？」

「あの子が正しいからよ」

オリヴァーは思わず飛びあがりそうになった。よもやフレディの口から、自分以外の誰かに対して〝正しい〟という言葉が出てこようとは。ごくまれに自分と意見が合う相手が現れても、フレディは決してその言葉を口にしようとはしないのに。

「あの子は正しい」フレディは低い声で言うと、涙で目を光らせた。「あの子が言うとおり、わたしはここに閉じこめられているのよ。恐ろしくて、どうしても外に出られないの。でも家の中にいても、行きづまった状態に変わりはない。誰かと一緒に過ごすわけでもないし、何かをしているわけでもない。ときどき、自分が何者なのかわからなくなることさえあるの」

「ああ、フレディおばさん」

「昨日は扉を開けてみたわ。でも一歩足を踏みだしたとたん、動悸が激しくなって、それ以上前には進めなかった」

オリヴァーはおばの体に腕をまわした。「お気の毒に。でも、なぜフリーにそう言わなかったんです？　おばさんも努力していると知れば、妹もわかってくれるはずなのに」

「それで、やっぱりあの子が正しかったと認めろというの？」フレディはぴしゃりと言った。「そんなのごめんだわ。この言い合いをどう終わらせるかは、ちゃんと決めているの。いつかわたしはいつものように自分の部屋の扉を開いて、階下《した》へおりていく。そして正面玄関を開けて……」おばは口をつぐみ、両手を震わせた。「公園へ散歩に出かけるの。それからあの子に手紙を書くのよ。あなたはやっぱり間違っていた、だってわたしは外に出ることができたのだから、もうあなたに無礼なことは言わせない、とね」

「おばさん……」

フレディはため息をついた。「いいわ。わたしが外出しようと努力していること、あなたからフリーに伝えてちょうだい」オリヴァーが応える前に、おばはラバのように強情な表情を浮かべて続けた。「いいえ、やっぱりあの子には言わないで。あっと驚かせたいの。洗いざらい打ち明けて、びっくりさせてやりたいわ」

オリヴァーはフレディの手を優しく叩いた。「おばさんなら、きっとできますよ。ぼくに何かお手伝いできることはありませんか？」

「なんて優しい子なの、オリヴァー。あなたはお母さんとはずいぶん違うわね」

彼はしばし言葉に詰まった。「本当に？」

「ええ、そう思うわ」フレディは遠いまなざしになった。「たとえば赤々と燃える石炭を素手でつかもうとしてやけどを負った場合、それを試練だと思い、立ち向かおうとする人たちがいる。そういう人たちは、今度熱い石炭を素手でつかんでも失敗しないためにどうすればいいかを考え、その実現に向かって計画を立てようとするの。あなたのお母さんは、そういう種類の人間だわ。一方で、真っ先にやけどの痛みを思いだし、尻ごみしてしまう人もいる」おばは手を伸ばし、オリヴァーの手をぽんぽんと叩いた。「あなたはそういう種類の人間よ。あなたが小さかった頃は、お母さん似だと思っていた。つまり、なんとしても石炭を素手でつかもうとする種類の人間だとね。でも、違った。今ならそれがはっきりとわかるわ」彼女は悲しげな笑みを浮かべた。「あなたはわたしに似ているのよ」

オリヴァーは息を吐きだし、フレディをじっと見つめた。たぶん、おばはぼくを褒めているつもりなのだろう。彼女が何を恐れているのか、そもそもなぜこんなふうになってしまったのかはわからない。母も、フレディはそういうことについて一度も説明しようとしないと言っていた。もしかしてフレディ自身、もうそんなことは忘れてしまったのかもしれない。

「もっとひんぱんにここを訪れるようにします」彼は言った。

「いいえ」フレディは首を横に振った。「月に一度の訪問でじゅうぶんよ。ほかの人がいると、わたしの神経は波立ってしまうの。たとえあなたでもね」顎をぐっとあげて言葉を継ぐ。

「でも、わたしのことは心配しないで。あと数週間もすれば……きっとあの公園に行けるようになるから。あなたはそのときを待っていてくれるだけでいいの」

オリヴァーはおばを見つめた。顎には力が入っているものの、唇が震えている。フレディは瞳を鋭く光らせ、決然とした表情を浮かべた。

「いつか……いつか必ず正面玄関の扉から表に出て、あの公園まで歩いていくわ。それも近いうちにきっと」

「ぼくはあなたを愛しています、フレディおばさん。それにフリーもあなたを愛している。あなたもわかっているでしょう?」

「ええ、わかっているわ」フレディは口をつぐみ、唇を嚙んだ。「それに今、あの子がひとりきりでいることもね。さあ、オリヴァー、そろそろ妹のところへ行ったほうがいいわ」

18

ロンドンから北へ数百キロ離れたノッティンガム

「あの子ならいないわ」

おばのミセス・リリー・シェフトンの声だ。そう気づいて、木立の中にいたジェーンは木の幹に頭をそっともたせかけた。ノッティンガムにやってきて数カ月になるが、口やかましいおばとの同居生活に不満が募るばかり。でも、いくら不満がたまっているからといって、ごつごつした木の幹に頭を打ちつけるわけにはいかない。今いちばんやってはいけないのが、大きな物音を立てて、おばとジョージ・ドーリング卿に気づかれてしまうことだから。

この地でできた友人、アナベル・ルイスに指摘されたとおり、リリーとドーリングは親密すぎるように思える。それもわたしがそばにいないときだけ、あんなふうにひそひそ話をするのだ。信じたくはないけれど、まさかあのふたりは……。

ジェーンは顔をあげた。木々の葉はもはや若くはない。朝のそよ風の中、さらさらと音を立てて揺れている。ジェーンが身をひそめている木立の背後にある空き地で、リリーがいらだったように咳払いをした。

まだ午前中の早い時間だ。実際、外出するには奇妙な時間帯と言っていい。ところが、リリーはこう言い張った。今朝はよく晴れている、ノッティンガム郊外にある森のような公園を散歩するにはうってつけの日だ、と。そんなわけで、おばと一緒にここまでやってきた。それなのに、おばはジェーンをひとり残して、すぐに姿を消してしまったのだ。

リリーは偶然を装って、わたしとドーリングを会わせようとしていたんだわ。そう気づき、ジェーンは目をぐるりとまわした。おばはいったい何を考えているのだろう？

「わかっているでしょうけど」リリーの声だ。「女性の愛情を得るなんて簡単なことよ。ことあるごとに機会を与えてあげているのに……。ドーリング、あなたときたら、失敗ばかりじゃないの。いったいどうしてなの？」

「悪いのはぼくじゃない。扱いにくい、きみの姪のほうだ」

ドーリングの顔は見えなかったが、ジェーンには今、彼がどんな表情をしているか容易に想像できた。誇り高きジョージ・ドーリングは、何より自分が大切な男だ。以前はアナベルにしつこく迫っていたが、より裕福なジェーンがここにやってきたとたん、標的をジェーンに絞りこんだ。男爵の次男であるドーリングは女と賭け事におぼれ、ロンドンを追放されて、この地へやってきた。誰もが知っている有名な話だ。

「ぐずぐずしている暇はないの」リリーが急かす。「わたしだって、こんな下品な計画はいやだわ。でもジェーンを早く結婚させるよう、兄に言われたからしかたがないのよ。もしあなたがだめなら、ほかの人に頼もうかしら」

「大丈夫、大丈夫だから」ドーリングが気だるそうな声で応えた。「もう少しの辛抱だ。きみの姪に求愛するには、細心の注意が必要なんだよ。だって、ぼくが財産目当てで彼女に近づいているんじゃないかと警戒されたら、元も子もないだろう？　しかも財産以外、彼女にはなんの魅力もないんだから」

ジェーンは唇をゆがめ、皮肉っぽい笑みを浮かべた。

ドーリングはわたしの財産を狙っている。そして、おばのリリーは一刻も早くわたしがいなくなればいいと思っている。そんなふたりが手を組むのは当然のなりゆきだ。ただし、ふたりが手を組んだところで、なんの役にも立たない。だって、わたしは誰とも結婚する気がないのだから。

「本当にもううんざり」おばの声で、ジェーンは現実の世界に引き戻された。「兄はとにかく早く、早くとうるさいの。あなたがあの子の面倒を見るようにならないと、何もはじまらないの一点張りなのよ」

ジェーンははっとした。いったいどういう意味だろう？　おじが早く、早くとうるさい？　ドーリングがわたしの面倒を見るようになる？

「すぐに求婚するよ」ドーリングが言った。「できるだけすぐに」

「ゆっくりしている暇はないの」おばが非難するように言う。「兄はジェーンの妹、エミリーのことが心配でたまらないのよ。最近、奇妙な行動を取るようになったんですって」

エミリーは不幸なんだわ。妹は外出を禁じられている。屋敷からこっそり抜けださないよう、おじは前よりも目を光らせていることだろう。そんな状況で、エミリーがふつうでいられるわけがない。奇妙な行動を取って当然だ。

だが、リリーの話はそれで終わりではなかった。「医師が認めたら、兄は六月にはエミリーをノースハンプトン精神病院へ送るつもりみたい。かわいそうに、あの子にとって、それがいちばんいいことなのよ。だから、あなたにも今すぐ行動を起こしてもらわなきゃ」

思わずジェーンは大きく息をのんだ。音を立ててしまったことに気づき、あわてて両手で口を押さえる。病院へ送るですって？　エミリーは頭がどうかなったわけではない。ただ怒っているだけなのに。

そういえば前回訪ねたとき、エミリーは〝医師たちはやってきても問診だけで帰ってしまう〟と言っていた。それも奇妙な質問ばかりするのだという。あのときはふたりとも何も考えず、一笑に付してしまった。けれど、もしおじが妹の精神状態を疑っているのなら合点がいく。医師たちはエミリーの体ではなく、心の状態を調べていたんだわ。

よく晴れた暖かい日にもかかわらず、ジェーンはふいに寒けを覚えた。もしおじがエミリーのことを精神的に問題があると考えたら……。想像するだけで恐ろしい。

ああ、やっぱりわたしは間違っていたんだわ。数カ月前、妹を連れて姿をくらましてしまえばよかった。たとえそれで罪に問われたとしても。

陽光が降り注いでいるというのに、今や全身が寒けに襲われていた。

「心配しなくていい」ドーリングが言った。「ひとたびぼくのものにすれば、彼女だってもう大騒ぎはできないさ」

ジェーンはあまりの寒さに指先の感覚がなくなったような気がした。てっきり、おばは早くわたしを結婚させて追いだしたいのだとばかり思っていた。だが、事実はさらに悪かったのだ。今なら、おばとドーリングが何をたくらんでいるのかよくわかる。もしわたしが結婚すれば、もはや財産を自分ひとりで管理することはできない。そうなれば、おじへの脅し文句も意味がなくなってしまう。つまり、わたしは孤立無援の状態。誰もわたしを助けてはくれない。ひとりぼっちになってしまう。

「今夜ですべて終わるよ」ドーリングが言う。「パーティーのあとに決行する。もしきみが打ち合わせどおり、ぼくを彼女の部屋に入れてくれればの話だがね」

たちまちジェーンは体が凍りつくのを感じた。一歩も動くことができない。わが耳を疑わずにはいられなかった。

「前にも言ったとおり」とげとげしい声でリリーが応える。「わたしは今回のことで必要以上に罪悪感を覚えたくないの。だって、本当におぞましい計画なんだもの。だから約束して、ジェーンを無理やり自分のものにしないと」

ジェーンは木の幹をしっかりと握りしめながら、心の中でおばに感謝していた。リリーは口やかましくて不愉快な女性だ。それに何より、わたしを貶めようと陰謀をめぐらせている。それでもなお、今ならおばにキスしてもいい。

「そんな約束をする必要はないさ」ドーリングが言った。「女性を口説くことにかけては自信があるんだ。ぼくを信じて、この件は任せてほしい」

だめ、ドーリングを信用してはいけないわ！　ジェーンは心の中で叫んだ。けれども、その叫びはおばには届かなかったようだ。

「そうねえ……」リリーはそう言うと、しばらく沈黙した。

だめよ！　ジェーンはそう叫びたかった。躊躇《ちゅうちょ》することなく、彼らの前に飛びだしていきたい。

「それでも、やっぱり約束して」おばがゆっくりした口調で言った。「ジェーンに余計な手出しはしない、口説くだけにすると」

絶望のあまり、ジェーンはその先を聞くことができなかった。ふたりの計画の詳細など聞きたくもない。くるりと背を向け、できるだけ静かに空き地から遠ざかりはじめる。

小枝を踏むぴしっという音や、木の葉が立てるさらさらという音がするたびに、背後から敵が迫ってきているような気がして落ち着かない。ようやく街路にたどりついたとき、ジェーンは両手をぶるぶると震わせていた。

一刻も早くここを発《た》ち、妹のもとへ駆けつけなければ。エミリーの後見人はおじのタイタスだけれど、もうそんなことはどうでもいい。そもそも、そんなことを気にかける必要はなかったんだわ。もしわたしがエミリーを連れて逃げだせば、おじもわたしとエミリーを引き離すことはできないはず。

そうよ、ふたりで船に乗れば……。

だめよ。なんの説明もなしにここから姿を消したら、わたしがケンブリッジにたどりつく前に、おじのもとへその旨を知らせる電報が届いてしまうだろう。そうなれば、おじは一瞬たりともエミリーから目を離さず、警戒するに違いない。

ときどき、もう前に進めないのではないかと絶望的になる瞬間がある。オリヴァー・マーシャルと親しくはなったけれど、彼はもういない。ジュヌヴィエーヴとジェラルディンとは友だちになれたけれど、彼女たちはロンドンに向かっていて、遠く離れたところにいる。ノッティンガムでも何人か友だちはできたものの、今は彼女たちとも離れた場所にいる。しかも、わたしにとって唯一信じられる、かけがえのない存在であるエミリーが危機に瀕《ひん》している……。

今のわたしはひとりぼっち。完全に孤立無援の状態なんだわ。

〝違う〟そうささやく声が聞こえ、心が温かくなった。〝きみはひとりじゃない〟

ふいに記憶が堰を切ったようによみがえってきた。オリヴァーの手、美しい瞳、そして熱っぽい唇。数カ月間、必死に彼のことを思いだすまい、考えまいとしてきた。オリヴァーのことを思いだしても、なんにもならない。そう自分に言い聞かせてきた。だって、わたしは彼に二度と会えないのだから。彼のことを考えただけで、心が折れそうになってしまうのだから。

でも、それならどうして、オリヴァーのことを考えただけで、これほど強い気持ちになれるの？

その輝かしい瞬間、ジェーンは心臓がとくんと跳ねるのを感じた。すっかりかじかんでいた指先にぬくもりが戻り、たちまちうずきはじめる。〝きみはひとりじゃない〟

ジェーンはただちに銀行へ向かった。そうしたほうがいい、という本能の声に従ったのだ。わたしはひとりではない。ひとりぼっちでいる必要もない。彼女は顔見知りの男性銀行員に微笑みかけた。引きだしたい金額を記した紙を渡すと、銀行員は目を大きく見開いた。けれども無言のまま、紙幣を数えはじめた。

たぶんこれは愚かなことなのだろう。だって、本当に自分がオリヴァーの助けを必要としているのかどうか、わからないのだから。それでも銀行を出ると、ジェーンは近くの電報局へ向かった。電報局のすぐ隣は菓子店だ。どちらも客でごった返すようなことはないため、陽気な女性店員がひとりで切り盛りしている。

わたしはオリヴァーを必要とはしていない。けれど、どうしても信じたい。自分がひとりではないことを。

ジェーンは電文を紙に記しはじめた。脳裏をよぎるのは愚かな夢だ。そう、オリヴァー・マーシャルが白馬にまたがり――なぜ白馬なのかよくわからないけれど――自分をさらってくれる場面。

入り口のベルが鳴り、扉が開いた。入ってきたのはドーリングだった。

その瞬間、ジェーンの夢はシャボン玉のようにはかなく消えた。たちまち手のひらが冷たくなり、ちびた鉛筆を床に取り落としてしまった。極度の緊張で、指先にまったく力が入らない。ドーリングはあたりを見まわし、彼女を見つけると目をきらりと光らせた。ジェーンがいたことに驚いたかのように、物問いたげな笑みを浮かべている。

もちろん、ドーリングはここへ電報を打ちに来たのだろう。事態はわたしが恐れていたとおりになろうとしている。彼はおじのタイタスに、わたしがいなくなったことを伝え、エミリーから目を離すなと警告する電文を送りにやってきたに違いない。

「ミス・フェアフィールド」ドーリングが近づいてきた。「ここで何をしているんだい？」

ジェーンは書きかけの紙を手で覆い隠し、床に落ちた鉛筆を足で商品棚の下に押しこんだ。

ドーリングがもみあげを指でこすりながら言う。「さっき、きみのおばさんに会ったんだ。きみの姿が見えないと言っていたよ」

ジェーンはドーリングと目を合わせ、彼がオリヴァー・マーシャルだと思うことにした。そうしなければ、ドーリングに向かってにっこりすることなどできなかっただろう。

「いろいろと用事があったの」彼女は陽気な声で答えた。くるりと振り返り、女性店員に話しかける。「ペパーミント・キャンディを二シリング分、お願い」

そう言いながら、ジェーンは書きかけの紙と重たい硬貨を女性に手渡した。

それから体の向きを変え、ふたたびドーリングを見た。背後で送受信機のカタカタという機械的な音が聞こえる。そのあと、女性店員はキャンディを袋に詰めはじめた。

すらすらと嘘が口をついて出てきた。

「うちのおばは退屈な人なの」ジェーンは言った。「今朝も小言ばかりで、一緒にいると頭がどうかなりそうだったわ。〝だめよ、ジェーン、そんな手袋はおよしなさい〟〝だめよ、ジェーン、そんなにしゃべるのはやめなさい。誰も石炭から取れるアリニン染料の話なんて聞きたくないわ〟という具合よ」憤然とした様子でため息をつき、浮かない顔をする。

「それは大変だ」ドーリングはおもねるような調子で言った。「きみのようにすばらしい女性に小言を言うなんて。きみのおばさんは鼻持ちならない人だね」

女性店員からカウンター越しに、キャンディの入った袋とお釣りを手渡された。

彼女は電報を送ってくれたかしら？　書きかけでも？　そもそも、電報が送られたかどうかがそんなに重要なこと？

いいえ、重要ではない。紙に電文を記しただけで、じゅうぶんだったんだわ。オリヴァーが電報を受け取るかどうか、駆けつけてくれるかどうかにかかわらず、今わたしはひとりではないという自信を得られたんだもの。おかげで、沈んでいた心が一気に元気を取り戻したかのよう。そうよ、かわいい妹を誰の手にも渡すものですか。

ジェーンは笑みを浮かべているドーリングを見つめた。〝女性を口説くことにかけては自信があるんだ〟先ほどの彼の言葉を思いだしたとたん、鳥肌が立った。できることなら今すぐ家に帰り、よこしまな考えを持つこの男のことを頭から追いだしてしまいたい。けれどもそうする代わりに、ジェーンは誘いかけるようにウィンクをした。

「おばと一緒にいると」彼女は繰り返した。「頭がどうかなりそうなの。もうひと晩たりとも、同じ屋根の下でおばと過ごす気にはなれないわ」

「本当に？」ドーリングは笑みを返してきた。だが、その笑みには愛情も、欲望さえも感じられない。きっと、ネズミを追いつめた猫はこんな意地悪な笑みを浮かべるんじゃないかしら？

「ええ、本当よ」

でもありがたいことに、わたしはネズミではなく裕福な女相続人だ。数シリングをちらつかせるだけで、どんな猫でも買収できる。

「まさにあなたのような男性を探していたの。あなたなら、わたしを助けてくれるわよね？」

19

母の電報を受け取ってから妹を自宅へ送り届けるまでのあいだに、オリヴァーは何かを失ったような感じを覚えていた。ポケットの中を確認するたびに懐中時計を発見する。それなのに、何かが足りないような気がしてしかたがない……そんな心もとない感じだ。

だが約束を忘れていたわけでも、小銭入れをどこかへ置き忘れたわけでもない。にもかかわらず、それから数日間、〝何かが足りない〟という感じに悩まされつづけた。

五月のよく晴れたある日、午前中にいくつか会議をすませたあと、オリヴァーはクレアモント邸に戻り、自分の部屋にこもった。

この部屋を与えられたのは、成年に達した兄のロバートからロンドンへ呼び寄せられた二一歳のときだ。兄からは、ここクレアモント邸をわが家だと思ってほしいと言われた。

「わかるだろう？」躊躇するオリヴァーに対し、若き公爵は言った。「わが家のような場所ではなくて、本物のわが家だと考えてほしい。実際、ここはきみの屋敷だ。事情が違っていれば、きみはここで育っていたはずだ。ぼくの弟なのだから」

最初の数カ月間は、クレアモント邸で暮らしていても、自分が侵入者のように思えてしかたがなかった。けれども少しずつ、ここは自分の屋敷だと思えるようになった。呼び鈴を鳴らすたびに使用人たちに謝ることもやめ、クレアモント邸がわが家であるかのようにふるまうようになった。

しかし今は……どういうわけか、ここにいることに違和感を覚えてしまう。

オリヴァーは窓辺に近づいた。窓からは公園が見える。きれいに整備された公園には数本の木と低木の植えこみ、そして両脇にベンチが配されている。

かつてオリヴァーを身ごもっていたとき、母はあのベンチに座っていたという。先代の公爵を訪ねたが相手にされず、クレアモント邸に入るのを許されなかったからだ。その一方で、オリヴァーを認知してくれた父のヒューゴ・マーシャルも、もともとクレアモント邸で働いていた。ただし、父が出入りを許されていたのは使用人用の勝手口のみだったが。

ここをわが家だと思ってほしいと言ってくれたロバートには感謝している。だが、この屋敷で起きたこと――今は亡き先代の公爵と母とのあいだに起きたこと――を変えることはできない。

そういうすべてに目をつぶって、ぼくはここにいていいのだろうか？

オリヴァーはフリーがクレアモント邸に泊まったときのことを思いだした。到着して早々に、妹はこの巨大な屋敷の中に自分の居場所はないと考えたようだ。もちろん誰もが彼女を礼儀正しく迎えてくれたし、公爵夫人であるミニーとフリーは仲がいいことで知られている。とはいえ、フリーはここではあくまで招待客。彼女にとってのわが家はここではない。

オリヴァーが食べ物を運ばせるために呼び鈴を鳴らすのを見て、フリーは笑いだし、こう尋ねた。「自分でできないの？　貴族になったとたん、兄さんは急に怠け者になったのね」

「ぼくは貴族じゃない」彼は反論した。

フリーが眉をあげる。「法律上ではそうかもしれないわ。でも、兄さんは騎士道精神を発揮して若い乙女たちを助けたりするんでしょう？」目をぐるりとまわして言葉を継ぐ。「それに貴族議員たちとも親しくつき合っているのよね？　だったら、貴族と何も変わらないと思うけれど」

「貴族のほうは、そうは思っていないさ」ブラデントンのことを思いだしながら、オリヴァーは応えた。

だが、フリーは肩をすくめてこう言い返した。「兄さんはもう貴族の一員になってしまったわ」

本当に？　本当にそうなのだろうか？

思えば、認知を求めて、母があの公園のベンチに座っていたのはもう何十年も前のことだ。それでもなお、母が座っていたベンチが自分にこう叫んでいるように思えてしかたがない。

〝おまえの居場所はここではない〟

オリヴァーはため息をついて天を仰ぐと、ベンチから目をそらし、自分の部屋から出た。

ロバートの部屋はクレアモント邸のもうひとつの翼にある。ふたつの翼を隔てている巨大な階段を移動し、兄の翼へやってきたオリヴァーは、ロバートの私室の前にやってきた。息を殺して、その部屋の扉をじっと見つめる。

分厚い木製の扉の向こう側から、ミニーの笑い声が聞こえた。「だめよ」そうささやく声がかすかに聞こえる。「こんなこと、いけないわ。わたし――」

仲むつまじいふたりを邪魔するのは忍びないが、しかたがない。オリヴァーは扉をノックした。

すぐにミニーの明るい笑い声が途絶え、しばらく経ってからロバートの声がした。

「どうぞ」

オリヴァーは扉を開けた。

兄とミニーはソファに腰かけていた。どう見ても、数秒前までは体をぴたりと寄せ合っていた様子だ。ミニーはロバートに手を握られたまま、頬を赤らめている。やはり邪魔をしてしまったらしい。

小さい頃から兄がいると聞かされて育ったものの、今のクレアモント公爵ロバート・ブレイズデルにはじめて会ったときは衝撃だった。とにかく、ロバートは何も知らなかったのだ。拳の握り方も、パンチのかわし方も、魚釣りの餌のつけ方も、効果的な釣り糸の投げ方も、正しい手紙の書き方すらも。さながら、早い巣立ちを余儀なくされたひな鳥のようだった。おまけに彼の周囲には、重要な事柄について貴重な意見を進言してくれる者もひとりもいなかった。

生まれたのは三カ月遅いが、ときどき自分のほうがロバートより年上のように思えるときがある。

それだけに、自分がロバートにとってどれほど大切な存在か、痛いほどよくわかっている。ぼくには父と母、そして姉妹たちがいる。一方のロバートには、ぼくとミニーしかいないのだ。

今の自分の気持ちを兄に打ち明けて本当にいいのだろうか？　そうでなくても、ロバートにはほかに気にかけるべきことがたくさんあるというのに。

「オリヴァー」ロバートはそう呼びかけると口をつぐみ、頭を傾けた。「何か用かい？」

ロバートは非常に感覚が鋭く、相手が混乱していると、たちどころに見抜いてしまう。混乱している理由を推測するのは苦手なくせに、何かがおかしいということだけはすぐに気づいてしまうのだ。周囲にいる者にしてみれば、実に厄介な才能と言えるだろう。

「ロバート、ぼくは……」

どう話を切りだせばいいのか、オリヴァーにはわからなかった。ただひとつわかっているのは、何か言わなければいけないということだ。ゆったりとした足取りで部屋を横切り、体の向きを変え、公爵夫妻と向かい合った。

「ここにぼくの居場所があるとは思えないんだ」

ロバートは相手の混乱を見抜く達人であると同時に、たとえ自分が傷ついても、それを態度に表さない達人でもある。今もそうだ。兄は全身をわずかにこわばらせ、やや体を引き、妻の手を握り直しただけだった。

「残念だ。きみにはそんなふうに思ってほしくなかった」ロバートは言った。「何かわたしにできることはあるかい？」

オリヴァーは首を横に振った。「きみにこうしてほしいとか、こうしてほしくないとか、そういうことではないんだ。なぜこんな事態になってしまったのか、自分でもよくわからない。ただ、ぼくは……ぼくは……」あの頃に戻りたい。かつて自分の居場所がはっきりとわかっていた頃に。そう、目の前にジェーンがいてくれたあの日々に。「今のぼくは、どこにも居場所がないように思えてしかたがないんだよ」

ロバートはうなずくと、大きく息を吸いこんだ。「いつからそんなふうに感じるようになったんだ？　その時期がわかれば、きみがそう感じた原因を突き止められるかもしれない」

一月からだ。オリヴァーはそう答えたかった。だが、もしそう口に出してしまったら、ジェーンのことを思いだしてしまう。あの運命の一夜を思いだしてしまう。自分の野心はあきらめられないが、それでもぼくを信じてほしい、きみはひとりじゃない、と告げたあの夜のことを。

「いつもそんなふうに思っていたような気がする」そう言うと、オリヴァーは顔をそむけた。兄のたじろぐ姿など見たくない。ロバートは温厚で、いつだって思いやりにあふれている。そして自分のもとから誰かが去っていくのを、何より恐れている男なのだ。

「きみのせいじゃない」オリヴァーは言った。「きみのおかげで、ぼくはいつも大事にされてきた。それに今までもこれからも、きみがぼくの兄であることに変わりはない。ただ、ぼくの居場所がここにあるとは思えない。なぜなのかは自分でもよくわからないんだ。そんな自分が腹立たしくもある」

「そうなる前触れのようなことはなかったの？」ミニーがオリヴァーをじっと見つめた。「あなたは……ケンブリッジから戻ったあと、急によそよそしくなったような気がするのだけれど」

ケンブリッジ。その言葉を聞いた瞬間、オリヴァーは胸が締めつけられるような思いに駆られた。あまりの懐かしさに、苦い郷愁が呼び起こされる。ケンブリッジ。日中はしたたるような緑の中を、そして夜はひっそりとした庭園をそぞろ歩きながら、ささやき合った日々。そう、誰に何を言われようとたじろいだり、ひるんだりしない、ある女性と。

「セバスチャンと何かあったのか？」ロバートが尋ねた。

「ああ」兄夫婦の向かいにある椅子に腰をおろしながら、オリヴァーは答えた。「だが……きみが考えているようなことじゃない。本当に自分でも何がなんだかわからないんだ。きみはいつも自分が何者か、何を求めているかを知っている。しかし今、ぼくは混乱していて、そういうことがまるでわからないんだよ」

ロバートは立ちあがると、オリヴァーのほうへやってきた。「混乱か。なるほど」オリヴァーの肩に手を置いて続ける。「混乱しているきみにどんな言葉をかけたらいいのかわからない。だがそれでも、ここに自分の居場所がないなどと思わないでほしいんだ」

オリヴァーは頭を振った。

「きみはわたしの弟だ」ロバートは一瞬ためらい、少し声を落としてつけ加えた。「きみのことを愛している。これからもずっと愛するだろう。きみの居場所はここだ。ただ、今はきみが自分の居場所を生かしきれていないだけだ」

オリヴァーは顔をあげた。

「浮かない顔はやめたほうがいい」ロバートはオリヴァーの肩を叩いた。「そんな気分になったのは、改正法案が議会をどうにか通過しそうだからじゃないのか？　きみは改正法案実現のために、長い歳月をかけて努力を続けてきた。そういう長年の努力がようやく実を結ぶめどが立って、ある種のむなしさを感じているはずだ。だから心の中にぽっかり穴が開いたように感じているんだよ」

「きみの言うとおりだ」オリヴァーは目を閉じた。「心の中にぽっかり穴が開いたような感じなんだ。しかも、何がその穴を埋めてくれるのかわからない」

次の瞬間、扉を叩く音がした。入ってきたのは使用人だった。

「オリヴァー様」使用人は一礼した。「電報が届いております」

「ああ、なんてことだ！　今度はフリーが何をやらかしたんだろう？」

困惑しながら、無言の使用人から電報を受け取る。

薄っぺらい紙には三行の電文が打電されていた。

〝頼れる人はあなただけ。

ノッティンガムにいます。

〝明日わたしは〟

文章はそこで終わっていた。これが全文だ。あまりに省略されすぎているように思える。特に三行目は文章と呼んでいいのかどうかもわからない。電報は文字を省略するものとはいえ、最後の一文は尻切れとんぼでまったく意味をなしていない。〝明日わたしは〟……そもそも、この〝わたし〟とは誰なんだ？

オリヴァーは頭を抱えた。

〝飲んで食べて楽しもう〟ふいに聖書の一節が頭に浮かんだ。〝どうせ明日わたしは……〟

オリヴァーは電文にふたたび目を通した。ノッティンガムに知り合いはひとりもいない。それに家族以外で、ぼくに助けを求める手紙をよこす人物はたったひとりしかいない。

もう一度、食い入るような目で電文を読み返してみる。

ジェーン・フェアフィールド。

オリヴァーは唇を湿らせた。

「ロバート、今はいちばんロンドンを離れてはいけない時期だよな。そうだろう？」

議会は選挙権拡大にまつわる重要な議論の真っ最中だ。毎日のように細かな事項が決められている。だが、このままロンドンに残るのはひどく間違ったことのように思えてしかたがない。特に改正法案可決のために、好意の持てない輩《やから》とでも我慢して夕食をともにしなければならないのだから、なおさらだ。

妹のフリーはまったくぼくを必要としていない。助けてと頼まれたことさえない。しかし、ジェーンは……。

「オリヴァー」ロバートが言う。「大丈夫か？　もしや、また妹さんが何か？」

「いいや」心ここにあらずの様子で、オリヴァーは答えた。「妹ではなかった」

ジェーンと再会できるかもしれない。もし、この電報の差出人がジェーンだとすればの話だが。

ばかな。そんなことがあるはずない。オリヴァーは理性を働かせ、淡い期待を振り払おうとした。

もし選挙権拡大のための法改正が認められたら、すべてががらりと変わる。世界全体の問題に比べれば、ひとりの女性の問題などたいしたことではない。そもそも、あのジェーンが世間に負けるわけがない。それに、この電報の差出人がジェーンだという保証がどこにある？　しかも、ぼくは彼女を愛してすらいないのに。

だが次の瞬間、オリヴァーはジェーンと再会した自分の姿を思い描かずにはいられなかった。彼女と数日間、ともに過ごせるかもしれない。きっとすばらしく楽しい日々になるだろう。

「これからノッティンガムへ行く」

そう言いきった瞬間、ここ数カ月ではじめて、自分の正しい居場所を見つけたような気がした。異国の地を長いことさまよったあと、ようやく故郷の家にたどりついた気分だ。

ロバートが目をしばたたいた。

オリヴァーは笑いだした。「そこで何をしようとしているのか、自分でもわからない。いや、本当にノッティンガムへ行く必要があるのかも、現地にどれくらい滞在することになるのかもわからないんだ。それでも、ぼくは行こうと思う」

「今すぐにか？」

そう、今すぐに出かけよう。結局、早く出発するほどロンドンに早く戻ってこられるのだから。仮に電報の差出人がジェーンならば、彼女から詳しい話を聞き、問題が何か探り当てればいい。それにしても、こんなめまぐるしい展開になろうとは。ぼく自身、自分の人生にありえない展開を期待しているのかもしれない。

だとしたら、まさに今がそうだ。別にジェーンのことは愛していない。だが……彼女に会いたくて、会いたくてたまらない。

「ああ」オリヴァーは答えた。「荷物をまとめ次第、すぐに発つよ」

列車の中で、オリヴァーは車輪のガタゴトという音に合わせ、呪文のようにある言葉を繰り返していた。

ぼくはジェーンを愛していない。ただ約束を果たしに行くだけだ。

ぼくはジェーンを愛していない。ただ友人に会いに行くだけだ。

ぼくはジェーンを愛していない。ただ間違いを正しに行くだけだ。

午後じゅう列車は走りつづけ、オリヴァーは自分の言葉をひたすら信じようとした。

ぼくはジェーンを愛していない。ただ愛していないだけだ。

宿屋に到着すると、オリヴァーはメイドにさりげなく、近々でパーティーが開かれる予定はないかと尋ねてみた。すると驚いたことに、今晩開かれる予定のパーティーがあるという。それも開始時間まであと一五分足らずしかなく、妙齢のレディたちが参加するパーティーらしい。「もちろん」メイドは意味ありげにつけ加えた。「とびきりお金持ちの女相続人も参加すると聞いています。噂によると、彼女はいつも奇抜な格好をしているとか。わたしもぜひ彼女のドレス姿を見てみたいものです」

それはぼくも一緒だ、とオリヴァーは思った。ということは、やはりあれはジェーンからの電報だったのだ。ジェーンがぼくを必要としている。今から彼女に会える。そう考えたとたん、背筋がぞくぞくするような喜びを覚えた。ぼくはジェーンを愛してはいない。ただおかしくて、思わず笑っているだけだ。奇抜な格好をしているという噂が立っていると知れば、彼女はさぞ喜ぶに違いない。

ぼくはジェーンを愛してはいない。単にパーティーがはじまるまで時間がないから、荷解きもせずに会場へ行こうとしているだけだ。それのどこがいけない？　そうだろう？

着替えをしている最中も、オリヴァーは心の中で言い訳を呪文のごとく唱えつづけた。ただし、上着のポケットに必要なものを忍ばせるのを忘れはしなかった。何しろ、女性に助けを求められているのだ。金と拳銃は必要だろう。

ぼくはジェーンを愛してはいない。用心に用心を重ねているだけだ。

会場にたどりつき、大勢の客の中に紛れこんだときも、オリヴァーは同じような言い訳を心の中でつぶやきつづけていた。ぼくはただジェーンを探しているだけだ。はるばる数百キロも離れた場所から、そのためにやってきたのだから。心臓が跳ね、呼吸が乱れていてもおかしくはない。それにジェーンの姿が見当たらず、一秒、二秒と経つごとに肩に余計な力が入ってしまっても。

次の瞬間、会場の扉が開き、ジェーンが姿を現した。襟ぐりが深く開いた、ウエスト部分からふんわりと広がったドレスを身にまとっている。ドレスは青みがかった緑色。まさしく、ヘビにそそのかされた男女が食べてしまった禁断の果実をほうふつとさせる色合いだ。

中には、金色のドレスの裾飾りがけばけばしいと思った人もいただろう。それにドレスの色やそこにちりばめられたビーズを見てしかめっ面をしたり、ごてごてに飾り立てた帽子を見て、目をぱちくりさせたりした人もいたかもしれない。

だが、これがジェーンなのだ。オリヴァーにとっては数カ月ぶりの再会だった。彼女は息をのむほど美しく輝いている。ドレスの裾からのぞく宝石がちりばめられたハイヒールといい、髪に編みこまれた派手な緑色の羽根飾りといい、まさしくジェーンそのものだ。ぼくのジェーン。オリヴァーははっと息をのんだ。その永遠にも思えるような一瞬、生まれてはじめて自分がいるべき場所に立っているような感じがした。他人だらけの、しかも見知らぬ土地で開かれているパーティーだというのに。

ここ数カ月、ぼくは自分に嘘をつきつづけてきた。

ぼくはジェーンを愛している。ただ今までずっと、その燃えるような思いにどう対処すればいいのか、わからなかっただけだ。

20

「なんておぞましい色のドレスなの」馬車の中、ジェーンのけばけばしい緑色のドレスを見て、おばのリリーはまたしても文句を言った。これでもう一五回目だ。「自分は愚か者《ニンニーハンマー》だと周囲に思わせたいの？」

「ニンニーハンマー？」ジェーンは答えた。「まるで魔法の槌《マジックハンマー》みたいね。たしかにこのドレスも魔法の槌《つち》も、どちらも愚か者が喜びそうだわ」

リリーはジェーンの言葉を完全に無視した。じっと姪を見つめ、ふんと鼻を鳴らすと頭を振りながら言った。「そんな格好でドーリングと釣り合うと思っているの？」

ドーリングとのことについて、おばとは話したくない。ジェーンはあえて質問に答えず、代わりにぼんやりと馬車の壁を見つめた。今、わたしがこんなにみじめな気分でいる責任の半分はドーリングにある。でもこの際、彼のことなんてどうでもいい。今、関心があるのはエミリーのことだけ。おじは妹をどうしようとしているのかしら？　もしかして、すでに何かしてしまったの？　そう考えはじめると心配でたまらない。

結局、オリヴァーに宛てた電報は届かなかったのだろう。たとえ届いていたとしても、ちんぷんかんぷんな電文だ。あわてて書いたため、彼に必要な情報――自分はどうしてほしいのか、いつそうしてほしいのか、どこで落ち合えばいいか――はおろか、いちばん基本的な情報――たとえば差出人名――すら記すことができなかった。そうでなくても、オリヴァーには気にかけるべき人々がいて、やるべき仕事もたくさんある。どこの誰かもわからない相手から電報が届いたとしても、大切な人々や仕事を放りだして駆けつけるわけがない。

しかも、オリヴァーはもう結婚しているかもしれない。かつて自分がした愚かな約束など、覚えてはいないだろう。おまけに、駆けつけようにも時間が足りない。電報を出したのは今日の正午前。それから七時間しか経っていないのだ。それなのに、わたしの計画はすでに動きだしている。

すべては今夜にかかっている。わたしの心の準備ができていようといまいと関係ない。だって、わたしには自分しか頼る人がいないんだもの。武器になるものといえば、分厚い札束ふたつだけ。ひとつは太腿にくくりつけてある。そして、もうひとつはドレスの胸の谷間にねじこんであった。

ジェーンは馬車をおり、パーティー会場へと向かいはじめた。会場は長い階段をのぼった先にあり、階段をのぼるのはひと苦労だった。一段あがるごとに、札束で胸の谷間の肌がこすれてしまう。おまけにいつなんどき、無理やり押しこんだ紙幣がこぼれ落ちてしまうかわからない。拳銃を持ってくる必要がなくて本当によかった。もし胸の谷間に拳銃をねじこんでいたら、痛くてしかたがなかっただろう。

階段をあがり終えると、ジェーンはおばに笑みを向けて肩をそびやかし、パーティー会場へと足を踏み入れた。

人でごった返す会場は熱気でむんむんしていた。扉を開けたとたん、ジェーンもその熱気に圧倒されそうになったほどだ。でも、あと三〇分以内にドーリングを探しだし、今夜の計画を説明しなくてはならない。

だが、大勢の招待客の中でジェーンの目をとらえたのはドーリングではなかった。まったくの別人だ。

「ああ……」彼女は思わずそう声に出していた。心の中で思い描いたその人が、今そこにいる。独特のユーモアをたたえた、きらめく淡青色の瞳。明るい色のふんわりとした髪。そして眼鏡。

オリヴァーは黒の燕尾服《えんびふく》をまとっていた。袖口でシャツのカフスボタンがきらりと光っている。ランプの明かりを浴びて、赤褐色の髪はかがり火のように輝いていた。彼はあたりを見まわし、眼鏡の位置を指で直すと、ジェーンを見つめた。

数カ月ぶりの再会に、彼女は大きな衝撃を覚えずにはいられなかった。もちろん嬉しい衝撃だ。どっと安堵感がこみあげ、へなへなとくずおれそうになる。いつしか、オリヴァー以外の人はどこかに消えてしまった。目に入るのは彼だけ。そう、この場所にいるのがオリヴァーと自分だけのように感じられる。ふたりのあいだの距離や時間の隔たりが、急速に縮まっていくように思えた。

今すぐに駆けだし、部屋を横切って、オリヴァーの腕の中へ飛びこみたい。でも、ありったけの自制心をかき集めて、そんな衝動を抑えなくては。

すぐそばで、おばが目を光らせているのだから。

それゆえジェーンはおとなしく待った。背中を流れる汗を無視し、札束で胸を引っかかないように気をつけながら、ただひたすら待っていた。心ここにあらずの状態で、周囲の人と会話を楽しむふりをしながら。

それにしても、オリヴァーはどうしてこんなに早く到着できたのかしら？

いいえ、その気になれば可能だわ。でもそうなると、オリヴァーはわたしの電報を受け取ってすぐに列車に飛び乗らなければならなかったはず……。

パーティーの主催者であるミセス・ローレンスに連れられてオリヴァーが近づいてきたときも、ジェーンの頭はまだぼんやりしていた。自己紹介をする彼の言葉も、ほとんど耳に入ってこない。いったいオリヴァーはどんな作り話をして、ここへもぐりこんだのだろう？

彼から一緒に部屋の中を歩きませんかと誘われたときも、ジェーンはただ唖然としたまま、うなずくことしかできなかった。

「ミス・フェアフィールド」オリヴァーが笑みを向ける。

「ミスター……」ジェーンは彼を見あげた。自己紹介のとき、オリヴァーが本名を名乗っていたかどうかさえ思いだせない。まったく耳に入ってこなかったからだ。結局、こう続けた。

「ミスター・クロムウェル」

オリヴァーの瞳に楽しげな表情が浮かんだ。

「来てくれたのね」ジェーンは彼の手にすがりつきたかった。

「もちろんだ。そういう約束だっただろう?」そう言うと、オリヴァーは彼女のドレスを見おろした。「なんとまあ、神をも恐れぬ色合いのドレスだね」

「ええ、緑色よ」ジェーンは応えた。「しかもヘビのおなかと同じ緑色なの。あるいは有毒な塩素ガスの煙みたいな緑色と言うべきかしら」

「それにしては、誰も金切り声をあげたり、目をそむけたりしていないな」彼女に笑いかけながら、オリヴァーは言った。「いずれにせよ見事な芸当だ。いったいどうしてだい?」

ジェーンは彼に輝かんばかりの笑みを向け、ダイヤモンドのネックレスを直しながら答えた。「簡単なことよ。前にも言ったように、これこそ〝女相続人効果〟にほかならないわ」

ふたたびオリヴァーに微笑みながら言う。「来てくれたのね、オリヴァー。あなたが本当に来てくれたなんて、信じられない。それもこんなに早く駆けつけてくれるなんて」

「言わなかったかな?」オリヴァーはにっこりした。「きみはひとりじゃないって」

「でも、もうあれから何カ月も経っているわ。それにわたしたち、知り合ってから数週間足らずの仲だったし。てっきり、あなたはもう……」いいえ、そうかもしれない。急に恐ろしくなり、ジェーンは顔をあげて彼を見つめた。

「いや、ぼくは結婚していない」オリヴァーはすぐに言った。「婚約も、求婚すらまだだ」

そう聞いて嬉しがってはだめよ。ジェーンはそう自分を戒めた。そんなことを嬉しく思ってはいけないわ。

だが、必死の戒めも効果はなかったようだ。彼女はたちまち全身が軽くなるのを感じた。

オリヴァーはジェーンのドレスを鋭く一瞥した。「きみがここにいる全員の度肝を抜こうとしているのはわかるが、ぼくには遮眼帯が必要みたいだ。ほら、馬の視界をさえぎるあれだよ」両手をあげて、耳のあたりを覆い隠しながら言う。「あれがあると、きみのドレスを見ても驚かずにすむからね」

ふたりは顔を見合わせて微笑み合った。その日の朝以来はじめて、ジェーンは自分を取り巻く世界のすべてが一変したような気がした。どうしてなのかはわからない。ただ、なんとなくそう感じたのだ。

「さてと」オリヴァーが彼女に近づいた。「今ここできみの話を聞いたほうがいいかい？　それとも、もっときみの都合のいいときにしようか？」

「それが」ジェーンは笑いながら言った。「あと一五分で、わたしはジョージ・ドーリング卿と会わなければならないの」それからごくりとつばをのみこみ、言葉を継いだ。「彼と駆け落ちするためにね」

オリヴァーの表情がさっと変わった。からかうような陽気さが消え、真顔になると、彼は一歩前へ踏みだした。「そんなことがあってたまるものか」

オリヴァーは結婚していない。ジェーンは心の中でつぶやいた。そんな彼に、わたしはまったく意味をなさない電報を送った。けれど、この街の名前しか記していないにもかかわらず、オリヴァーは何時間もかけて駆けつけてきてくれた。それらの事実を考え合わせれば、いくら鈍い人でも、今の彼の言葉にこめられた意味はわかるだろう。ジェーンは思わず笑みをもらした。

一方のオリヴァーは大きく息を吸いこみ、頭を振って天を仰いだ。

「すまない」かすれた声で言うと、彼は拳を握りしめて続けた。「今のは言いすぎた。それは……きみが望んだことなのかい？」

「とんでもない」ジェーンは答えた。「偽りの駆け落ちよ」

オリヴァーが眉をひそめる。

「というか、偽りの駆け落ちになる予定なの。説明している時間がないわ。早く行って、ドーリングに賄賂を渡して、駆け落ちの相手のふりをしてもらわなくては。わかるでしょう？もしドーリングがわたしと逃げるふりをしてくれたら、おばのリリーはわたしが駆け落ちしたと考えるはず。けれど、もしわたしがひとりで逃げだせば、すぐさまおじに知らせるに決まっている。そうなると、妹を助けだす時間が稼げなくなってしまうの」

ほかの男性ならば、こんな突拍子もない話を聞かされたらのけぞっただろう。ところが、オリヴァーはただうなずいただけだった。

「正気の沙汰とは思えない」彼は言った。「だがどうやら、ぼくたちには時間の余裕がないらしい。するときみは駆け落ちするふりをして、それから……」

「ケンブリッジに行くの。できるだけ早く」

「そういうことなら、ぼくも手助けできる。一緒に交通手段を見つけよう」オリヴァーは顔をしかめた。「だが、ケンブリッジを目指していることをおばさんには知られたくないんだね。となると……今夜はもう列車が走っていない。どこかの宿でぼくたちがひと晩明かすうちに、おばさんの耳に知らせが届いてしまうかもしれない」

「友人がわたしの旅行かばんをバートン・ジョイスにある宿屋に運んでくれているはずなの。そこで一夜を明かして、朝いちばんの列車に飛び乗る予定よ」

オリヴァーはうなずいた。「ならば、ぼくもそこへ自分の荷物を送って、別々の部屋を取るようにしよう。ああ、ジェーン……」彼女のほうへ手を伸ばしかけたものの、あわてて引っこめ、こう言うにとどめた。「きみに会えて本当に嬉しいよ。さあ、色男を買収しに行ってくれ」

ジェーンは思わず笑った。

オリヴァーは立ち去りかけたが、くるりと振り返った。「まさかこんなことになるとは驚きだよ」

彼女は真面目くさった顔で頭を振った。「偽りの駆け落ちなんて、誰も想像できないわ」

オリヴァーが手を伸ばし、ジェーンの手を取った。このまま手を握っていてほしい。二度と放さないでほしい。そんな思いを、彼女はぐっと我慢しなければならなかった。

「ぼくが言いたかったのはそういうことじゃない」彼が低い声で言う。「きみのことを一日たりとも忘れた日はなかった。だから今、こうしてここにいるんだ。自分でも、まさかこんな気持ちになるなんて思ってもいなかった」彼女の瞳をのぞきこんで言葉を継ぐ。「きみがいなくて寂しかったよ、ジェーン」

ああ、神様。彼女は思わずオリヴァーの背後を一瞥した。わたしたち以外の世界が消えてしまえばいいのに。見果てぬ夢が、今かなおうとしている……。ふいに高まる興奮に、全身が業火であぶられたようになる。それでもジェーンは、ただこう告げた。「わたしもよ」


落ち合う約束をした部屋で、すでにドーリングは待っていた。ジェーンは入り口で立ち止まり、彼をじっと見つめた。この男性を利用するのだと思うと、胸が痛くなる。たとえ相手もわたしのことを利用しようと、さらに極悪非道な計画を立てていたとしても。

「ドーリング」ジェーンは話しかけた。

彼は振り向き、いつものように懐中時計をポケットの中へ滑らせて、狡猾《こうかつ》そうな作り笑いを浮かべた。

「すべて問題ないかしら？」彼女は尋ねた。

あらかじめ基本的なことはドーリングに伝えてあった。自分がここを離れなければいけないこと。彼と一緒である必要があること。そして細かいことは今夜伝えると言ってあったのだ。

あなたと駆け落ちするつもりだ、とはひと言も言っていない。とはいえ、言外に強くにおわせたつもりだ。

ドーリングが笑みを向けてきた。「ああ、大丈夫だ。ところで金は持ってきたかい？」

胸の谷間に丸まっている紙幣の束の感触を意識しながら、ジェーンは答えた。

「ええ。わたしたち、話し合わなければ」

「スコットランドへ行くまでに、話す時間はたっぷりある」

「そうね。実は、その件について話し合わなければいけないの。きっとあなたが誤解していると思って。わたし、あなたと駆け落ちする気はないの」

ドーリングは目をぱちくりさせ、笑みをすっと消した。「だが、きみはそうほのめかしていたじゃないか……だから、きみのおばさんに手紙を送っておいたんだ。きみの評判を汚すわけにはいかないからね」

ジェーンはせせら笑った。ここ一年、ありとあらゆる手を尽くして、〝不愉快きわまりなく、このうえなく愚かな、誰をもぞっとさせる女〟という評判を作りあげてきた。今さら、もうひとつ汚点がついても痛くもかゆくもない。

「詳しく説明している暇がないの」ジェーンは言った。

「でも――」

「とにかく、あなたと駆け落ちする気はないわ。でも駆け落ちするふりをしてくれたら、あなたに報酬をあげる。そんなに難しいことではないはずよ。あなたが失うものは何もない。それなのに巨額のお金を手にできるのだから。あとはあなたの決断次第よ」

「報酬？」ドーリングはすぐさまその言葉に反応を示した。「報酬って、いくらだい？」

「五万ポンドよ。あなたの仕事は今夜この町を離れて、三日間戻ってこないこと。仕事に対する報酬として五万ポンドを支払うわ」

「だが――」

「交渉の余地はないの。黙ってお金を受け取って」

彼は不満げに荒い息を吐いた。「それはぼくの望んでいたことと違うが、まあ、いいだろう。それなら金を見せてくれ」

ジェーンは相手に背中を向けた。毒々しい緑色の手袋を片方外し、胸の谷間に指を差し入れる。するとありがたいことに、すぐに紙幣の隠し場所を探り当てた。札束を取りだし、安堵のあまり、ドレスの上からこすれた胸を手で撫ではじめる。そのとき、遅まきながら気づいた。いくら他意はないとはいえ、ドーリングがそばにいるのにこんな仕草をするのはよくない。あわてて彼のほうに向き直る。

次の瞬間、息ができなくなった。目の前に銃口が突きつけられていた。金属製の銃身が不気味な光を放っている。たちまちジェーンの全身は凍りついた。もう銃口以外、何も目に入らない。両手の感覚がどんどんなくなっていく。脱いだ手袋を落とさないよう握っておくのがやっとだ。

「こんなことはしたくないんだが」ドーリングは言った。「ぼくだって簡単な計算くらいできる。きみは自分と別行動を取れば五万ポンドを支払うと言った。だがきみと結婚すれば、ぼくは一〇万ポンドを手にすることになる。どっちが得かは比較するまでもないだろう」そう話しながら、彼は手を伸ばし、ジェーンの手から札束をもぎ取った。

「銃で脅しつけたって、わたしとは結婚できないわ」彼女は反論した。

「ああ」ドーリングが残念そうに言う。滑稽なほど芝居がかった様子だ。「だが、きみをここから連れ去ることはできる。たしかに褒められたやり方じゃない。でも、ぼくはいい夫になるつもりだ。結局はきみもぼくを許してくれるだろう」

「もしおじがわたしの妹にひどい仕打ちをしたら、おじを懲らしめるためにわたしのお金を使わせてくれる？」

ドーリングがにやりとした。「ほう、きみは今朝のぼくたちの会話を盗み聞きしたんだな？そういうことなら、すべて合点がいく。しかし悪いが、きみのおじさんへの対処はぼくに任せてほしい。もしぼくのことが信じられないなら、ぼくと結婚などできないだろう？」

なんて巧妙なやり口だろう。ドーリングはたった今、わたしを銃で脅して札束を奪ったばかりだ。そしてまさに同じやり方で、わたしの自由も奪い取ろうとしている。

「すばらしいわね」ジェーンは思わず言った。「さすがは名誉を重んじる人だけあるわ」

幸いなことに、ドーリングはその言葉にこめられた皮肉には気づかなかったようだ。彼女は相手に気づかれないように、肩越しをちらりと一瞥した。けれどもオリヴァーの姿はどこにもない。

だけど、オリヴァーに何ができるというの？　わたしに今必要なのはドーリングだ。ドーリングはここから姿を消す必要がある。わたしは彼と駆け落ちしたと、おばに信じこませるために。

今わたしがすべきなのは、ドーリングより賢く立ちまわること。そうすれば、意外と早く逃げだす機会がめぐってくるかもしれない。そうでなくても、残された時間はかぎられている。わたしの駆け落ちをおばが信じているあいだに、なんとしても妹を救いに行かなければならない。

「従うしかなさそうね」ジェーンは言った。

ドーリングがにやりとする。「よし。ならば、わざわざエーテルをかがせる必要はないな。さあ、馬車に乗るんだ」

エーテル。内心びくりとしたものの、彼女はそっけなく言った。「ええ、そんな必要はないわ」次の瞬間ドーリングに腕を取られ、たじろがないようにするのが精一杯だった。彼に導かれて、しかたなく廊下を進みはじめる。

あえてうしろは振り返らないようにした。

「どこへ連れていくつもり？　それにどんな道順をたどる予定なの？」勇敢にも、ジェーンは尋ねた。ここは詳しい情報を得なければ。できるだけ具体的な情報を得て、より効果的な対策を練らなければならない。

21

誘拐されるって、なんて退屈なんだろう。数時間後、馬車の中でジェーンはぼんやりとそんなことを考えていた。向かい側の席に座ったドーリングは、ずっと銃を掲げたままだ。扉は閉ざされ、馬車の中にふたりきり。おまけに夜のため、ガラス窓からは木々がぼんやりとしか見えない。馬車が北へ進みはじめてから、もうかなり長い時間が経っている。そのあいだ、彼女はあくびばかりしていた。

「近くに宿屋はあるの？」ジェーンは尋ねた。「そこで一泊するつもり？」

「最終的にはな」ドーリングがぴしゃりと言う。

またしてもあくびをすると、ジェーンは窓の外を眺めた。大ぶりで節だらけのオークの木の影が浮かびあがっている。試しに、オークの木の数を数えてみる。けれども、ちょうど四七本数えたところで、馬車が突然止まった。なぜこんなところで止まるの？　あたりには街どころか、人影ひとつ見当たらないのに。

「ここで何をするつもり？」彼女はきいた。

だが、ドーリングも困惑したような表情だ。ジェーンにかぶりを振ってみせ、さがっていろと身ぶりで伝えた。

数分後、馬車の扉が開かれた。黒い外套《がいとう》姿の御者の輪郭が見える。

「何かあったのか？」ドーリングが尋ねた。

「はい」御者は答えた。「一頭の馬の脚の調子が悪いようで」典型的な農夫のしゃべり方だ。

この御者を買収できないかしら、とジェーンはちらりと考えた。太腿にくくりつけた札束は、まだそのままだ。

「くそっ」ドーリングは不満げに小鼻を膨らませた。「こんなときにかぎって……いったいどういうことだ？　馬の脚の調子が悪いだと？　そんなばかな」

御者は肩をすくめた。「ちょっと見てください」

ドーリングはちらりとジェーンを見た。「だめだ」

御者がまたしても肩をすくめる。「なら、それをおれに貸してください。おれが女を見張ってます。そうすれば、旦那も馬の具合を見られるでしょう？」ドーリングは御者に銃を手渡すと、馬車からおりた。しかし御者はすぐにドーリングのあとに続こうとはせず、馬車の入り口から中へ身を乗りだして、唇にそっと指を押し当ててみせた。

ジェーンははっと息をのみ、思わずささやいた。「オリヴァー」

「しいっ。もう少しの辛抱だ」

「なんてことだ」外からドーリングの声がした。「蹄に石ころがはさまっているじゃないか。この馬はもう使い物にならない。いったいどうすればいい？　おまえに何か考えはあるのか？」

オリヴァーはドーリングに向き合った。「ああ」ふだんの話し方で答える。「考えはある。元気なほうの馬にふたりで乗って、街へ向かう」

しばらく無言だったが、ドーリングはようやく口を開いた。「なんだと？」

「ふたり乗りだ」オリヴァーは言った。「信じないだろうが、ぼくがパーティー会場の外で交通手段を探していたときに、ちょうどきみの御者が馬車を運転して現れたんだ。ぼくがどんなに喜んだか、きみには想像もつかないだろうな」頭を振って、つけ加える。「きみの御者には、よくよく言い含めておいたよ」

「さっぱりわけがわからない」ドーリングが言う。「おまえは誰だ？」

「街から少し離れた場所にきみを置いてきぼりにするつもりだった。だが、こうなったらしかたがない。馬車と一緒にここにいてくれ。明日の正午になれば、御者がきみを迎えに来る」銃口をドーリングに向けたまま馬車の後部にまわると、オリヴァーはいろいろなものをかき集めはじめた。「毛布もあるし、ワインも食べ物もここにある。それほど不快な思いをせずに夜明かしができるはずだ」

「そんなこと、させるものか。ぼくにはこれが――」威嚇するように片手を振りまわしたものの、ドーリングは空っぽの手をじっと見つめた。

「ああ、そうそう」馬車のうしろからオリヴァーの声がする。「ちょっとした忠告をしておくよ。今度誰かを誘拐するときは、見知らぬ人間に武器を渡さないほうがいい」

ジェーンは思わずにやりとした。

「くそっ！」ドーリングが叫ぶ。「おまえは誰だ？　ぼくの御者に何をした？」

オリヴァーは片手に銃を、もう一方の手に鞍を持ち、馬車の背後から戻ってきた。

「ジェーン、悪いが馬にふたり乗りをせざるをえなくなった。覚悟はいいかい？」

彼女は顔をほころばせた。「どうして？　なぜこんなことをやってのけたの？」

「簡単なことさ」オリヴァーが言う。「言っただろう、きみはひとりじゃないと。本当にぼくがきみをひとりにするとでも思ったのかい？」

ジェーンはなんと応えたらいいのかわからなかった。ただ頭を振り、オリヴァーが馬に鞍をつけるのを見つめていた。こうして体を動かして作業をする彼の姿を見るのははじめてだ。実に手際よく、てきぱきと仕事をこなしている。改めて、彼が農場育ちであることを思いださずにはいられない。オリヴァーは政治論議も、危機に瀕した女性の救出も、馬の鞍つけも、いとも簡単にやってのけてしまう。

ここ数カ月、彼のことを思わない日はなかった。もし自分に勇気があれば、オリヴァーにこう言ったのに、ああ言ったのに、と考えつづけてきた。

もうこれ以上、この胸におさめておくつもりはない。

「今から出発すれば、じゅうぶん間に合うだろう」オリヴァーは馬にひらりとまたがると、片手をジェーンに差しだした。「さあ、おいで。出発だ」

「待って」彼女は言った。「もしよければ銃を貸して」

オリヴァーは何も尋ねようとせず、銃をジェーンに渡した。彼女がくるりと向き直った瞬間、ドーリングは顔面蒼白《そうはく》になった。「お願いだ」震える声で懇願する。「やめてくれ……そんなことをする必要はないだろう……」

ジェーンは目をぐるりとまわしてみせた。「泣きわめくのはやめて。さあ、わたしの五万ポンドを返してちょうだい」

「でも、きみにとってはなんの意味もない金だろう？　ぼくにとっては……」

「だからよ」彼女は言った。「あなたにとって、そのお金がどれほど大きな意味を持つかはわかっているわ」ドーリングの額に銃口を向けながら言い添える。「だから返してほしいのよ」

一頭の馬に正装した人間がふたり乗りするというのは、どう考えても快適な状態とは言いがたい。鞍の上で、オリヴァーは背後からジェーンの体を抱え直すと、尻の位置をずらした。出発してからわずか四分だが、これでもう一五回目だ。

軽やかな風の中、ジェーンのスカートがはためいている。オリヴァーは太腿に何か硬いものが当たるのを感じていた。おまけにドレスに縫いこまれたビーズが体にこすれ、むずがゆくてしかたがない。

それでもなお、全体的に見れば、それほどひどい旅ではない。ジェーンの体は柔らかくて温かい。おまけに、彼女の香りを思う存分吸いこめる。ジェーンは清潔な石鹼のにおいがした。

二四時間前はクレアモント邸の座り心地のいい椅子で本を読みながら、知り合いの貴族議員たちにどう働きかけようかと思案をめぐらせていた。それがどうだろう。今は便利で豊かな現代の社会生活とはかけ離れた環境にいる。評判がいいとは言えない女相続人とふたりで馬にまたがり、これから彼女の一九歳になる妹をさらいに行こうとしているのだ。まるで、騎士道華やかなりし中世に逆戻りしたみたいじゃないか。そう、生き残るために剣と機転が不可欠だった、あの時代に。

何年も前、自分のこれからについて計画を立てたことがある。目立たぬよう世の中に奉仕し、最終的には世間から認められ、ゆっくりと権力の座に近づいていく……。あの計画には、まったく含まれていなかったはずだ。衝動に駆られ、ばかげた行動に出た今日のような日は。何しろ電報が届いてから三〇分もしないうちにロンドンを飛びだし、ジェーンを探しだして、圧倒的に不利な状況にもかかわらず誘拐計画を阻止したのだから。

興奮状態から正気に戻るまでには、まだ時間が必要だろう。オリヴァーはジェーンの体に腕をしっかりと巻きつけたまま、彼女にはじめて会った目もくらむような瞬間を思いだしていた。

自分は女性に対しても正常な感覚の持ち主だと自負している。いつか誰かと恋に落ちるとしても、それは断じてこんな急展開ではないし、相手もジェーンではないはずだ。それが今、ぼくは間違ったレディとともに、間違った筋書きをつづろうとしている。誰かが間違いを犯したからだ……。その〝誰か〟が自分のような気がして恐ろしい。

だがジェーンは、全身をぼくに預けている。ぼくが心の中で、ジェーンとこんなふうになるのは間違いだという理由をいくつもあげつらっているというのに、彼女はそんなことなどおかまいなしだ。

「なんだか不公平だわ」ジェーンが唐突に言った。今の自分の気持ちを言い当てられたような気がして、オリヴァーは思わず息をのんだ。「これって、どう考えてもロマンティックな状況よね。自分を助けに駆けつけてくれた男性に、全力疾走する牡馬《ぼば》に乗せられ、さらわれるなんて。どんな女性でも憧れる状況よ」

そう、これは明らかに間違った筋書きなのだ。「ちょっと訂正させてほしい。全力疾走する牡馬ではなくて、おとなしい去勢馬だ」オリヴァーは口をはさんだ。「そこがまず問題だ」

「ロマンティックなおとぎばなしでは」ジェーンが続ける。「男性は決まって愛しげに女性を抱きかかえ、女性は彼の抱擁にとろけそうになるものよ」

「ぼくの抱き方には愛情が感じられないと言いたいのかい？」

「抱きかかえている側のあなたのことはわからないけれど、わたしの側から言わせてもらえば、自分の体がとろけそうになっているとは思えないの。なんだか岸壁に叩きつけられている船になったような気分よ」

オリヴァーは笑った。「それが摩擦というものさ。実はぼくもさっきから摩擦に悩まされている。きみのビーズだらけのスカートの下にある何かが、ぼくの太腿に当たっているんだ」

「えっ？」

「敏感な部分を刺激されて落ち着かないよ。ロマンティックなことを考えるどころじゃない。実際、太腿を刺激されるたびに必死に我慢しているんだ。きみのスカートの中の硬い武器のせいで、女みたいに甲高い声をあげないようにね」

「ああ、それは五万ポンドの札束よ。コルセットの中に忍ばせるよりも、太腿にくくりつけたほうがいいかなと思って」ジェーンはため息をつき、言葉を継いだ。「それにしても、馬にふたり乗りをするとこんなにお尻が痛くなるなんて、どの本にも書いていなかった。それにあなたの太腿、とっても硬いんだもの。居心地が悪くてしかたないわ」

「ぼくの太腿が枕のように柔らかかったほうがいいのかい？」

彼女はオリヴァーに寄りかかった。「ええ、今はそのほうがいいわ。柔らかい太腿なら、目を閉じて枕代わりにできるから。でもあなたの太腿ときたら、丸太みたいに硬いんだもの。とてもじゃないけど枕代わりにはできないわ」

「なるほど。だが、問題がひとつある。もしぼくの太腿が柔らかかったら、いくら踏ん張ってもきみの体を支えきれずに落馬させてしまうだろう。おまけにそんな無理な体勢を続けていれば、ぼくもぎっくり腰になってしまう」

ジェーンは優しい笑い声を立てた。

「ロマンティックなおとぎばなしなんて、どれも嘘っぱちさ、ありえない人」オリヴァーは彼女の首元に向かってささやいた。しかし言葉とは裏腹に、愛のささやきのようになってしまった。

しばらく沈黙が続いたあと、ジェーンは口を開いた。

「本当にそのとおりね。あなたが駆けつけてくれたとき、あまりにも驚いて、なんだか調子が狂ってしまったみたい」彼女はため息をついた。「またおしゃべりしすぎたわ。あなたといると、どういうわけかしゃべりすぎてしまう。なぜあなたのそばにいると、口をつぐむことができないのかしら？」

ジェーンがこちらを振り向いた。馬から落ちないよう気をつけながら、顔を精一杯向けている。腕の中にいるジェーンは、とてもいいにおいがした。ラベンダーとバラ、それにシトラスが入り混じったような香り。まるでわが家に帰ってきたかのように、ほっとせずにはいられない。

「それは、きみがこれを望んでいるからさ」オリヴァーはジェーンに口づけた。

彼の気持ちを汲《く》み取ったかのように、馬が速度を落とした。漆黒の闇の中、ジェーンと完全にふたりきりだ。どこからかコオロギの鳴く声が聞こえている。まだ夜明けには時間があり、鳥たちは眠っているようだ。両腕をしっかりとジェーンの体に巻きつける。もしここで離したりしたら、彼女は落馬してしまうだろう。

ジェーンをさらに引き寄せ、唇の感触を夢中で味わう。

ようやく顔をあげた瞬間、ジェーンがつぶやいた。「まあ……」

だが、それ以上何も尋ねてはこなかった。代わりに、体をゆったりとこちらにもたせかけてきた。頭のてっぺんに結いあげた髪がはらはらと乱れている。もしこれがロマンティックなおとぎばなしなら、いく筋かの巻き毛が垂れ、両耳のあたりでふんわりと風に舞うはずだ。ところが現実は違う。ジェーンの驚くほど豊かな髪は、一方の肩にばさりと落ちている。ときどき手をあげてなんとか髪型を直そうとしているものの、何度やってもまた落ちてしまうのだ。

「これで」彼女がようやく口を開いた。「あなたの硬い太腿も許してあげられそう」

オリヴァーは笑った。「きみのドレスの下の札束も許すよと言いたいところだが、そうはいかない。まだまだ先は長いからね」

ジェーンは肩越しに振り返り、視線を合わせた。「あとどれくらい?」

「果てしない距離だよ。こんなふうに馬をのんびり歩かせていたらなおさらだ。いくらキスを重ねても足りないほど、途方もなく長い道のりになる。途中で宿屋を見つけたら、そこに入ろう」

「それなら、あともう一回」彼女はまたしてもこちらに頭を傾けた。

今度は馬が完全に歩みを止めた。片手でジェーンのウエストをしっかりと支え、もう一方の手を肩の下へそっと滑らせて襟元のレースを指先でもてあそんだあと、ドレスの生地の上から愛撫しはじめる。彼女の体は温かく、柔らかかった。指が胸の頂をかすめた瞬間、ジェーンは小さなあえぎ声をもらした。

できることなら知りたくなかった。ぼくに愛撫されると、ジェーンがこれほど敏感に反応することを。だが、ひとたび知ってしまった今、もう自分を抑えられない。ジェーンの体を隅々まで探検せずにはいられない。胸の曲線をゆっくりとたどり、彼女が息をのむ音を聞きたい。これほど近くに引き寄せているのだから、どんなに小さなうめきでも聞こえるはずだ。たとえ耳に届かないほど小さな声でも、ジェーンの胸の震えが手のひらに伝わってくるに違いない。襟元から指を滑りこませ、コルセットの下へ差し入れる。すでに彼女の胸の頂はつぼみのように硬くなっていた。

ジェーンが甘いうめき声をもらした。

「この体勢でできることはかぎられている」オリヴァーは彼女の耳にささやいた。「だが、たぶんそれでよかったんだろう。もし今夜きみとベッドをともにしたら、今ぼくが手を置いている部分を唇で愛撫せずにはいられないと思うんだ」

指を滑らせ、もう一方の胸の頂も優しくなぞりはじめる。

ここがどこか、今何をしているか。そんなことは、もうどうでもいい。ぼくはジェーンがほしい。彼女の体じゅうにキスの雨を降らし、とろけさせたい。彼女のあらゆる部分に触れたい。触れたくてたまらない。

「ああ、ジェーン。どうかぼくに言ってくれ、今すぐこの馬を走らせろと」

けれども、ジェーンはそうしなかった。オリヴァーの上着に手をかけ、ぎゅっと引き寄せた。無言のままで。

ふと気づくと、道端の草むらの中でジェーンと抱き合っていた。だめだ。彼女とむつみ合うなんて。それもこんな草むらで。だが、ジェーンがほしい。どうしようもなくほしい。彼女を求める気持ちが強すぎて、理性がまるで働かない。

「オリヴァー」かすれた声で名前を呼ばれた瞬間、全身に火がついた。

「もっとぼくの名前を呼んでくれ」

指先をジェーンの胸の頂にゆっくりと這わせる。

「オリヴァー」彼女のあえぎ声に欲望をかきたてられ、荒々しいキスを繰り返す。「ちょっと待って」

彼はさっと体を引いた。呼吸がひどく乱れている。

「雨が降ってきたみたい。もうこれで雨粒を感じるのは三度目よ」

「なんてことだ」誰にも、何にも邪魔されたくない。たとえ雨が降ろうと、雷が落ちようと、ふたりめがけて洪水が押し寄せてこようと。このままで終わらせたくない。ひとたび終わらせてしまえば、ふたたびはじめられるかどうか自信がない。

とはいえ、ジェーンの言うとおり、雨が降りはじめた。鼻の頭に冷たい雨粒がぽつり、ぽつりと落ちてきた。

これでふたりきりの時間はおしまい。そういうことだ。これでよかったのかもしれない。何も変わってはいない。ジェーンはあいかわらず、ありえない女性のままだ。とてもじゃないが、この手が届く存在には思えない。

でも、ジェーンがほしい。もっと、もっとほしい。何カ月も離れ離れになっていたあとだけに、なおさら彼女が恋しい。オリヴァーは冷たい雨粒に意識を集中しようとした。この雨一滴一滴が、ぼくの情熱を洗い流してくれればいい。手のひらの下にあるジェーンの柔らかな胸や、ぼくのウエストに巻きつけられた彼女の長い脚を忘れさせてくれればいい。

しかし、雨はなんの助けにもならなかった。

嵐は一気にやってきた。霧雨が降りだしたかと思った次の瞬間、バケツをひっくり返したような豪雨に転じたのだ。おまけに冷たい風が容赦なく吹きつけてくる。

それなのに、なぜぼくは寒くないのだろう？　どうしてジェーンを抱いたまま愛撫を繰り返し、雨のしずくに濡れた彼女の耳に口づけているんだ？　なぜ両手を彼女の女らしい体の曲線に這わせずにはいられないんだ？

次の瞬間、稲光が鋭いナイフのごとく、暗い空を切り裂いた。

稲光に宿屋の建物が照らしだされた。どうやら、ここからそう遠くなさそうだ。これで幕《まく》間《あい》劇は終了。そう自分に言い聞かせながらも、オリヴァーはジェーンの体を放すことができずにいた。どうしても、彼女の首元に熱い唇を何度も押し当てずにはいられない。それに彼女の太腿から手を離したくない。特に、ドレスがぴたりと肌に張りついている今は。

それでもしぶしぶ身を引き、彼はジェーンを連れて宿屋の前までやってきた。

真夜中、雨でびしょ濡れの男女が宿屋に入り、一緒の部屋に泊まる。どこにでもありそうな話だ。もしぼくが今とはまったく違う立場の男ならば……。

ジェーンの体から手を引きはがしながら言う。「さあ、入って。適当な理由をつけて、受付係に一泊したいと言えばいい。なんでもいいから作り話をするんだ。三〇分経ったら、ぼくも何か理由を考えて入るよ。ふたりで別々の部屋を取れば、余計な詮索をされずにすむだろう」

「オリヴァー」

そう呼ばれても、ジェーンのほうは見ないようにした。全身にぴたりとドレスが張りついたジェーンの姿を見てしまったら、二度と放せなくなるだろう。

大きく息を吸いこむ。さあ、次の言葉を言うんだ。だが、それは思っていたよりもはるかに難しいことだった。それでもどうにか声を絞りだした。

「おやすみ、ジェーン。明日の朝七時に列車の駅で会おう」

22

　ジェーンはそわそわしていた。とても落ち着くどころではない。部屋の扉を見つめながら時が過ぎるのをひたすら待っていると、四五分後に扉が開き、オリヴァーが中に入ってきた。ずぶ濡れの姿を見て、すぐにタオルを手渡す。あとからやってくる彼のために取っておいたタオルだ。

「ジェーン」オリヴァーの声はかすれていた。

　彼が髪に指を差し入れる。濡れた赤褐色の髪が生き物のようにうねった。

　ジェーンは顎をあげ、オリヴァーの視線をまっすぐに受け止めた。部屋にランプは灯っておらず、あるのは暖炉の火明かりだけだ。揺れる炎に照らしだされた彼の瞳は、危険なほど暗く煙っているように見えた。

「自分のしたことがわかっているのか？」

「適当な理由をつけろと言ったでしょう？」心臓はどきどきしているが、なんとか声を冷静に保とうとした。「だから、そうしたまでよ」

「ひとりきりで、ずぶ濡れの格好で宿屋にたどりついたのはなぜか、適当な言い訳を考えろと言ったんだ！　決してこんな……こんな……」

「愛人である公爵の息子があとからやってくる、だからひと部屋でいい。そういう作り話をしてはいけなかったかしら？」

オリヴァーはタオルを椅子に放り投げ、ジェーンのほうへつかつかと歩み寄った。

「ああ、認めるよ。ぼくはきみがほしい。この数カ月、ずっときみのことばかり考えていた。それにさっきは完全にわれを失っていた。だが、ぼくはきみとこうなるために助けにやってきたわけじゃない」

彼女は椅子から立ちあがった。びしょ濡れのドレスはすでに脱ぎ、シュミーズの上に、刺繍《ししゆう》が施されたローブを羽織っていた。耳の奥で、心臓がどくどくと脈打つ音が聞こえる。

「そんなふうに考えていたの？　あなたに助けられたお礼に、わたしが自分を差しだすつもりだと？　ばかを言わないで、オリヴァー」彼のほうへ一歩進みでて、言葉を継ぐ。「この数カ月、悶々とした思いに苦しんでいたのは自分だけだと思っているの？　夜、ベッドに横たわり、天井をじっと見つめながら、もっと愛し合いたいと考えていたのはあなただけじゃない。わたしを見て、オリヴァー。わたしはいやいや自分を差しだそうとしているわけではないわ」

今や心臓は早鐘を打っている。それでもジェーンはローブの紐をほどきはじめた。シルクの紐が床に落ちた瞬間、オリヴァーの瞳に欲望の色が宿った。

「わたしを見て」彼女はそう言うと、ローブを肩から脱ぎはじめた。ローブが床に落ちたとたん、ひんやりとした空気に触れ、肌に刺激が走るのを感じた。でも、これは寒さのせいだけではない。

身にまとっているのは薄いシュミーズだけ。背後の火明かりに照らされて、体の曲線があらわになっているだろう。

オリヴァーはジェーンの全身に熱っぽい視線を走らせ、唇を湿らせた。

「ぼくは紳士的な態度を貫くつもりだ。床に寝るか……とにかくベッド以外の場所で眠る」

「それが紳士のすることなの？」

「ああ、たぶん」

「それなら、紳士というのはとんでもない愚か者ね」

彼が笑う。「ジェーン、まったく、きみはぼくがこれまで出会った中でいちばん勇気ある女性だよ」

ジェーンはもう一歩前へ進み、両手をオリヴァーの胸に当てる。

「この先どうなるか、わかっているのか？」

「なんとなくしか、わからないわ……。でも……」ジェーンは手を伸ばし、彼のクラヴァットにそっと手をかけた。「この先どうなるか確かめたくて、わくわくしているの」

「それなら確かめるといい」

彼女はクラヴァットの結び目をほどき、首元から取り去った。

「ほらね」ジェーンは顔をあげて言った。「知らなかったわ。あなたの喉がこんな形をしているなんて」前かがみになり、彼の喉のくぼみに口づける。

「ああ、ジェーン。もう死にそうだよ」

その声を聞くまで、どうすればいいのかわからずにいた。でもオリヴァーのせっぱ詰まったかすれ声でわかった。彼がわれを忘れつつあるのは明らかだ。そう、これよ。これこそ、わたしのやりたかったこと。指先でオリヴァーの全身を愛撫して、死にそうなくらい激しい欲望をかきたてたい。

びしょ濡れの上着の襟に手をかけると、彼は肩をすぼめるようにしてそれを脱いだ。

雨に濡れた生地がぴたりと肌に張りつき、力強くしなやかな腕の筋肉がはっきりとわかる。続いてベストのボタンを外していくと、引きしまった腹部やウエストがあらわになっていった。

オリヴァーは自分からは動こうとしなかった。体をわずかに動かしたのは、衣類を脱がせやすいように手伝ってくれたときだけだ。そのことに感謝せずにはいられない。今はこの手でゆっくりと彼の衣類を一枚一枚脱がしたい。わたしには時間が必要だ。これから起こることへの心の準備を整えるために。オリヴァーはまるで、そんなわたしの気持ちをわかってくれているみたい。だからこそ、されるがままになっているのだろう。

今度はシャツを脱がしにかかったものの、こちらはそう簡単にはいかなかった。袖口には小さなシルバーのカフスボタンが留められており、オリヴァーも協力してくれたが、濡れて肌に張りついたシャツを脱がせるには時間がかかった。

ようやくオリヴァーの上半身があらわになった瞬間、ジェーンは喉がからからになった。厚い胸板、へその下まで続く胸毛、そして濃い色の乳首。すべてがはじめて目にする生身の彼だ。

彼女は手を伸ばし、オリヴァーの素肌に触れてみた。

「まあ、あなたの体、まだこんなに濡れているわ。寒かったでしょう？」椅子にかかっていたタオルを手に取り、彼の体を拭きはじめる。最初は両肩、そして両腕。彼の鋼のようにしなやかな肉体を意識せずにはいられない。筋肉があちこち盛りあがっているのに、微動だにしない。まるで、全身くまなく探検するわたしを見守ってくれているかのようだ。背中を拭き終わり、今度は体の前に取りかかった。

腹部にタオルを当てた瞬間、オリヴァーが歯のあいだから息をもらした。

「痛かった？」

「その逆さ。すごくいい気持ちだ」彼はジェーンの瞳をのぞきこんだ。「もう一度、触れてほしい」

一ミリも動こうとはしないものの、オリヴァーは何も感じていないわけではなさそうだ。指先の愛撫に応えるかのように、肌に熱が戻ってきた。それに蒼白だった肌の色も、いつの間にか赤みを帯びている。指先で胸毛をたどりはじめると、たちまち彼の身がこわばるのがわかった。

「ああ……ジェーン、続けてくれ。頼む」

彼女は片方の手をあげ、オリヴァーの胸からウエストにかけて拭きはじめた。指先が乳首をかすめた瞬間、彼はまたしても歯のあいだから荒い息をもらした。ゆっくりと時間をかけて、引きしまった上半身の筋肉に指を滑らせてみる。触れられるたびに筋肉はこわばり、いっそう硬くなっていった。先ほど自分がされたように乳首のまわりを指先でなぞりだすと、オリヴァーは震える吐息をついた。

ああ、あのとき、彼はなんと言っていたかしら？　〝もし今夜きみとベッドをともにしたら……〟

彼女はかがみこみ、唇でオリヴァーの乳首を愛撫しはじめた。

「ああ、ジェーン」

「わたしのやり方、間違っていない？」

オリヴァーは彼女の手を取り、濡れたズボンの前開きへといざなった。ズボンの下の部分が硬くなっているのがわかる。「間違ってなどいないよ。もうこんなになっているんだ」息も絶え絶えに言葉を継ぐ。「あまりに上手で心配なくらいさ。きみとひとつになった瞬間、あっという間に果ててしまいそうで」

その瞬間のことを考えたとたん、ジェーンは息苦しくなった。「ひとつになるにはどうすればいいの？」

彼と目が合う。体がとろけそうなほど猛々《たけだけ》しく情熱的なまなざしだ。

「教えてあげるよ、今度はぼくの番だ」

その言葉を聞いて、彼女は甘い予感に胸が弾けそうになった。この部屋に入ってきてからほとんど触れようとしなかったオリヴァーが、とうとうこちらに手を伸ばしてきた。体の両脇に手を滑らせて、ヒップの上で止める。

彼の両手がヒップから太腿へと滑っていく。「少しさがってくれ」そっと太腿を押されて二歩あとずさりすると、背後にあるベッドが脚に当たった。シュミーズを持ちあげられ、一気に頭から脱がされる。シュミーズが床にはらりと落ちた瞬間、ジェーンは一糸まとわぬ姿のまま、オリヴァーの前に立ち尽くした。

こんな姿をさらしているんだもの、もっと動揺したり、不安になったりするはずよ。それなのにオリヴァーの熱っぽく崇めるような目を見ていると、そんな気分になれない。それどころか強い欲求を感じてしまう……彼がほしい。ほしくてたまらなくなる。

「なんて美しいんだ」オリヴァーのかすれた声を聞いたとたん、全身にうずきが走った。これから彼は何をしようとしているの？

オリヴァーは唇に唇を押し当ててきた。長くて甘やかなキスに、全身の感覚が奪われていく。彼の腕にきつく抱きしめられ、体をぴたりと押しつけられる。がっしりした胸板、ズボンの下の硬い膨らみ、まだ湿ったズボンをはいたままの両脚。口づけを繰り返され、どうしようもなく興奮が高まっていく。

わけのわからない欲求不満に襲われ、思わず叫びそうになったそのとき、オリヴァーの両手で胸を包みこまれた。親指で胸の先端を愛撫され、思わず甘いうめきをもらす。しかしそれだけでは終わらなかった。彼が身をかがめ、胸の頂を唇でなぶりはじめる。

「オリヴァー」両腕をきつく彼に巻きつけながら言う。そうしないと、くずおれてしまいそうだった。「とってもいいわ……」

「いや、まだ序の口だ」

彼はジェーンの体をすくいあげると、ベッドの上に横たえた。だが彼女の予想とは裏腹に、すぐに体を重ねてこようとはしなかった。

オリヴァーの両手の動きに、ジェーンはふいに口をつぐんだ。太腿に置かれた両手が、ジェーンのいちばん感じやすい部分を押し開いていく。脚のあいだにひざまずくと、彼は舌で愛撫をはじめた。

次の瞬間、雷鳴に打たれたかのような衝撃が全身を貫いた。誰にも見せたことのない、いちばん秘めやかな場所に今、オリヴァーの舌が触れている。まるで、ずっとわたしが恋い焦がれていたことを、オリヴァーが感じ取ったかのよう。巧みな舌の動きに、さらに欲求をかきたてられる。

うめくことしかできない。

脚をさらに大きく広げられ、全身の力が抜けた瞬間、ゆっくりと彼の指が差し入れられた。絶妙な舌の動きに、体の熱がどんどん高まっていく。指がさらに二本、三本と増えるにつれ、敏感な部分が押し広げられていく。ありえないほどに。

体じゅうがたぎるように熱い。まるでありとあらゆる神経を通じて、オリヴァーの体と会話をしているみたい。理性や分別など吹き飛び、あとに残ったのは白くまばゆい光だけ。その光になすすべもなく巻きこまれていく。

叫び声をあげそうになり、すんでのところでのみこんだ。

ふたたび息ができるようになったとき、オリヴァーが立ちあがった。彼は靴を蹴飛ばし、ズボンを脱いで戻ってきた。その重みでベッドがきしむ。

「ここでやめることもできる」彼の声はしわがれていた。

「お願い、やめないで」

そのとき、オリヴァーが全裸であることに気づいた。力強い太腿も、そそり立つ下腹部も、目にするのははじめてだ。思わず手を伸ばして触れると、彼は荒い息を吐いた。なんて不思議なんだろう。欲望の証は長くて、とても硬い。それなのに、どこか柔らかさも感じられる。

彼女は身を起こし、そのこわばりにキスをした。

「ああ、ジェーン」オリヴァーがうめく。「それは今度だ。そうしないとすぐに果ててしまう」

彼に横たえられ、ふたたび脚を大きく広げられる。硬いものの先端で脚のあいだをこすられた瞬間、全身に震えが走った。

「もし痛かったら言うんだよ」オリヴァーはいきり立ったものを沈めてきた。激しい痛みに息をのまずにはいられない。官能の渦の中で感じる痛みは衝撃的だった。助けを求めるように、両手を彼の肩に巻きつける。

〝それは今度だ〟オリヴァーはそう言った。でも〝今度〟はない。たった一度、今しかない。ようやく彼のすべてを包みこむと、痛みが徐々に消えていった。オリヴァーがすかさず深く突いてくる。続けてもう一度、さらにもう一度。不思議なことに、先ほどまでの違和感が嘘のように消えていた。

今、全身で感じているのはオリヴァーそのものだ。彼の体の重み、荒々しい吐息、そして何度も奥深くまで突かれる感触。見つめ合う彼の瞳、柔らかく温かい唇。もう〝今度〟はない。

今宵ひと夜だけ。

オリヴァーに突きあげられるたび、歓びの波に貫かれる。ふたりのあいだに炎のような情熱が燃えあがった。オリヴァーが低いうめき声をあげた瞬間、ジェーンは両手を彼の背中に走らせた。

「ああ、ジェーン」彼が一瞬だけ動きを止めた。

もはや動いているのはオリヴァーだけではない。ジェーンもだ。彼の動きに合わせて、激しく腰を突きだしている。ふたりの体が完璧なリズムを生みだすにつれ、彼女は体の内側で緊張が高まるのを感じた。何かが迫っている。自分の奥深くで、これまで感じたことのない欲望が一気に爆発しようとしている。オリヴァーの名前を叫ぶと、ジェーンはついに絶頂に達した。

そのあいだも、彼は動きを止めようとはしなかった。いっそう激しく、怒っているかのように力強く突きあげてくる。とうとう歓喜の頂に達した瞬間、オリヴァーは身を引き、彼女の腹部に精をほとばしらせた。

それからしばらく、ふたりは体を重ねたまま動かなかった。暗がりの中、じっと見つめ合う。ジェーンはオリヴァーの体の心地よいぬくもりを味わっていた。彼がこんなに近くにいる。こんなにも近くに。

やがてオリヴァーが身を離した。でも、ほんの一瞬だった。彼はタオルを手に取り、洗面器の水に浸してベッドへ戻ってくると、ジェーンの腹部を優しく拭きはじめた。

「ジェーン」オリヴァーは口を開いた。「今、どんな気分だい？」

彼女は首を横に振った。今の気分を表す言葉なんて見つからない。男女の営みがこれほどすばらしいものだったなんて。こんなに力強くて、喜びに満ちたものだったなんて。驚きのあまり、言葉が出てこない。

オリヴァーと愛を交わしたらどんな感じがするのか、これまであれこれと思い描いてきた。きっとすばらしい体験になるに違いない、そんな一夜の思い出さえあれば残りの人生を生きていける——そんなふうに思っていた。

でも、ひとつだけ予想と違ったことがある。今宵の体験で、もっとオリヴァーがほしくなってしまったことだ。

23

　翌朝、オリヴァーはあまりにも早い時間に目覚めた。雨はやんでいる。もし教会の鐘の音が正確ならば、まだ朝の五時だ。とはいえ、ふたたび眠れるとは思えない。すぐ隣に横たわっているのは、ジェーンの温かくて柔らかな体だ。まだ一糸まとわぬ姿のままで。片手をジェーンのヒップにそっと置く。今は何も考えるな。考えてはいけない。けれども思わずにはいられない。もし昨夜、理性を働かすことができたら、ジェーンとこんなことにはならなかっただろう。あまりに予想外のことが重なりすぎた。だが、最も予想外だったのは……。

　今朝になっても、ジェーンがほしくてたまらないことだ。できることなら、もう一度愛を交わしたい。今すぐに。

　でも、きっと彼女はそんなことは期待していないだろう。だからこそ、無理じいしないよう注意しなければならない。

　ジェーンの体に指先を這わせながら、心の中でつぶやく。愛しているよ、ジェーン。それなのに、きみはぼくにとって、いまだに手の届かない〝ありえない女性〟のままだ。

なんて切ないのだろう。だが物思いに沈むのは、さわやかな五月の朝にはふさわしくない。ジェーンが寝返りを打ち、こちらを向いた。目を開けて、眠そうな顔で笑みを浮かべる。

「おはよう」彼女は言った。

どんなふうに応えたらいいのだろう？　眠たげな彼女の幸福そうな朝の挨拶に。

「おはよう」ひどく重々しい声になってしまった。

ジェーンはぎゅっとまぶたを閉じ、頭を振った。それからふたたび目を開いて、ベッドの上で上半身を起こした。

「ジェーン……」

彼女はさえぎるように、オリヴァーの唇に指を当てた。「まずわたしに話をさせて。ここ数カ月、間違いを犯してしまった自分をずっと悔やんできたの。あなたを心から求めていたのに、一度もあなたにそう伝えられなかった」目をそらし、頭を振る。「会えなかった数カ月間、ずっとあなたのことばかり考えていたのよ、オリヴァー。あの夜、庭園であなたと何もないまま終わってしまった。それも、ただあなたがわたしと結婚できないからという理由だけで。そのことを繰り返し考えてきたの」彼女はぐっと顎をあげて先を続けた。「こうなったことで、わたしの体面を汚したなんて考えないで。どのみち、わたしの評判はもう地に堕《お》ちたも同然だもの。今さら、どうってことないわ」

「ジェーン……」

どうしても、ジェーンがそばにいることを意識せずにはいられない。彼女の息遣い、それに体のぬくもり。昨夜は激しく愛を交わした。だが、もう二度とあんなことはできない。

彼女の肩にそっと手を置く。

「あなたにとって、わたしはこの世で最も結婚したくない女性のはずよ」

「ああ。ぼくにとって、きみはこの世で最も結婚すべきではない女性だ。それなのに、ぼくの頭の中を何カ月も占領しているのが、なぜきみなんだろう？」

ジェーンは目を鋭く光らせた。

「すまない。ひどい言い方をしてしまって――」

「謝る必要はないわ。本当のことだもの」彼女はすかさず言った。「まさにあなたの言うとおりよ。そのことをいくら嘆いてもしかたないわ」

「だが――」

「言ったでしょう？　わたしもこれまでずっと、あなたとの関係について考えてきたの。やっぱりあなたは正しいと思う。もしわたしたちが結婚したとしても、大失敗に終わるはずよ。わたしだって、自分にできることとできないことくらいわきまえているわ。あなたが望むような理想の妻、そして才覚のある女主人のふりをすることはできると思う。けれど、どうしてもそんなふりはしたくないの。本当の自分を偽りつづけるのは、わたしには無理なのよ」

彼女の意見はしごく理にかなっているように思える。

しかし、これほど近くに全裸のジェーンが横たわっていると、理性的に考えることなどできない。

「わたし、ずっと考えていたことがあるの」彼女がふたたび口を開いた。「あなたと会えなかった数カ月間、そのことばかり考えていたわ。すべてが終わったら……おじから解放されて、エミリーの身の安全を確保できたら、わたしはどうしたいんだろうって」

オリヴァーはジェーンのほうを向いた。

「どう考えても、自分が結婚するとは思えない。夫を見つけられないからではなくて、夫を必要としていないからよ。それにわたしの周囲で、夫にしたいと思える男性はいないもの」彼女は唇を引き結んだ。「たとえ心から尊敬できる相手にめぐりあっても……わたしの生まれや評判を聞けば、近づこうとはしないはずよ。仮にそういうわたしを丸ごと受け入れてくれる相手だったとしても、その人にとってわたしは重荷以外の何物でもないもの」

彼女の声はどこか憂いを帯びていた。

「ジェーン、そんなことはないさ」

彼女は悲しげな笑みを浮かべた。「ずっと前から決めていたの。もしあなたとつき合う機会があるなら、わたしたちは愛人関係になるべきだって。昨日の夜、あなたとああなって、余計にそう確信したわ」

オリヴァーは無言だった。

彼女が顔を近づけてくる。

彼はジェーンの唇に手を当て、キスをさえぎった。「ジェーン」

「オリヴァー」

ついに降参し、彼はジェーンの唇を受け入れた。

「ジェーン」オリヴァーはささやいた。「もう気が変になりそうだよ」

「わたしもよ」

彼女はふたたびキスをはじめた。

そのあいだも、オリヴァーは心の中でつぶやいていた。

〝きみを愛している。だが……〟

〝きみがほしい。だが……〟

ああ、ぼくがジェーンに与えられるものといえば、こんな否定の言葉だけだ。こうして情熱的なキスを交わしていても、心のどこかで〝だが……〟とつぶやいてしまう。

それゆえ、オリヴァーは何も口に出さなかった。覆いかぶさってきたジェーンをためらわずに受け入れた。彼女の豊かな胸が胸板をかすめ、髪が両肩をくすぐる。永遠にこうしていられるような気がした。こんなふうにわれを忘れて、無我夢中でジェーンを求めつづけたい。

裸のまま、ふたりは体を絡めた。傷つくとわかっていても、もはや引き返せない。今はこうして抱きしめ合うしかない。自然のなりゆきに身を任せよう。ジェーンの首筋に、そして両方の胸に口づける。すでに欲望の証はこわばっていたが、ジェーンをひたすら愛撫し、彼女の欲求が高まるのを待った。そしてジェーンがじゅうぶんに潤う頃には、もはや耐えきれなくなっていた。彼女をいざない、そそり立つものの上にまたがらせる。ジェーンにぴったりと包みこまれる感じがたまらない。たちまち天にものぼる心地になった。

ここ数カ月、ぼくがずっと求めていたのはこれだったのだ。ジェーンの手を握り、ふたりで甘いリズムを紡ぎだしていく。歓びの極地に達しそうになった花芯を指で愛撫すると、彼女はたちまちのぼりつめた。まだ体を震わせている彼女を組み敷き、激しく突きあげる。すべての思考が停止し、粉々に砕けてしまうまで。考えられるのはジェーンのことだけだ。

解放のときを迎えた瞬間、オリヴァーの脳裏に浮かんだのは〝愛している〟という言葉だった。〝だが……〟という言葉は続かなかった。

オリヴァーはジェーンのおじが住む屋敷の裏に立っていた。今朝列車に乗り、午後半ばを過ぎる頃にケンブリッジへ到着した。初夏の日差しは思いのほか強く、住人たちは涼しさを求めて屋敷の中にこもっている。ざっと計算したところ、ドーリングは彼の馬車の御者により、ちょうど今頃発見されているはずだ。あと数時間で、すべて片がつく。ただし、そのためには今からひと働きしなければならない。

オリヴァーは靴と上着を脱いだ。屋敷の壁にはツタが伸びているものの、細い蔓《つる》を伝ってのぼるのは無理だろう。

そう、真っ昼間だというのに、大胆にも彼はジェーンの妹の部屋をのぞこうとしていた。

「それにしても、なぜぼくなんだろう？」オリヴァーは茶目っ気たっぷりに尋ねた。

「それは」ジェーンが隣でささやく。「わたしがスカートをはいているからよ」

もし見つかれば撃たれてしまうに違いない。あるいは逮捕されるか……。

だが、何事もなくやりとおせるかもしれない。オリヴァーはわくわくしていた。ここ何年も感じたことのない興奮で、胸がときめいている。屋敷はしんと静まり返っていた。

「心配しないで」ジェーンが言う。「おじのタイタスは血気にはやる質《たち》ではないから。畑の野菜をウサギに根こそぎ食べられても、罠を仕掛けるのをいやがるような人だもの。おじはそういう人よ。もしあなたを見つけたとしても、説明を求めるだけだと思うわ」

「それなら、ぼくはこう答えることにしよう。ここに忍びこんだのは、あなたから姪御さんを盗むためです。どうかご心配なく。すでにもうひとりの姪御さんは盗んでいます。こうなったら、ひとりもふたりも一緒ですから」

「あなたの言うとおりね」ジェーンに笑みを向けられた瞬間、オリヴァーの心はふっと軽くなった。建物をよじのぼり、エミリーの部屋に侵入するのに、さほど時間はかからないだろう。それにもし見つかっても、深刻な事態にはならないはずだ。彼は一階の窓台にあがり、そこを足がかりにして窓枠の上へのぼった。

排水管に足をかけると、重みでゆがんだ。すばやく石造りの壁面に手をかけ、慎重に這いあがっていく。しばらくして、とうとう目的の部屋の窓枠にたどりついた。ジェーンから妹の私室だと教えられた部屋だ。

窓を叩き、応答を待つ。

だが、返事はない。室内には人の気配さえ感じられなかった。

「エミリー？」ごく小さな声で呼びかけてみた。大声を出すわけにはいかない。窓に息がかかり、一瞬白くなった。もう一度、先ほどより力をこめて窓を叩いてみる。「ミス・エミリー」

「あの子は眠りが浅いほうなの」下のほうから、ジェーンのささやき声が聞こえた。「午後も昼寝をしたことは一度もないわ」

「変だな。中に誰も見当たらないんだ」拳を握り、またしても窓ガラスを叩いて、さらに大きな声で呼びかけてみる。「エミリー」

しかし、応答はない。

どうやら誰もいないようだ。オリヴァーの位置からはベッドが見えるものの、そこは空っぽだ。もし誰かいたら人影でわかりそうなものだが、そんな気配すら感じられない。

「ジェーン、きみのおじさんはいつエミリーを病院に入れる予定だったんだろう？」

「そんなに急ではないはずよ」彼女はゆっくりと答えた。まるで自分に言い聞かせるかのように。とはいえ、いかにも不安げな声だ。「おじは妹を連れていく前に、邪魔が入らないかどうか、わたしの予定を確認するはずだもの……」

「午後の散歩に出かけたんじゃないのかい？」

「いいえ、それはありえないわ。おじがエミリーの外出を許すわけがないもの。それに、もし妹がこっそり抜けだしたとしたら、窓を少し開けてあるはずよ」それを聞いて、オリヴァーは開き窓に手をかけて開閉を確かめてみた。ぴたりと閉ざされている。だが、中から鍵はかけられていないようだ。なんとかバランスを取りながら、勢いをつけて窓に手を突くと、きしる音とともに窓が開いた。

「やっぱりエミリーはいない」オリヴァーは中の様子を伝えた。他人の屋敷の壁をよじのぼるのも、部屋に侵入するのも、不法行為であることに変わりはない。そう考えて、窓から室内に入った。

「衣装戸棚を見てみて」下からジェーンの声がした。「エミリーのかばんがあるかどうか、確かめて」

オリヴァーは忍び足で室内を横切った。床がきしらないよう祈るしかない。物音を立てずになんとか衣装戸棚までたどりつき、扉を開けてみる。

中には衣類が何着かあったが、めちゃくちゃに散らかっていた。おまけにかばんはない。ふたたび窓のほうへ戻り、ジェーンに尋ねる。「エミリーは整頓好きかい？」

「ええ」

「彼女の衣類が散らかっている。かばんもない。誰かがあわてて荷造りしたような感じだ」

「ああ、そんな」ジェーンの声には紛れもない恐怖が感じられた。「机の上を見てみて。小さなサボテンはない？」

「ああ、ない」

「エミリーは本当にどこかへ行ってしまったんだわ。ああ、オリヴァー、どうすればいい？」

ぼくはエミリーを知っているわけではない。だがもし自分の妹が同じ状況に置かれたら、われを失ってしまうだろう。

「あと一時間くらいで」ジェーンが言う。「ドーリングがノッティンガムへ戻ってしまう。おじが電報を受け取るのは時間の問題よ。わたしが姿を消したことを、おじに知られてしまうわ」

オリヴァーは頭を振った。「下へおりるよ。それから話し合おう。ここは冷静になったほうがいい。もしエミリーがすでに病院へ入れられたとすれば、きみが姿を消したことをおじさんに知られてもたいしたことはない。戦略を変更すべきだろう」

「たしかにそうね」ジェーンはうなずいた。

視界の隅で、彼女が歩道を行きつ戻りつしているのが見えた。

「ああ、今朝……わたしったら、何を考えていたのかしら……」

「後悔したところで、たいした違いはないよ」オリヴァーは体を支えながら、屋敷の側面をおりはじめた。

「でも、もしわたしたちがあんなことをしていなければ……」

「そうだとしても、早い列車に乗れたわけじゃない。ぼくたちが乗ったのが、いちばん早くケンブリッジに着く列車だったからね。そんなに自分を責めてはいけないよ」のぼるより、おりるほうが難しかった。足がかりがなかなか見つからず、思いのほか時間がかかった。ようやく地面に近くなったところで、手を離して飛びおりた。

「でも、もしわたしが今朝――」

オリヴァーはジェーンの手を取った。

「最悪の場合、エミリーは病院に入れられたかもしれない。だがシェイクスピアの台詞にもあるように、すでにやってしまったことはもとには戻せない。ぼくたちが今すべきなのは、おじさんがエミリーをどこへやったか突き止めることだ。そうすれば――」

「おじがわたしに教えてくれるわけがないわ。たとえ教えてくれたとしても、それからわたしたちはどうすればいいの？」

「調べる方法はいくらでもある。だがこの場合、最も直接的な方法がいいと思うんだ。誰かに頼んで、おじさんからエミリーの居場所を聞きだしてもらうのがいちばんだろう」

ジェーンが眉をひそめてオリヴァーを見た。「でも、そんなことを頼める人はいないわ」

彼は笑いながら言った。「いや、それがいるんだ」

「……ということなんだ」オリヴァーはセバスチャンに告げた。「なんとしてもタイタス・フェアフィールドを見つけ、彼がすぐに立ち去れないような状況へ追いこみたい。ジェーンの妹をどこへ連れていったか聞きだす必要があるんだよ。それで……」

オリヴァーが説明するあいだ、セバスチャンは自分の爪をじっと眺めていたものの、顔にはうっすらと笑みを浮かべていた。彼は顔色が悪かった。しかも午後三時だというのに、ひげも剃っていない。おまけに目が充血していた。

とはいえ、昨夜遅くまで起きていたにしても、セバスチャンが端整な顔立ちであることに変わりはない。

「それで巧みな言葉で、彼女の居場所を白状させればいいんだな」セバスチャンは肩をすくめた。「ぼくならできるよ。実は今夜、講演をする予定なんだ。タイタス・フェアフィールドを講演に招待すれば、彼に会えるだろう」

「ありがとう」ジェーンがセバスチャンに言った。その言葉には熱意がこもっていた。「本当にありがとう、ミスター・マルヒュア」

だが、セバスチャンは首を横に振った。「いいや、ミス・フェアフィールド、ぼくに感謝するのはまだ早い。オリヴァーから聞いていないのかい？ ぼくに助けを借りると高くつくんだ」

今度はジェーンがかぶりを振る番だった。「どんなに高くついても、必ずお支払い――」

「いや、金の話じゃない。助けを求められた以上、絶対にきみの助けになる。ただし、ぼくなりのやり方でね」

24

講演は延々と続くように思えた。たぶん、それはぼくがこの講演の重要性を強く意識しているからだろう、とオリヴァーは思った。さりげなく後列にある座席を一瞥してみる。そこにタイタス・フェアフィールドが座っていた。

いや、講演がなかなか終わらないように思えるのは、ジェーンが会場におらず、近くの部屋に身を隠しているからかもしれない。

オリヴァーはセバスチャンをじっと見つめ、彼の話に興味があるふりをした。聴衆に向かって話しかけるとき、セバスチャンはいつも水を得た魚のようだ。身ぶりを交えながら、生き生きと説明をする。だが、今日はどこか様子が違う。動作がいつもより大げさで、やや荒っぽく見える。まるで体の平衡感覚を失い、必死にまっすぐ立とうとしているかのようだ。

オリヴァーは隣に座っている、カンベリー伯爵夫人ヴァイオレット・ウォーターフィールドをちらりと見た。前かがみになり、熱心に聞き入っている。

ロバートやセバスチャンとは違い、オリヴァーはヴァイオレットのことをよく知らない。彼女は子供の頃、セバスチャンの領地の隣に住んでいたという。ただオリヴァーは、セバスチャンが夏の休暇で学校から戻っているあいだに、彼の領地へ招かれたことが一度もなかった。それゆえヴァイオレットの噂は聞いていたが、実際に会ったのは一九歳になってからだ。そのときにはすでにヴァイオレットは伯爵夫人となり、それらしい威厳と落ち着きを身につけていた。

ただし、今夜のヴァイオレットは落ち着き払っているようには見えない。いつもの冷静な態度とは明らかに違う。目を大きく見開き、うっとりしたようにセバスチャンを見つめ、唇に笑みを浮かべている。こんな彼女を見るのははじめてだ。思いがけない一面を目の当たりにして、ヴァイオレットの秘密を見つけたような気になる。どう見ても、彼女は恋をしているようにしか見えない。隠そうとしても、恋する気持ちが顔に表れてしまっているようだ。

いったいどういうことなのだろう？　かねてからセバスチャンは、自分とヴァイオレットはただの友人にすぎない、それ以上の関係ではないと言っている。今、セバスチャンは聴衆のひとりひとりと――腕組みをして自分をにらみつけている、後列に座った男たちとも――目を合わせながら、熱心に講演を行っている。ところが、なぜかヴァイオレットのことだけは頑として見ようとしない。オリヴァーはそんな従兄弟の態度をいぶかしく思っていた。ひょっとすると、このふたりに何かあったのではないだろうか？

何かがおかしい。その感じは講演が終わるまでずっと続いた。質疑応答のあいだも、ヴァイオレットは椅子に浅く腰かけ、身を乗りだすようにしてセバスチャンを見つめ、質問に答える彼を見てうなずいている。セバスチャンが講演を終えてお辞儀をするまで、彼女の熱心な態度は変わらなかった。講演が終わると、オリヴァーはセバスチャンのもとへ向かった。いよいよ今夜の計画を実行すべきときだ。

「すばらしかったよ、マルヒュア」ひとりの男がセバスチャンの肩を叩きながら言った。「きみの話には、いつも新たな発見がある」

「ありがとう」セバスチャンは言った。「とても嬉しいよ」感じのよい声だったし、相手のことをちゃんと見て応えている。それなのに、どこか心ここにあらずという様子だ。

別の男がセバスチャンの袖口を引っぱって言った。「マルヒュア、おまえは最低なやつだ」すっと目を細め、体の両脇で拳を握りしめている。今にもセバスチャンの顔を殴りつけそうな勢いだ。「おまえは間違いなく地獄行きだぞ。永遠に地獄の業火で焼かれればいい」

「ありがとう」セバスチャンは男と目を合わせながら、明るい口調で応えた。「とても嬉しいよ」相手の肩を親しげに——まるで冗談を交わしているかのように叩き、通り過ぎる。

「誰かがおまえの喉を掻《か》き切ってしまえばいいのに」頬ひげを生やした男は、しわがれ声で言った。

「ありがとう」セバスチャンが応じる。「とても嬉しいよ」

どう見ても、機械的に返事をしているのは明らかだ。

オリヴァーはふいに心配になった。セバスチャンは今夜の計画のことを忘れているのではないだろうか？　今は何を話しかけても、彼が同じ言葉を返してきそうで恐ろしい。

だが、それでよかったのかもしれない。そのあともセバスチャンの講演を褒めたたえる者がほとんどだったが、呪いの言葉や脅し文句をつぶやく者も三人ほどいた。中には、彼の背中を小突いた女もいた。

ところが、セバスチャンは全員に対して同じ態度を貫いた。笑みを浮かべ、うなずきながら、感謝の言葉を繰り返したのだ。

ヴァイオレットがセバスチャンに追いついた瞬間、オリヴァーは安堵せずにはいられなかった。彼女はセバスチャンをよく知っている。子供の頃から、ずっと親しくしてきた仲だ。ヴァイオレットと話せば、きっと彼も……。

彼女はセバスチャンの袖口をつかんで振り向かせると、にっこりした。講演を聞いていたときと同じく、熱意のこもった表情だ。

「セバスチャン」ヴァイオレットが話しかける。

周囲に不自然なほど笑みを振りまいていたにもかかわらず、ヴァイオレットを見たとたん、セバスチャンは真顔になった。先ほどまでの気さくな態度は消えていた。

「なんだ？」彼は語気荒く尋ねた。

「すばらしかったわ、セバスチャン」ヴァイオレットが言う。「とてもよか――」

セバスチャンは一歩あとずさりして口を開いた。「くたばれ、ヴァイオレット」激怒しているような激しい口調だ。「とっとと失せろ」

ちょうど場内の会話が途切れていた瞬間だったため、セバスチャンの声がまわりに聞こえてしまった。

ヴァイオレットがしかめっ面になる。

オリヴァーは従兄弟の脇に進みでた。「セバスチャン」穏やかな声で話しかける。同じ調子で食ってかかられるのは覚悟のうえだ。

ところがセバスチャンはこちらを向くと、憔悴《しょうすい》しきったような顔になった。

「ああ、オリヴァー、きみには説明を――」

「申し訳ない」オリヴァーは周囲に話しかけた。「彼は酔っ払っているんだ」

「ぼくは酔っ払ってなんか――」

「酔っ払っているも同然だろう」オリヴァーはささやくと、セバスチャンの腕を強く引っぱった。「いったいどうしたんだ？　今夜の計画を忘れたわけじゃないだろうな？」

セバスチャンが口を開こうとした瞬間、背後から別の声が聞こえた。

「ミスター・マルヒュア？　わたしと話したいことがあるとか？　そういう手紙をあなたから受け取ったんだが」

セバスチャンとオリヴァーは同時に振り向いた。声の主はタイタス・フェアフィールドだった。両手をこすり合わせながら、所在なさげにそわそわしている。

「今は都合が悪いだろうか？」タイタスは言った。

なんて頭のめぐりが悪い男だろう、とオリヴァーは思った。こんなときに声をかけてくるとは。最悪のタイミングだ。

ところが、セバスチャンは顔色ひとつ変えなかった。

「ミスター・フェアフィールド」不機嫌そうな声とは裏腹に、彼は言った。「あなたとぜひ会いたかったんだ」

「わたしと？」タイタスが疑わしげに尋ねる。

「ああ。ただ残念ながら、今ぼくは少し酔っ払っている」

オリヴァーは息をのんだ。話が違う。セバスチャンと一緒に考えたのは、そんな計画ではない。一歩踏みだして手を伸ばそうとしたが、それより早く従兄弟は先に進んでしまった。

「ありがたいことに、ここにいる友人のヴァイオレットがすべて説明してくれるはずだ。彼女に任せることにして……」

「いったいどうするつもりだ？」オリヴァーはささやいた。「計画と違うじゃないか」

「ああ」セバスチャンは答えた。「ヴァイオレットなら、ぼくの言いたいことを説明してくれるだろう。やられたらやり返す。それがぼくの流儀だ」

オリヴァーはちらりとヴァイオレットを一瞥した。セバスチャンからひどい言葉を投げつけられ、さぞ傷ついているだろう。少なくとも混乱しているはずだ。そう思ったのに、彼女はただ肩をすくめただけだった。

「さあ、行こう、オリヴァー」オリヴァーと腕を組みながら、セバスチャンは言った。「ヴァイオレットに任せればいい」

「計画と違うじゃないか」通りに出たとたん、オリヴァーは従兄弟に言った。「ぼくたちがしようとしていたのは――」

「よせよ、オリヴァー」セバスチャンが言う。「もし今うしろを振り返ったら、フェアフィールドはやっぱりぼくと話せると考えるはずだ。だが、無理だ。ぼくにはあいつが耐えられない」

「きみがあの男をどう思おうと関係ない。今、大切なのは――」

セバスチャンは通りで足を止めると、周囲を見まわした。すでに暗くなっており、霧も少し出ている。通りには街灯が灯っているものの、あたりにはひんやりとした肌寒さが漂っていた。

「ずいぶん長いあいだ、自分のことは二の次にしてきた」セバスチャンがつぶやくように言った。「だから、今度はぼくがわがままを言わせてもらう番だ」

オリヴァーは従兄弟を見つめた。なんて疲れた様子だろう。身も心もぼろぼろといった感じだ。

「ヴァイオレットに任せておけばいい」セバスチャンが言う。「彼女はミス・フェアフィールドのことが好きだ。それにぼくが今まで出会った中で、ヴァイオレットほど有能な女性はいない。親愛なる従兄弟よ、もし周囲に注意を払えば、きみだって気づいただろう。今やイングランド国民の半数が、ぼくの死を望んでいるということに。もう心労で死にそうなんだ。へとへとだよ」

そんなばかな。他人にどう思われようが関係ない――セバスチャンはいつだって、そういう態度を貫いていたのに。

実際、彼はいつも冗談を飛ばして笑っていた。あれは無理やりそうしていたというのか？

無言のまま、ふたりで数ブロック歩きつづけたあと、オリヴァーは静かに口を開いた。

「今きみに何が起きているのか、わかったふりをするつもりはない。だが、やはりヴァイオレットには謝るべきだ」

セバスチャンは鼻を鳴らした。

「だってそうだろう？　あんな公衆の面前で、きみは――」

「きみは知らないじゃないか、ヴァイオレットが何をしたか」セバスチャンの声は震えていた。「彼女がぼくに何をしたか」

「彼女が何をしたかは関係ない。きみは彼女にひどいことを言った。それも、みんながいる前で。どう考えても褒められた態度ではないだろう？」

セバスチャンは肩をすくめ、そっぽを向いて何も言おうとしない。いつもの彼らしくない。

「いいだろう」オリヴァーは言った。「教えてくれ。いったい彼女は何をしたんだ？」

「何もしていない」頭を大きく振りながら、セバスチャンが言った。「なんにもしていないんだ」声がいつもより、うわずっている。

「セバスチャン、はぐらかそうとしても無駄――」

「誰もがぼくを憎んでいる」セバスチャンはオリヴァーに向き直った。「みんながみんなだ。最初はひと握りの人たちだけだった。だが、今では行く先々で殺すぞと脅されたり、呪いの言葉を投げつけられたりする。新聞も辛辣な言葉でぼくのことを非難している。みんながぼくを憎んでいるんだ」

「全員というわけじゃないさ」

「たとえそうだとしても、たいした違いはない。イングランド国民全員だろうと半数だろうと、とにかく大勢の人がぼくを殺したがっているんだから」

オリヴァーは息をのんだ。「てっきり、きみはそういうことが好きなんだとばかり思っていたよ。人をひどく怒らせて、いらいらさせることがね」

セバスチャンはやれやれと言いたげに両手を掲げた。「なあ、オリヴァー、思いだしてくれ。きみと知り合ってもう長いが、そのあいだに一度でも、ぼくが他人をばかにした冗談を言ったことがあるかい？」

「それは……」

「ふざけて人の鼻をつねるのは好きだ」セバスチャンは早足で数歩歩くと、くるりとオリヴァーのほうを向いた。「でも、ぼくは人から好かれたいんだよ、オリヴァー」

たしかにセバスチャンの言うとおりだ。彼はいたずら好きで、いつだって笑っている。だが、セバスチャンは悪ふざけもいたずらも、ほかの人たちを笑わせるためにやっていたのだ。実際、彼はほかの誰よりも、自分のものまねを上手にやっていた。だからケンブリッジの学生時代、押しも押されもせぬ人気者だったのだ。

オリヴァーは重いため息をついた。「すまない。さっきは聴衆からあんなふうに言われて、きみ自身、動揺していたんだな。だが、それでも……ヴァイオレットへの発言はいただけない。あれはひどすぎるよ」

セバスチャンは身をこわばらせた。「彼女とぼくのことについて、きみにとやかく言われる筋合いはない」

「そうか。だが、ひとつだけ言わせてほしい。どうしてもきみに言っておきたいんだ。セバスチャン、ヴァイオレットはきみのことが好きだと思う」

きっとセバスチャンは眉をひそめ、反論するだろう。オリヴァーはそう考えていた。それからそのことについて考え、そうかもしれないと思いはじめるに違いない。

ところが、その期待は見事に裏切られた。セバスチャンは大声で笑いだしたのだ。

「ばかな」ひとしきり笑ったあと、ようやく彼は言った。「そんなはずがない」

「いや、ぼくは今夜見たんだ。講演中のきみを見つめるヴァイオレットの様子を。あれはまるで……うまく言えないんだが……」

「知っているさ、ヴァイオレットがどんな目つきでぼくを見ているかなんて」にやりとしながら、セバスチャンが言う。「彼女がぼくに恋をしているなんてありえない。絶対に」

「いや、わからないぞ。きみは今夜の彼女の様子を見ていない――」

「わかるさ」セバスチャンはそう言うと空を見あげた。「放っておいてくれ、オリヴァー。この難局を乗りきる方法は、自分で探さないといけないんだ。でも、大丈夫」声に少し力が戻ってきたようだ。本当の気持ちを偽り、押し隠す能力を取り戻しただけかもしれないが。

「恐れを知らぬ英雄でも、気弱になる瞬間があるものさ」今や彼の声は、朗々とあたりに響き渡っている。「だが、ことわざにもあるじゃないか。一日の最も暗い時間は夜明け前だって――」

オリヴァーは従兄弟の体を揺さぶった。「おい、セバスチャン、強がりはやめてくれ。ぼくを笑わせる必要なんてないんだよ」

しかし、セバスチャンは片方の眉をあげただけだった。「もちろんだ。でも、これがぼくなんだよ」

ジェーンは講堂の脇にある小さな部屋で待機していた。講演がはじまってから、すでに一時間以上が経っている。一秒が長く感じられてしかたがない。聞こえてくるのは聴衆のざわめきだけ。それもぼんやりとしか聞こえない。けれど、そのざわめきがひときわ大きくなった瞬間、講演が終わったのだとわかった。首尾よくいけば、もうすぐおじがやってくるはずだ。それから永遠にも思える時間が流れたあと、ようやく外の廊下から足音が聞こえてきた。

「……それにしても」不満そうな男の声がした。タイタスだ。「実際、少し無作法だと思うんですよ。本当にあなたはミスター・マルヒュアが――」

「ええ、もちろんよ」女性の声が聞こえた。「重要な点をはっきりさせておくべきね。つまり――」

部屋の扉が開いた。扉の向こう側に立っているのは、濃い茶色のドレス姿の女性だ。次の瞬間、ジェーンは気づいた。あれはたしか植物園で、わたしにサボテンをくれた女性だわ。目をしばたたいて考える。どうしても名前が思いだせない。たしか……そうよ、彼女は伯爵夫人だった。カンベリー伯爵夫人だわ！

伯爵夫人はかわいらしいというよりは、むしろ威厳があるという表現がぴったりの女性だ。顔つきにも、それが如実に表れている。おまけに髪型はきちんと整えられ、ほつれ毛など一本も見当たらない。しかも講堂にある居心地の悪い椅子に座っていたにもかかわらず、ドレスにもしわひとつ寄っていない。さしもの重力も、伯爵夫人には影響を及ぼせないかのようだ。

風格あふれる伯爵夫人の様子を目の当たりにして、ジェーンは思わずにはいられなかった。わたしもあんなふうになれたらいいのに、と。

「フェアフィールド」カンベリー伯爵夫人は言った。〝ミスター〟を省略したのは、タイタスに親しみを感じているせいではない。そうはっきりとわかる、そっけない口調だった。

「あなた、いったい彼に何を話したかったの？」

「なんですって？」タイタスは媚《こ》びへつらうように、伯爵夫人の前で小さくお辞儀をした。「わたしは――むしろミスター・マルヒュアのほうが、わたしに話があるように思えたんです」またしてもお辞儀をする。同じ部屋にジェーンがいるというのに、おじの目にはまるで映っていないらしい。「もちろん彼が忙しいことはわかっています。当然そうでしょう。だが――」

ため息をつくと、カンベリー伯爵夫人は扉を閉めた。

「これはいけません。こんな無作法なことは」タイタスはかぶりを振ると、狼狽《ろうばい》した表情で両手をこすり合わせた。「部屋でふたりきりなんて――そんなことは――」蒼白な顔で、喉に片手を当てながら言葉を継ぐ。「そういえば、ミスター・マルヒュアは先ほど繁殖計画について講演していました……もしかすると、わたしをその第一号にするつもりでは……？」

ジェーンは大声で笑いだしたくなった。仮に人類繁殖などという不純な計画をはじめる者がいたとしても、その第一号として、小うるさくて堅苦しいタイタスを選んだりはしないだろう。それなのに、おじは伯爵夫人に向かって、まだこんなことを言っている。

「あの計画には男性の協力が必要なはずです」

愚かな考えを聞かされても、カンベリー伯爵夫人はまばたきをしただけだった。かぶりを振りながら言う。「無用な心配だわ」

ジェーンは思わず笑わずにはいられなかった。

「どういう意味でしょう？」タイタスは頭を振った。

伯爵夫人がジェーンを指し示して言う。「わたしたちはふたりきりではないから」

「そうなんですか？」タイタスはしかめっ面をすると、伯爵夫人が示したほうをゆっくりと見た。ようやくジェーンに目を留める。

わたしがここにいるのを見たら、おじはさぞかし決まり悪い思いをするだろう。もしくは、ぞっとしたような顔をするに違いない。何しろ、かつてわたしはおじを脅迫したのだから。

ところが予想とは裏腹に、タイタスは顔を真っ赤にして叫んだ。「おまえか！」

そして鋭く一歩前へ踏みだし、体の両脇で拳を握りしめながら叫んだ。「おまえ！　いったいエミリーに何をした？」

25

タイタスの言葉を理解するのに一瞬かかった。今やおじは顔を真っ赤にしながら、ジェーンに詰め寄っている。「エミリーをどうした？　おまえを警察に突きだしてやる。わたしの屋敷へ勝手に押し入り、黙ってエミリーを連れていくなんて言語道断だ」

次の瞬間、ジェーンにははっきりとわかった。おじはエミリーを病院に入れたわけではないんだわ。にもかかわらず、妹が姿を消したとなると、これは……。

なんて愚かだったのだろう。ジェーンは悔やまずにはいられなかった。この二日間、エミリーのことが心配でたまらなかった。それゆえ駆け落ちという筋書きを考えだしたものの、途中で誘拐されたあげく、オリヴァーに救いだされ、はるばるケンブリッジへ舞い戻ってきた。エミリーの身の安全が脅かされているのではないか、という恐怖に突き動かされるように。でも、結局わたしはおじと同じくらいまぬけだったんだわ。ジェーンはたまらず笑いだした。

「笑うんじゃない。早くエミリーをこっちへ渡すんだ。さもないと――」適当な脅し文句をひねりだすことができず、タイタスは目を細めて彼女を見た。「さもないと、おまえを許さんぞ」

「エミリーはわたしと一緒ではないわ」ジェーンは言った。「わたしがここにやってきたのは、おじ様がエミリーを病院送りにしたと思ったからよ」

タイタスはふたたび顔を真っ赤にした。「なぜ――なぜそんなことを思ったんだ？　たしかにそういう可能性もあるかもしれないと思い、何人かの医師にエミリーを診てもらった。あの子は前とは全然変わってしまったんだ。すっかり気力を失ってしまった様子だった。だから、もしかすると重く憂鬱な気分のせいじゃないかと考えて、そういう病院に入院させることを検討しはじめたんだ」

「おかしな話ね。おじ様は叫びだしたエミリーを見て、反抗的だと考えた。それなのに叫ぶのをやめたとたん、鬱になったと考えるなんて。そんな状況をエミリーが求めていたと思う？」

またしても、タイタスは顔を紅潮させた。「わたしはただ、エミリーを未治療のままにしてはいけないと思っただけだ。そうだ、たしかに数人の医師にあの子を診せたし、中にはエミリーが精神的な病だという証明書を書いてやると言った医師もいた。ただし、いくばくかの報酬が必要だったが――」あわてて咳払いをして、つけ加える。「しかし、ほかのふたりの医師は、エミリーは完全に心の病のように見えると言ったんだぞ」おそらく、おじはこのまま話しつづけるのは得策ではないと考えたのだろう。すばやくかぶりを振ると、言い足した。「つまり、すべておまえのせいだ。おまえがエミリーに悪影響を及ぼしたからなんだ。

おまけにあの子を連れ去るなんて。わたしをだまそうとしても、そうはいかないぞ」

「エミリーは自分の意志で出ていったのよ」ジェーンは言った。「妹はいつだって自分というものをしっかり持っていたわ。それなのに、わたしったら滑稽よね。あの子を救いにはるばるここまでやってくるなんて」

タイタスは彼女に向かって手をひらひらと揺らした。「おまえにそそのかされたのではなく、エミリーが自分の意志で逃げだしたというのか？　しかも馬車にも乗らずに徒歩で？」

「もちろんだわ。わたしだって、自分の意志で逃げだしたんだもの。エミリーは当時のわたしと同じ年齢なのよ」

「だが、おまえは……」

「ええ、わたしにはお金がある。でも、おじ様はまだ気づいていないみたいだけど、わたしは何かのときのために、エミリーにまとまったお金を手渡していたの。あのお金を使えば、エミリーは逃げだしたとき、貸し馬車を呼ぶことも、列車に乗ることもできたはずよ」

タイタスの顔がまた真っ赤になった。「わたしが言いたいのは金うんぬんのことじゃない。すべてを仕組んだのはおまえだと言っているんだ」

いわれのない非難に、ジェーンはかっとなった。部屋を横切り、つかつかと歩み寄ると、おじの胸を両手で突いた。

「すべてを仕組んだのは」食いしばった歯のあいだから、絞りだすような声で言う。「エミリーだわ。あの子はそれだけ腹を立てていたのよ。偉業をなしとげたジャンヌ・ダルクのようにね。精神的に問題があるのは、エミリーじゃなくておじ様のほうよ。いまだに現実に気づくことができないなんて、おかしいわ」

「いったい何が言いたいんだ？」

「エミリーは無事だということよ。今回のことはすべて、妹が計画したんだわ。おじ様の愚かしいふるまいを目の当たりにして、あの子は理性を働かせ、賢明な行動を取ったの」ジェーンは頭を振った。「まったく信じられない。医師に賄賂を渡して、エミリーを病院に入れようとするなんて」

「理性を働かせただと？」タイタスはため息をついた。「そんなはずはない。エミリーの置き手紙には、ただ〝わたしの法廷弁護士に会いに行きます〟としか書いていなかったんだぞ。あの子には法廷弁護士などついていない。いもしない法廷弁護士に、どうやって会いに行くというんだ？」

ジェーンはふいに気持ちが明るくなるのを感じた。思いきり笑いたい気分だ。エミリーは伝言を通じて、ちゃんと自分の行き先をジェーンに伝えようとしたのだ。そう、おじには絶対にわからないような文面で。

「それなら」ジェーンは言った。「たぶん、エミリーは自分で法廷弁護士を雇ったんでしょう。おじ様に精神的な病だと宣告されたときに備えて」

「ばかな」タイタスは混乱したように頭を振った。「それなら法廷弁護士ではなくて、まず事務弁護士を雇うべきじゃないか。まったく、どうやってあの子を探しだせばいいんだ？

法廷弁護士に助けを求めに来た若い女性を見なかったか、とロンドンじゅうを尋ねまわれというのか？」しかめっ面をしながらジェーンを見て、言葉を継ぐ。「もしエミリーを見つけることができたら伝えてくれ……わたしも考え直してみるつもりだと。わたしはただ……エミリーが無事でいてくれればいいんだ。それさえわかればいい。わたしが願っているのは、あの子の無事だけなんだ」

悲しいことに、おじの言葉に嘘偽りはない、とジェーンは思った。エミリーの身の安全を何より願っていたからこそ、彼は妹を外の世界から遮断しようとしたのだろう。とはいえ、おじが自分勝手な理屈で、エミリーに怪しげな治療を何度も施したという事実に変わりはない。

ジェーンはふと、妹の治療の傷跡を思いだした。

「もしエミリーを見つけられたら、おじ様の今の言葉を伝えるわ。でも探すといっても、いったいどこから手をつければいいの？」彼女はすっと視線を外した。自分がエミリーの居場所に心当たりがあることを、おじに気取られてはならない。

「本当にどこから探せばいいんだ？」タイタスは顔をしかめながらうなずくと、手を伸ばして、ジェーンの肩を慰めるように軽く叩いた。「今、わかったよ。おまえも、おまえなりのやり方でエミリーのことを心配していたんだな。たとえおまえのやり方が、どんなにはた迷惑なものだったとしても」

彼女は無言でうなずいた。まるではじめておじと共感し合えたかのように。そして、ひっそりと部屋から出ていくタイタスを見送った。

「あなた、妹さんが訪ねそうな法廷弁護士に心当たりがあるんでしょう？」カンベリー伯爵夫人が肩をすくめ、ジェーンに笑みを向けた。「助け舟を出そうかと思ったけれど、必要なさそうだったからやめたわ。あなたは実に冷静に、うまく対処していたから」

ジェーンは笑みを返した。「もちろん心当たりはあります。少なくとも、その法廷弁護士の名前は知っているんです。うまく発音できるか自信がないけれど——とにかく、彼ならすぐに見つかると思います」

数日前のロンドン

アンジャンは軽い驚きを覚えていた。まさか自分がロンドンで騒音に悩まされることになろうとは。彼が生まれ育ったのは、ロンドンよりはるかに人の多い地域だ。人口の密集したあの地域に比べれば、ロンドンの騒音などなきに等しい。ところが今、彼の周囲に流れている騒音は、それとはまったく別の種類だった。

法律事務所〈リリントン・アンド・サンズ〉のデスクに座っているというのに、アンジャンは仕事にまったく集中できずにいた。

とはいえ、筆耕室にある古ぼけた机をあてがわれただけとはいえ、ロンドンの法律事務所で職を得たことに変わりはない。ケンブリッジ大学を優秀な成績で卒業し、法廷弁護士の資格を取得したばかりの身ではあるが、そんなことは気にしない。何しろ、ここが出発点なのだ。快調な滑りだしにするためにも、筆耕者たちに囲まれたこの部屋で、笑みを絶やさず座っていなければならない。ひとたび自分の存在価値を示すことができれば、事態は変わりはじめるだろう。

そんなアンジャンの物思いに応えるかのように、ジョージ・リリントンが扉を開けて入ってきた。ずらりと並ぶ筆耕者の頭を見まわしたあと、アンジャンに目を留め、リリントンは目を輝かせた。

「やあ、バティ。お客さんだ」

アンジャンは椅子から立ちあがった。〈リリントン・アンド・サンズ〉は海運業専門の法律事務所だ。アンジャンが雇用された理由はいくつかあるが、最大の理由はヒンディー語とベンガル語の両方が話せるからだろう。乗船したインド人水兵たちともやりとりできることが、大きく評価されたのだ。

アンジャンは帳面を手に取った。「また〈ウェストフェルド社〉の収支計算書の件かい？」

リリントンは首を横に振った。「いや、今回はレディだ。ひとりでやってきて、きみを雇いたいと指名してきた」興味深そうな目でアンジャンを一瞥しながら言う。「彼女、きみの名字を完璧に発音したんだ」

「まさか、ぼくの母じゃないだろうな」アンジャンの母親がロンドンに到着したのは数週間前のことだ。職場を訪ねてきてはいけないと噛んで含めるように教えたものの、やはり来てしまったのかもしれない。

「いや、さっきも言ったとおり、レディなんだ」リリントンはまたしてもアンジャンを見た。「きみにレディの知り合いがいるとは思わなかったよ、バティ。さては、ぼくに隠していたんだな」

いったい誰だろう？　アンジャンにはさっぱりわからなかった。肩をすくめ、帳面を携えて、リリントンのあとからついていく。書類保管室を横切って目指したのは、事務所の入り口のいちばん近くにある部屋だ。そこが顧客を迎える応接室として使用されている。扉は少し開いたままになっていた。先に入ったリリントンが客に会釈するのを眺めながら、部屋に足を踏み入れた。

そこでアンジャンはふいに立ち止まった。

窓辺に立っていたのは、ミス・エミリー・フェアフィールドだった。

今日のエミリーはいつにも増して美しい。窓から差しこむ陽光の中、髪がまばゆく輝いている。しかも、今日の彼女はブルーのモスリンのドレス姿だ。密会していたとき、アンジャンが目にしていた散歩用ドレスとは大違いだった。散歩用ドレスは動きやすいように、袖部分はギャザーを寄せて中央が膨らんでおり、腰の部分もゆったりとしたデザインになっていた。だが目の前にいるエミリーは、女らしい曲線を強調するような、ぴったりしたドレスを着ている。彼はしばしその場に立ったまま、賞賛のため息をついた。

アンジャンは必死で頭をめぐらせた。数カ月のあいだ、一度も会えずにいたエミリーが今ここにいる。いったいこれはどういうことだろう？

「ミス・フェアフィールド」リリントンが言った。「あなたのお望みどおり、ミスター・バティを連れてきました」椅子に近づき、エミリーのために引きながら言葉を継ぐ。「さあ、おかけください。今日はどういったご用件で？」

エミリーはテーブルの上を一瞥すると、両手をスカートの上に重ね、椅子に腰をおろした。あまりに優美な物腰を目の当たりにして、アンジャンは息をのまずにはいられなかった。

「バティ」リリントンが肩越しに言う。「紅茶を持ってきてくれないか？」

それを聞いたエミリーは一瞬眉をひそめた。だが、ほんの一瞬だ。

アンジャンがトレイを持って戻ってくると、エミリーは落ち着いた様子で椅子に座っていた。まるでこうして毎日、弁護士事務所で紅茶を飲んでいるかのような、穏やかな物腰だ。

「仕事を依頼したいということですが、ミス・フェアフィールド」リリントンが話しかける。

「力になりたいのは山々ですけど、残念ながらわたくしどもでは無理です。依頼人から直接仕事を受けるのは事務弁護士の務めです。ですので、あなたはまず事務弁護士を探されたほうがいいでしょう。それに、うちは海運業専門の法律事務所なんですよ」

「もしあなたには無理でも」エミリーが落ち着いた声で言った。「わたしの助けになってくれる人を紹介することはできるかもしれません。まずは話を聞いてもらえませんか？」

「もちろんです」リリントンは素直にうなずいた。

エミリーが部屋に戻ったアンジャンを一瞥する。どこかよそよそしいまなざしだ。しかし彼女は重ねた手に視線を移し、二度とアンジャンのほうを見ようとはしなかった。

「わたしには後見人のおじがいます」エミリーは口を開いた。「わたしは病気なんです。ここロンドンにいるドクター・ラッセルには、けいれん性の発作だと言われました」指で袖口のボタンをもてあそびながら言葉を継ぐ。「原因はわからないそうです。少なくとも、まだ誰も治療法を見つけていないと言われました。もちろん発作が起きれば苦しいですが、命に別条はないそうです」

かつて目撃した発作の様子を思いだしながら、アンジャンはうなずいた。

「わたしのおじは」エミリーが続ける。「それでも治療法を見つけようとしています。病気を治さないかぎり、わたしに求婚する男性はいないと信じこんでいるんです」

そう言いながら、彼女は袖口に手をかけ、いちばん下のボタンを外した。

「あの――」リリントンが言う。けれども、それ以上言葉を続けることができなかった。前かがみになり、エミリーの青白い手首を食い入るように見つめている。彼女の肌をそんなにじろじろ見るな、とアンジャンは思った。まったく、リリントンの頭をぴしゃりと叩いてやりたい。

「おじは治療と称して怪しげな方法を次々と試しました。体に電流を流されたこともあります」二番目のボタンを外して、エミリーは言った。「頭を水中に押しこめられたこともあります。それに、奇妙な装置にかけられたこともあるんです。なんでも、てこの原理を応用したという装置で、けいれん性の発作がはじまったら、わたしの脚にとんでもない圧力をかけるという代物でした」さらにボタンを外しながら、つけ加える。「わたしが大腿骨《だいたいこつ》を骨折してようやく、おじもその装置による治療をあきらめたんです」

エミリーを見つめていたアンジャンはふいにあることに気づき、胃のむかつきを覚えた。小川のほとりを散歩していたとき、彼女は〝こっそり家を抜けだして来ている〟と言っていた。あのときは、ただエミリーがおじに反発してそう言っているのだと考えていた。だが、現実はそんなに生やさしいものではなかったのだ。

彼女は悲惨な治療について淡々と語りつづけている。リリントンも、ただうなずくことしかできない様子だ。エミリーが次のボタンを外し、袖をまくりあげる。次の瞬間、彼女の指が震えていることにアンジャンは気づいた。ドレスの袖の下から現れたのは、丸い形をした痛々しい傷跡だ。

「真っ赤になった火かき棒を肌に押し当てられたときの傷です」エミリーが言う。「その医師は、こうすればわたしの発作が止まると言いました。けれど発作は止まりませんでした」

アンジャンは椅子の肘掛けを強く握りしめた。なんと野蛮な。そんなのは治療じゃない。野蛮な行為としか言えない。なぜぼくはそういう事情を察してやれなかったのだろう？　何週間も一緒に散歩をしたのに、エミリーは治療についてひと言も話そうとはしなかった。それなのに、ぼくは彼女に家族のすばらしさをとうとうと説いていた。エミリーの本当の気持ちを考えもせずに。これでは彼女のおじと何も変わらないじゃないか。

アンジャンはどす黒い怒りがこみあげるのを感じた。

「このほかに」冷静な声を保ちながら、エミリーが言う。「太腿にもやけどの跡がありますが見せられません。どうかわたしの気持ちを察してください」

「ミス・フェアフィールド」困惑したように、リリントンが言った。「それはいいんですが、ぼくは途方に暮れています。あなたを助ける手立てがあるようには思えません。結局あなたに治療を施すのは、あなたの後見人の務めなのですから」

「それはいいだって？」アンジャンは無意識のうちに口にしていた。「いいわけがない」

アンジャンの言葉を聞いて、エミリーが笑みを浮かべた。「ひとつの可能性として考えられるのは、後見人を変更したい旨の請願書を作成することです。わたしとしては——」

「うちの事務所は海運業専門です」リリントンがさえぎった。「あなたの案件は民事事件のため、大法院で裁かれることになります」首を横に振りながら、つけ加える。「あなたが苦しんでいるのはよくわかりますが、うちではお役に立てません。ぼくの秘書であるミスター・ウォルトンに頼めば、事務弁護士のリストをお渡しすることはできます。ただ誠に心苦しいのですが、うちでできることは何もありません。よければ、このへんで失礼させて——」

リリントンが背を向けると、エミリーはあわてたように立ちあがった。今日はじめて見せる動揺の色だ。「事務弁護士を紹介されても、その人とは面識がありません。それに事態は急を要するんです。一刻も早く裁判で解決しなくてはならないんです。わたしはもう治療したくないとおじに伝えました。するとおじは——おじの手紙を偶然見つけてしまったのですが——」息をのみ、アンジャンを見つめて言う。「おじはわたしが精神的な病気だと申し立て、専門の病院へ入れるつもりでいます。もしそうなったら、わたしはもうおしまいです」

アンジャンはせりあがってきたものを飲み下した。ひどく気分が悪い。精神病院について、誰かが冗談を言っているのは聞いたことがある。だがどう考えても、エミリーはもちろん、誰にとっても快適な施設とは言えないだろう。

「すでにおじからは外出を禁じられています。もし、こうしてこそこそと外へ出ているのがわかれば——」エミリーはまっすぐアンジャンのほうを向き、うなずいた。「おじはわたしの部屋に二四時間使用人を置いて、監視させるに違いありません。そんなことになったら、大切な人にお別れの挨拶さえ言えなくなってしまいます」

リリントンはかぶりを振った。「本当に申し訳ありません」それは謝罪ではなく、もうこの話は切りあげたいという意思表示だった。

アンジャンは動くことができずにいた。根が生えたように立ち尽くしたままだ。これまでエミリーに関して得た断片的な情報が、頭の中で突然ひとつに束ねられていく。

今や彼女の呼吸は速くなっていた。「姉が助けになってくれます。もう成人しているし、財産もたっぷりあるので、どんなに費用がかかっても支払えるんです」

「あなたの幸運はお祈りしています」リリントンが言う。「ですが——」

「もういい、リリントン」無意識のうちに、アンジャンはそう口走っていた。「彼女が求めているのはきみの意見じゃない。彼女はぼくに会いにやってきたんだ」

「そんなばかな」リリントンはしかめっ面をした。けれども次の瞬間、実際エミリーがアンジャンを名指ししたのを思いだしたかのように唇をゆがめた。「ぼくにはわからない、なぜ彼女がきみを指名したのか……」

アンジャンは何も答えなかった。

「それは」エミリーが言う。「もしここへ来れば、わたしの話を偏見なしに聞いてもらえるとわかっていたからです」アンジャンのほうへ向き直って続ける。「少なくとも、あなたなら公平にわたしの話を聞いてくれるし、面倒を見てくれるだろうと思ったの」

「本気でそんなふうに思っていたのか？」アンジャンは尋ねた。彼女の答えが聞きたかった。

「何カ月もきみとは会っていなかった。きみは何も言わずに突然姿を消してしまったじゃないか。それなのにここへ来れば、ぼくがきみの面倒を見ると思っていたのかい？」

エミリーは顎をぐっとあげた。「あなたならそうするはずよ。わたしにはわかっているの」

彼はゆっくりと笑みを浮かべた。満面の、心からの笑みだ。「きみの言うとおりだ」

「前にも言ったでしょう。わたしたちの結婚の準備が整いさえすれば、症状もおさまるだろうって。そうしたら……」

驚きの声をあげたリリントンを無視して、アンジャンは身を乗りだした。

「ここ数カ月は最悪だったわ。おじの態度は過激になる一方なのに、姉が屋敷から追いだされてしまったの。だから、わたしには欲求不満のはけ口がなくなってしまったのよ。でも、自分があなたと結婚するだろうってわかっていたわ。だからそのあいだに何が起ころうと、あなたと結婚する日が来るのを楽しみにしようと自分を励ましていたの」

アンジャンは大きく息を吸いこんだ。

「そんなとき、おじが病院とやりとりしている手紙を見つけてしまったのよ」エミリーは目をぎゅっとつぶった。「もうおじの屋敷にはいられない。病院などに入れられてたまるものですか。そう思ったとたん、奇妙な解放感を覚えたわ。わたしはどこにでも行けるし、なんでも自分で選べる。自分の将来は、ほかの誰でもない、自分の手で紡ぎだせるんだという気になったの」

彼はエミリーから目を離せずにいた。にこやかな笑みを向けられ、自然と微笑み返していた。

「だからここへ来たのよ。あなたのもとへ」

リリントンは彼女をまじまじと見たあと、アンジャンのほうへ顔を向けた。「バティ」ゆっくりした口調で言う。「やっぱり、きみはぼくに隠し事をしていたんだな」

「彼の名前は」エミリーは取り澄ました口調で言った。「バタチャリアよ。もうすぐわたしもその名前になるのだから、正確な発音を覚えてくださるかしら」

26

「妹は自分の意志でおじの屋敷から出ていったの」その晩セバスチャンとの散歩を終え、遅い時間にホテルへ戻ったオリヴァーは、ジェーンからこう聞かされた。「エミリーがどこにいるか見当がつくわ。絶対に安全なところよ」

礼節を守るべく、ふたりは通路をはさんで向かい合った部屋を別々に取っていた。しかしオリヴァーが戻るとすぐに、ジェーンは彼の部屋へやってきたのだ。

今、彼女はベッドに座っている。靴を脱ぎ、髪を垂らして、ゆったりとくつろいでいる様子だ。彼女をどこへも行かせたくない、とオリヴァーは思った。いっそのこと、このまま時間が止まってしまえばいいのに。ジェーンにはずっとぼくの部屋にいてほしい。ここから出ていってほしくない。

ふたりでいる一瞬一瞬がこれほど愛おしく思えるのは、この情事のはかなさゆえかもしれない。

「とても嬉しいわ」ジェーンが言う。「あとはエミリーを見つけだすだけだもの」

ジェーンの体に腕をまわして引き寄せ、彼女の香りを思いきり吸いこんでみる。エミリーを見つけたら、ジェーンとぼくはどうなるのだろう？　答えはひとつしかない。でも、今はその結末を考えたくない。

オリヴァーは彼女の首に鼻をすりつけた。「すべてがいい方向へ向かっているようだね。本当によかった」一瞬口をつぐみ、ふたたび話しかける。「エミリーを探しだすまでは、ぼくも一緒にいていいんだね？」彼は息を詰めて答えを待った。

「ええ、あなたさえよければ」

オリヴァーはジェーンの耳に口づけ、さらに近くへ体を引き寄せた。彼女を放したくない。両手をジェーンの髪に差し入れ、指先でもてあそびながら、甘い香りを堪能する。

「あなたは優しいのね」ジェーンが言った。

「違うよ。きみにのぼせあがっているだけだ」そのうえ、心配で胃がきりきりしている。ひしひしと感じる――終わりが近づきつつあるのだと。だからこそ、彼女を抱き寄せ、その香りにおぼれたい。ジェーンをどこにも行かせたくない。

「エミリーはどこにいるんだ？」

「ロンドンよ。ロンドンで間違いないと思うわ」

「それは……好都合だ」オリヴァーは言った。「実は、ぼくもロンドンへ行かなくてはならないんだ」

だが言葉とは裏腹に、ロンドン以外の場所だったらよかったのに、と思わずにはいられなかった。ロンドンでは山のような仕事が待っている。オリヴァーは目を閉じて、ひとつずつそれらを数えあげてみた。大勢の人たちと面会をするかたわら、新聞のコラムも執筆しなければならない。選挙権拡大のための最新の修正案について書き記し、世間に法改正の大切さを訴えかける必要がある。だが今は、そんなことはどうでもいい。

「まだロンドンに着いたわけじゃない」彼はぽつりと言った。「ぼくたちはここにいる。今はここにいるんだ」

「ええ、そうね」ジェーンがささやく。「それなら今、何をしたらいいの?」

オリヴァーは彼女をひしと抱きしめた。「これだよ」そう言うと、ジェーンの唇に口づけた。


「どういうこと、アンジャン?」

テーブルをはさんでエミリーの向かい側に座っているのは、紫と金色のシルクでできたサリーをまとった女性だ。ミセス・バタチャリアの目はアンジャンにそっくりだった。濃い色をしており、驚くほど長いまつげに縁取られている。顔にはしわひとつない。ただしエミリーに向かってしかめっ面をしているため、眉間には太いしわが寄っている。エミリーはといえば、腕組みをしてこちらを凝視しているミセス・バタチャリアを前に、平静を保つのがやっとだった。

アンジャンの母親は鼻をふんと鳴らすと息子を見た。「この娘《こ》はいったいどうしたの? 病人みたいに見えるわ」

「彼女はあまり外に出たことがないんだ」アンジャンが答える。冷静な口調だ。

一方のエミリーは、冷静とはほど遠い気分を抱えていた。緊張のあまりみぞおちがねじれるように痛み、椅子から転げ落ちそうだ。

ミセス・バタチャリアはかぶりを振った。「お父さんになんて言えばいいの？　息子のお嫁さんになる人が病気持ちだなんて言えると思う？　わたしたちの望みはただひとつ、あなたがすべてにおいて申し分のない女性と結婚することなのよ」眉をひそめ、エミリーを見ながら言葉を継ぐ。「女の子なら、ほかにもいるでしょう？　インドに帰れば、いくらだっていい娘が……」

「ああ、そうかもしれない」アンジャンは静かに応えた。「でもミス・エミリーのお父さんは法廷弁護士だし、おじさんは法律を教える教員なんだ。エミリーなら、ぼくにもっと大勢の法律関係者を引き合わせてくれるだろう。リリントンのお父さんよりもね。そういう点からいえば、これはぼくにとってまたとない良縁なんだよ」

ミセス・バタチャリアはいぶかしげに目を細めて息子を見た。「そうやってわたしを説得しようとしているんでしょう？　あなたは本当に頭のいい子だから」その声には、どこかおもしろがるような響きがにじんでいた。

「まったく、母さんにはかなわないな。だけどさっきも話したとおり、ぼくは彼女を愛しているんだ。それにいつの日か、ここイングランドに大きな影響力を及ぼすようになりたいと考えている。そんな夢を理解してくれる人が、ぼくには必要なんだよ。同時に、自分がインド人であることを忘れないよう、細やかな気配りをしてくれる人がね」

「インド人であることを忘れるですって？」

「イングランドでは誰もがお肉を食べるし、ロースト肉を出されたところを想像してみてください。そんな気まずいことが起こらないよう、常に気を配る人が必要なんです。白ワインの代わりに、息子さんにレモネードのグラスを用意してあげられる人が」アンジャンをちらりと見ながら続ける。「もちろん息子さんなら、自分がインド人であることを忘れたりはしないと思います。でもわたしが一緒にいれば、息子さんのイングランドでの日々の暮らしが円滑になるよう、お手伝いができると思うんです」

ミセス・バタチャリアは眉をひそめ、じっと考えこんだ。

「それにもちろん、インド人の料理人を雇うつもりでいます」

「そうなの？」心なしか、ミセス・バタチャリアの表情が和らいだように見えた。けれども次の瞬間、彼女はエミリーをにらみつけて言葉を継いだ。「食事はいいとしても、インドという国についてはどうなの？　あなた、うちの息子にインドのことを忘れてほしいと思っているんじゃないの？　インドに一度も帰国する気がないんでしょう？　たとえアンジャンに子供ができたとしても」

「いいえ」エミリーは決然と答えた。「もちろんそんなことはありません。できるだけひんぱんにインドを訪ねるようにします」

「さあ、どうだか。どうやってあなたの言うことを信じろというの？」

「今後、わたしはアンジャンではなく、あなたの言うとおりにしようと思っているんです」

しばしの沈黙のあと、ミセス・バタチャリアは小首をかしげてエミリーを見た。

「本当に？」

「もちろんです。インド人との結婚生活がどのようなものか、それにインド人の血を引く子供を育てるのがどういうことか、わたしには見当もつきません。そんなわたしにとって、頼れるのはあなたしかいません」

ミセス・バタチャリアは片方の眉をあげると、アンジャンのほうを向いた。

「そう言うように、あなたが彼女に教えたんでしょう？」

「たしかに、うちですべての実権を握っているのは母さんだという話はした。でも、それだけだ。今エミリーが言ったことは、彼女の本当の気持ちなんだよ」

かぶりを振ったものの、今やミセス・バタチャリアは唇をゆがめ、にやりとしている。

「ということは、少なくとも彼女は今後の暮らし方について、ある程度理解しているということね」

アンジャンとエミリーは顔を見合わせて微笑んだ。

次の瞬間、ミセス・バタチャリアはすかさずテーブルを軽く叩いた。「わたしの前でそんなふうに見つめ合ってもいいと許した覚えはないわ。それに言っておくけれど、わたしの夫もあなたに甘い顔をするとは思えない。何しろ、わたしたちには理想の花嫁に対して求める項目が一七もあるの。まだまだ延々と続くわよ」

それから、ミセス・バタチャリアは次々とエミリーに対して容赦ない質問をした。妻としての心構え、子供や宗教にまつわる考え、エミリーの発作について、さらに彼女の家系について……。

「あなたはうちの息子を愛しているの？」とうとう最後にミセス・バタチャリアは尋ねた。

「はい」エミリーは答えた。「実際――」

「わたしを説得する必要はないわ」ミセス・バタチャリアがさえぎる。「もちろん愛しているでしょうよ。この子を愛さない人なんているはずないもの」

エミリーはにっこりした。

ミセス・バタチャリアは真顔になった。「結婚式の日取りについて、あなたのご家族と話し合う必要があるわね」

エミリーはさらに笑みを広げた。アンジャンからは〝心配する必要はない。敬意を持って話せば、必ず母のことを説得できる〟と言われていた。でも、本当は自信などこれっぽっちもなかったのだ。

ところがミセス・バタチャリアはこう続けた。「あなたにはお母さんがいないのね。ということは、あなたの親代わりは誰なの？」

「姉がひとりいます」眉をひそめて、エミリーは言い足した。「それにおじも。ただ、おじは避けたほうが……」言葉が尻すぼみに消えていく。

「彼女は今、なんと言ったの？」ミセス・バタチャリアが不審げな表情で尋ねる。

アンジャンはテーブルに近づくと、エミリーの隣に腰をおろした。「母さん、エミリーのおじさんは少々難しい人なんだ」

「難しい？　どんなふうに？」

「わたしはまだ成年に達していません」エミリーは説明した。「結婚するためには、おじの許しが必要なんです」

アンジャンが、お手あげだというように両手を広げた。

「ああ、そういうたぐいの難しさね」ミセス・バタチャリアは肩をすくめた。「それなら、わたしがおじさんと話すわ。あなたのお父さんがエインワース大佐とひと悶着あったとき、丸くおさめたのは母さんなのよ」

しかしアンジャンは首を横に振り、穏やかな声で言った。「母さんの申し出はありがたいし、本当に嬉しいよ。でも今回は、ぼくが自分でなんとかしなければいけないと思うんだ」

ジェーンは窓辺に立ち、通りを見おろしていた。ロンドンでオリヴァーと宿泊しているホテルは、ひっそりとした通り沿いにある。列車の駅におり立ったときは、大勢の人々が押し合いへし合いしていた。けれどもこのホテルは、そういった人ごみを避けるような場所に立っている。偽名を使って宿泊手続きをすませると、オリヴァーはジェーンとともに、階上にあるこの部屋へあがってきた。だがそこから丸々一〇分、彼は部屋を行きつ戻りつしたあげく、ようやく何通かの手紙を走り書きし、呼び鈴を鳴らして配達係を呼んだ。

「兄宛だ」オリヴァーが説明する。「それに法曹界に顔のきく知人にも手紙を書いた。きみの妹さんと一緒にいる弁護士の居場所を探してほしいとね」

ジェーンの頭の中は疑問でいっぱいだった。ロンドンにいることを知らせるお兄様宛の手紙を書くのに、なぜあんなに時間がかかったの？　どうして偽名で宿泊しているの？　それになぜ街の中心部ではなく、こんなひっそりした場所にあるホテルに泊まっているの？　けれども、あえて声に出して質問しようとはしなかった。答えはすでにわかっていたからだ。

別にオリヴァーはわたしのことを恥ずかしく思っているわけではない。ただ……わたしたちが愛人関係にあることを誰にも知られたくないだけ。それだけよ。

なのに、どうしてこんなにいらいらしてしまうのかしら？

数分後、オリヴァーが手紙を託した配達係が戻ってきた。今度は大きく膨らんだ袋を手に持っている。すべてオリヴァー宛のものだ。書類や新聞、議会の議事録の写し、手紙、招待状……。オリヴァーは断って中座すると、机に向かった。窓辺にジェーンをひとり残したまで。

オリヴァーと知り合ってから数カ月のあいだに学んだことがあるとすれば、それはただひとつ。何か問題を抱えた場合は、思いきった行動に出るにかぎるということだ。現にこうして隠れるようにこそこそするたび、自分が小さくて取るに足りない存在のように思えてしかたがない。そしてそんな気分になるにつれ、わたしの抱える問題がどんどん大きくなってしまう。中でも最大の問題は、オリヴァーとわたしの愛情がどんどん深まっているにもかかわらず、今後ふたりの関係を続けるのは不可能だということだろう。

何か大胆な解決法はないかしら？

でも、もしわたしが思いきった行動に出てしまうと……。

書類と格闘しているオリヴァーを見ていると、彼が自分から離れていくように思えてしかたがない。封書を開けるたびに、新たな修正案に目を通すたびに、彼がどんどん手の届かない存在になっていくかのようだ。晩餐会の招待状は、どれもオリヴァー宛のもの。わたしが同席することは許されない。

彼のような男性と結婚する女性は、おとなしくて控えめでなければならない。

でも、嘘で塗り固めた人生はごめんだ。自分を偽りたくない。このままのわたしを見ていてほしい。

ジェーンは頭を振り、窓に背を向けた。自分の抱える問題を解消するための大胆な解決法はないものかと、思案をめぐらせながら。

27

「きみは誰だ？」

アンジャンは屋敷の奥にある薄暗い書斎へと足を踏み入れた。暗さに少しずつ目が慣れるにつれ、室内の様子がわかってきた。ひとりの男が立っている。タイタス・フェアフィールドに違いない。でっぷりと太って禿げており、不機嫌そうな表情でこちらを見ている。

次の瞬間、アンジャンは気がついた。この男には前にも会ったことがある、数年前、もうひとりいたインド人学生――アンジャンが入学した年にケンブリッジを卒業した学生――が指導を受けていたチューターだ。当時インド人学生に法律を教えようとする個人指導員はほとんどおらず、珍しかった。もしあのときのチューターがエミリーのおじだと知っていたら……。

おそらく、最初から彼女を散歩になど誘わなかっただろう。エミリーのおじがタイタスだと知らなかったことが、かえって幸いしたのだ。

今日のアンジャンは抑えた色合いの服を着ている。どこから見ても、非の打ちどころがない装いだ。シャツの襟はのりがきいており、首を動かすたびに冷たく硬い感触がする。彼は名刺を手渡した。

「ぼくはアンジャン・バタチャリアです。あなたに大切なお話があって、ここにやってきました」

タイタスはちらりとも見ずに、名刺を机の上に置いた。「ほう。だが、今年は生徒をとらないことにしているんだ」目に狡猾そうな光が宿っている。まるでアンジャンをていよく追い返そうとするかのように。

「いいえ、ぼくはチューターを探しているのではありません。三月にケンブリッジの法律学《ロー・トライポス》の優等卒業試験を終えましたので」アンジャンは説明した。「ただ、あなたが前に教えていた生徒、ジョン・プレートフォードのことは知っています。あなたの教えがためになったと言っていました」

まさかお世辞を言われるとは思っていなかったのだろう。タイタスは不意を突かれたかのように目をしばたたいた。機先を制され、すぐに呼び鈴を鳴らしてアンジャンを放りだすような無礼なふるまいもできなくなってしまったようだ。すかさず机の向かい側にある椅子に腰かけたアンジャンを、タイタスはまじまじと見つめた。どうやら、状況がよくのみこめていない様子だ。だが無礼なまねをするよりは話し相手になったほうがいいと考えたらしく、しばらくすると口を開いた。

「ああ、プレートフォードか」嬉しそうな声だ。「彼は首席で卒業したんだ」

「あなたのおかげですね」アンジャンは礼儀正しく応えた。「今年、ぼくも首席で卒業しました」

タイタスはまたしても目をしばたたくと、頭を振った。まるでアンジャンが自分の教え子と同じ首席を取ったという事実を振り払うかのように。

「ぼくは今、ロンドンで法廷弁護士として働いています」アンジャンはそう言うと、一瞬口をつぐんだ。エミリーの置き手紙に書かれていた〝法廷弁護士〟という言葉を、タイタスが思いだすかもしれないと思ったからだ。

だが、期待しただけ無駄だった。タイタスは椅子に腰かけたまま、しかつめらしい顔をして、アンジャンをじろりと見ただけだった。

「数日前」しばらく間を置いたあと、アンジャンは口を開いた。「ミス・エミリー・フェアフィールドがぼくのところへ来ました」

タイタスが息をのんだ。「きみのところへ？」衝撃を受けた様子で言う。「なぜエミリーはきみのところへ行ったんだ？」

「ぼくは彼女に結婚を申しこみました」アンジャンはきっぱりと言った。「そして彼女はイエスという返事を伝えに来てくれたのです」

「ばかな！」タイタスはかぶりを振ると、アンジャンの言葉を否定するかのように机をぐいと前に押した。「狂気の沙汰だ！　そんなことはありえない」

いいや、じゅうぶんにありうることだ。それを裏づけるための証拠なら、いくらだってあげられる。昨夜、〝頑張ってね〟とエミリーがしてくれたキス。それに将来について彼女とさまざまなことを話し合った、実りある時間。だがそんなことを並べ立てても、らちが明かないだろう。ここはひとまず、相手の言葉を誤解したふりをすることにしよう。

「結婚を禁じる法律はないはずです」

「わたしが言いたかったのはそういうことじゃない」タイタスはしかめっ面をした。「きみだってわかっているはずだ。きみはエミリーとは結婚できない。わたしはそう言いたかったんだ」

「つまりあなたが反対しているから、ぼくは彼女と結婚できないということですね」

その言葉を聞いて、タイタスはほっとした表情になった。「ああ、そういうことだ。わたしは反対だ」

「反対なさるのは無理もありません。だからこそ、ぼくは今日、あなたを安心させるためにここへやってきたのです。結婚後に自分の姪がどんな扱いを受けるか、あなたが心配されるのは当然ですから」

「そのとおりだ」タイタスは胸を張った。「エミリーがどんな扱いを受けるか、わたしは心配でたまらない」

「あなたのお気持ちはわかります。ぼくの父は政府の高官ですし、おじは東インド会社軍の副官です。そんな家に嫁げば、エミリーが気おくれするのではないか。あなたがそう心配されるのは当然です」

タイタスは激しく目をしばたたいた。「えっ、あ、ああ」

「心配なさる必要はありません」アンジャンは言った。「エミリーのことは大切にします。あなたのこの質素な屋敷よりも、はるかにすばらしい環境を与えるつもりです。何しろ、ぼくもまたあなたと同じく、女王陛下の忠実なしもべのひとりですから」

タイタスは当惑したように片手を頭にやると、しかめっ面をした。「いや、そういうことでは……」

「ああ、エミリーの発作のことを気にしているのですか？　彼女の発作や治療について、ぼくに正直に話していないのではないかと心配されているのですね。でも、それには及びません。彼女からすべて聞かされています。発作を理由に、あなたによってこの屋敷に閉じこめられ、結婚の夢さえ断念させられていたこともです」

「違う、きみはわかっていない」タイタスの顔は青ざめていた。

「ああ、そういうことですか」アンジャンはゆっくり立ちあがると、両手を机の上に突いた。「ぼくがインド人だから。だから結婚に反対なのですね」

長い沈黙が流れる。

「エミリーが結婚できる体だとは思えない」ようやくタイタスが口を開いた。「だが、たとえ結婚できる体だとしても、きみに嫁がせるわけにはいかない。断固、お断りだ。なぜなら、きみは――きみは――」

「インドの生まれだから」アンジャンは言葉を補った。「ですが、インドというのは場所の名前にすぎません。忌まわしい病気とは違うんです。あなたにもそのことを知っていただきたい。これから家族になるのだから、なおさらです」

「ばかな。もちろん、きみと家族になどならない」タイタスは頑として言い張った。「もうきみと話を続けるつもりはない。結婚など許さんぞ、絶対に」

「でしたら、理由を聞かせてください」

「インド人という人種をよく知っているからだ」タイタスはうなるように言った。「まったくもって忌むべき人種だ。きみは一〇人もの妻をめとり、もし自分が死んだら、火葬用の薪《たきぎ》の山でいやがるエミリーを生きたまま焼くつもりだろう？」

「そんなことはしません」アンジャンはぴしゃりと答えた。「ただエミリーは、そのほうがまだましだと言うかもしれませんね。結婚の望みも持てずに生きつづけ、火かき棒でやけどをさせられたり、体に電流を流されたりするよりはずっとましだと。とにかく彼女の扱い方について、あなたにとやかく言われる筋合いはありません、ミスター・フェアフィールド。少なくとも、ぼくは彼女を傷つけたりはしない」

タイタスは息をのんだ。「ち、違う。あの子は……病気なんだ。だから……だから……」

「そして、あなたはエミリーの病状をさらに悪化させたんです。ぼくは彼女が泣いたのを一度だけ見たことがあります。いつだと思いますか？　きみの後見人はきみをもっと大切に扱うべきだ、とぼくが言った瞬間だったんです」

「だが――」

「それと、この際いくつかはっきりさせておきたいことがあります。ヒンドゥー教徒は一夫一婦制です。ぼくの知り合いのヒンドゥー教徒で、複数の妻を持つ人はいません。ぼくの兄が亡くなったとき、兄の妻は嘆き悲しみました。ですが、今でもちゃんと生きています」アンジャンは怒りに手を震わせた。「あなたが言うところの〝インド人という人種〟が完璧だとは言いません。でもインド人の一員として、ぼくは常に清廉であるよう心がけているつもりです」タイタスをにらみながら言葉を継ぐ。「ぼくはエミリーの体の傷を見ました。あなたにインド人をとやかく言う資格はありません」

アンジャンの怒気をはらんだ声を聞き、タイタスはあとずさりして小さな声で言った。

「わたしはよかれと思って、あの子をいろいろな医師に診せたんだ」

アンジャンは机の上に身を乗りだし、タイタスに詰め寄った。「もっとほかのやり方があったはずです」

タイタスは力なく椅子に座りこんだ。「わたしは……」うつろな目であたりを見まわす。

「きみは……エミリーの傷を見たのか？」

アンジャンはうなずいた。

「だが、傷は……」

ふたたび、アンジャンはうなずいた。

「傷を見せるために、エミリーは服を……服を脱がなければならなかったはずだ」タイタスがあえぐように口走る。すっかり混乱している様子だ。ここは本当のことを言う必要はないだろう、とアンジャンは思った。彼女の傷をすべて見ているわけではないことを。「ここを逃げだしてから、エミリーはまっすぐきみのところへ行ったんだな？」

「そうです」

「ということは、あの子は……もう傷物だ。結婚させなければならない」タイタスは唇を湿らせた。

エミリーは断じて傷物などではない。だが、わざわざそれをこの男に教えてやることはない。

タイタスはしばらく何も言おうとしなかった。唇をわずかに動かしているところを見ると、たぶん心の中で葛藤しているのだろう。そしてとうとう背筋を伸ばし、口を開いた。

「きみはインド人だ。ということは、つまり……きみには特別な癒しの能力があるということではないのか？　そういう能力について耳にしたことがあるんだ。とても特別な……才能について」

アンジャンは思わず吹きだしそうになった。なんてことだ。この男はぼくと同じくケンブリッジ大学法学部の卒業生だというのに、そんな愚かな迷信を信じていようとは。

「はい」アンジャンは答えた。「ぼくにはそういう才能があります。どうしてご存じなんですか？」

「もしかしたら、これがいちばんいいのかもしれない」タイタスが言う。「きみにはさまざまな癒しの才能がある。それこそ、わたしの想像も及ばないような……。結局、きみと結婚するのはエミリーにとっていちばんいいことなのかもしれないな」

アンジャンは真顔のままでいた。うなずいたり、笑みを浮かべたりもしなかった。

「エミリーにとっていいと思えることは、なんでもするつもりです」

その言葉を聞いて、タイタスは満足げな表情を浮かべた。「そうか、それはよかった。だが――これだけは約束してほしい。エミリーを生きたまま火で焼いたりはしないと」

「なるほど」アンジャンは寛大にも、こう応えた。「あなたは本当に姪思いな方なんですね」


終わりは突然にやってきた。あまりにも突然だったので、ジェーンもその瞬間が訪れたことに気づかなかったほどだ。

最初にもたらされたのは吉報だった。オリヴァーの照会に対し、回答がすみやかに届いた。アンジャン・バタチャリアという法廷弁護士はたしかに存在しており、彼の住所もわかっている。速便で何度かやりとりをした結果、二時間後、ジェーンはエミリーが宿泊しているホテルに駆けつけ、妹を力いっぱい抱きしめていた。

エミリーは興奮状態にあった。ちょうどタイタスからの電報を受け取ったばかりだったのだ。

「なんだか信じられないわ！」エミリーはジェーンに言った。「アンジャンが何をどう言ったのかわからないけれど、おじ様が結婚に同意してくれたの。わたし、結婚できるのよ！結婚すれば、もうおじ様はわたしの後見人ではなくなるわ。すべて終わったのよ」

そう、すべて終わったのだ。ジェーンはエミリーとともに笑い合い、花嫁の介添人になると約束をした。それから妹を思いきり抱擁したあと、イングランドとインドの結婚式の違いを説明するエミリーの話に耳を傾けた。

もちろん、アンジャンについての話も聞かされた。

「ぜひアンジャンに会ってほしいの。きっと彼のことを気に入ってくれると思うわ。ああ、ジェーン、わたし、本当に幸せよ！」

それからふたりで、エミリーの嫁入り衣装など、結婚にまつわる細々としたことを話し合った。どれもこれも幸せな気分をかきたてる話題ばかりだ。そのあと、ジェーンはオリヴァーと一緒に宿泊しているホテルの部屋へ戻った。

書類の山と格闘していたものの、オリヴァーはジェーンを長くゆっくりとしたキスで迎えた。「すべて解決したんだね。本当によかった」彼女の説明を聞き終えると、オリヴァーはそんな感想をもらした。

けれども、その言葉はちっとも嬉しそうに聞こえなかった。おまけに彼は視線も合わせないままそう言うと、ふたたび仕事に戻ってしまったのだ。〝すべて解決したんだね〟そうよ、前にオリヴァーは言っていた。〝エミリーを探しだすまでは、ぼくも一緒にいていいんだね？〟と。

ジェーンは夕食のための着替えをしに着替え室へ行った。ホテルのメイドの手を借りてレースのドレスに袖を通していたとき、遠くで部屋の扉を叩く音が聞こえた。

耳を澄ましていると、扉が開かれる音がした。

ず頬を緩めた。

「ミスター・クロムウェル？」

その声には聞き覚えがあった。ホテルの従業員だ。オリヴァーの偽名に、ジェーンは思わず頬を緩めた。

「ああ」

「女性の方がおいでになっています」

「女性だって？」オリヴァーが尋ねる。「いや、そんなはずは……」声が尻すぼみになる。

ジェーンは着替え中のドレスを脱ぎ、コルセット姿になった。たとえドレスを着たところで、着替え室の外に出ていくわけにはいかない。オリヴァーと同じ部屋に自分がいたことがわかれば、たちまち醜聞になってしまうだろう。わたしは自分の評判がどうなろうとかまわない。けれど、今この大事な時期にオリヴァーの評判を汚すわけにはいかない。

一瞬の間があり、誰かが部屋に入ってくる足音がした。

「母さん？」オリヴァーの声だ。ひと呼吸置いたあと、彼はあわてたような口調で言った。「なんてことだ、何か悪い知らせかい？」

ジェーンは身ぶりで、メイドに使用人部屋へ戻るよう伝えた。親子の個人的な会話をメイドに聞かせるべきではない。もちろん、わたしも聞いてはいけない。でも、ほかに隠れる部屋がないのだ。

「ああ、あなたがつかまってよかったわ」オリヴァーの母親の声がする。「公爵様が……いいえ、なんでもないの、気にしないで。ちょっと気が動転してしまって……。オリヴァー、よく聞いてちょうだい。ああ、なんて言ったらいいのかしら……」

「母さん、まずは深呼吸をして。ゆっくりでいいから、何があったのか教えてくれ」

母親は声を詰まらせた。「フレディのことよ」

「おばさんの病状が悪くなったのかい？　それならロンドン一の医師を見つけて、すぐに治療してもらおう。そうすればきっと――」

「フレディがベッドで亡くなっているのが見つかったの。死後一日半が経っていたそうよ」

「そんなばかな。ぼくがおばさんに会ったのはそんなに前じゃない。たしかに少し具合が悪そうだったが……」

「脳卒中だったの。苦しまずに逝ったと言われたわ」

「ああ、そんな……。おばさんに会いに行ったときの様子を、母さんに話しておけばよかった。あまり具合がよくなさそうだと知らせればよかったんだ。そして母さんを連れて、一緒におばさんの見舞いに行くべきだった……」

「いいのよ。最後に会ったとき、フレディには愛していると伝えることができたから。わたしたちはずいぶんと性格が違うけれど、一緒に仲よく過ごした時期もあったのよ」オリヴァーの母親の声は震えていた。「どうか自分を責めないで。それより、フレディの突然の旅立ちを悼んであげて」

それから言葉がぷっつりと途絶えた。聞こえてくるのはすすり泣きと、優しく慰め合うような声だけだ。

ジェーンもかつてオリヴァーから、おばのフレディについて聞かされたことがある。あのとき、彼にはじめて惹かれたと言っていい。明らかに風変わりなところのあるおばのことを、オリヴァーは愛情と敬意をこめて語っていた。

理屈っぽくて、口うるさい女性。そんなおばを愛せるオリヴァーなら、わたしのことも愛せるんじゃないかしら？　頭のどこかで、そんなささやき声が聞こえたのだ。

そして、実際にそうだった。

「葬儀は明日よ」オリヴァーの母親が言う。「みんな参列するわ。ローラとジェフリー、パトリシアとルーヴェン、それにフリーとお父さんもね。今夜は全員で一緒に夕食をとることにしているの」

「もちろん、ぼくも行くよ」

しばらく間があった。

「それにオリヴァー、あなたと一緒にここに泊まっている女性も……」

ジェーンの全身が凍りついた。

「女性だって？」

「しらばくれないで。あなたはここに偽名で泊まっている。それにあなたはうちの石鹸を一度も使ったことがないくせに、この部屋にはうちが五月に売りだした石鹸の香りが漂っているわ。部屋に入った瞬間、すぐに気づいたの。ねえ、オリヴァー、これだけはわかってちょうだい。フレディの葬儀には家族と知人が集まるだけよ。もし相手の女性があなたにとって大切な人なら、あなたを癒してくれる人なら、彼女を連れてくるべきだわ」

「母さん」

「彼女の前で、あなたの頬をつねるようなまねはしたくない。それに、もし自分の行動が妹の手本にならないんじゃないかと心配しているなら……」

「母さん、そういうことでは……」

「……わたしではだめね。きっとわたしなんかよりフリーのほうが、あなたを上手に説得できるはずよ」

それから長い間があった。オリヴァーはわたしが聞いていることを知っているのだろう、とジェーンは思った。ふたりの会話を聞いて、わたしが今の状況をどうとらえ、何を考えているのか、気をもんでいるに違いない。彼女は思わず両手で自分を抱きしめた。今すぐにオリヴァーを癒してあげたい。たとえ、このまま関係を続けるのは無理だとわかっていても。ひとたび離れれば、二度と会うことはないとわかっていても。もし彼が来月、政治家の妻にふさわしい女性と結婚したとしても。

今この瞬間は、オリヴァーを癒してあげられる存在でありたい。

「ぼくは……」

「よく考えてみて、オリヴァー」

ジェーンは唇を噛んで下を向き、必死で涙をこらえた。結局、オリヴァーは母親の言葉にいったん同意するつもりだろう。けれど、彼が混乱しているのは火を見るよりも明らかだ。

だって、わたしはオリヴァーの人生には必要ないのだから。そのことがつらかった。そう思った瞬間、胸がちくりと痛んだ。ああ、なんて苦しいのかしら。でも、こんな苦しい思いを味わわされても、彼を許してあげなければ。

次の瞬間、オリヴァーがこう言うのが聞こえた。「ああ、わかったよ」

28

部屋から出ていく母を見送り、扉を閉めた瞬間、オリヴァーは考えた。次にどうすべきかはよくわかっている。だが、その事態にしっかりと向き合う勇気がない。できることなら、ジェーンと顔を合わせたくなかった。ふたりの今後の関係について、彼女と話し合いたくない。

けれどもそんな弱気を振り払い、着替え室の扉を開いた。ジェーンは長椅子に座っていた。ペチコートにコルセットという姿で、ぼんやりとうつむいている。オリヴァーが足を踏み入れた瞬間、彼女は顔をあげた。

「ああ、よかったわ、あなたが来てくれて。こんな格好だから……」ジェーンは言い淀むと、膝の上に置いた両手をじっと見つめた。

「ジェーン」そんな彼女の様子を見たとたん、オリヴァーは喉の奥から熱いかたまりがせりあがってくるのを感じた。

「ドレスを着るのを手伝ってくれる人が必要だったの」赤いリボンがついた青色のシルクのドレスを指さしながら、彼女は言った。「このドレスよ」

「ジェーン……」

「こんな中途半端な格好のままで、あなたと何かを話し合うつもりはないわ」ジェーンはきっぱりと言った。それゆえ、オリヴァーは着替えを手伝いはじめた。ただし彼にしてみれば、それは拷問に等しい試練だった。ジェーンの柔らかな肌が指をかすめるたび、肩にキスをしたくてたまらなくなる。これほど自分が彼女を求めていたとは……。だが、このドレスを着せ終わることが、何かのはじまりにつながるようには思えない。もしかすると、ふたりの関係はこれで終わってしまうのだろうか？

ドレスを身につけると、ジェーンは振り向いてオリヴァーを見た。

「ぼくは……」だめだ。何も言葉が出てこない。

「何かを説明するつもり？」彼女は尋ねた。「そんな必要はないわ。もう前に説明してもらったもの。あなたにとって、わたしはこの世で最も結婚すべきではない女性のはずよ。そうでしょう？　ただ、あなたは今、突然おば様の訃報を聞かされて動揺しているだけ。そんな一時の気の迷いで、わたしを家族に紹介することなんてない。それに、このことはもうふたりでじゅうぶん話し合ったはずよ」

オリヴァーは一歩前に踏みだした。「いや、じゅうぶんとは言えない」

「そうかしら？」ジェーンが疑わしげな口調で言う。

「たしかにきみとは話し合った。だが、もっと伝えたいことがある。ぼくはきみを愛しているんだ、ジェーン」

彼女は頭を傾けた。「なんですって?」

「きみを愛している。今この瞬間、それがわかったんだ。きみを手放すことなどできない。きみはぼくの一部なんだよ。それにぼくの家族の一部でもある」

そう、これまでもそうだったのだ。常に感じていた。暗い森に伸びる道を、まるでジェーンとふたりきりで歩いているかのように。周囲には誰もおらず、この世に自分と彼女だけしかいないかのように。

しかし、ジェーンは何も応えようとはしない。

「ぼくはきみを求めているんだ。ぼくと一緒に家族に会ってほしい、ジェーン。愛人としてではなく、ぼくの婚約者として」

それでも、彼女は何も言わない。

「大変なこともたくさんあるだろう。でも、ふたりで力を合わせればなんとか乗りきれるはずだ。ミニーに頼めば万事解決だよ。クレアモント公爵夫人に訓練してもらえれば、これほど心強いことはない。それに――」

「訓練?」ジェーンが口を開いた。「わたしは馬じゃないわ」

オリヴァーは顔をしかめた。「ああ、もちろんだ。だが、ある程度の教育が必要……」

「何を教育するというの?」彼女は顎をあげ、唇を震わせた。「政治家の妻としてどう行動し、どうふるまい、どんな装いをするか? あなたが言いたいのはそういうこと?」

彼は何も答えられずにいた。

「もし地味なミソサザイが必要なら、そういう女性と結婚してちょうだい。わたしではなく」

「わかっている、わかっているよ。こんなことを言われて、きみもさぞ不愉快だろう。しかし……」オリヴァーは口をつぐみ、目を閉じて、なんとか考えをまとめようとした。ここは理性的に説明をしなければ。「ぼくはこれまで、なるべく出しゃばらないように生きてきた。ぼくのような生まれの者は、特に評判に気をつけなければいけないんだ。自分の思ったことを堂々と主張できる立場の兄とは違い、ぼくは細心の注意を払う必要がある。周囲にどう思われているか、常に意識しなくてはならない。特に貴族議員たちには、自分たちに似て理性的な男だと思われる必要がある。それに……」

「とんでもない妻がいない男だとね」ジェーンの声はかすれていた。

「そうだ」オリヴァーはささやいた。だが彼女が目をきらりと光らせるのを見てかぶりを振り、つけ加えた。「いや、そういう意味じゃない。あくまで一般的な意見だ」

ジェーンは立ちあがった。「いずれにせよ、わたしにとっても好都合だわ。だって……」口をつぐんで唇を噛み、頭を振る。「いいえ、気にしないで。あなたはたった今、おば様の訃報を知らされたところだもの。これ以上、あなたを落ちこませるようなことは言いたくないの」

「言いかけたことを途中でやめないでくれ」彼はぴしゃりと言った。「ちゃんと最後まで言ってほしい」

ジェーンは顎をぐっとあげた。「それなら言うわ。あなたが、とんでもない妻はほしくないと考えているのはかえって好都合よ。だって、わたしが夫として望んでいるのは、もう少し勇気のある男性だから」

彼女の言葉にいたく傷ついたものの、オリヴァーはそれを認めようとはしなかった。今、ぼくは人生の岐路に立たされている。華やかな舞踏場で友人たちに囲まれる生き方を選ぶか、それとも理想をあきらめ、ジェーンとふたりだけで歩んでいく生き方を選ぶか。

「ぼくはイートン校やケンブリッジ大学に通いながら、何年も目立たないように周到な計画に従って生きてきた。きみはそんな苦労を味わったことがないだろう？　そういう苦労をしたぼくを意気地なし呼ばわりするのはやめてほしい。何度も手ひどい失敗を繰り返したあげく、必要とあらば頭を垂れ、迎合することを学んだんだ。そんなぼくを勇気がないと非難するのはやめてくれ」

ジェーンはオリヴァーをじっと見つめた。まるで彼の心の中まで見透かすかのようなまなざしだ。「オリヴァー、本気でそう言っているの？　できるだけ目立たないよう身を隠すより、周囲から何を言われようと気にせずにわが道を行くのが本当の勇気じゃないの？　ブラデントンにわたしを貶めるよう取引を持ちかけられても、あなたはそれを断った。そういうのが本当の勇気でしょう？」

彼女の言葉が胸にぐさりと突き刺さる。だがそれより最悪なのは、ジェーンの両手が震え、目が大きく見開かれていることだ。紛れもなく傷ついた目をしている。これ以上話し合いを続けても、自分も彼女も傷つくだけだろう。本気でそんな言い合いを続けたいのかどうかさえ、今のオリヴァーにはわからなかった。

「それがわたしの考えよ」ジェーンはくるりと背中を向けた。「あとでわたしの荷物を引き取りに来るよう、手配をしておくわ」そう言うと、彼女はオリヴァーの脇を通り過ぎていった。

手を伸ばし、ジェーンの腕をしっかりとつかんで、行かないでくれと言いたい。何がなんでも引き止めたい。

しかし、オリヴァーはそうしなかった。部屋から出ていくジェーンを止めようとはしなかった。指のあいだから最後の機会がすり抜けていく。すまないと謝り、やり直す機会が……。彼は心の中でつぶやいた。ジェーンを引き止めようとしなかったのは、勇気ある行動か？それとも、ただの卑怯な行動なのだろうか？

フレディの葬儀はしめやかに執り行われた。もともと知り合いが多いほうではない。参列したのは、彼女に食料品を届けていた少年と、たまに訪問していた数人のレディたち、そして家族だけだった。

もちろん、オリヴァーの姉妹たちも参列した。ローラは夫と子供を連れており、子供は葬儀のあいだじゅう、ぐずって泣いていた。パトリシアは夫のルーヴェンと双子の子供を連れての参列だ。妹のフリーもいた。棺《ひつぎ》のかたわらに長いこと立ち尽くし、無言のままフレディの顔を見つめ、棺に片手を滑らせて静かにすすり泣いていた。

亡骸《なきがら》を教会に安置しているのが、間違ったことのように思えてしかたがない。フレディなら見知らぬ場所で、人の目――たとえ自分のことをよく知る人たちの目でも――にさらされて横たわっているのをいやがったに違いない。小さな棺に入れられ、土の中へ埋葬されてようやく安堵する。フレディはそういう女性だったのだ。棺の中に花をおさめながら、オリヴァーはつぶやいた。

「ようやく天国に行けるね。もう誰にもわずらわされることはないよ」

葬儀のあと、オリヴァーたちはおばの事務弁護士とともに、彼女の小さなアパートメントへ戻った。

毎年クリスマスが来るたびに、オリヴァーもここで過ごしたものだ。必要に迫られてそうしていた。オリヴァーの母は、フレディにひとりぼっちでクリスマスを過ごしてほしくないと考えていた。そしてフレディは当然、自分の家を離れてまでオリヴァーの自宅へ来るのをいやがった。そこでオリヴァーたち一家が、おばのアパートメントを訪ねるようになったのだ。一家が泊まるには、アパートメントの部屋数は全然足りなかったのだが。

当時に比べると、家族の人数はさらに増えている。だから全員が椅子に座れたわけではない。オリヴァーと姉妹たち、姪に甥、それに両親もいる。父は壁の横に立ち、ルーヴェンは男の子たちとともに床に座っていた。

フレディが事務弁護士を雇っていたのは意外だった。おばは遺書を残したりしないだろう、とオリヴァーは考えていたのだ。おばに遺品がたくさんあるとは思えない。わずかばかりの品々を誰に遺すか記した遺言書を読みあげるのは、なんだか残酷なことのように思えた。

「遺言書は先週の日付のものです」事務弁護士が取りだしたのは、数枚に及ぶ書類だった。オリヴァーの予想をはるかに超えた長さだ。

とはいえ、やはりフレディはフレディだった。長々と記された前文は理屈っぽく、読みあげられるのを聞いていた面々は思わず顔を見合わせた。おばが逝ってしまったばかりだというのに、笑みを浮かべていいものかどうか……。まるでフレディが今でもそこにいるかのような文面だ。彼女は家族全員に期待することを書き記していた。

そのあと、事務弁護士は咳払いをし、遺産分配の項目を読みあげはじめた。

フレディはわずかばかりの先祖伝来の家財と母親の細密画を妹、つまりオリヴァーの母であるセレーナ・マーシャルに遺していた。

「〝甥であるオリヴァーへ。あなたにも財産を遺そうと考えたのですが、きっとあなたには必要ないと思います。そこで何年もかけて手作りしたキルトを遺すことにしました。最近店で売っているキルトに比べて、はるかによくできていると自負しています。何しろ、機械織りではないのですから。わたしのキルトで体を温めてください。年を取ると、めっきり冷えには弱くなるものです〟」

オリヴァーは喉の奥から熱いかたまりがこみあげてくるのを感じた。フレディは時間と労力をたっぷり費やして、形見として手作りのキルトを自分に遺してくれたのだ。

「〝ローラとパトリシアへ。わたしが子供の頃に相続した財産の残額を、あなたたちふたりに遺します。二等分するように。それに残された家財道具も、ふたりで話し合って等分してください。特にお勧めなのは、何年経っても手入れがほとんど必要ない果物ナイフと、ここ数十年使ってきた衣装戸棚、それに上質な陶器類です〟」

ローラは、夫の腕の中にいるパトリシアをちらりと見た。

「これはよくないわ」とうとうローラが口を開いた。「フレディの遺してくれたものの価値がどれほどあるかわからないけれど、ふたりだけで分けるわけにはいかないもの……」

姉たちふたりは、椅子に座っているフリーを同時に見た。かわいそうに――オリヴァーは妹のことをそう思わずにはいられなかった。おばと言い争いさえしていなければ、フレディが遺言書からフリーの名前を消すことはなかっただろう。

「フレディとは喧嘩をしていたの」フリーが穏やかな声で言う。「だから当然よ。わたしのことは考えなくていいわ」

違う、そういうことじゃない。遺品がどうこうではなく、ここで問題なのは、フレディが死ぬまでフリーを許していなかったという事実なのだ。

「だめよ」パトリシアが言った。「簡単なことじゃない。ちゃんと三等分しましょう。きっとフレディおばさんも、そうすれば喜んでくれると思うの。今、おばさんは何よりもそうしてほしいと望んでいるはずよ」

事務弁護士は眼鏡を直すと、姉妹たちを見まわした。「ですが、ミス・フレデリカ・マーシャルには別の遺産が遺されています」

その言葉に、誰もがはっと顔をあげた。ローラがフリーに肩をすくめてみせる。まるで、これ以上何があるのかさっぱりわからないとでも言いたげに。

「〝最後に、わたしの名づけ娘であり、わたしを激しく批判した姪のフレデリカ・マーシャルへ。数年前、彼女は厚かましくも、わたしにアパートメントの外へ出るようにと言いだしました。もっと外の世界に出て冒険をすべきだ、たとえリンゴ一個を買いに行くようなささいな外出でもいいから、と言ったのです。姪が帰ったあと、わたしは外出してみようと努力するようになりました〟」

フリーがすすり泣きに近い声をあげた。

「〝でも、どうしても自宅から出られないことがわかりました。どういうわけか、扉を通り抜けて外へ出ることができないのです。けれども、最善を尽くして冒険をしてみようと努力しました。そこで姪のフレデリカには、わたしの壮大な冒険から生まれた収益と、トランクの中身を遺したいと思います。ただ、彼女がこの遺品をうまく活用できるかどうかは疑問ですが〟」

フリーは顔をあげ、低い声で言った。「収益ですって？　おばさんはいったいなんのことを言っているの？」

「ミス・バートンの作品の収益です」事務弁護士が説明する。「すでに出版された二五冊の小説、そして今後刊行される予定の四冊の小説の印税です」

フリーは目をぱちくりさせた。「二五冊?」

オリヴァーはふいに胸を刺すような痛みを感じた。二五冊もの小説を次々に発表した女流作家なら知っている。今年一月の時点では、まだ二三冊のはずだったが……。フリーはおばのトランクに歩み寄り、ふたを開けて手を差し入れた。

中に入っていたのは紙の束だ。びっしりとおばの手書きの文字が並んでいる。フリーは一枚を手に取ると、テーブルの上に置いた。

その紙の束に何が書かれているのか、オリヴァーにはわかっていた。

「『ミセス・ラリガー、ウェールズ旅団に会う』、『ミセス・ラリガー、フランスの伯爵夫人を訪ねる』、『ミセス・ラリガー、アイルランドへ行く』」フリーは声を詰まらせた。「ミセス・ラリガーって誰?」

オリヴァーにはその答えがわかっていた。もし書かれてある内容を読めば、フリーにもわかるはずだ。ミセス・ラリガーが世界じゅうの海を越えて、中国やインドに旅をする女性であることが。ふいにジェーンと一緒に〝きっとこの小説を書いた作家は、ポーツマスより遠い場所へ行ったことがないに違いない〟と笑い合ったことが脳裏によみがえった。

でも、ぼくは間違っていた。著者はポーツマスにも行ったことがなかったのだ。人生の大半を、ごく狭いアパートメントの中でしか過ごすことができなかった。そして自分の中に隠れていた冒険願望に気づいたとたん、ほとばしるような勢いで小説を紡ぎだした。まさか、おばがこれほどの秘密を抱えていたとは。ミセス・ラリガーは世界を股にかけて旅を楽しんでいた。インド人とともに笑い合ったり、捕鯨船につかまったペンギンたちと仲よくなったりしながら、旅を満喫していたのだ。

一方のフレディはといえば、小さな部屋に閉じこもって、部屋の扉をじっと見つめていた。明日になれば外へ出ていけるかもしれないという希望を抱きながら。

遺された小説を読めば、誰もが思うだろう。フレディはその希望をかなえたのだと。


できあがったリストは、ごく短いものだった。

ジェーンがまず取りかかったのは、美しい乳白色の紙を手に取り、ペン先をインク壺《つぼ》に浸すことだ。

今後の計画をびっしりと紙に書きだそう。そう意気ごんでいた。それなのに、書きあげたリストはことのほか短かかった。

次にどうするべきか、頭を整理するためにリストを作ろうと思い立ったのだ。

ひとつだけ、絶対にリストに書くまいと決めていた項目がある。〝社交的な催しに参加すること〟という項目だ。今後、そういう催しに参加するつもりはいっさいない。周囲の蔑むような視線にさらされ、心の傷を負うのはもうたくさん。実際に参加するまでは舞踏会や夜会、パーティーが楽しいもののように思えたけれど、現実はまるで違った。そういった催しは恐ろしく疲れるし、ひどくつらいものだった。これからやりたいことははっきりしている。とても基本的なことだ。

〝よい行いをすること〟

〝もっと友だちを作ること〟

〝仲よくなった友だちと交流を続けること〟

それからしばらく考えたあと、ジェーンは最後にもうひとつの項目を書き足した。

〝オリヴァーと別れて正解だったと証明すること〟

それがリストのすべての項目だった。特に四つ目は重要だ。わたしの未来にオリヴァーは必要ない。胸を張って、そう言えるような人生を歩んでいきたい。でも、今は……。

ジェーンは彼との別離の痛みから、まだ立ち直れずにいた。心が痛んでどうしようもない。今日の午後は妹と一緒に過ごし、結婚式の詳細をあれこれ打ち合わせした。無理に笑みを浮かべすぎて、口が裂けてしまうのではないかと心配になったほどだ。

心はしくしくと泣いている。

けれども、心の痛みを感じている今でさえ、はっきりと感じていることがある。オリヴァーと知り合えてよかったということだ。彼のおかげで、わたしは変わることができた。誰からも求婚されないよう、必要以上に肩肘を張っていた以前の自分から変わることができたのだ。

たしかにオリヴァーはわたしを傷つけた。でも、今回だってなんとか乗り越えられる。乗りきってみせる。これまで、どんな傷を負っても乗り越えてきたのだから。

そのために何からはじめればいいか、わかっている。まずは友情の確認だ。

ジェーンはリストを隅へ押しやり、もう一枚紙を手に取って、手紙をしたためはじめた。

〝親愛なるジュヌヴィエーヴ、ジェラルディンへ。前回お便りしたとき、あなたたちはロンドンにいて、わたしはノッティンガムにいました。ところが状況が変わり、わたしは今、ロンドンにいます。もしよければ、おふたりにお会いしたく……〟

29

クレアモント邸に戻っても、オリヴァーはまだ放心状態だった。兄のお悔やみの言葉に適当に相づちを打ち、すぐに自分の部屋へ引きあげた。

オリヴァーが一冊の本を買ったのは、もう何カ月も前のことだ。そのときはすぐに読むつもりでいたのに、いろいろな用事が重なり、結局旅行かばんに入れっぱなしになってしまった。そしてケンブリッジから戻ったとき、この部屋の棚のどこかにしまったのだ。ほこりをかぶった本の背表紙に目を走らせていると、ついに目当ての本を見つけた。

『ミセス・ラリガー、家を出る』

ページはまだ真新しいままで、革の表紙もひび割れてはいない。最初のページを開いた瞬間、オリヴァーは喉の奥から熱いかたまりがこみあげてくるのを感じた。この本の中にフレディの言葉が、フレディの考えが記されている。本を買ったときは、そんなことなど知る由もなかった。ぼくはおばのことをまるで知らなかったのだ。そんな感慨に浸りつつページをめくり、第一章を開いた。

〝生まれてこのかた五八年、ミセス・ローラ・ラリガーはずっと港が見えるポーツマスの家に住んでいた。港を出ていく船がどこへ向かうのかを気にしたことは一度もない。戻ってくる船に関心を持つのも、夫が商用旅行から帰ってくる場合のみだった。往来する船を気にする理由はそれしかなかったのだ〟

オリヴァーは息をのんだ。おばは、あのアパートメントの窓から何を見ていたのだろう？どんな夢を見て、どんな希望を抱いていたのだろうか？

〝その日、居間に座っていたミセス・ラリガーは、ふいに壁がどんどん迫ってくるような感じがした。心なしか空気も薄くなっていくようだ。ほぼ六〇年生きているが、扉の向こう側にどんな世界が広がっているのか考えたことは一度もない。それなのに、四方に張りめぐらされた壁の向こう側にある空気が突然吸いたくなった。さあ、外へ出ておいで。そう呼ばれているような気がした。さあ、家から出ておいで。どこからか、そんなささやき声が聞こえてきた〟

フレディならではの文章と言えるだろう。実際こういう思いをしたからこそ、こんなに臨場感あふれる文章が書けたのだ。

〝ミセス・ラリガーは大きく息を吸いこむと、旅行かばんに荷物を詰めた。そしてありったけの勇気をかき集めて、外へ一歩踏みだした。そう、暖かな五月の陽光があふれる戸外へ〟

オリヴァーは目を閉じ、おばのことを思った。外へ一歩踏みだしただけでも動悸が激しくなってしまう、おばのことを。たしか、前に会ったときにこう言っていたはずだ。〝いつか必ず正面玄関の扉から表に出て、あの公園まで歩いていくわ〟

生きているうちに、おばにはなんとかその夢をかなえてほしい。あのときはそう思った。だが、そんなに単純なことではなかったのだ。フレディは自分では外出することができなかった。ところが別の方法で、みずからの夢をかなえていた。ぼくの知っている中でも最も気難しく、理屈っぽかったあのおばが……。

そう、フレディは無数の人たちに冒険の夢を届けようとした。それも、誰も思いつかないようなあっと驚く方法で。そのうえ彼女は家族のために、あっぱれとしか言いようのない遺言書を遺したのだ。

最後にフレディに会った日のことは、はっきりと覚えている。〝赤々と燃える石炭を素手でつかもうとしてやけどを負った場合、それを試練だと思い、立ち向かおうとする人たちがいる。そういう人たちは、今度熱い石炭を素手でつかんでも失敗しないためにどうすればいいかと考え、その実現に向かって計画を立てようとするの。あなたのお母さんは、そういう種類の人間だわ〟とおばは言った。〝あなたが小さかった頃は、お母さん似だと思っていた。でも、違った。あなたはわたしに似ているのよ〟とも。あのときは、おばの言葉を一笑に付してしまった。家から出ないおばと、変化に富んだ多忙な毎日を送っているぼくが似ているわけがないと思ったからだ。思えばフレディからは常に、どんなにささいなことでもいいから、いつもの計画を変更して何か変わったことをしなさいと注意されてきた。だが、そう忠告されるまでもなく、ぼくは常に新しいことに挑戦してきたという自信があった。そんなぼくがフレディと似ているわけがない。あのときはそう考えたのだ。

〝真っ先にやけどの痛みを思いだし、尻ごみしてしまう人もいる。あなたはそういう種類の人間よ〟

いいや、ぼくは尻ごみなどしない。でも、本当にそうだろうか？

もちろん外出が怖くて家の中に引きこもったりはしない。しかし……。

オリヴァーは目を閉じ、大きく息を吸いこんだ。ぼくは外出以外の、多くのものに尻ごみをしてきた……。

たとえばジェーン。はじめて会ったとき、彼女をまともに見ることさえできなかった。彼女が社交界の愚かしい掟《おきて》を破っていることに気づいたからだ。変化を恐れぬジェーンこそ、〝赤々と燃える石炭を素手でつかもうとする人〟にほかならない。一方のぼくは、そんな彼女を見て尻ごみをした。

だが、ぼくも母と同じ種類の人間だと思っていたというフレディは正しい。たしかにぼくも、〝赤々と燃える石炭を素手でつかもうとする人〟だったときがある。たとえばイートン校に入学したばかりのとき。ぼくはみずからの主張を堂々と披露した。自分はほかの生徒と同じくらい優秀であり、それを否定する者がいたら戦うことも辞さない。そう態度で示していた。なぜそれが変わってしまったのだろう？　いつどこで間違えてしまったんだ？

〝ふいに壁がどんどん迫ってくるような感じがした。心なしか空気も薄くなっていくようだ〟

オリヴァーは自分の人生を取り囲んでいる壁がどんどん迫ってくるのを感じていた。これまではそんな壁が存在することに気づきもしなかったが、その壁こそ、ぼくがこっそりと自分で張りめぐらしていたものだったのだ。今ならこうして手を伸ばせば、人生を取り囲んでいる壁があるのがはっきりとわかる。そういえばフレディはいつもフリーに、なるべく屋敷の中にいなさい、外出するときはボンネットを忘れずにと注意していたが、ぼくも妹に同じことを言っている。それにハイドパークで大勢の女性たちに囲まれ、顔を輝かせているフリーを見た瞬間、妹を誇らしく思うどころか、自分が急に老けこんだように感じたのだ。

あのときぼくが感じていたのは、紛れもない疲労感だった。照りつける夏の太陽の下、嬉々として散歩している子犬を見た、寝そべってばかりの老犬のごとき疲労感。そう、明らかに年若いフリーのやる気や元気をうらやんでいた。しかし、かすかにだが、ぼくもそういう活力がどんなものか覚えている。自分はほかの学生と同じで優秀だと何度も主張し、周囲の同級生たちのやり方に合わせるつもりはない、彼らにこっちのやり方を認めさせてやるんだと息巻いていた当時は、たしかにぼくもやる気や元気をみなぎらせていた。

オリヴァーは『ミセス・ラリガー、家を出る』のページをめくった。けれども、涙で目がかすんで文字がよく見えない。

かつて自分がフリーのようだった頃は、何に対しても尻ごみなどしていなかった。問題は、いつすべてが変わってしまったのかではない。本当の問題は、いつの間にか社会のルールを受け入れてしまった自分にある。いったいぼくはいつから、権力者たちによってお膳立てされたゲームに参加するようになってしまったのだろう？

イートン校に入学し、苦渋を味わわされたあの頃だ。

喧嘩の絶えない日々を重ね、ぼくはようやく口をつぐむことを学んだ。大声で叫びながら拳を振りまわすよりも、おとなしく目立たないようにして好機を待つほうが得策だと思い知らされたのだ。

〝何年も目立たないように周到な計画に従って生きてきた〟ぼくはジェーンにそう言った。だがある時点から、ぼくにとって目立たないようにすることは、もはや勝利を意味しなくなっていた。口をつぐんでしまったら、実権を握ったところでなんになる？　それともぼくは政治家としていられれば、それでいいというのか？

〝ミセス・ラリガーは大きく息を吸いこむと、旅行かばんに荷物を詰めた。そしてありったけの勇気をかき集めて、外へ一歩踏みだした。そう、暖かな五月の陽光があふれる戸外へ〟

以前はあれほど忌み嫌っていた社会のルールを、なぜ受け入れてしまったのだろう？　オリヴァーはかつての自分を思いだそうとした。昔は、あいつは庶子だとささやかれるたびに、周囲に喧嘩を売ってきた。あいつは決して大物にはなれない、育ての父親が取るに足りないから、と言われるたびに激怒していた。それなのに、なぜ愛している女性に向かって、暗にほのめかしてしまったんだ？　きみなど取るに足りない存在だと。社交界にとってきみは不愉快な存在だと。

変化そのものよりも、変化を起こすような人物になるほうが大切だ。いつしか、そう考えるようになっていた。ジェーンに背を向けたのがいい証拠だ。そうすることで、ぼくは彼女を手ひどく非難したも同然じゃないか。これまで周囲がジェーンに投げつけてきたあらゆる悪口を、一気に浴びせかけたようなものだ。きみは欠点だらけだし、まともじゃないし、不愉快だ、と。

ぼくがジェーンに対して感じているのは、単なる肉体的な欲求だけではない。ぼくは彼女を愛している。彼女のすべてを。微笑んだ顔も、全力で妹を守ろうとするあの激しさも、誰かに悪口を言われても毅然《きぜん》とした態度を貫く強さも。

ぼくはジェーンを愛している。これまでもずっと愛していたんだ。

それに彼女といるときの自分も気に入っている。誘拐を阻止し、必要とあらば住居侵入もいとわない自分を。ブラデントンのことを服従すべき権力者ではなく、打ち負かすべき敵と考えた自分もだ。

なのに、自分には良家の子女が必要だと考えた。由緒ある生まれで正当な教育を受けており、ぼくの金を必要としている女性。ぼくが相手の血筋を必要としているように。

ジェーンの言ったとおりじゃないか。ぼくは野心を実現するために、いつしか勇気を手放してしまっていたんだ。

ここでこの状態を正さなければ――痛みの記憶を抑えこみ、手を伸ばし、目の前にある赤々と燃える石炭を素手でつかまなければ――ぼくは一生、沈黙という鎖で自分自身を縛りあげてしまうことになる。いや、すでにそうなのかもしれない。ブラデントンをやっつけたあの夜も、もっぱら話していたのはジェーンだった。ブラデントンを目の前にしても、ぼくはほとんど何も言おうとはしなかった。本当は彼のことを忌み嫌っているのに。

ジェーンとの関係をどう修復すればいいかはわからない。ただし、ブラデントンとの関係を正すやり方ならわかる……。まずはそこからだ。オリヴァーはすっくと立ちあがった。

ブラデントンは一票を握っている。ならば、その一票を確実に奪うまでだ。

オリヴァーは本を置き、上着を手に取ると、主階段をおりていった。

そしてありったけの勇気をかき集めて、外へ一歩踏みだした。そう、暖かな五月の陽光があふれる戸外へ。


オリヴァーがブラデントン侯爵の書斎に姿を現したのは、それから三〇分後のことだった。

ブラデントンはひどく困惑した表情だ。机の前に座り、頭を振ると、オリヴァーの名刺を木製の机の表面に叩きつけた。

「このまま会わずに追い返そうかと思ったんだ」ブラデントンが言う。

「むろん、そうだろう」オリヴァーは言った。「だが、きみも好奇心には勝てないと思ってね」

「実は、次の議会で行われる投票に向けて、農夫と女家庭教師を題材にした演説の草稿をしているところだったんだ。彼らの暮らしぶりをよく知る人から話が聞きたいと思ってね」

これは皮肉をこめた先制攻撃だろうか？

「わざわざそんな当てこすりを言う必要はないさ」オリヴァーは応えた。「今日やってきたのは、きみも選挙権拡大について考え直す時間が必要だろうと思ったからだ」

ブラデントンが鼻で笑う。「ばかを言え。わたしにあんなまねをしておきながら、きみはわたしが賛成票と投じると思っているのか？」

「もちろんそうは思っていない。それに、なぜぼくみたいな者がきみの票を勝ち取ることができる？　結局のところ、きみは侯爵で、ぼくは何百人のうちのひとりにすぎない。いや、何千人のうちのひとりと言ったほうがいいかもしれない」オリヴァーは指で机をコツコツと叩きながら、不敵な笑みを浮かべた。「いや、むしろ何十万人のうちのひとりと言うべきだろうな」

ブラデントンが眉をひそめた。「何十万人？」

「いや、実際はそれ以上だ。きみは数週間前にあったハイドパークの集会に出かけたかい？　ぼくは行ってみた。園内は今にも爆発しそうな喜びと活力で満ちあふれていたよ。大勢の人が集い、勝利感に酔いしれていた。後日、新聞は推定一〇万人が参加と発表していたが、実際はそんなものじゃない。もっと、あっと驚くような数の人々が集結していたんだ」

椅子の上で、ブラデントンはそわそわと身じろぎをした。

「まさに以前きみが指摘したとおりさ。選ばれた存在であるきみと、一〇万人のうちのひとりであるぼく。そう聞いてきみはずいぶんご満悦の様子だが、ぼくにはなぜきみがそんなに落ち着き払っていられるのかわからない」オリヴァーは前かがみになり、にやりとした。

「ひとり対一〇万人。どちらに勝算があるかは一目瞭然だろう？」

「そんな野次馬たちの反論に屈するつもりはない」早口でそう言ったものの、ブラデントンは目を合わせようとはしなかった。「わたしは生まれながらの貴族院の議員なんだ。平民どもの圧力に屈する必要はどこにもない」

「ならば、今回ブラデントン侯爵を含めた反対派との票差で選挙権拡大の法案は否決された、という趣旨の見出しが新聞にでかでかと出てもかまわないというのか？」

ブラデントンは目を見開き、大きく息を吸いこんだ。しかし次の瞬間、首を横に振ると、激しい口調で反論した。「反対派はわたしだけじゃない」

「ああ。だが、きみの名前はいかにも新聞の大見出しにうってつけだ。ブラデントンが反対票で法案否決《ブロックス・ビル》。ＢＢＢ。ほら、語呂がいいだろう？」

ブラデントンは拳を握りしめた。「やめろ、マーシャル。ちっともおもしろくないぞ！」

「むろんそうだろう。きみは野次馬たちの反論に屈するつもりはないんだからな。驚くほどの大人数にこの屋敷を取り囲まれても、きみなら面と向かって彼らをばかにするに違いない」

「黙れ、マーシャル」ブラデントンがうなるような声で言う。「いいかげんにしろ」

「ああ、そう言うのもいいかもしれない。自分たちの意見を訴えている彼らに対して、黙れと言ってやるんだ。きっと効果があるぞ。たぶん彼らは黙るだろう。あるいは叫ぶのをやめ、この屋敷に向かって石を投げてくるかもしれない。ハイドパークの集会の最後に、彼らが高らかに《ラ・マルセイエーズ》を歌いあげたのは知っているかい？」

「黙れ！　警官がやつらを取りしまるはずだ。逮捕して、牢獄へ放りこむに違いない」

「ハイドパークの集会で配備されていた警官は、たったふたりだけだったぞ。きみの屋敷の前に制服姿の警官がふたり配備されていても、力を合わせてバリケードを作っている群衆を前に何ができる？　一〇万人の大群を相手に警棒が役立つとは思えない。怖《お》じ気《け》づいて、すぐに任務を放棄してしまうのがおちだ」

「黙れ！」

「いや、待てよ」考えこむようなそぶりをして、オリヴァーはつけ加えた。「きみの言うとおりだ。この屋敷の前で群衆が大騒ぎをしても、長くは続かないだろう。何しろ、警官も半数以上は選挙権がないんだ。彼らも加勢し、即刻きみを逮捕しようとするに違いない」

オリヴァーはそこでわざと言葉を切り、間を置いた。ブラデントンが荒い息のまま、椅子に深くもたれる。

「これでわかっただろう、ブラデントン。きみは選挙権拡大に賛成票を投じることになる。きみがたったひとりなのに対し、ぼくには何千万人もの味方がついているからだ。もはや民衆は黙ってはいない」

「黙れ」ブラデントンはまたしても言った。だが両手は震えており、声に力はない。

「いいや、黙るものか。これまでずっと、きみはぼくを無理やり黙らせてきた。きみのルールをぼくに押しつけ、従わせてきたんだ。もういやというほど口をつぐんで、おとなしくしてきた。今度はきみが黙る番だ」

30

「何か大きなことをやってみたいの」急きょロンドンで借りた屋敷の客間で、ジェーンは隣に座っているジュヌヴィエーヴに向かって言った。「今までも醜悪なドレスを着て、みんなの度肝を抜いてきたわ。でも今回はちゃんとした目的意識を持って、何かとてつもなく大きなことをなしとげたいのよ」

「もう何か考えているんでしょう？」ジュヌヴィエーヴが尋ねる。「それはわたしに関係があることなの？」

ジェーンは息を吸いこんだ。「あなたは前に言っていたわよね。夫のお金を使って慈善活動に励んだりしたいって。だんな様のお金ではなく、わたしのお金を使うのはどうかしら？」

ジュヌヴィエーヴは目をしばたたいた。「まあ、なんてこと！」身を乗りだして言葉を継ぐ。「もっと詳しい話を聞かせて」

「あなたにはしかるべき地位に就いてもらうつもりよ。〈フェアフィールド慈善信託〉の顧問のひとりとしてね。もちろん報酬も払うわ」

ジュヌヴィエーヴは目を丸くした。

「まだ企画の段階だけれど、絶対に〈フェアフィールド慈善信託〉を設立するわ。とにかく自分のお金を有効に使って、世間のためになることがしたいの」

「たとえばどういうこと？」

ジェーンは肩をすくめた。「わたしはいつも、誰もが通える病院と学校があればいいのにと思っていたわ。だから、病院と学校がひとつになった施設を作ってみたいの。そういう施設があれば、やぶ医者の魔の手から患者を守ることができるでしょう？」

ジュヌヴィエーヴが目を輝かせた。「慈善病院ね！　それもこの国の基準になるような評判の高い施設を作れば、自分も資金援助がしたい、活動に携わらせてほしいという人たちが殺到するはずよ。なんてすてきなの！　ちょっとメモを取ってもいいかしら？」

「紙を持ってこさせるわ」ところがジェーンが立ちあがって呼び鈴を手にした瞬間、部屋の扉がふいに開いた。

「ミス・フェアフィールド」入ってきたのは従僕だ。「お客様がお見えです」

「誰かしら？」彼女は尋ねた。

けれども尋ねる必要はなかった。従僕の背後に訪問客が見えたからだ。一瞬心臓が止まり、また鼓動をはじめる。それも、ものすごい勢いで。ジェーンはその場に立ち尽くしたまま、落ち着きを取り戻そうと両手をきつく握りしめた。暗い廊下から姿を現したのはオリヴァーだ。午後の遅い陽光に照らされ、眼鏡がきらりと光って、髪の色はまるで炎のように赤い。

だが、ジェーンの注意を引いたのはオリヴァーの顔ではなかった。彼のせっぱ詰まったようなまなざしでもない。

彼が部屋に入ってきた瞬間、ジェーンは息ができなくなった。

「オリヴァー」なんとか声を絞りだしたものの、それしか言えない。

「ジェーン」

「いったい……」彼女は息をのみ、スカートのしわを伸ばすと頭を振って、とうとうこう言った。「オリヴァー、そのベストの色はどうしたの?」

彼は微笑んだ。いや、微笑みなどという言葉では言い表せないほど、まばゆい笑顔だ。まるで長いこと暗い洞穴を手探りでさまよったあと、ようやく日の光を見つけたかのような、こぼれんばかりの笑み。

「ちなみに」オリヴァーが言う。「ここへ来る途中、知り合いの男性三人に偶然会ったんだが、全員にきみと同じことをきかれたよ」

信じられないというふうに、ジェーンはふたたび頭を振った。「それで、あなたはなんて答えたの?」

「なんと答えたと思う? これはマゼンタだ、と言ったんだ」

「それで? 三人の様子は?」低い声で尋ねる。心臓が早鐘のようだ。

「三人とも煮えきらない反応だった。だが、ぼくはとんでもない解放感を覚えたよ。まるで世間に対して、あることを宣言したかのようにね」オリヴァーは彼女の瞳をじっと見つめた。

「どんな宣言?」

「きみは決して人を不愉快にさせる、欠点だらけの女性などではないという宣言だ。ジェーン、きみは美しくて、聡明で、しかも大胆な女性だよ。ぼくが出会った中で、いちばんすばらしい女性なんだ。きみに欠点があるなんてほのめかした自分が恥ずかしい。欠点があるのはぼくのほうだったんだ。勇気がなくて、きみを応援できなかった。ぼくは本当に弱虫だ」

泣くものですか。そう言われたからといって、すぐにオリヴァーに抱きついたり、彼を許したりするつもりはない。彼はわたしをひどく傷つけた。それなのに、こんなふうに突然舞い戻ってくるなんて。

ジェーンの背後で、ジュヌヴィエーヴが咳払いをした。「わたしは失礼したほうがよさそうね」

オリヴァーが驚いたように目をしばたたく。「ああ、ミス・ジョンソン。申し訳ない、きみがここにいることに気づかなかったよ」

ジュヌヴィエーヴは微笑んだ。「ミス・ジュヌヴィエーヴよ。それに、わたしはあなたがここに入ってきたときからずっといたわ」ジェーンに手を振りながら続ける。「またあとで来るわ。紙とアイデアをたくさん持ってね」そう言うと、彼女は部屋から出ていった。

扉が閉まると、オリヴァーが一歩前に出て片膝をついた。「ジェーン、ぼくの妻になってくれないか？」

そんなことを急に言われても、何も考えられない。一度にいろいろなことが起こりすぎて、ひどく混乱している。ジェーンはかぶりを振ると、理性的になれる唯一の話題を口にした。

「でも、あなたの政治家としての将来はどうなるの？」

「ぼくは政治家として成功したい」彼は息を大きく吸いこんで、つけ加えた。「だが、今のままの自分ではだめなんだ。今までのぼくは周囲の顔色をうかがいながら、自分の言いたいことも言わずじまいだった。仮にきみがほかの男たちから派手なドレスを揶揄《やゆ》されていたり、妹のフリーが大声をあげすぎたせいで治安判事の前に引きだされたりしたとしても、これまでのぼくなら沈黙を守りつづけただろう。だが、それではだめなんだ。心から大切だと思う者たちに関して何も言うこともできずに、ただ黙っているなんてありえない」お辞儀をしながら言葉を継ぐ。「きみに自分を変えてほしくない。一ミリも変わらず、今のままのきみでいてほしい。どうか、そのままのきみでいてくれ。ぼくはありのままのきみが好きだ。ようやくそのことに気づいたんだよ」

ジェーンは片手を口に当てた。

「物静かな妻なんて、ぼくには必要ない。ぼくに必要なのは大胆きわまりないきみだ。ぼくがあとずさりすることを絶対に許さないきみだ。そしてぼくが間違いを犯したときは、率直にそう指摘してくれるきみなんだ」

いったいなんて答えたらいいの？

「ぼくは人生最大の間違いを犯すところだった。だがきみのおかげで、危ういところで気づいたんだ。自分が恐れを抱えていること、その恐れを克服するためには、赤々と燃える石炭を素手でつかまなければいけないことに」

オリヴァーの声はかすれている。

「ぼくにはきみが必要なんだ、ジェーン。言葉で言い尽くせないほど愛している」

オリヴァーがじっとジェーンを見つめる。片膝をついたままで居心地悪そうに身じろぎをすると、床にどっかりと座って口を開いた。「それに、きみに話しておかなければいけないことがあるんだ」

ジェーンは無言のままうなずいた。

「きみの言うとおり、ぼくは今まで勇気をどこかに置き忘れていた」オリヴァーは深いため息をついた。「ぼくが一七歳のときのことだ。兄はぼくより一学年上だったから、一年早くケンブリッジ大学に進学した。それで最終学年で、ぼくはイートン校にひとり残されることになったんだ。ただ自分としては、それまでの学校生活と何も変わらないだろうと考えていた。だが、それが大間違いだったんだ」

オリヴァーは目を閉じた。

「イートン校にはある指導者がいた。専門はギリシア語だ。彼は、ぼくのような反抗的な生徒には、出る杭《くい》は打たれるという現実を教えこまなければいけないと考えたらしい。ぼくが何か意見するたびに、彼はクラスの雑用をぼくにやらせた。それだけじゃない。同級生全員の前で、その日はじめて目にするギリシア語の文章を訳させた。そしてぼくがつっかえるたびに、同級生たちにこう言ったんだ。なんて頭の鈍い、愚かな生徒だろう、こんな間違いをするなんて信じられない、と」

オリヴァーは両腕で自分を抱きしめた。「ほかの同級生たちとなら戦うこともできる。だが、自分の専門知識を振りかざしてくる指導者が相手となると話は別だ。太刀打ちできるわけがない。学期が進むにつれ、状況はさらに悪化していった。その指導者は体罰を与え、ぼくに決まり悪い思いをさせたんだ。イートン校で体罰を与えられたのは、ぼくぐらいのものだろう。といっても、周囲が気づくほどひどい体罰じゃない。でも、ねちねちと毎日罰せられたんだ。ぼくが何か口を開くたびに……」

ジェーンはオリヴァーのかたわらに行って、隣にゆっくりと座った。

「戦えるなら、なんだって耐えられる。だが戦うことも許されず、一方的に罰を受けなければならないとしたら……あのとき、もうぼくは限界だった。当時の自分の精神状態は、いまだにうまく説明できないよ。成長するにつれて、ぼくは口を閉ざすようになった。同時に、自分に言い訳をするようにもなった。ぼくは強いられて無理やり口を閉じているけれど、これは一時的なことだ。イートン校を卒業したら、すぐに口を閉ざすことなんかやめてやるってね。でも心の奥底では、なんとなく本当のことがわかっていたんだ。ぼくが発言を続けなかったのは勇気がなかったせいだし、口をつぐむことを強制的に教えこまれた以上、これからも周囲の顔色をうかがいながら生きていくんだろう、と」

「まあ、オリヴァー……」

「ぼくの体験など、たいしたことはないように聞こえるかもしれない。しかしそんな経験をしたせいで、口を開いて何か言おうとするたびに吐き気を催すようになった。だから本心を隠すしかなかったんだ」

ジェーンに片手をそっと肩に置かれ、オリヴァーは彼女を見つめた。

「ぼくのことをかわいそうだとは思わないでくれ。ぼくがきみをどれだけ愛し、尊敬しているかをわかってほしい。きみはぼくと同じ目に遭っている。だが周囲からいくら意地悪な目で見られても、きみはそういう視線をはねつけ、まったく気にもしなかった」

彼女は微笑んだ。「それは周囲からそういうことをされたとき、わたしが一九歳だったからかもしれないわ。自分なりのやり方を確立するための時間が、あなたよりたっぷりあったんですもの」

「この前、結婚を申しこんだとき、ぼくはきみに変わってほしいと言ったね」オリヴァーは深呼吸をした。「だが今回は、あんなへまはしない。ぼくにきみを応援させてほしい。今のままのきみが好きだ。変わってほしいなんて、もう二度と言うつもりはない。きみは今のままでじゅうぶん魅力的だし、光り輝いているんだから」

ジェーンは片手を彼の背中へと滑らせた。「わたしに償いの言葉をかけてくれないの?」

オリヴァーは彼女の瞳をのぞきこんだ。「本当にすまない。ぼくはだめな男だ。あんなことを――」

ジェーンは彼の唇に指を押し当てた。「そんな言葉は使ってほしくないわ、オリヴァー。わたしはそんなつもりで言ったんじゃないの」

ようやく彼女が求めていることに気づき、オリヴァーはゆっくりと笑みを浮かべた。片方の腕をジェーンの体にまわし、反対側の手でそっと頬に触れる。

「ジェーン、愛している」彼は身をかがめ、唇が触れ合わんばかりの距離まで顔を近づけた。

「心から愛しているよ。もう二度ときみを手放すような、愚かなまねはしない」

そうささやいた瞬間、ふたりの唇が重なった。もう一度、さらにもう一度……。甘い口づけを何度も繰り返す。このままキスを永遠に続けたい、とジェーンは切実に思った。誰にも邪魔されたくない。

「いいわ」彼女はささやいた。

「何がいいんだい？」

「あなたを許してあげる」オリヴァーにぴたりと寄り添いながら、ジェーンは言った。「そして愛してあげる」顔をあげて、もう一度キスをせがむ。「それに結婚してあげる」

「ああ、よかった」そう言うと、オリヴァーは彼女をしっかりと抱きしめた。

エピローグ

六年後

オリヴァーは壁を背にして室内を見まわした。今夜、屋敷の大広間には大勢の人が集まっている。いったい何人くらいいるのだろう？　数えようとしたものの、数百人もの人々を目の当たりにして、早々にあきらめた。

それにしても、いまだに不思議だ。自分の屋敷にこれほど広い大広間があるなんて。この屋敷はジェーンと結婚したときに購入したものだ。六年経った今でも、大広間を見るたびに奇妙な思いにとらわれてしまう。何しろ、この大広間は自分が育った実家がすっぽり入るほどの広さなのだ。おまけに内装も凝っている。特に美しいのは、正面にある、庭園を見おろす巨大なガラス窓だ。ほかの窓からは、広場の向こう側にぼんやりとまたたく街灯の明かりが見えていた。

大広間の中でいちばん美しいのは窓だ。しかし、その窓を背にジェーンが立ったとたん、招待客の注目は一気に彼女に集まった。

今夜のジェーンの装いも見事としか言いようがない。シルクでできた紫と緑の縞《しま》模様のドレス。金色のブロケード織りの飾りはやりすぎだと考える人も多いだろう。おまけに、ドレスの首まわりには大きなルビーまであしらわれている。

招待客たちは一瞬たじろいだ。だが、それ以上の反応を示した者は誰もいない。今ではみながジェーンの装いに慣れている。どんなに派手なドレスを着ていようと、とやかく言う者はいなくなった。今や彼女は社交界でも一目置かれる重要人物なのだ。

今夜の催し——慈善音楽会——も、ジェーンが主催する小児病院のための慈善活動の一環だった。それゆえオリヴァーも夫として、こうして笑みを浮かべながら招待客の相手をしている。

窓際ではジェーンが熱心な様子で男爵に話しかけ、自分の脇にいるひげを生やした若者を紹介していた。彼女が学費を全額負担して、医学専門学校を卒業させた若者だ。彼は今、熱心に医の倫理に関する論文を書いている。

「マーシャル」

名前を呼ばれてオリヴァーが振り向くと、見知った顔があった。ともに議員を務める貴族のバーティ・ペイジズだ。

「やあ、ペイジズ」オリヴァーは軽くお辞儀をした。

「さっきの演説、よかったよ」

オリヴァーは微笑んだ。

「少し力が入りすぎているような気もしたが、とても感動的だった」

「きみにはいつもそう言われているような気がするな。もしやんわりと批判しているつもりなら、戦略を変えたほうがいい」

「いや、そんなつもりはないよ」ペイジズは体の向きを変え、片方の腕を広げた。「ジェーンと結婚するときみから聞かされたときは、どうなることかと思っていたんだ。きみは重大な間違いを犯しているんじゃないかとさえ考えた。だって、あの頃のジェーンは――」

「いや、今のジェーンもだ」オリヴァーはすかさず訂正した。

「あまりにおしゃべりだったからね。それに快活で明るすぎた。身につけているドレスのように、落ち着きなどみじんも感じられなかった。それなのに――」

「いや、だからこそ、ぼくはジェーンと結婚したんだ。あと、〝それなのに〟と続けてくれてありがとう。彼女はぼくの妻だからね」

「それなのに、今やジェーンの病院は、イングランドでも最も聡明で有能な人たちを引きつけてやまない。おまけに彼女が全面的に支援している医の倫理に関してのシンポジウムも、国内だけでなく国外からも注目を集めている。たいしたものだよ。みんながジェーンの一挙手一投足に注目しているんだからな」

オリヴァーは満足げな笑みを浮かべた。

「それに、きみはジェーンの夫として周囲の尊敬を一身に集めている」

結果的に、有名になったジェーンの名前はオリヴァーの選挙活動にも好影響を与えることになった。斬新な計画を次々と打ちだす彼女は、常にみなの注目の的だ。目立つ装いもまた、彼女ならではの個性ととらえられている。

「ジェーンにああいう一面があることを、きみはどうやって知ったんだい？」ペイジズが尋ねた。

「生き生きと行動するジェーンの姿をそばで見ていたからさ。きっと彼女なら、すごいことをやってのけると考えたんだ。だが、もうこの話はいいだろう。さあ、来てくれ。ぜひともきみに紹介したい人がいるんだ」

紹介を終え、相手とペイジズが握手するのをオリヴァーは満足げに見守った。それから近くのテーブルにグラスを置くと部屋を横切り、ジェーンのほうへ近づいていった。オリヴァー以外は誰も知らないことだが、彼女のおなかの中には今、ふたり目の子供が宿っている。

オリヴァーは大股でジェーンのほうへ向かった。なんてことだ。彼女は本当に美しい。今はこちらに背を向けているが、今夜は金とダイヤモンドのネックレスで、ほっそりとした首筋がいっそう強調されている。それに女らしい腰の曲線は、挑発的に誘いかけているかのようだ。

「このすばらしい理論を広く発表すれば、大きな反響が見こめるわ」ジェーンは熱心な様子で、隣にいる人々に話しかけている。「医師は患者の利益を最優先にして行動すべきよ。でも、もしそういう医師ばかりではないとしたらどうかしら？　患者に対して次にどんな治療をするかという決定権は、いったい誰にあると思う？　そういう点について、あなたたちに考えてもらいたいの。そうやってじゅうぶんな議論を重ねたうえで、ゆくゆくは議会に働きかけようと思っているのよ」

「噂をすれば、ですね」隣にいた医師がジェーンに言った。

「あら、あなた」彼女は振り向き、にっこりと微笑んだ。全身からまばゆい光が発せられているかのようだ。ジェーンはオリヴァーに手を重ね、指を絡めると小声で言った。「バーティ・ペイジズは一緒なの？　彼にぜひアンジャンを紹介したいわ。エミリーから聞いたのだけれど、アンジャンもあなたのように議員になりたいんですって」

「ああ、そうらしいな。さっき話したとき、アンジャン本人から聞いたよ」オリヴァーは身ぶりで部屋の向こう側を指し示した。先ほど紹介を終えたバーティ・ペイジズとアンジャンが、熱心に何か話しこんでいる。アンジャンのかたわらには、妻のエミリーが笑顔で立っていた。

「まあ、もう紹介済みなのね。さすがあなただわ、なんて仕事が早いの」

「ときにはね」オリヴァーは笑みを向けた。

巨大なガラス窓を背にしたジェーンはことのほか美しい。ほかの人の目には、この大広間の内装が少しばかり奇抜に思えるかもしれない。窓際にある机の上には、小さな観葉植物の鉢が六つ並んでいる。ひとつは結婚したときにジェーンが買ったサボテンだ。それから結婚記念日のたびに、ふたりでひと鉢ずつサボテンを買うようにしている。結婚一〇年目の記念日には、ジェーンのために大きなサボテンを買ってやるつもりだ。

「きみが疲れていないかと思って、様子を見に来たんだ」オリヴァーは言った。「この会が終わったら、ゆっくり休息しないとだめだよ」

妊娠がわかって最初の数カ月、ジェーンはひどく疲れやすかった。だからたっぷりと昼寝をし、背中のマッサージをする必要があったのだ。マッサージをするのがオリヴァーの役目だったのは言うまでもない。

「今のところは大丈夫よ。でも、あなたの言うとおり、この会が終わったら……」

じっとこちらを見つめるジェーンに、彼は笑みを返した。重ねた手のひらからも、彼女の体のうずきが伝わってくる。オリヴァーはわざとゆっくり、親指を彼女の手のひらに滑らせた。

それに応えるように、ジェーンも親指で同じ動きをした。

「そうね、この会が終わったら、階上《うえ》にあがってベッドで休む必要があるみたい」

彼女が今度は人差し指を、オリヴァーの手のひらに滑らせる。

「そうだね」彼は前かがみになると、ジェーンの額に軽く口づけた。「お楽しみは最後に取っておこう」

訳者あとがき

コートニー・ミランのシリーズ第二作目をお届けします。

前作『気高き夢に抱《いだ》かれて』のヒーロー、クレアモント公爵ロバート・ブレイズデルの異母弟、オリヴァー・マーシャルが本作のヒーローです。

舞台は一八六七年、イングランドのケンブリッジ。一月のある寒い夜にヒーローとヒロインは出会います。

先代クレアモント公爵の庶子として生まれ、農場を経営する両親に育てられたオリヴァーは政治家を志しています。本来は野心家の彼ですが、貴族の子息が大半を占めるイートン校からケンブリッジ大学へと進んだ学生時代に、さまざまな屈辱を受けます。そんな日々の中で、彼は決して出しゃばらず、野心は胸に秘めておくという自分を押し殺した生き方を身につけます。そんなオリヴァーの前に、彼とは正反対の生き方をする女性が現れるのです。

その女性の名はジェーン・フェアフィールド。彼女は周囲の嘲笑にもめげず、たったひとりで戦いつづけています。莫大な遺産を相続したジェーンのもとには、本当なら求婚者が列を連ねてもおかしくありません。ですが、傍若無人な態度と悪趣味を極めたド派手なドレスを武器に、誰も自分のそばに近づけさせません（誰も近づかないと言ったほうが当たっているかもしれません）。あと四八〇日は結婚できない理由が彼女にはあったのです。

選挙権拡大の法改正のために奔走しているオリヴァーは、貴族院議員であるブラデントン侯爵主催の晩餐会に出向きます。学生時代にさんざんばかにされたブラデントンとのあいだに、いい思い出はひとつもありません。しかし、選挙法改正案を成立させるには、前回反対にまわったブラデントンとその議員仲間の賛成票がどうしても必要でした。オリヴァーにとって、選挙権を労働者階級に拡大することは、愛情をかけて育ててくれた父親への恩返しでもあったのです。実際イギリスでは、一八六六年に選挙法改正案が否決されており、翌年の一八六七年に第二回選挙法改正が行われ、これにより都市部の労働者に選挙権が与えられています。

この晩餐会の夜、オリヴァーはジェーンとはじめて会い、彼女の派手なドレスや大胆不敵な言動に度肝を抜かれます。また、晩餐の席でジェーンに恥をかかせられたブラデントン侯爵から、選挙法改正案に賛成票を投じる代わりに、彼女を懲らしめるよう命令され窮地に立たされます。賛成票は喉から手が出るほどほしいが、女性は傷つけたくない。結論を出せないまま、オリヴァーはジェーンに近づきますが、やがてふたりは心を通わせるようになります。たしかにジェーンには驚かされたとはいえ、オリヴァーの彼女に対する第一印象は最悪というほどではありませんでした。何しろ彼女の容姿が自分の好みにぴったりだったのです。ジェーンのほうも、礼儀正しく接してくれるオリヴァーに、口ではひどいことを言いながら、最初からひそかに好意を抱いていました。話をするたびに、惹かれあっていくふたり。オリヴァーは、早い段階でジェーンがわざと人に嫌われるふるまいをしていることや、いつも堂々と男性と渡りあう強さの陰に隠れた、彼女の弱さや孤独を見抜きます。一方、ジェーンは自分の本当の姿にはじめて気づいてくれたオリヴァーに、ますます親しみと好感を持ちます。オリヴァーも内心ではジェーンのことが好きなのですが、自分の野望を叶えるために彼女に近づいた負い目があるせいか、それとも学生時代に身についた性格のせいなのか、本心をなかなか表に出しません。その点、ジェーンは自分の感情に素直です。そんなふたりがどのような紆余曲折を経てハッピーエンドを迎えるのかは、物語の中でたっぷりとお楽しみください。

それぞれがつらい過去を抱えながら、ひたむきに前を向く彼らの姿に胸を打たれ、やさしい感動に包まれる本作をお楽しみいただければ幸いです。

二〇一五年八月

ライムブックス

遥《はる》かなる夢《ゆめ》をともに

著　者　コートニー・ミラン
訳　者　桐谷美由記《きりたにみゆき》

2015年9月20日　初版第一刷発行

発行人　成瀬雅人
発行所　株式会社原書房
〒160-0022東京都新宿区新宿1-25-13
電話・代表03-3354-0685　http://www.harashobo.co.jp
振替・00150-6-151594
カバーデザイン　松山はるみ
印刷所　図書印刷株式会社

落丁・乱丁本はお取替えいたします。
定価は、カバーに表示してあります。
 ISBN978-4-562-04474-0 Printed in Japan